HOOGZOMER

ANDER WERK VAN KIM FABER EN JANNI PEDERSEN

Winterland

KIM FABER &
JANNI PEDERSEN

HOOG ZOMER

Vertaling Corry van Bree

HarperCollins

HarperCollins is een imprint van Uitgeverij HarperCollins Holland, Amsterdam.

Oorspronkelijke titel: *Satans Sommer*

Vertaling: Corry van Bree
Omslagontwerp: Harvey Macauley, Imperiet.dk
Bewerking: HarperCollins Holland
Omslagbeeld: © Shutterstock
Foto auteurs: © Les Kaner
Zetwerk: Mat-Zet B.V., Huizen
Druk: ScandBook UAB, Lithuania

ISBN 978 94 027 0724 3
ISBN 978 94 027 6139 9 (e-book)
NUR 305
Eerste druk februari 2021

Het citaat op pagina 181 is afkomstig uit:
London, J. (1977). *Wittand.* Utrecht/Antwerpen: Het Spectrum.

Originele uitgave verschenen bij Politikens Forlag, Kopenhagen.

HarperCollins Holland is een divisie van Harlequin Enterprises ULC.

www.harpercollins.nl

Het is zonder meer veiliger om gevreesd dan om bemind te worden.

Niccolò Machiavelli

31 JULI

1

De man op het pad ziet er verbazingwekkend goed uit als je bedenkt dat hij twee keer door zijn hoofd is geschoten.

Het bloed van de ingangswonden is door de zware onweersbuien van de afgelopen nacht in het bruine grind gespoeld. Een van de wonden bevindt zich in het midden van het voorhoofd, een paar centimeter boven de neuswortel, en lijkt sprekend op de vermiljoenrode bindi op het voorhoofd van hindoevrouwen. De tweede wond zit in de rechterslaap ter hoogte van de ogen, die halfopen, bloeddoorlopen en uitgedoofd zijn.

De dode man ligt op zijn rug, met één arm op zijn middenrif en de andere languit op het grind in een hoek van ongeveer dertig graden ten opzichte van het lichaam. Het rechterbeen is gestrekt, het linkerbeen is bij het kniegewricht in een onnatuurlijke hoek gebogen. Hij is als een kaartenhuis in elkaar gezakt, denkt inspecteur Martin Junckersen.

Hij ziet geen sleepsporen in het grind. Die kunnen inmiddels weggespoeld zijn door de regen, dus puur hypothetisch gezien kan de man op een andere plek vermoord zijn, waarna hij midden op het pad is neergelegd. Maar zou het ene been dan in zo'n ongemakkelijke positie liggen? Nee, de man ligt op de plek waar hij is gevallen. Hij is hier vermoord, concludeert Juncker, zoals hij door bijna iedereen, met uitzondering van zijn familie en zijn vrouw, genoemd wordt.

Als hij tenminste geen zelfmoord heeft gepleegd. Juncker ziet geen wapen, maar dat kan natuurlijk onder het lijk liggen. Of iemand kan het meegenomen hebben nadat de man zichzelf heeft doodgeschoten. Dat laatste scenario heeft Juncker een paar jaar geleden tijdens een onderzoek meegemaakt. Juncker en zijn collega's konden alleen vaststellen dat het om zelfmoord ging omdat er kruitsporen op de hand van de dode waren aangetroffen, maar het wapen zelf was na de daad door iemand weggenomen.

Bovendien heeft de man twee schotwonden. Hoewel het theoretisch beslist mogelijk is dat het eerste schot van iemand die zelfmoord wil plegen niet dodelijk is en dat diegene daarom nog een kogel door zijn hoofd jaagt, is het op zijn zachtst gezegd een bijzonder onwaarschijnlijk scenario.

Het is nog maar kwart over acht, maar de kou van de nacht is al weggetrokken. De hemel is blauw, en de temperatuur is de twintig graden al gepasseerd. Junckers rug is nog geen drie kwartier na zijn ochtenddouche veranderd in een rivierdelta van zweetstroompjes, die vochtige plekken in zijn overhemd en onderbroek veroorzaken. Die situatie wordt verergerd doordat hij een witte overall van hermetisch gesloten kunststof draagt.

Zijn maag mort, chagrijnig als een verwend schoothondje. Hij zucht en slikt een paar keer in een poging de lichte misselijkheid te verdringen die zo langzamerhand een vast onderdeel van de ochtenden is geworden en wordt veroorzaakt door de rode wijn die hij uit een pak heeft zitten drinken.

Het ongeveer drie meter brede grindpad loopt van de ene naar de andere kant van het Kildepark, het enige grote groene park in Sandsted, de kleine plattelandsgemeente in Zuidoost-Jutland. Hier heeft Junckers eerste vriendinnetje vijfenveertig jaar geleden het mysterie van het tongzoenen voor hem ontrafeld. Hij kan zich nog steeds de flauwe, enigszins zoete smaak van de lippen van het meisje herinneren, evenals het gevoel van onbehagen omdat ze haar natte tong voortdurend tussen zijn op elkaar geperste tanden probeerde te duwen. Hier heeft hetzelfde vriendinnetje – dat lichtjaren verder was dan hij – ervoor gezorgd dat hij tot zijn schrik een heel snel en explosief orgasme kreeg.

Vijftig meter verderop praten twee geüniformeerde agenten met de tuinman van de gemeente, die de vermoorde man heeft gevonden. Juncker, die dolgraag in de schaduw van de grote beuken en eiken wil gaan staan, kijkt opnieuw naar het lijk en gaat op zijn hurken in het gras zitten.

De twee schotwonden zijn klein en zien er bijna onschuldig uit. Forensisch arts Gösta Valentin Markman, die in zijn auto onderweg is van Kopenhagen naar Sandsted, heeft Juncker ooit verteld dat de diameter van een schotwond vanwege de elasticiteit van de huid bijna altijd een fractie kleiner is dan de kogel. Hij buigt zich naar voren en bestudeert het kogelgat in het voorhoofd. Kaliber .22, vermoedt hij, in elk geval een klein kaliber. De neus van het slachtoffer wijst recht omhoog en Juncker ziet geen plas bloed onder het hoofd, waaruit hij de conclusie trekt dat er waarschijnlijk geen uitgangswond is. Dat geldt ook voor het schot in de slaap, dus beide projectielen bevinden zich nog in de schedel. Dat duidt op munitie met een lage snelheid.

Misschien is de moordenaar lid van een schietclub, bedenkt Juncker. De meeste sportwapens hebben een kaliber van .22 en in de clubs wordt munitie met weinig effect gebruikt. Het is absoluut een mogelijkheid, vooral ook omdat het stadje een vrij grote schietclub heeft. Aan de andere kant kan het om een professionele opdracht gaan die is uitgevoerd door een minimalist. Een '*less is more*'-type.

Juncker komt overeind en kreunt vanwege de pijnscheuten in zijn negenenvijftig jaar oude en nogal stramme kniegewrichten. Hij zou naar de dokter moeten gaan om zijn knieën te laten onderzoeken, maar er is zoveel wat hij moet laten onderzoeken. Zijn prostaat bijvoorbeeld. Hij heeft echter gelezen dat een rectaal onderzoek onvermijdelijk is als de arts de omvang van de prostaat wil weten. En de vinger van een arts in zijn endeldarm? Dat gaat voorlopig niet gebeuren.

En een leverfunctieonderzoek? Daar is tenslotte alleen een bloedonderzoek voor nodig. Binnenkort. Misschien. Hij verdringt de gedachten aan zijn lichamelijke verval.

Bij de ingang tilt een vrouw het rood-witte afzetlint op, bukt zich en loopt het park in. Juncker kan het niet laten om te glimlachen wanneer hij Nabiha Khalid resoluut over het grasveld ziet lopen. De tweeëndertigjarige hoofdagent loopt met een rechte rug en een hooggeheven hoofd, waarbij haar gitzwarte paardenstaart op haar rug danst. Ze beweert dat er één meter zevenenzestig in haar paspoort staat, maar Juncker verdenkt haar ervan dat ze haar lichaam zoveel mogelijk heeft uitgerekt toen ze gemeten werd en in werkelijkheid geen centimeter langer is dan de één meter vierenzestig die ooit de minimumeis was om bij het Deense politiekorps te worden aangenomen. Ze begroet de twee agenten. Een van hen geeft haar een witte overall en witte plastic hoezen voor over haar schoenen. Ze pakt de kleding aan en loopt vervolgens naar Juncker en het lijk. Als ze dichterbij komt ziet hij dat haar donkere, bijna zwarte ogen glinsteren van enthousiasme terwijl ze helemaal geen moeite doet om dat te verbergen.

Tot een paar maanden geleden bemanden Nabiha en Juncker het plaatselijke politiebureau in Sandsted dat vorig jaar was geopend, voornamelijk vanwege de problemen met het opvangcentrum voor niet-begeleide minderjarige asielzoekers dat een eind buiten het stadje lag. De toestroom van vluchtelingen is echter aanzienlijk gedaald en het centrum is in april gesloten.

Toen de politie na de terroristische aanslag in Kopenhagen twee dagen voor

Kerstmis veel te weinig personeel had, werd het plaatselijke politiebureau in Sandsted vlak daarna opgeheven en werden Juncker en Nabiha overgeplaatst naar de afdeling Zware Criminaliteit van het hoofdbureau in Næstved.

Nabiha heeft Juncker uitstekend geholpen bij het onderzoek naar de dubbele moord op een echtpaar in Sandsted dat betrokken bleek te zijn bij de terroristische aanslag in Kopenhagen, maar deze moord wordt haar eerste zaak als zelfstandig onderzoeker.

'Goedemorgen,' zegt ze met een brede glimlach.

Juncker bromt iets wat met een beetje goede wil als 'morgen' geïnterpreteerd kan worden.

'Goed,' zegt ze terwijl ze vol verwachting in haar handen wrijft. 'Wat hebben we hier?' Ze doet een stap in de richting van het lijk.

'Ho. Wacht even...' Juncker legt een hand op haar schouder.

'Rustig maar. Ik ben niet van plan om helemaal naar hem toe te lopen. Ik ben niet gek.' Ze werpt hem een woedende blik toe en hij verbaast zich erover, zoals hij al zo vaak heeft gedaan, dat ze in een oogwenk en met het grootste gemak kan veranderen van vrolijk in woedend en weer terug.

'Dat is mooi,' zegt hij.

Met licht gespreide benen en over elkaar geslagen armen kijkt ze naar het lijk. De man draagt een beige leren broek, een zwart poloshirt met korte mouwen en een zwarte trui die hij met de mouwen aan elkaar geknoopt over zijn bovenlichaam heeft geslagen. Hij heeft bootschoenen aan, zonder sokken. Hoewel hij vermoedelijk al een paar uur dood is, is zijn huid nog steeds hazelnootbruin, met de diepe en intense teint die erop wijst dat hij een groot deel van de afgelopen donkere wintermaanden op een aanzienlijk zuidelijker breedtegraad dan Sandsted heeft doorgebracht. Het dikke, bijna staalgrijze haar is halflang als dat van een kunstenaar en naar achteren gekamd.

'Hij is uitstekend verzorgd,' mompelt ze. 'En hij stinkt naar geld.' Ze kijkt naar Juncker. 'Ik neem aan dat hij eerst geïdentificeerd moet worden.'

Juncker veegt het zweet met zijn handrug van zijn voorhoofd, trekt de rits van de overall naar beneden en haalt zijn telefoon tevoorschijn. Het is 8.30 uur. De technisch rechercheurs en Markman kunnen hier over een halfuur tot drie kwartier zijn. 'Daar hoeven we geen tijd aan te besteden,' zegt hij vervolgens.

'Waarom niet?' Nabiha trekt haar wenkbrauwen op.

'Omdat...' Hij stopt zijn telefoon terug in zijn zak. '...ik weet wie hij is.'

2

Het is een ritueel geworden. Een spelletje. Ze glijdt voorzichtig met haar rechterwijsvinger langs het snijvlak van het ongelofelijk dure, vlijmscherpe Japanse Santoku-mes. Er is maar zo weinig voor nodig, denkt ze huiverend. Zo weinig druk op het snijvlak, voordat het dunne staal eerst door de opperhuid, dan door de lederhuid en ten slotte door de onderhuid snijdt. Zo weinig druk, voordat het mes vervolgens de spieren en de aderen en uiteindelijk het bot bereikt.

Ze legt het mes op tafel, opent een van de keukenkastjes, pakt de jampot en de zakjes en zet alles naast het mes op de tafel. Ze strooit een paar handen amandelen op de snijplank, pakt het mes op en begint te hakken: methodisch en grondig, van links naar rechts en weer terug.

Rechercheur Signe Kristiansen, hoofd van een van de moordsecties van de afdeling Zware Criminaliteit van het hoofdbureau van politie in Kopenhagen, heeft het idee van zelfgemaakte muesli eigenlijk nooit begrepen. Waarom zou je vijgen, rozijnen, veenbessen en amandelen hakken, havermout door het mengsel doen en alles vervolgens met boter en honing in een pan bakken, terwijl de planken in de plaatselijke supermarkt uitpuilen van allerlei soorten muesli en granola van een fantastische kwaliteit?

Het heeft helemaal geen zin, maar toch…

Ze wordt elke ochtend om vier uur wakker, ongeacht hoe laat ze naar bed is gegaan. Dat is al zo sinds die januaridag in het bos bij Sandsted. De dag waarop de man die ze intens haat, haar leven heeft gered.

In het begin had ze klaarwakker naast haar man – van nature een diepe slaper – in het donker liggen staren in de hoop dat ze weer in slaap zou vallen. Maar de gedachten krioelden als roofmieren tijdens een trektocht door haar hoofd en ze was niet in staat geweest ze te verdringen, dus had ze besloten op te staan zodra ze wakker werd. De eerste ochtenden had ze in de woonkamer gezeten en geprobeerd een boek te lezen, maar dat was niet gelukt omdat ze zich niet kon concentreren. Daarna was ze begonnen met eten maken. Behalve muesli maakt ze pesto, salsa, chutney en marmelade. En dat terwijl ze zich nooit veel met het huishouden bezighoudt. Negen van de tien keer is

Niels degene die het avondeten kookt en ze ziet de stofvlokken op de vloer gewoonlijk pas als ze zo groot zijn als het tuimelkruid op de Texaanse prairie.

Maar de chaos in haar hoofd wordt minder als ze haar handen gebruikt. Bovendien verbeeldt ze zich dat haar uitzonderlijke bijdrage aan het huishouden kan helpen bij het verminderen van het enorme tekort op de gezinsrekening dat ze heeft opgebouwd nadat ze voor Zware Criminaliteit is gaan werken.

Ze werkt methodisch en geconcentreerd, onderbroken door pauzes waarin ze aan de eettafel gaat zitten om te genieten van de stilte in huis. Tot ze sloffende voetstappen in de slaapkamer en de gang hoort. Ze hoeft niet op de klok te kijken. Niels staat altijd precies om halfzeven op en dan heeft ze koffie in de cafetière klaarstaan.

'Goedemorgen,' zegt ze poeslief.

'Goedemorgen,' reageert hij neutraal, waarna hij gaat zitten en de krant pakt, die zij uit de brievenbus heeft gehaald.

Vroeger kusten ze elkaar 's ochtends altijd, maar die gewoonte is lang geleden verdwenen en is vervangen door af en toe een vriendelijke glimlach, maar meestal door niets.

Om kwart voor zeven wekt ze Lasse van twaalf en Anne van veertien, die hevig aan het puberen is. Het gezin ontbijt altijd samen en doet dat voornamelijk zwijgend.

Zo gaat het vanochtend ook, tot Signe haar keel schraapt. 'Wat zeggen jullie ervan als we vanavond...'

Niels laat zijn krant zakken en de kinderen kijken op van hun telefoons.

'Wat zeggen jullie ervan als we vanavond naar een restaurant gaan? Hebben jullie daar zin in?'

Er ontstaat een sfeer van milde verbazing rond de tafel. De kinderen kijken naar hun vader.

'Tja... Hebben we iets te vieren?'

'Nee, maar ik leg de laatste hand aan de zaak waaraan ik al een tijdje werk –'

'De hele zomervakantie,' onderbreekt Niels haar.

'Dat klopt, maar dat is niet omdat ik het leuk vind om te werken terwijl jullie op vakantie zijn. Ik kan er alleen niets aan doen dat een verkrachter ervoor kiest om zijn slachtoffer eind juni te vermoorden, of wel soms?' Ze haalt diep adem. 'Ik denk gewoon dat het gezellig kan zijn. Het is een hele tijd geleden dat we samen iets gedaan hebben.'

Als hij nu een chagrijnige opmerking maakt, geef ik hem een dreun, denkt ze.

Niels vouwt de krant op. 'Laten we dat doen,' zegt hij, waarna hij opstaat.

Signe glimlacht naar hem.

'En dan moeten we er maar op hopen...' Niels maakt zijn zin niet af.

Signe opent haar mond, maar bedenkt zich en wendt haar hoofd af zodat hij haar woede niet ziet.

Om kwart voor acht gaan de kinderen naar school en gaat Niels naar zijn werk. Signe dwingt zichzelf haar man een kus te geven, een kus die enigszins afwezig en bijna vriendelijk wordt beantwoord.

Ze loopt haar kantoor in, smijt haar tas naast het bureau op de vloer en vervloekt het ochtendverkeer. Vijf jaar geleden kostte het niet veel meer dan de helft van de tijd om van Vanløse naar Teglholmen te rijden. Ze doet de deur achter zich dicht omdat ze geen zin heeft in collega's die hun hoofd naar binnen steken om goedemorgen te zeggen en een kletspraatje te maken. Signe deelt het kantoor met de teamleiders van de twee andere moordsecties, maar die zijn er nog niet. Ze gaat achter haar bureau zitten en staart met een lege blik voor zich uit.

Waarom eindigt het altijd op deze manier? Telkens als ze haar hand uitsteekt om een pleister op een van de wonden in haar relatie met Niels te plakken, maakt hij de een of andere rotopmerking. Ja, ze werkt veel. En ja, het gebeurt vaak dat ze afspraken moeten afzeggen of dat Niels en de kinderen ergens zonder haar heen gaan. Maar wat verwacht hij van het hoofd van een moordsectie? Denkt hij nu echt dat mensen elkaar alleen van maandag tot vrijdag tussen 8.00 uur en 16.00 uur vermoorden en dat het onderzoek naar die moorden overdag plaatsvindt zodat zij normale werktijden heeft?

Signe start haar computer, opent een map op het bureaublad, scrolt naar een document met de titel VERSLAG en opent het.

Op een avond in juni ontmoette een vierendertigjarige man een achtentwintigjarige vrouw in een nachtclub in het centrum van Kopenhagen. Ze dansten met elkaar, en op een onbewaakt moment deed de man een flinke scheut ketamine in het drankje van de vrouw. Toen ze even later bijna in slaap viel, vertelde de man aan het barpersoneel dat zijn vriendin diabetes had en insuline nodig had, waarna hij haar de nachtclub uit sleepte. Terwijl hij met haar door de straten van Kopenhagen liep, verkrachtte hij de min of meer bewusteloze vrouw een aantal keren – er waren meerdere getuigen van de verkrachtingen, maar niemand greep in – en de gewelddadige tocht eindigde bij het havenbekken, waar de man haar in het water gooide.

Dat is Signes theorie in elk geval.

Het lijk van de vrouw werd een week later door een groep padvinders bij het eiland Fort Middelgrund in de Sont gevonden, ver van de plek bij de Koninklijke Bibliotheek, waar een van de oorbellen van de vrouw was aangetroffen. Op grond daarvan trokken Signe en haar collega's de conclusie dat ze in het water was gegooid.

De autopsie toonde aan dat ze op dat tijdstip nog leefde. Ze was met andere woorden verdronken. In het verslag stond ook dat het slachtoffer ernstige verwondingen in zowel de schede als de anus had en dat ze voldoende ketamine in haar lichaam had om een middelgroot paard te verdoven, waar ketamine eigenlijk ook voor is bedoeld. Het technische onderzoek wees bovendien uit dat er ondanks alle dagen in het water sporen van DNA op het lichaam van de vrouw zaten die overeen bleken te komen met het DNA van twee onopgeloste verkrachtingszaken die respectievelijk twee en drie jaar geleden hadden plaatsgevonden.

De politie gaf een wazige foto van de bewakingscamera's van de nachtclub vrij, waarop de man te zien was die de vrouw met zich meesleepte. Meerdere mensen reageerden en wezen een vierendertigjarige man aan die met zijn vrouw in een rijtjeshuis in Rødovre woonde.

In het eerste verhoor bekende de man dat hij seks met zowel de verdronken vrouw als de vrouwen in de twee andere zaken had gehad, maar dat het in alle drie de gevallen vrijwillig was geweest, hoewel de seks met de eerste twee vrouwen op begraafplaats Assistens en in het Ørstedspark had plaatsgevonden. De verdronken vrouw leefde volgens de man nog toen hij haar op de kade achterliet.

Het gebeurt zelden dat een verkrachting met een moord eindigt en dus ook dat de secties Moord en Zedendelicten van de afdeling Zware Criminaliteit beide bij het onderzoek betrokken zijn. Waarom moet dat nu net tijdens mijn dienst gebeuren, denkt Signe. Het is niet zo dat deze zaak belastender is dan de moordzaken waaraan ze normaal gesproken werkt, maar Troels Mikkelsen, de man die haar bijna drie jaar geleden na een kerstfeestje van de politie heeft verkracht, is in februari bevorderd tot hoofd van de sectie Zedendelicten. Sinds de verkrachting haat ze hem, niet in de laatste plaats omdat hij de belangrijkste oorzaak van het wankelen van haar huwelijk is, hoewel Niels dat niet weet.

Toen de bevordering van Troels Mikkelsen bekend werd, voelde dat verschrikkelijk onrechtvaardig. Een gevoel dat nog werd aangewakkerd door een ander probleem, namelijk dat ze net was begonnen te verwerken dat híj degene was geweest die begin januari tijdens de jacht op twee terroristen haar leven had gered.

Dat is wat ze die klootzak verschuldigd is. Niets minder dan haar leven.

En alsof dat nog niet genoeg was, moest ze na drie maanden nauw samenwerken tot haar enorme frustratie aan zichzelf toegeven wat ze van tevoren al had geweten: dat hij een fantastische onderzoeker en eigenlijk heel innemend is. Hij was meerdere keren in staat gebleken om de muur van haat die ze tussen hen had opgebouwd te doorbreken en had haar er op angstaanjagende momenten aan herinnerd waarom ze bijna drie jaar geleden op die decemberavond met hem naar een hotelkamer in Vesterbro was gegaan.

Maar nu is de samenwerking gelukkig achter de rug. Morgen heeft ze een bespreking met de officier van justitie en Troels Mikkelsen, en als ze haar verslag heeft afgeleverd, is de zaak wat haar betreft gesloten.

Ze heeft het document net opgeslagen als de deur van haar kantoor opengaat. Voordat er iemand in de deuropening verschijnt, weet ze al wie het is. De enige van de afdeling die niet klopt, is haar chef Erik Merlin, het hoofd van de afdeling Moordzaken. 'Er is geschoten in Ydre Nørrebro,' zegt hij. 'Op Den Røde Plads. De eerste meldingen reppen van één dode en één zwaargewonde.'

'Oké, ik rijd ernaartoe,' zegt ze zonder te aarzelen, hoewel ze een hekel heeft aan bendegerelateerde zaken. Niemand heeft iets gezien, niemand wil met de politie praten en het is onmogelijk om ook maar een enigszins normaal onderzoek uit te voeren.

Het meest van alles haat ze het echter dat ze zo meteen een sms naar Niels moet sturen om hun afspraak voor vanavond af te zeggen.

3

Het huis ligt in een van Sandsteds oudste villawijken en is gebouwd in een stijl die Juncker 'opgefokt functionalistisch' noemt. Het bestaat uit twee flinke etages, zuivere, bijna steriele lijnen en enorme raampartijen. Bovendien is het weerzinwekkend groot als je bedenkt dat er in deze kolos van vierhonderd vierkante meter maar twee mensen wonen.

De vrouw die de eenvoudige donkerblauwe voordeur met de roestvrijstalen handgreep opent, is lang en slank, heeft lichtblond haar, lijkt slaperig en is van Junckers leeftijd. Als hij het zich goed herinnert, is ze een maand na hem jarig. Ze is op blote voeten en draagt een roze duster, een kledingstuk dat Juncker niet meer heeft gezien sinds zijn moeder daar lang geleden 's ochtends in rondliep.

Vera Stephansen is de echtgenote van Ragner Stephansen, de voormalige partner van zijn vader op het advocatenkantoor. Ze ziet er aanzienlijk jonger uit dan ze is en lijkt nog steeds op een kruising tussen Alfred Hitchcocks favoriete blondines: Kim Novak, Tippi Hedren en Grace Kelly.

Ze staart een paar seconden aarzelend naar de man tegenover haar. 'Martin? Juncker?' zegt ze met een stem die dik is van verbazing en slaap, maar waarin ook een zweem blijdschap te horen is. Dat verbeeldt hij zich tenminste. Ze kijkt snel op het horloge met de dikke gouden armband, dat los rond haar slanke pols hangt. 'Dat is een... verrassing. Het spijt me, maar ik lag nog in bed.' Ze glimlacht. 'Wat kan ik voor je doen? Kom binnen.'

Hij loopt de hal in, hoewel dat niet de juiste naam is voor de ruimte die met een plafondhoogte van zeven tot acht meter beide verdiepingen van de woning beslaat. Een brede trap leidt naar de eerste verdieping, met een flink aantal slaapkamers en bijna net zoveel badkamers, herinnert Juncker zich van een eerder bezoek.

Ze loopt naar de deur van de woonkamer en Juncker volgt haar. Daar blijft ze staan en draait zich om. 'Ik weet niet of Ragner thuis is of dat hij al naar zijn werk is. Je weet dat we allebei onze eigen slaapkamer hebben, en ik heb hem vanochtend nog niet gehoord.'

Juncker knikt. 'Zullen we in de woonkamer gaan zitten?' stelt hij voor.

Ze ziet de blik in zijn ogen en legt een hand op zijn onderarm. Hij heeft moeite met lichamelijk contact met iedereen die niet dicht bij hem staat en heeft de neiging zijn arm weg te trekken, maar weet de beweging tegen te houden. Hij kent haar tenslotte. Of liever gezegd: hij heeft haar gekend. Maar dat is heel lang geleden.

'Zullen we in de woonkamer gaan zitten?' herhaalt hij.

'Ja, dat is goed.' Ze loopt geluidloos op haar blote voeten over de witte marmeren vloer terwijl zijn rubberen zolen bij elke stap kraken. Ze gaat op de zwarte leren bank zitten die een eind bij de deur vandaan staat en gericht is naar het grote raam dat op de tuin uitkijkt. Juncker neemt op het andere eind van de bank plaats.

'Waarom ben je hier, Juncker? Vanwege je werk?'

Hij knikt langzaam.

'Gaat het om Ragner?'

Hoewel de airconditioning in de kamer aanstaat, transpireert hij. 'Ja.' Hij dwingt zichzelf om naar haar te kijken, klaar om haar reactie op zijn volgende zin te registreren. 'Het spijt me je te moeten vertellen dat hij dood is.'

Ze zakt ineen, en hij kan aan haar kaakspieren zien dat ze haar tanden op elkaar klemt. 'Dood? Hoe? Waar?' fluistert ze bijna.

'Het lijkt erop...' begint hij, waarna hij stopt omdat hij onzin uitkraamt. Er is geen enkele twijfel, geen 'het lijkt erop'. 'Hij is gedood.'

Ze trekt haar wenkbrauwen op. 'Gedood?'

Juncker gebruikt, net als de andere agenten met ervaring, zelden de woorden 'moord' of 'vermoord'. Iemand vermoorden is per definitie een opzettelijke daad met het doel om te doden, en pas in de rechtbank wordt bepaald of de dader de intentie heeft gehad om te doden of dat het onopzettelijk is gebeurd. Woorden hebben betekenis, denkt hij, en daarna, zoals steeds vaker gebeurt: je begint oud te worden. Je bént oud.

'Ja,' zegt hij. 'Gedood.'

Ze draait haar hoofd om en kijkt naar de tuin. Een traan rolt over haar wang. Ze veegt hem weg met haar hand, die een beetje trilt. Als ze een toneelstukje opvoert, speelt ze haar rol met verve. Vera Stephansen heeft zichzelf altijd onder controle. Het zou hem verbaasd hebben als ze een huilbui had gekregen. 'Waar is hij?'

'Hij is vanochtend in het Kildepark gevonden.'

'In het park? Waarom... Wat deed hij daar?'

Juncker haalt zijn schouders op. 'Ik hoop dat jij me kunt helpen om daarachter te komen.'

Vera schudt haar hoofd. 'Ik heb geen idee.' Ze kijkt hem wanhopig aan terwijl er nu meer tranen over haar wangen rollen. Hij staat op, loopt naar de keuken, scheurt een stuk van de keukenrol af, loopt terug, geeft haar het papier en gaat weer zitten. Ze droogt haar ogen en snuit haar neus. 'Wanneer is het gebeurd?'

'Dat weten we nog niet. Het lijkt erop dat hij daar vannacht heeft gelegen terwijl het regende, dus het is waarschijnlijk gisteravond of in de loop van de nacht gebeurd. Pas als de arts en de technisch rechercheurs onderzoek hebben gedaan kunnen we meer zeggen... Die zijn onderweg.'

'Hoe is hij –'

'Hij is doodgeschoten.'

'Waar? Ik bedoel... Waar is hij...' Haar stem stokt.

Juncker denkt een paar seconden na. 'Hij is door zijn hoofd geschoten,' zegt hij vervolgens. 'Twee keer.'

'Is hij... Ziet het er...'

'Eigenlijk niet. Het had erger kunnen zijn. Veel erger.'

Vera staat op, loopt naar het raam, veegt haar tranen weer weg en kijkt naar de tuin. Ze balt haar vuisten, spreidt haar handen en balt haar vuisten weer. Dan draait ze zich om. Haar schouders schudden van het ingehouden huilen, maar ze heeft zichzelf nog steeds onder controle. 'We hebben gisteravond samen gegeten. Ragner kwam laat... vrij laat thuis van kantoor, om acht uur. Ik had spaghetti carbonara gemaakt. We hebben een fles wijn gedronken. Anderhalve fles, eigenlijk. Daarna ging hij naar zijn werkkamer omdat hij voor vandaag een paar dingen wilde afmaken. Hij moest naar de rechtbank.' Ze zwijgt en kijkt afwezig voor zich uit.

'Wonen Mads en Louise nog steeds in Sandsted?'

'Mads wel. Hij woont hier niet ver vandaan. Louise en haar man zijn naar Klampenborg verhuisd. Ken je hem?'

'Louises man? Dat kan ik me niet herinneren. Ik denk het niet.' Hij staat op. 'Zal ik proberen Mads te bellen?'

'Nee, dat kan ik zelf doen. Ik pak mijn telefoon even. Die ligt nog op mijn bed. Ik ben zo terug.'

Juncker kijkt om zich heen in de zitkamer. Hij is hier jaren geleden voor het laatst geweest, maar het ziet er nog precies zo uit als in zijn herinnering: als een museum voor klassieke Deense meubelontwerpen. Junckers kennis over design is beperkt, maar hij herkent een paar lage, zwartleren leunstoelen van Poul Kjærholm en het 'ei' van Arne Jacobsen.

Vera komt terug en gaat weer op de bank zitten. 'Hij is onderweg.'

'Heb je hem verteld –'

'Nee.'

Ze zitten zwijgend te wachten. Eén keer stelt ze hem een vraag, namelijk hoelang het geleden is dat hij Mads voor het laatst heeft gezien. Dat kan Juncker zich niet herinneren, maar het moet minstens vijf jaar geleden zijn, waarna hij vraagt hoe oud Mads is. Vera antwoordt met een nauwelijks verstaanbare stem dat hij achtendertig is.

De minuten verstrijken. Junckers blaas staat op knappen. Hij betaalt de prijs voor het overtreden van regel nummer twee voor de oudere man: loop nooit langs een geschikte struik zonder daar gebruik van te maken.

Hij zou inmiddels verstandiger moeten zijn. Hij had in het park moeten plassen. Er is geen reden om regel nummer één nu ook te overtreden: maak altijd gebruik van een werkend toilet als dat in de buurt is. 'Sorry, Vera, mag ik even naar het toilet?'

'Natuurlijk. Het is de deur naast de trap.'

Juncker gokt erop dat een makelaar in het promotiemateriaal van de villa het toilet waarvan hij de deur opent als een 'ruim gastentoilet' zou beschrijven. Feit is dat deze ruimte voldoende plaats heeft om er tafeltennis te spelen. Hij haast zich naar het designtoilet, opent zijn rits en verwelkomt de gebruikelijke bilaterale onderhandelingen tussen zijn prostaat en zijn hersenen over een tijdelijke opening van de grensovergang tussen zijn blaas en zijn urinebuis. Intussen verbaast hij zich over het paradoxale feit dat hij verschrikkelijk nodig moet plassen, terwijl het toch een bijna bovenmenselijke inspanning kost om een paar druppels naar buiten te persen.

Na een minuut bereiken de partijen overeenstemming over het gedeeltelijk legen van de blaas, wat echter zo langzaam gaat en met een straal die zo dun en krachteloos is dat die de waterspiegel in het toilet bijna geluidloos doorbreekt en alleen wat rimpelingen op het wateroppervlak veroorzaakt.

Als de straal ophoudt met sijpelen, blijft hij nog een minuut met zijn hand rond zijn lid staan, dat hij van tijd tot tijd voorzichtig schudt. Hij heeft op de harde manier geleerd dat er vaak een nageboorte in de vorm van een hoeveelheid urine verschijnt die in zijn onderbroek terechtkomt als hij niet eerst wacht tot hij die kwijt is. Dus wacht hij, wat een verstandige beslissing blijkt te zijn.

Weer terug in de huiskamer gaat hij op dezelfde plek zitten. Na een minuut of vijf horen ze de voordeur opengaan en staan ze beiden op. De man die de kamer in komt is lang, bijna net zo lang als hij.

'Juncker? Wat doe je...' Hij verplaatst zijn blik naar zijn moeder. 'Ma, is er iets gebeurd? Waar is pa?'

Ze loopt naar haar zoon toe en slaat haar arm om zijn schouders. 'Mads, je vader is...' Haar stem breekt, en ze schraapt haar keel. 'Je vader is dood.'

Net als toen hij Vera het nieuws vertelde, houdt Juncker de reactie van de zoon in de gaten. Mads Stephansen spert zijn ogen open en opent zijn mond, maar zegt niets. Hij slikt een paar keer, en de tranen springen in zijn ogen. 'Dood?' zegt hij uiteindelijk. 'Wat is er gebeurd?'

Zijn moeder pakt zijn elleboog voorzichtig vast en trekt hem naar de bank. 'Ga zitten.'

Mads laat het toe en neemt vlak naast zijn moeder plaats. Met zijn atletische figuur, zongebruinde huid en dikke, donkere haar ziet hij er goed uit. Hij draagt een moderne versleten spijkerbroek, een mintgroen poloshirt en een zwart linnen colbert. Zijn heldere ogen zijn blauw, en hij heeft een kuiltje in zijn markante kin.

Vera pakt de handen van haar zoon vast en laat ze op zijn dijbenen rusten. Ze kijkt naar Juncker.

'Je vader is gedood. Met twee schoten. In het Kildepark. Waarschijnlijk is het gisteravond laat of vannacht gebeurd. Dat weten we nog niet precies,' vertelt Juncker.

Mads leunt naar achteren met een ongelovige uitdrukking op zijn gezicht. 'Gedood? Vermoord dus?'

Juncker knikt. 'Het spijt me, Mads, maar ik moet je een paar vragen stellen. Je werkt nog steeds bij het advocatenkantoor, toch?'

'Ja.' Hij veegt de tranen uit zijn ogen. 'Ik ben de junior partner.'

'Ben je bekend met de zaken waaraan je vader werkte?'

'Ik ben zelf bij een paar ervan betrokken.' Hij staat op. 'Ik ga een glas water halen.'

'Natuurlijk.'

Mads loopt naar de keuken. Weer terug in de woonkamer gaat hij weer naast zijn moeder zitten en pakt haar hand vast. Hij geeft met een knikje naar Juncker aan dat hij klaar is voor meer vragen.

'Heeft een van de zaken die jullie op dit moment behandelen aanleiding gegeven tot bedreigingen tegen je vader? Of tegen het kantoor? Weet je of hij vijanden heeft?'

'Zoals je weet is hij een goede advocaat en wint hij zijn zaken meestal. Dat kan inderdaad... Vijanden is een groot woord, maar er zijn beslist mensen die hem niet graag mogen.'

Juncker knikt en houdt een gedachte voor zichzelf: als je daarnaast ook nog eens een arrogante klootzak bent...

'Maar dat iemand hem zo zou haten dat hij hem wil vermoorden... Dat kan ik me niet goed voorstellen.'

'Oké. We moeten toegang krijgen tot de computers van het personeel, in elk geval tot die van je vader en van zijn secretaresse en waarschijnlijk ook tot die van de anderen. We moeten bovendien de cliëntenaccounts en bankrekeningen controleren. Met wie moeten we daarvoor contact opnemen?'

'Laust Wilder. Hij is de partner... Tja, dat weet je natuurlijk. Hij is degene die je vader destijds uitgekocht heeft. Maar...'

'Wat?'

'Er kan sprake zijn van grote hoeveelheden vertrouwelijk materiaal dat we niet zomaar kunnen overhandigen –'

Juncker stopt de woordenstroom met een handbeweging. 'Als het nodig is, zorgen we natuurlijk voor een huiszoekingsbevel.' Hij staat op. 'Het spijt me verschrikkelijk voor jullie. Ik kom terug zodra we meer weten, maar nu laat ik jullie alleen. Ik kom er zelf wel uit.'

Vera kijkt hem aan en houdt zijn blik zo lang vast dat Juncker uiteindelijk een warme kriebel in zijn maag voelt. 'Juncker?' Haar stem is nog steeds hees.

'Ja?'

Ze strijkt met haar tengere hand over haar voorhoofd, alsof ze een herinnering wil wegwissen. 'Nee, niets...'

Juncker loopt naar de deur, blijft daar staan en draait zich om. 'Trouwens, Mads, ik wil niet dat je naar kantoor belt of op een andere manier contact met het personeel opneemt. Ook niet met Wilder.'

'Oké.'

'En nog één ding. Vera, jij bent gisteravond en vannacht toch thuis geweest?'

Ze knikt.

'En jij, Mads?'

'Ik was ook thuis.'

'En dat kan je vrouw... Sorry, ik ben haar naam vergeten.'

'Line.'

'Line, natuurlijk. Kan zij dat bevestigen?'

'Jazeker.'

'Zijn er anderen die kunnen bevestigen dat je thuis was?'

Mads fronst zijn voorhoofd. 'Word ik... Worden wij...'

'Ik stel routinevragen, meer niet. Anderen dan Line dus?'

'Onze zoon Aksel.'

'Hoe oud is hij?'

'Hij is net twaalf geworden. Hij hield veel van zijn opa, heel veel zelfs, en dat was wederzijds. Het wordt heel moeilijk om hem te vertellen dat zijn opa dood is.'

'Ja, dat is niet prettig. Bedankt. Ik kom later terug met meer vragen over Ragner, maar op dit moment laat ik jullie met rust.' Juncker knikt naar hen en loopt de kamer uit. Hij hoort Mads huilen, maar verder is het doodstil achter hem. Hij heeft een enigszins onheilspellend gevoel.

Ben ik te vooringenomen voor dit onderzoek, vraagt hij zich af, terwijl hij de donkerblauwe voordeur achter zich dichttrekt.

4

'Jezus, wat is het hier warm.' Mikkel Grantoft Nielsen staat op en opent een raam.

Charlotte Junckersen volgt haar jonge chef met haar ogen. Of, om preciezer te zijn, ze volgt zijn kont met haar ogen. Hij loopt terug en gaat aan de vergadertafel zitten, waarvoor een creatieve ziel een plek heeft gevonden in de kleine redactieruimte van het onderzoeksteam van *Morgentidende*. De ruimte staat vol met bureaus, bureaustoelen en een paar stellingkasten die tot de laatste plek gevuld zijn met ringbanden. Zelfs onder normale weersomstandigheden is de temperatuur binnen te hoog. Nu er een hittegolf is, is die bijna ondraaglijk.

Het bureau dat er het laatst bij gekomen is, is dat van Charlotte. In de loop van het vroege voorjaar was het haar steeds duidelijker geworden dat ze niet langer het redactiehoofd van de Christiansborg-afdeling van de krant kon zijn. De scheiding van Martin, de verandering door het plotselinge alleen-zijn, ook al was zij degene die dat had gewild, het verdriet en de desillusie over zijn ontrouw hadden haar veel meer aangegrepen dan ze had verwacht. De energie en de zin om 24/7 keihard te werken, zoals werd verwacht van een politiek redacteur, waren verdwenen. Dat was in een verbluffend korte tijd gebeurd en bleek, zoals ze had gemerkt, onomkeerbaar. Ze kon de nieuwsjagerij gewoon niet meer verdragen.

'Het spijt me om dat te horen,' zei hoofdredacteur Magnus Thesander toen ze op een dag aan het eind van april in zijn kantoor zat en hem vertelde hoe ze zich voelde. 'Je hebt het fantastisch gedaan. Dat weet je zelf ook, toch?'

Ze knikte en legde uit dat ze behoefte had aan een nieuwe start op een plek waar ze iets meer over haar eigen tijd kon beslissen nadat ze zes jaar lang aan één stuk door koortsachtig had gewerkt.

'En nu? Wat wil je gaan doen?' vroeg hij.

'Het onderzoeksteam,' antwoordde ze.

'Wat? De jongensclub?' Thesander keek haar verbaasd aan.

Niemand van de vijf leden van het onderzoeksteam is ouder dan vijfendertig. Voor hen bestaat er geen andere god dan de vierde staatsmacht. Als ze slapen, dromen ze over machiavellistische samenzweringen, als ze tenminste geen nachtmerrie hebben over 'de wet op het openbaar bestuur'. En ongeacht hun jonge leeftijd hebben ze allemaal de gedesillusioneerde houding van een oudere man ten opzichte van de wereld in het algemeen en politici, ambtenaren en zakenmensen in het bijzonder. In de ogen van de vijf jonge journalisten zijn alle leden van deze drie bevolkingsgroepen misdadigers die aan niets anders denken dan het vergaren van macht of geld – bij voorkeur allebei – en die, als ze zich daar niet mee bezighouden, proberen om hardwerkende journalisten in de maling te nemen en te bedriegen.

Uiterlijk lijken de vijf journalisten ook op elkaar. Ze zijn gezond, hebben afgetrainde lichamen, open gezichten en heldere blikken, en ze zijn over het algemeen gekleed in jeans, dure overhemden, die altijd een flink stuk openstaan bij de hals, een zwart of donkerblauw colbert en glanzend gepoetste schoenen.

Kortom: jongemannen, streberige jongemannen. Allemaal. Ondanks het feit dat *Morgentidende* de doelstelling heeft dat er op alle redacties en bij alle afdelingshoofden naar de vertegenwoordiging van beide seksen moet worden gestreefd.

'Ja.' Charlotte glimlachte. 'De jongensclub. Daar wil ik graag werken.'

'Waarom?'

'Omdat ik zin heb om dieper op de zaken in te gaan. En omdat ik geloof dat ik een bijdrage kan leveren.'

Thesander wiegde zijn hoofd heen en weer. 'Ik twijfel er niet aan dat je dat kunt, met jouw ervaring. Maar je zei net dat je graag meer over je tijd wilt beslissen... De jongens van het onderzoeksteam zijn zowat de hele tijd hier en werken keihard. Dat weet je toch?'

'Inderdaad, maar ze zitten niet zoals bij Christiansborg vast aan een deadline. Ik moest bijna elke dag tot zeven of acht uur 's avonds op de redactie blijven, als het niet later werd. In het onderzoeksteam hebben ze zelf meer in de hand hoe en wanneer ze werken.'

'Dat klopt natuurlijk.'

Charlotte keek in de ogen van de hoofdredacteur en probeerde zijn blik vast te houden. 'Wat? Is er een probleem?'

'Nee, nee.' Thesander keek weg terwijl hij zijn hoofd hevig schudde en voor alle zekerheid ook met zijn handen gebaarde. 'Nee, er is helemaal geen probleem. Behalve dan...'

'Dat ik een vrouw ben. En ouder dan vijfendertig.'

'Ja... of... Nee, verdorie, natuurlijk niet. Helemaal niet.' Nu gebaarde de hoofdredacteur zo hevig met zijn handen dat Charlotte bang was dat hij elk moment van zijn stoel zou kunnen opstijgen. 'Nee, het is alleen omdat de omvang van het onderzoeksteam vastgesteld is op vijf man...' Thesander dacht een paar seconden over zijn woorden na. 'Ik bedoel natuurlijk niet "man" zoals in "mannen", maar "man" zoals in –'

'Zoals in "vrouw",' stelde Charlotte voor.

'Ja. Of... "persoon". De grootte van de groep is vastgesteld op vijf personen. Dat bedoel ik. En ik heb op dit moment geen ruimte om een extra plek uit mijn hoge hoed te toveren.'

'Misschien kun je die toch vinden? Anders zul je naar de directie moeten gaan om het daar te regelen,' zei Charlotte, waarmee ze hem eraan herinnerde dat ze ermee had ingestemd om politiek redacteur te worden op voorwaarde dat als ze dat niet langer wilde zijn, ze zelf kon bepalen wat ze daarna wilde doen. 'Je weet toch nog wat we afgesproken hebben?'

Magnus Thesander knikte, en een paar weken later werd er een extra bureau in de toch al overvolle redactieruimte van het onderzoeksteam geplaatst.

Mikkel Grantoft Nielsen veegt het zweet van zijn voorhoofd, briest als een paard en kijkt naar zijn drie collega's. Het is de eerste redactievergadering na de zomervakantie. Twee van hen zijn nog op vakantie. 'Ik heb vanochtend een gesprek met Thesander gehad. Een soort warming-up voordat het nieuwe seizoen serieus begint.' Zijn telefoon trilt. Hij pakt hem op, kijkt op het scherm en legt hem weer neer. 'We hebben het onder meer over onze doelstelling gehad.'

Het is stil in de ruimte, afgezien van het enerverende gezoem van een grote bromvlieg, die als een soort kamikazepiloot telkens weer frontaal tegen het gesloten raam botst.

'De officiële of de officieuze?' vraagt Charlotte.

Mikkel glimlacht vreugdeloos. 'Wat denk je zelf?'

Ze knikt. 'Oké.'

De officiële doelstelling van het onderzoeksteam is samengevat het bedrijven van diepgaande, onthullende en geruchtmakende journalistiek van de hoogste kwaliteit. De officieuze doelstelling kan nog korter worden samengevat: win de Cavling-prijs, verdomme!

Zes jaar geleden heeft de krant deze hoogste onderscheiding in de Deense journalistiek voor het laatst gekregen. Een medewerker van de cultuurredactie had het uitstekende idee om de verhalen van vijf immigrantenfamilies te vertellen, onder meer met behulp van hun eigen fotoalbums, wat had geresulteerd in een uitstekend geschreven en geslaagde artikelenreeks die de prijs verdiend had gewonnen.

Sindsdien had de krant diverse nominaties gekregen, maar geen prijs, en dat schuurde als scherpe steentjes in de schoenen van het redactionele bestuur. Daar wist Charlotte, die de afgelopen zes jaar lid van het bestuur was geweest, alles van. Het werd nooit hardop gezegd, maar in de kleine uurtjes van de diverse managementseminars had ze redactiecollega's in diverse stadia van dronkenschap horen klagen dat de grootste concurrent van de krant de ene na de andere Cavling won – de laatste keer voor een geruchtmakende fraudezaak bij een van de grootste kredietverstrekkers – terwijl *Morgentidende* niet verder kwam dan nominaties.

De hoogste bazen van de krant hadden, met andere woorden, hun rechterarm en duizenden abonnementen over voor een Cavling-prijs, en dan het liefst door middel van goede, ouderwetse, onthullende journalistiek die iemand zijn of haar carrière kostte – op zijn minst een hoge ambtenaar of een burgemeester. Het liefst een minister.

'Wat zei Thesander precies?' vraagt Charlotte, die heel goed weet dat de hoofdredacteur zelden iets precies zegt.

'Tja, wat zei hij?' Mikkel krabt aan zijn decoratieve stoppelbaard. 'Hij was vol lof over de serie van jou en Jakob.'

Charlottes eerste bijdrage aan het onderzoeksteam was een serie artikelen over de slechte hygiëne in een aantal ziekenhuizen in Kopenhagen geweest. De serie was gedurende de zomer in de krant verschenen. Ze had samengewerkt met haar piepjonge collega Jakob Hulsted. De artikelen waren goed geschreven, hadden vijf keer de voorpagina gehaald, waren meerdere keren in andere media geciteerd en hadden online voldoende kliks opgeleverd. Toch was Charlotte zich er heel goed van bewust dat het midden in de komkommertijd niet veel betekende om op de voorpagina te belanden en dat alle media tijdens de zomer behoefte hadden aan serieuze journalistiek en daarom alles wat ook maar een beetje serieus leek maar al te graag citeerden. Er was niets mis met de stukken, maar het was haar ook volkomen duidelijk dat de serie op geen enkel moment ergens in het machtsapparaat een schok had veroorzaakt. En dat was tenslotte waar het om ging, het enige wat echt belangrijk was als de journalistieke balans werd opgemaakt. In elk geval voor een hoofdredacteur van een van de grootste kranten van het land.

'Dat was aardig van Thesander. Heeft hij verder nog iets gezegd?'

'Ja... Hij vroeg natuurlijk waar we mee bezig zijn.'

'En jij antwoordde?'

Mikkel verschuift onrustig op zijn stoel. 'Tja, wat antwoordde ik... Dat we verder graven in de afspraak tussen defensie en de Amerikanen over de levering van de nieuwe jachtvliegtuigen... Jullie weten wel, die tip dat er een enorm bedrag aan smeergeld is betaald... Ik heb gezegd dat we nog niets concreets hebben, maar dat ik hoge verwachtingen heb. Ik heb het ook gehad over de overbevissing van de Oostzee, waar Janus al een tijdje mee bezig is. En dat we daarnaast drie tot vier veelbelovende tips hebben die we gaan bekijken, maar waarmee ik hem nog niet wil belasten en waar hij te zijner tijd meer over hoort.'

'Dus de bottomline...'

De redactiechef staart bijna opstandig naar Charlotte. 'De bottomline is grof gezegd dat we helemaal niets hebben.'

Charlotte kent Mikkel niet zo goed. Drie jaar geleden is hij bij een van de concurrenten weggehaald. Ze heeft nog nooit met hem samengewerkt, maar is ervan overtuigd dat hij een fantastische en enthousiaste journalist is, met veel aanpassingsvermogen en de juiste managementcursussen op zijn cv, anders zou hij deze positie niet hebben gekregen.

Ze ergert zich echter aan hem vanwege zijn zwart-witte kijk op politici en machthebbers. Als er iets is wat Charlotte tijdens haar bijna dertig jaar lange carrière als journalist heeft geleerd, dan is het dat het leven – ook voor wat betreft de machthebbers – zich in grote lijnen in de grijze gebieden afspeelt. Dat het water niet helder is, maar troebel.

Bovendien is hij gespannen omdat zij een geroutineerde journalist is door wie hij een beginneling lijkt; dat kan ze bijna ruiken.

Hou je mond. Hij staat onder druk, denkt ze. Het straalt van hem af: geef me een goed verhaal, een verhaal dat de agenda bepaalt, een klapper.

'Het komt wel goed, Mikkel. Zoiets komt in golven,' zegt ze.

'Dat klopt, maar het probleem is dat we ons al te lang op de bodem van een golfdal bevinden dat verdomd diep is.' Hij kijkt naar Charlotte. 'Ik wil de artikelen van jou en Jakob niet naar beneden halen. Ze zijn –'

'Het geeft niet. Ik weet wat je bedoelt,' zegt ze. Melkmuil, denkt ze.

Als de bespreking een kwartier later afgelopen is, loopt ze naar de kantine om een kop koffie te halen. Zodra ze heeft ingeschonken, gaat haar telefoon. Het is Teresa van de receptie. 'Een fietskoerier heeft daarnet een pakje voor je afgeleverd,' zegt ze. 'Je kunt het zo meteen ophalen bij de postafdeling, nadat ze het gecontroleerd hebben.'

Alle post voor de krant en de werknemers wordt om veiligheidsredenen geopend en gecontroleerd.

Tien minuten later legt ze het pakje op haar bureau. VOOR CHARLOTTE JUNCKERSEN, staat er met stuntelig geschreven blokletters op. Mikkel en Jakob zijn gaan lunchen, dus ze is alleen in het kantoor. Ze scheurt de bruine tape, die stevig rond het kartonnen doosje is gewikkeld, met een paperclip open. In het pakje vindt ze een telefoon en twee opgevouwen A4'tjes.

Ze vouwt het ene vel papier open en strijkt verbaasd met haar wijsvinger over de tekst. De brief is echt en is op een typemachine geschreven. Ze kan zich niet herinneren wanneer ze voor het laatst iets heeft gekregen wat op een typemachine was geschreven. Wie gebruikt zo'n ding in vredesnaam tegenwoordig nog?

> Charlotte Junckersen. Ik heb iets waarvan ik zeker weet dat je het wilt zien.

Ze kijkt even op en leest vervolgens verder.

> We kunnen via de telefoon communiceren. De code is 123456. Er is een app op geïnstalleerd die Signal heet. Die codeert en die moet je gebruiken. Ik heb een gebruiksaanwijzing bijgevoegd. Mijn nummer

staat onder de A in de contactenlijst van de telefoon. We communiceren alleen via sms. Schrijf me als je belangstelling hebt.

Ze vouwt het tweede vel papier open en leest dat eveneens. Daarna opent ze de telefoon, ontdekt al snel hoe de coderingsapp werkt en een paar minuten later stuurt ze haar eerste bericht.

12.27. Wat denk je dat ik wil zien? Vertel me meer.

12.29. Het gaat om de terroristische aanslag. Die had voorkomen kunnen worden.

12.30. Hoe?

12.30. Ga je erover schrijven?

12.32. Dat hangt er helemaal van af wat je me kunt vertellen. Zou het niet gemakkelijker zijn ergens af te spreken?

12.35. Dat is te vroeg. Ik weet niet of ik je kan vertrouwen.

12.37. Als je me niet vertrouwt, waarom heb je dan contact met me opgenomen? Ik kan precies hetzelfde zeggen. Ik wil niet betrokken raken bij verhalen waarvan ik niet weet wie de bronnen zijn. Ik heb er geen probleem mee je naam geheim te houden, maar ik moet weten wie je bent.

Bijna een kwartier later komt het volgende bericht binnen.

12.51. Morgen om 9.00 uur. Skudehavnsvej 6.

Charlotte zet haar computer aan, logt in, opent Google Maps en toetst Skudehavnsvej 6 in het zoekveld in. De straat ligt, zoals ze van tevoren al wist, in Nordhavn. Maar ze wist niet dat koffietent Havnelyst op dat adres zit.

12.55. Afgesproken.

Zoals alle journalisten krijgt ze regelmatig merkwaardige informatie – via mails, telefoontjes, maar ook af en toe brieven – van mensen die keiharde bewijzen hebben dat de premier in werkelijkheid een Russische spion is of die kunnen aantonen dat alle leden van het koningshuis geslachtsveranderingsoperaties in een privékliniek in Thailand hebben ondergaan en deel uitmaken van een eeuwenoud geslacht van zombies. Ze haalt een pakje Blå Kings-sigaretten en een aansteker uit haar tas en staat op om naar het rookterras te gaan. Dit komt beslist ook van de een of andere op samenzweringen gefixeerde sukkel. Aan de andere kant... De persoon in kwestie heeft de moeite genomen om een brief te schrijven, een telefoon te kopen, alles in een doos te stoppen en die met een koerier naar haar toe te sturen.

Oké, ze doet het gewoon. Ze is al heel lang niet meer in Nordhavn geweest, en nog langer niet in een koffiezaak.

En als het vals alarm blijkt te zijn... Ze heeft toch geen plannen voor morgen.

5

‘De hoeveelste is dit?’

De lucht staat stil in het Kildepark. Juncker kijkt naar de kaalgeschoren man naast hem. Markman komt nauwelijks tot zijn schouder. ‘De hoeveelste? Wat bedoel je?’

De forensisch arts glimlacht, waardoor er een fijnmazig netwerk van rimpels rond zijn bruine ogen en zijn grote, kromme neus verschijnt. ‘Hoeveel mensen zijn er in Sandsted en omgeving vermoord sinds jij naar je geboortestadje teruggekeerd bent? Dat is inmiddels toch acht maanden geleden?’ Markman spreekt een eigenaardige combinatie van Zweeds en Deens zonder enig systeem. Hij gebruikt zowel woorden uit de ene als uit de andere taal en praat met een zwaar Skåns accent.

‘Negen maanden,’ mompelt Juncker.

‘Oké, negen maanden, dan houden we het daarop.’ De glimlach van de gortdroge man wordt nog breder. ‘Eerst was het de man die... Bent Larsen heette hij toch? En zijn vrouw. Daarna de man uit het asielzoekerscentrum die stierf aan de gevolgen van een brandbomaanslag. En vervolgens zijn er een paar terroristen gesneuveld, nietwaar?’

Juncker probeert de forensisch arts, die hij al decennialang kent, te negeren. Hij respecteert hem omdat hij de beste in zijn vak is en beschouwt hem bijna als een vriend.

Markman gaat verder. ‘En dan deze man...’ Hij knikt naar de witte tent die boven het lijk van Ragner Stephansen is opgezet en begint op zijn vingers te tellen. ‘Daarmee kom ik op... zes. Zes moorden in het kielzog van je aankomst. In een provinciestadje met hoeveel inwoners? Vijf-, misschien zesduizend?’ Hij stoot met zijn elleboog in Junckers zij. ‘Dat doet niet onder voor Barnaby.’

‘Twee van hen zijn niet hier, maar in Kopenhagen om het leven gekomen,’ corrigeert Juncker hem koel.

‘Maar ze zijn hier levensgevaarlijk gewond geraakt, of niet soms?’ Markman wordt ernstig. ‘En dan heb ik je vader niet eens meegerekend. Maar die is een natuurlijke dood gestorven.’

Juncker kijkt een paar seconden in Markmans ogen, waarna hij knikt. 'Ja, dat klopt.'

'Je bent een echte Engel des Doods, Juncker. Je hoeft er waarschijnlijk geen rekening mee te houden dat je binnenkort ereburger van Sandsted wordt.' De arts zet de lichtgrijze honkbalpet die hij in zijn handen heeft op zijn hoofd. 'Jezus, wat is het warm,' zegt hij kreunend, waarna hij met half dichtgeknepen ogen naar de brandende zon kijkt. 'Ik heb gehoord dat je de man die onder de tent ligt kent.'

'Ja. Hij is de voormalige compagnon van mijn vader.'

'Kende je hem goed?'

'Niet echt. Hij zat bij mijn oudere broer in de klas, maar ik heb nooit een persoonlijke band met hem gehad en dat had mijn vader voor zover ik weet ook niet.' Juncker kijkt op zijn telefoon. De twee technisch rechercheurs die in de tent rondom het lijk naar eventuele sporen zoeken, zijn inmiddels bijna een uur bezig. Ze moeten bijna klaar zijn.

Een man komt naar hen toe lopen. 'Juncker, Markman,' zegt hij met een enigszins starre glimlach.

'Hallo, Skakke,' antwoordt de forensisch arts, terwijl Juncker het bij een knikje naar zijn chef houdt.

Vice-hoofdinspecteur Jørgen Skakke is het hoofd van de afdeling Zware Criminaliteit van het hoofdbureau in Næstved. Juncker en hij hebben als relatief jonge rechercheurs in de tweede helft van de jaren negentig samengewerkt in het toenmalige elitekorps Rejseholdet, oftewel 'het reizende team', een landelijk werkende politie-eenheid die werd belast met de lastigste zaken. Nadat de eenheid in 2002 was ontbonden, hebben ze bij de afdeling Moordzaken van de Politie Kopenhagen samengewerkt. Juncker is van mening dat Skakke op zijn zachtst gezegd niet de intelligentste onderzoeker ter wereld is, en bovendien een conventionele dwarsligger. Juncker weet zeker dat hij niet luidkeels heeft gejuicht toen hij na de sluiting van het plaatselijke bureau in Sandsted naar het hoofdbureau in Næstved werd overgeplaatst.

'Weten we wie de vermoorde man is?' vraagt Skakke.

'Ja. Advocaat Ragner Stephansen. Destijds de partner van mijn vader toen hij zijn beroep nog uitoefende. Ragner heeft op de basisschool bij mijn oudere broer in de klas gezeten.'

'Hm. Is het een probleem dat je hem kent?'

'Nee, voor mij in elk geval niet. Ik ben hem in de loop der jaren een paar keer tegengekomen tijdens dinertjes bij mijn ouders, maar dat is het in grote lijnen.'

Skakke kijkt naar hem. Juncker ziet dat hij nadenkt. 'Dat is op het randje. Dinertjes, zeg je? En verder niets?'

Juncker kijkt in zijn ogen. 'Nee, dat is alles.'

'Oké. Tja, we zwemmen niet bepaald in het beschikbare personeel. Ik bedoel, na de terroristische aanslag is er alleen maar meer overwerk bij gekomen...' Hij krijgt een afwezige blik in zijn ogen, maar kijkt even later weer naar Juncker. 'Ik neem je op in het team, maar niet als onderzoeksleider.'

Juncker haalt zijn schouders op. 'Als jij het zegt, dan is het niet anders.'

'Goed.' Skakke kijkt om zich heen. 'Waar is Nabiha?'

'Ze is samen met Kryger bezig met een buurtonderzoek. Anders Jensen en Hovmand controleren intussen waar de bewakingscamera's in de omgeving zich bevinden.'

'Oké.' Skakke kijkt naar de arts. 'Markman, heb jij –'

'Nog niet, maar ik denk dat de technisch rechercheurs bijna klaar zijn, zodat ik erbij kan.'

'We weten dat hij twee keer door zijn hoofd is geschoten,' zegt Juncker.

Skakke knikt nadenkend. 'Je zei dat hij advocaat is? Met een kantoor in het stadje? Ik vermoed dat hij veel zaken in de regio doet.'

'Zo was het in elk geval toen mijn vader nog deel van het kantoor uitmaakte.'

'Dan is het belangrijk dat we zo snel mogelijk... Hoe moet ik het zeggen? We moeten in elk geval een deel van het kantoor verzegelen en ervoor zorgen dat we toegang tot de computers en de documenten krijgen. We kunnen immers niet uitsluiten dat we de schuldige moeten zoeken binnen een van de zaken die het advocatenkantoor behandelt.'

'Toen ik Stephansens vrouw en zoon over de moord vertelde, heb ik de zoon verteld dat we toegang tot bepaalde computers en waarschijnlijk ook ander materiaal moeten hebben. Mads Stephansen is junior partner. Ik heb ook tegen hem gezegd dat hij niemand op kantoor over de moord mag vertellen, hoewel het onwaarschijnlijk is dat het gerucht niet al door heel Sandsted verspreid is.'

'Hebben we een huiszoekingsbevel nodig?'

'Dat is niet uitgesloten. Ik kan naar het advocatenkantoor gaan om met Laust Wilder te praten. Hij is samen met Ragner eigenaar van het bedrijf. Dan merken we heel snel of ze bereid zijn om mee te werken. Daar twijfel ik aan.'

'Als ze niet meewerken, dan beschouwen we dat als dwarsbomen,' zegt Skakke met een verwijzing naar een passage in het wetboek die de politie de mogelijkheid geeft om een huiszoeking te doen zonder op toestemming van de rechter te wachten.

'Natuurlijk,' zegt Juncker. 'We moeten waarschijnlijk ook zo snel mogelijk een aantal financiële mensen aan het werk zetten.'

'Uiteraard. We laten drie werknemers van de afdeling Economische Delicten de zaken van het advocatenkantoor controleren. Dat regel ik. Ik neem ook contact op met de officier van justitie over het huiszoekingsbevel. En ik zorg voor honden en meer personeel zodat we het park kunnen doorzoeken. Is het wapen waarmee de schoten zijn afgevuurd gevonden?'

'Nee.'

'Oké. Laten we afspreken over... een uur. Om halftwaalf.'

Juncker is jaren geleden voor het laatst via de voordeur en de statige, witgeschilderde trap met de hoogpolige wijnrode loper naar de eerste verdieping gelopen, waar zich de ingang bevindt van advocatenkantoor Wilder & Stephansen, dat destijds Junckersen & Stephansen heette.

Hij opent de zware eikenhouten deur. In zijn vaders tijd kwam je daarna in een lange gang die naar de kantoren van de advocaten leidde, met rechts een kleine receptie. Nu leidt de voordeur rechtstreeks naar een grote ruimte met een balie en licht kantoormeubilair, waaronder boekenkasten van het merk Montana en vier lage leren stoelen rond een witte marmeren tafel. Aan een van de muren hangt een schilderij waarvan Juncker vrij zeker weet dat het een Jorn is, en verder een van Egill Jacobsens masker-schilderijen. Hoewel hij geen kunstkenner is, weet hij dat iemand een dikke portemonnee tevoorschijn heeft gehaald.

Het enige in de ruimte dat Juncker van eerdere bezoeken herkent, zijn de hoge panelen van donker eikenhout en de vier statige boogramen die uitkijken op de Torvegade, de voetgangerspromenade en tevens hoofdstraat van Sandsted.

Achter een van de twee bureaus zit een slanke vrouw met donker haar, een op een eekhoorn lijkend gezicht en behuilde ogen. Het nieuws over Ragner Stephansens dood is duidelijk al bekend. Hij stelt zich voor en zegt dat hij met Laust Wilder wil praten.

'Eén moment,' zegt de vrouw, waarna ze verdwijnt door een deur, die ze achter zich dichtdoet. Na tien seconden verschijnt ze weer. 'Ga uw gang,' zegt ze terwijl ze de deur open laat staan en achter haar bureau gaat zitten.

Juncker beseft dat hij het vroegere kantoor van zijn vader binnenloopt.

Laust Wilder staat op en loopt met een uitgestoken hand naar hem toe. 'Martin,' zegt hij met luide, diepe stem, waarna hij Junckers hand vastpakt en die schudt alsof hij een terriër met een dode rat in zijn bek is. Juncker probeert zijn hand terug te trekken, maar de advocaat houdt hem vast en schudt hem nog een paar seconden voordat hij loslaat.

Voor zover Juncker zich herinnert, hebben ze elkaar jaren geleden één of twee keer ontmoet, in de tijd waarin zijn vader zijn deel van het advocatenkantoor aan Wilder had verkocht. Daarna heeft hij hem alleen nog bij de begrafenis van zijn vader gezien.

'Welkom,' zegt Wilder en hij doet een stap naar achteren. 'Hoewel de reden waarom we elkaar zien verschrikkelijk is.' Hij knikt naar de vergadertafel en ze gaan zitten. 'Herken je je vaders oude kantoor?' vraagt hij.

'Ja, maar er is ontegenzeggelijk veel veranderd sinds ik hier voor het laatst was.'

'Dat kun je wel zeggen. Weten jullie al wat er is gebeurd?' vraagt Wilder.

'Het enige wat we op dit moment met zekerheid kunnen zeggen, is dat Ragner Stephansen met twee schoten in het Kildepark gedood is. Over het tijdstip en de nadere omstandigheden tasten we momenteel nog in het duister,' zegt Juncker, zich er diep vanbinnen over verbazend dat hij in situaties zoals deze altijd klinkt als een robot die een persbericht voorleest dat is geschreven door een vijfentachtigjarige jurist die het grootste deel van zijn leven opgesloten heeft gezeten in zijn kantoor.

Wilder knikt zwijgend. Hij is een jaar of vijftig en draagt een lichtgrijs kostuum met een vest, een verblindend wit overhemd en een lichtblauwe zijden stropdas. Hij ziet eruit alsof hij rechtstreeks uit de paskamer van een exclusieve herenkledingwinkel is gestapt.

Juncker snapt niet hoe iemand er in deze verdomde hitte zo fris uit kan zien. Hij trekt zijn gekreukte linnen jasje naar beneden in een poging het textiel enigszins in model te krijgen.

'Wat kan ik... Wat kunnen *wij* doen om te helpen?' vraagt de advocaat.

'Zoals ik al zei, weten we nog helemaal niets over het mogelijke motief van de dader. We moeten de mogelijkheid nagaan of de moord gerelateerd kan zijn aan het werk van de overledene en daarmee aan dit kantoor. Dus...'

'Dus jullie willen graag toegang hebben tot... Tja, tot wat?'

'In elk geval tot de computers van Ragner en zijn secretaresse. Misschien ook tot andere computers, maar dat moet nog blijken. En bovendien tot de diverse bankrekeningen en cliëntenaccounts. Vrij veel, dus. We zijn niet van plan iets in beslag te nemen, in elk geval niet meteen, maar we moeten de inhoud van de computers op onze eigen harddisks kunnen kopiëren.'

Wilder knikte langzaam. 'Hoe noemen jullie het ook alweer als jullie de volledige inhoud van een computer kopiëren?'

'Een spiegel maken.'

'Een spiegel, inderdaad.' De advocaat brengt zijn handen naar zijn gezicht en legt zijn vingertoppen tegen elkaar terwijl hij zijn wijsvingers tegen zijn lippen laat rusten. Het is het meest geaffecteerde gebaar dat Juncker zich kan voorstellen.

'Zoals je zult begrijpen, staat er heel veel vertrouwelijk materiaal op onze computers, dat uit consideratie met onze cliënten niet zomaar afgegeven kan worden. Ik denk dus dat ik om een huiszoekingsbevel moet vragen voordat we ergens toegang toe geven. Dat zeg ik niet omdat we niet willen meewerken, maar omdat onze cliënten dat terecht van ons verwachten.'

Juncker knikt. 'Dat is geen enkel probleem. Dan volgen we in eerste instantie paragraaf 796 lid 3 van het Wetboek van Strafvordering. Daarin wordt gesteld –'

'Dat indien de intentie van het onderzoek teniet wordt gedaan als het gerechtelijk bevel wordt afgewacht, de politie kan besluiten om toch tot huiszoeking over te gaan. Bedankt, ik ken het Wetboek van Strafvordering. We kunnen de huiszoeking dus niet voorkomen.'

'Dat kunnen jullie inderdaad niet.' Juncker glimlacht vriendelijk naar Wilder. 'We zorgen op zijn laatst binnen vierentwintig uur voor een huiszoekingsbevel en zijn hier met een man of drie aan het werk. Is er een plek waar we kunnen zitten?'

'We hebben twee vergaderkamers. Jullie kunnen er een krijgen.'

'Dat is prima. Het spreekt vanzelf dat niemand documenten of elektronische apparatuur uit het kantoor mag verwijderen.'

'Ik zal de werknemers daarvan op de hoogte stellen. Is er nog iets anders wat ik kan doen?'

'We zijn natuurlijk bijzonder geïnteresseerd in de zaken die Ragner behandelde of waarbij hij betrokken was, vooral de recentere. Zou het mogelijk zijn om een lijst op te stellen met de zaken die... laten we zeggen... een jaar teruggaan? Met een korte samenvatting van elke zaak?'

De advocaat ziet er gekweld uit. 'Tja, eh... daar is vermoedelijk niets op tegen,' zegt hij.

'Bedankt. Ik regel een paar geüniformeerde agenten die in de gaten kunnen houden wie er binnenkomen en vertrekken.'

Wilder ziet er nu nog gekwelder uit. 'Is dat echt nodig? Ik bedoel, er is toch geen reden om te denken –'

'Ik denk helemaal niets. Het is gewoon voor alle zekerheid, tot we meer weten over het motief achter de moord. Is dat een probleem?'

'Nee, waarschijnlijk niet. Het lijkt alleen zo dramatisch.'

'Dat mag je vinden, maar een moord is natuurlijk ook dramatisch.'

'Dat klopt helemaal.' Wilder staat op.

Juncker steekt een hand op om hem tegen te houden. 'Ik heb nog een paar vragen over je relatie met de overledene.'

De advocaat gaat weer zitten. 'Ga je gang.'

'Hoe was hij? Niet alleen als collega, maar ook als mens.'

Wilder legt zijn vingers weer tegen zijn lippen terwijl hij diep nadenkt. 'Hij was een uitstekende advocaat. En in tegenstelling tot veel advocaten van tegenwoordig, die gespecialiseerd zijn in een bepaald gebied, was hij ongelofelijk allround. Ragner wist heel veel over de meest uiteenlopende gebieden. Wat dat betreft was hij er echt een van de oude stempel. Toch stond hij vooraan als het kantoor moest worden voorzien van de nieuwste dingen, zoals IT-apparatuur, en was hij ook scherp met het up-to-date houden van onze werknemers voor wat de nieuwe bedrijfssectoren betreft. Ik heb bijzonder veel van Ragner geleerd.'

'En als collega?'

Wilder denkt weer na voordat hij antwoord geeft. 'Het was prettig om met hem samen te werken. Hij kon absoluut niet tegen incompetentie. Ik kan hem niet anders omschrijven dan als een fantastische collega.'

'Waren jullie vrienden?'

'Nee, dat kun je niet zeggen. We hebben elkaar een paar keer in de privésfeer ontmoet, maar vrienden? Nee. Hij was niet het type dat vriendschap en werk combineerde, en dat ben ik ook niet.'

'Weet je of hij vijanden had?'

'Hm... vijanden... Tja, Ragner won een groot deel van de zaken die hij aannam. Het is onmogelijk om zo'n succesvolle advocaat te zijn als hij zonder op de tenen van anderen te trappen. Als je dat "vijanden" wilt noemen... Het is maar hoe je het definieert.'

'Goed. Dat was het tot nu toe. Misschien zien we elkaar later vandaag nog. Ik ben benieuwd naar de lijst met jullie actuele zaken. Nu wil ik graag met Ragners secretaresse praten, als ze aanwezig is.'

'Sara Jensen? Ik weet dat ze er is. Dat zal dus geen probleem opleveren. Loop maar mee.'

Het kantoor van de secretaresse bevindt zich iets verder weg in de gang. De deur staat open, maar Wilder klopt toch. De vrouw kijkt op van het computerscherm.

'Sara, dit is Martin Junckersen van de politie. Hij doet onderzoek naar de moord op Ragner en wil graag met je praten.'

De vrouw staat op en loopt om het bureau heen. Ook zonder de zwarte puntige stiletto's zou ze relatief lang zijn. Juncker gokt dat ze midden veertig is. Ze heeft dramatische oogschaduw op en ravenzwart haar, dat strak naar achteren is gekamd en in een vlecht zit. Ze draagt een mouwloos hoogsluitend shirt en een nauwsluitende grijze rok, die niets doet om haar zandloperfiguur te verbergen. Ze steekt haar hand naar hem uit. Juncker staart jaloers naar haar gespierde arm. 'Sara Jensen. Wat kan ik voor je doen?' Ze glimlacht professioneel vriendelijk en lijkt, in tegenstelling tot de vrouw achter de receptiebalie, niet overmand door verdriet vanwege de plotselinge en gewelddadige dood van haar baas.

'Ik wil je een paar vragen stellen over Ragner Stephansen,' zegt Juncker.

Ze knikt. 'We kunnen in Ragners kantoor gaan zitten. Daar staat een kleine vergadertafel.' Ze opent de deur. 'Kan ik je iets te drinken aanbieden?'

'Nee, dank je.'

'Oké.' Ze gaat zitten.

'Hoelang ben je Stephansens secretaresse geweest?'

Ze denkt even na. 'Dat moet... ruim zeven jaar geweest zijn.'

'Dan kunnen we wel stellen dat je hem goed kent, nietwaar?'

'Dat kun je inderdaad zeggen. Als je zo lang samenwerkt...'

'Natuurlijk.' Juncker knikt. 'Hoe zou je hem omschrijven?'

'Als een charmante man. Heel charmant.'

'En als werkgever?'

'Ragner stelde hoge eisen aan zijn werknemers, maar nooit hoger dan de eisen die hij aan zichzelf stelde.'

'Als je zijn positie op kantoor moet karakteriseren... Ik bedoel de manier waarop zijn werknemers over hem dachten, wat zeg je dan?'

'Hij was geliefd.'

'Geliefd, zeg je. Was er niemand die zich... Hoe moet ik dat zeggen? Was er niemand die zich door hem geïntimideerd voelde? Geen werknemers, of voormalige werknemers trouwens, die een hekel aan hem hadden?'

'Nee. Voor zover ik weet niet.'

'Het is natuurlijk mogelijk dat jij als zijn secretaresse niet hoorde hoe de andere werknemers over hem dachten.'

'Dat klopt, maar ik denk toch dat ik goed aanvoel hoe de sfeer op kantoor is.'

'Hoe zit het met de cliënten en de tegenstanders van de zaken die hij gedurende de jaren heeft behandeld? Had iemand van hen een hekel aan hem? Is hij bedreigd?'

'Als je een goede en succesvolle advocaat bent, ontkom je er niet aan dat er af en toe iemand is die een bepaalde... woede voelt.'

Hetzelfde verhaaltje dat Mads Stephansen en Laust Wilder afstaken, denkt Juncker.

'Maar je weet niets over ernstige bedreigingen?'

'Laat ik het zo zeggen: in de tijd dat ik Ragners secretaresse was, is hij nooit bedreigd op een manier waarover hij zich zorgen maakte. Niet voor zover ik weet in elk geval.' Ze kijkt naar Juncker. 'Jij bent Mogens Junckersens zoon, toch?'

'Ja, dat was mijn vader. Hij is het kantoor jaren geleden begonnen.'

'Dan kende je Ragner waarschijnlijk ook.'

'Ik heb hem ontmoet, maar de relatie tussen mijn vader en hem was professioneel. Ze waren niet bevriend.'

'Je bent dus niet vooringenomen voor wat betreft het onderzoek naar de moord?'

'Mijn chef heeft bepaald dat ik dat niet ben.'

'En die beslissing heeft niets te maken met het feit dat de politie, voor zover ik begrepen heb, op personeelsgebied flink onder druk staat na de terroristische aanslag van vorig jaar?'

'Die beslissing is alleen gebaseerd op de beoordeling van mijn relatie met de overledene.'

'Juist ja.' Ze slaat haar armen over elkaar. 'Kan ik nog iets voor je doen?'

Geen gewone grijze kantoormuis, denkt Juncker als hij vijf minuten later in de voetgangerspromenade staat.

In het Kildepark zijn de technisch rechercheurs klaar met het doorzoeken van een gebied met een radius van zo'n vijf meter van het lijk.

'Wat hebben jullie voor me?' vraagt Juncker aan Peter Lundén. Juncker heeft al in heel veel zaken met hem samengewerkt, de laatste keer in verband met de dubbele moord op het echtpaar Larsen.

'Het is bijna net zoals de vorige keer dat ik hier was,' zegt Lundén chagrijnig.

Het huis waar Bent Larsen vorig jaar in december vermoord was gevonden, bleek nagenoeg steriel te zijn. Volgens Lundéns beschrijving van de plaats delict had hij nog nooit een schoner huis onderzocht.

'De regen heeft het lijk bijna smetteloos schoongespoeld. Maar we hebben drie haren op hem gevonden die niet van hemzelf lijken te zijn, en wat pluisjes op zijn shirt. We moeten dus maar zien.'

'Schoenafdrukken? Of andere sporen?'

'Dat kun je zelf zien,' zegt Lundén. Hij wijst naar het grind. 'Dat verdomde weer heeft alle sporen geruïneerd. Er zijn een paar uitgesmeerde afdrukken van iets wat hardloopschoenen kunnen zijn, naar het lijk toe en naar de uitgang, maar we kunnen niet zeggen of die van de moordenaar of van een jogger zijn. In elk geval niet voordat het lijk verplaatst is, zodat we kunnen zien of de afdrukken onder hem doorlopen.'

'En jullie hebben geen kogelhulzen gevonden?'

'Nee. De moordenaar heeft netjes opgeruimd na zijn daad. Of hij heeft met een revolver geschoten.'

Markman komt de tent uit.

'En wat heb jij te vertellen?' vraagt Juncker.

'Niet verschrikkelijk veel wat we niet al wisten. Hij is één keer in zijn voorhoofd en één keer in zijn slaap geschoten. Het kaliber is met 99 procent zekerheid een .22, zoals je al gokte. Geen uitgangswond, dus is het waarschijnlijk munitie met een lage snelheid.'

'Zijn het contactschoten?'

'Het schot in de slaap wel. Er zitten roet- en kruitdeeltjes in de wond. Het schot door het voorhoofd is van een afstand van een halve meter afgevuurd, misschien iets meer.'

'Verdedigingswonden?'

'Nee. Geen tekenen van een gevecht.'

'En verder?'

'Volledig ontwikkelde rigor mortis. In combinatie met de lichaamstemperatuur gok ik erop dat hij tussen 23.00 en 1.00 uur vermoord is.'

Juncker loopt naar de tentopening en kijkt naar het lijk. 'Waarom twee schoten?' mompelt hij.

'Wat?'

'Ik vraag me af waarom er twee keer op hem geschoten is. Zijn de schoten afzonderlijk van elkaar niet al dodelijk?'

'Dat kan ik na de autopsie pas met zekerheid zeggen. Maar ja, dat is het meest waarschijnlijk. Twee schoten... Wijst dat niet op een professional?'

'Misschien wel.' Hij krijgt Nabiha in het oog, die samen met een andere jonge onderzoeker, Jesper Kryger, over het grasveld nadert. Ze begroeten Markman en de twee technisch rechercheurs. 'We zijn bij vrijwel alle woningen en portieken geweest die aan het park grenzen,' zegt Nabiha. 'Sommige bewoners zijn natuurlijk niet thuis, dus moeten we nog een keer langsgaan, misschien vanavond rond etenstijd.'

'En?'

Ze schudt haar hoofd. 'Niemand heeft iets gehoord wat aan schoten doet denken. En ook niets anders, trouwens.'

Eigenlijk is dat niet zo vreemd, denkt Juncker. Munitie met een lage snelheid hoeft niet veel meer lawaai te maken dan een harde, droge hoest. 'Heeft iemand iets gezien?'

'Ja,' antwoordt Jesper Kryger. 'Een man die helemaal boven in het appartementencomplex in de Kirkegårdsvej woont, heeft iemand gezien die uit het park kwam en afsloeg naar de voetgangerspromenade.'

'Weet hij hoe laat dat was?'

'Dat weet hij inderdaad. Hij kon niet slapen en is naar de keuken gegaan om een glas melk te drinken. Daar keek hij op de klok en zag dat het vijf minuten voor halfeen was.'

'Goed. Heb je een signalement?'

'Niet uitgebreid. Donkere broek, donkere capuchontrui met de capuchon opgezet. En een rugzak.'

'Een idee van de lengte?'

'Nee, niet echt. Gemiddeld, was het enige wat hij zei.'

'Man? Vrouw?'

'Nope, ook niet. Hij heeft het gevoel dat het misschien een man was, maar daar durft hij zijn hand niet voor in het vuur te steken.'

Geweldig, denkt Juncker. Daar gaan we weer. 'Dus jullie gaan tussen zes en zeven uur nog een keer langs de deuren als de andere bewoners thuis zijn?'

'Dat doen we,' zegt Kryger. 'Ben jij de onderzoeksleider?'

'Nee.' In elk geval niet op papier, denkt hij. 'Ik ga nu naar Næstved. Om zes uur is er een briefing. Ik ben van plan om voor te stellen dat we het oude plaatselijke politiebureau de komende dagen als ons hoofdkwartier gebruiken. Het grootste deel van het onderzoek zal in Sandsted plaatsvinden, en voor zover ik weet, loopt het huurcontract nog een paar maanden. Zullen we daar gewoon afspreken?'

'Skakke heeft me gevraagd om morgen naar de autopsie in het Forensisch Instituut te gaan. Die is om halfnegen,' zegt Nabiha.

Dat knaagt een beetje aan Juncker. Hij is de meest geroutineerde onderzoeker die aan de moord op Ragner Stephansen werkt en nam min of meer als vanzelfsprekend aan dat hij naar de autopsie zou gaan. 'Oké. Veel succes dan.'

Nabiha werpt een steelse blik op Juncker. 'Hij zei... Skakke dus... dat ik het een keer moet proberen –'

'Zoals ik al zei, ik wens je veel succes. Dan zien we elkaar als je terug bent.'

Tijdens de briefing in Næstved vertelt een van de agenten van Economische Delicten die in het advocatenkantoor zijn geïnstalleerd dat ze de lijst met Ragner Stephansens zaken die Laust Wilder aan Juncker heeft beloofd, de volgende ochtend pas krijgen omdat die nog niet helemaal klaar is.

'Waarom moet dat zo lang duren?' snauwt Juncker.

De agent haalt zijn schouders op.

'Hebben jullie toegang tot Stephansens computer gekregen?'

'Ja, en tot die van zijn secretaresse, maar we hebben de inhoud nog niet kunnen bekijken.'

Als Juncker het hoofdbureau uit loopt, heeft hij bij wijze van uitzondering verschrikkelijke honger, dus koopt hij twee broodjes knakworst bij een tankstation en boert vervolgens de dertig minuten durende rit naar Sandsted Franse saus op. Het is net voor negen uur als hij de voordeur van zijn ouderlijk huis opent. Hij loopt meteen naar zijn slaapkamer – die ook zijn slaapkamer was voordat hij het huis uit ging –, trekt zijn jas, overhemd en broek uit en kijkt heel even naar zijn halfnaakte lichaam.

Hij is het afgelopen halfjaar afgevallen, maar niet op een aantrekkelijke manier. Hij is altijd mager en slungelig geweest, maar tot een paar jaar geleden was hij ook relatief gespierd en pezig. Nu begint zijn spiermassa te verdwijnen. Hij heft zijn linkerarm, buigt hem en spant de biceps. De spier is niet groot genoeg meer om de huid helemaal op te vullen en de overtollige huid zakt als een kleine hangmat naar de onderkant van zijn bovenarm. Rond zijn taille heeft hij een paar vetkussentjes gekregen, die min of meer de grootte van opgepompte binnenbanden hebben en met zijn beginnende buik om een plekje vechten.

Gelukkig zie je de uitstulpingen en de verdwijnende spiermassa nog niet als hij aangekleed is, maar de onomstotelijke bewijzen van het voortschrijdende verval zijn er. Juncker zucht. 'Vanaf morgen ga ik sporten,' zegt hij hardop. Alsof woorden op de een of andere manier meer nadruk krijgen doordat ze worden uitgesproken. Hij is een tijd geleden al opgehouden zich erover te verbazen dat hij hardop tegen zichzelf praat. 'Langzaam beginnen. Twintig push-ups en twintig sit-ups. Heel rustig.'

Langzaam. En morgen pas.

Hij haalt een schoon T-shirt uit de kast, gaat naar de keuken, spoelt het gebruikte glas dat naast de gootsteen staat om en schenkt een flink glas in van de redelijke rode Zuid-Afrikaanse wijn uit het pak dat hij bij Brugsen heeft gekocht. Hij gaat op het terras zitten en geniet van de relatieve koelte terwijl de gloeiende zon wegzakt in een zee van gouden en oranje tinten. Hij neemt een slok en voelt hoe de alcohol de aanval tegen de dikmakende portie junkfood in zijn maag inzet. Een gevoel van rust verspreidt zich door zijn lichaam, en dat is precies wat de wijn brengt: een verraderlijke kalmte.

Toen hij in december naar het huis van zijn vader was verhuisd, had het de optimale oplossing voor een heel vervelende situatie geleken. Hij had, om het zonder omhaal te zeggen, geneukt met de advocate die de verdachte verdedigde in een lopende rechtszaak waarvoor hij zelf het onderzoek had gedaan. Die even opzienbarende als ongemakkelijke vorm van belangenverstrengeling had zijn chef volgens het boekje bestraft: hij was gedegradeerd en overgeplaatst.

De eerste dagen nadat hij Charlotte over zijn slippertje had verteld, dacht hij dat ze hem zou vergeven. Jezus, het was niet meer dan een kortstondige verhouding geweest die niets voorstelde en die ook niets veranderde aan het feit dat hij van zijn vrouw hield en dat altijd zou blijven doen. Zo was het helaas niet gegaan. Na een week stond ze erop dat hij, in elk geval tijdelijk, een andere plek zocht om te wonen. De positie als hoofd van het nieuwe plaatselijke politiebureau in Sandsted had drie vliegen in één klap geleken: het loste het probleem van de overplaatsing op; hij kon in het huis van zijn ouders wonen, en tegelijkertijd kon hij voor zijn vader zorgen, die flink dement begon te worden.

Zijn vader ging echter in rap tempo achteruit, waardoor Juncker zich uiteindelijk volkomen machteloos voelde.

Op 6 januari, iets meer dan een maand nadat hij in Sandsted was komen wonen, sloop hij 's ochtends vroeg de slaapkamer van zijn vader in. De oude man lag licht snurkend op zijn rug. Zijn moeder was tien maanden eerder overleden, maar haar dekbed en kussen lagen nog steeds opgemaakt op de gebruikelijke plek op het tweepersoonsbed. Nadat Juncker een minuut lang moed had verzameld, pakte hij het kussen, legde dat op het gezicht van zijn vader en begon te duwen.

Het kost verbazingwekkend veel tijd, tussen de drie en vier minuten, om iemand te verstikken, ook als diegene oud is.

Sindsdien heeft Juncker al veel eenzame avonden en nachten nagedacht over zijn motieven voor de moord op zijn vader. Moord, geen doodslag. De manier waarop hij zijn vader doodde was namelijk absoluut niet onopzettelijk of onbezonnen. De oude man werd steeds zieker en raakte steeds verder verwijderd van degene die hij ooit was geweest. De weg naar een plek in een verzorgingstehuis waar ze met zijn dementie konden omgaan, leek onoverkomelijk lang, en Mogens Junckersen wilde zijn laatste jaren trouwens onder geen beding in een tehuis slijten. Er was geen twijfel aan dat hij leed. Hij miste zijn vrouw en begon de controle over zijn lichaamsfuncties te verliezen.

Dat was de reden geweest, had Juncker honderden keren gedacht als hij probeerde zijn slechte geweten te sussen. Dáárom had hij het gedaan. Waarom moet een oude, versleten man gedwongen in leven blijven als hij dat helemaal niet meer wil?

Maar er is ook een andere reden, een reden die Juncker probeert te verdringen en te ontkennen zodra die zijn gedachten binnendringt. Iets waaraan hij niet kan ontsnappen, hoe hard hij het ook probeert.

Elke nacht heeft hij dezelfde droom die zo banaal voorspelbaar en vulgair freudiaans is dat het bijna lachwekkend zou zijn als de droom hem niet wekte en niet een van de belangrijkste redenen was waarom hij zo slecht slaapt. Naast het feit natuurlijk dat hij te veel drinkt, zijn oude leven mist en minstens drie keer per nacht moet plassen.

In de droom loopt Juncker de slaapkamer van zijn ouders in, pakt het kussen, legt dat op het gezicht van zijn vader en duwt. De oude man vecht voor zijn leven, maar na een paar minuten verminderen de bewegingen langzaam, tot het lichaam roerloos blijft liggen. Juncker haalt het kussen voorzichtig weg en ziet dat zijn vader met open ogen naar hem glimlacht. Dan fluistert hij iets wat Juncker niet kan horen. De oude man heft zijn knokige hand en gebaart dat zijn zoon dichterbij moet komen. Hij buigt zich naar voren, voelt een golf koude, muffe lucht en draait zijn oor naar hem toe. Mogens Junckersen fluistert opnieuw en nu hoort Juncker wat hij zegt. Eén woord. 'Lapzwans.'

Nacht na nacht.

En zo is het: hij heeft zijn vader ook vermoord omdat tirannen het verdienen om te sterven.

Juncker huivert en de haren op zijn armen gaan overeind staan. Hij drinkt het glas leeg en gaat naar binnen om het opnieuw te vullen. Voor de deur van zijn vaders werkkamer blijft hij staan. Hij is er niet meer geweest sinds de ochtend waarop hij de huisarts belde om te vertellen dat zijn vader in de loop van de nacht was ingeslapen. Hij denkt even na, loopt naar de deur en legt zijn hand op de kruk. Hij heeft er onmiddellijk spijt van.

1 AUGUSTUS

6

Charlotte kijkt om zich heen. Alle tafels voor koffiebar Havnelyst zijn bezet. De meeste gasten zijn vrachtwagenchauffeurs en havenarbeiders van de containerterminal. Ze zet haar fiets tegen een boom, schuift haar zonnebril in haar knalrode haar en loopt naar de ingang. Een stevige man met zwart krullend haar in een oranje overall en een donkerblauw T-shirt, dat doornat is van het zweet, fluit haar na. Zijn er in Kopenhagen andere plekken dan Nordhavn waar mannen nog steeds naar vrouwen fluiten? Ze overweegt of ze woedend zal worden of gevleid moet zijn.

Op een serveerster na is de schemerige ruimte leeg. Charlotte bestelt een kop koffie, loopt naar de tafel die het verst bij de ingang vandaan staat en gaat op een van de zwartleren stoelen met hoge rugleuningen zitten. Ze haalt haar telefoon uit haar tas en kijkt hoe laat het is. Drie minuten over negen. Ze neemt een slok van de sterke koffie, opent de interneteditie van de krant en begint het artikel op de voorpagina te lezen.

In de deuropening verschijnt een man. Hij vult de ruimte bijna helemaal op, blijft even staan, kijkt met half dichtgeknepen ogen naar binnen, krijgt Charlotte in het oog en loopt naar haar tafeltje toe.

Hij lijkt een parodie op een Amerikaanse trucker. De man heeft een donkere baard en heeft een Ray Ban-zonnebril en een honkbalpet op. Hij draagt een spijkerbroek, een roodgeruit houthakkershemd en een zwartleren jack.

Het is een wonder dat hij niet smelt, denkt Charlotte.

'Charlotte Junckersen?'

'Dat ben ik.'

Hij trekt de stoel tegenover haar naar achteren en gaat moeizaam zitten. Hij schuift de pet een stukje naar boven en veegt het zweet met zijn handpalm van zijn voorhoofd. Zijn haar is rossig en gemillimeterd, ziet ze voordat hij de pet terugschuift. Charlotte gokt dat hij een jaar of vijfentwintig is, maar het is moeilijk te beoordelen, niet het minst vanwege de baard, die er vals uitziet. Hij hoest even. Ze kan zijn ogen niet zien, maar heeft het gevoel dat hij haar grondig bestudeert, alsof hij probeert iets van haar uiterlijk af te lezen. Of misschien is hij gewoon in gedachten verzonken.

Ineens slaat hij met zijn handen op het rood-wit geblokte tafelzeil. 'Dus...' zegt hij. '...kan ik je vertrouwen, Charlotte Junckersen?'

'Dat denk ik wel. Kun je me vertellen wie jij bent?'

'Je wens om me te zien is hiermee vervuld. De rest is voorlopig onbelangrijk.'

Ze haalt haar schouders op. 'Oké. Maar wat wil je van me?'

Hij leunt naar achteren, waardoor de rugleuning van de stoel kraakt. 'De aanslag in december.'

Charlotte fronst haar wenkbrauwen. 'Ja, dat heb je geschreven. Wat is daarmee?'

'Die had voorkomen kunnen worden.'

'Is dat niet altijd zo?'

'Je begrijpt het niet. Iemand is gewaarschuwd dat die plaats zou vinden.'

'Iemand? Wie?'

'De MI. De Militaire Inlichtingendienst dus.'

'Wat? De Militaire Inlichtingendienst?'

'Ja. De MI heeft een tip gekregen waarmee niets gedaan is. Ze hebben er gewoon niet op gereageerd.'

'Hoe weet je dat?'

Hij haalt een USB-stick uit de borstzak van zijn hemd en legt die op tafel. 'We moeten eerst afspreken dat je voorlopig tegen niemand zegt dat je mij hebt ontmoet.'

'Dat is helemaal afhankelijk van wat je me vertelt. Als het iets illegaals is –'

Hij maakt een afwerend gebaar met zijn hand. 'Dat is niet goed genoeg. Geen voorbehoud. Ik wil je belofte dat je niets schrijft of tegen je collega's zegt voordat ik je daarvoor toestemming geef.'

Charlotte denkt na. Hij kan natuurlijk een van de gebruikelijke samenzweringstypes zijn, maar ze heeft het gevoel dat hij dat niet is. Dat hij iets weet. Iets groots. 'Oké, ik zal mijn mond houden.'

Hij schuift de USB-stick naar haar toe. 'Je bent getrouwd met Martin Junckersen, nietwaar?'

'Ja. Tenminste... we leven gescheiden, maar technisch gezien zijn we nog steeds getrouwd.'

'Hij was toch betrokken bij het onderzoek naar de aanslag?'

'Bij een deel ervan, maar daar weet ik bijna niets van. Waarom?'

Hij haalt zijn schouders op. 'Lees wat ik op de stick heb gezet. Dan praten we daarna.'

Charlotte pakt de USB-stick en stopt hem in haar tas, waarna ze opstaat. 'Kan ik je nog steeds bereiken op de telefoon die je me hebt gestuurd?'

'Ja, maar alleen via een tekstbericht.'

7

Juncker kan zich de code van het alarm niet herinneren en vloekt zachtjes. Het is alsof de lijm in zijn olifantengeheugen begint op te drogen waardoor er steeds meer stukjes informatie verdwijnen. Hij draait zich om, kijkt naar het plein en probeert zijn hersenen op gang te krijgen. Na een minuut doemt de code inderdaad uit de schemering van zijn geheugen op. Hij toetst de vier cijfers in en opent de deur. Die raakt de bel, die in de tijd waarin dit nog een boekhandel was met zijn gerinkel aankondigde dat er klanten binnenkwamen. Juncker heeft het nooit over zijn hart kunnen verkrijgen om de bel weg te halen, evenmin als de lege witte boekenkasten van plafond tot vloer die nog steeds tegen alle muren staan.

Drieënhalve maand geleden is het bureau gesloten. Hij kijkt om zich heen en krijgt opnieuw het knagende gevoel dat hem al maandenlang dwarszit.

Behalve Nabiha en Juncker werkte Kristoffer Kirch, een jonge aspirant, bij het plaatselijke politiebureau. Op nieuwjaarsdag werd hij gegijzeld door twee terroristen die zich na de bomaanslag in een oude boswachterswoning een paar kilometer buiten Sandsted schuilhielden.

Om redenen die vermoedelijk nooit duidelijk zullen worden, vermoordden de terroristen Kristoffer niet, maar lieten ze hem bont, blauw en onderkoeld in een bijgebouw achter. Hij overleefde de beproeving, maar was er ernstig aan toe, vooral psychisch. Naast het trauma dat hij aan de gijzeling overhield, ontdekten de psychologen dat hij leed aan een posttraumatisch stresssyndroom dat het gevolg was van gewelddadige gebeurtenissen uit de periode waarin hij als militair naar Afghanistan was uitgezonden.

Juncker had er een vermoeden van gehad, maar had er niet met de jonge aspirant over gesproken. Hij behandelde hem op dezelfde korzelige en sarcastische manier als hij zoveel mensen behandelde, en dat zit hem sindsdien dwars. Kristoffer is nog steeds met ziekteverlof en verblijft beurtelings bij zijn ouders, die een grote boerderij in de buurt van Herning hebben, en in het appartement van zijn vriendin in Østerbro. Juncker is een paar keer bij hem langs geweest en voelt aan het opspelen van zijn slechte geweten dat het binnenkort tijd is voor een nieuw bezoek.

De bel boven de deur rinkelt. Jørgen Skakke begroet hem met een afgemeten knikje. Juncker knikt terug en ze gaan aan de ronde vergadertafel zitten.

'Goed, Juncker, ik vind dat jij en ik even moeten praten voordat we verdergaan met het onderzoek.'

'Waarover?'

'Over ons. Heb je er een probleem mee dat ik je chef ben zolang je op ons bureau werkt?'

Behalve dat ik je een idioot en een slechte onderzoeker vind, denkt Juncker. 'Nee, helemaal niet. Waarom denk je dat?'

Skakke spreidt zijn armen. 'Tja, het is gewoon een gevoel, maar het is prettig om te horen dat ik het mis heb.' Hij kijkt uit het raam. 'Ik heb besloten dat Anders Jensen de onderzoeksleider in deze zaak is,' zegt hij vervolgens.

'Dat is prima. Anders is goed.'

'Dat klopt.' Skakke kijkt weer naar Juncker. 'Er is trouwens iets wat me gisteravond tijdens de briefing opviel. Of liever gezegd, er is iets waarover ik nogal onzeker ben.'

'En dat is?'

'Het leek een beetje... Hoe moet ik het zeggen...'

Schiet toch op, vent. Juncker kijkt hem ongeduldig aan. 'Ja? Wat?'

'Alsof je niet echt gelooft in de mogelijkheid dat de moord door een bekende gepleegd kan zijn. Of liever gezegd, dat je niet gelooft dat de vrouw of de zoon de dader kan zijn. Ik hoef je er hoop ik niet aan te herinneren dat ongeveer een kwart van alle moorden in Denemarken –'

'Partnermoorden zijn, ja. En nee, daar hoef je me niet aan te herinneren. Net als ik jou er niet aan hoef te herinneren dat er maar weinig partnermoorden gepleegd worden waarbij de vrouw de dader is. En natuurlijk sluit ik een bekende niet uit. Ik vind het in eerste instantie alleen verstandig om ons ervan te verzekeren dat we toegang tot het advocatenkantoor en de werknemers hebben.'

'Je gaat de echtgenote dus verhoren. Ze heet tegenwoordig toch Vera Stephansen?'

'Dat ben ik inderdaad van plan, als jij dat goed vindt natuurlijk. Jij bent tenslotte degene die alles bepaalt.'

Skakke glimlacht naar Juncker, die de glimlach niet beantwoordt. 'Dat is zo. En de zoon?'

'Hij heet Mads. Ja, ik ga hem ook verhoren. En als ik het vandaag niet red, doe ik het morgenochtend meteen. Ik moet vandaag een aantal dingen op het advocatenkantoor doornemen.'

'Mooi, dan is alles geregeld.'

Dat vind jij, denkt Juncker. 'Er is ook een dochter,' zegt hij.

'Ja.' Skakke kijkt op het scherm van zijn mobiel. 'Met haar moeten we natuurlijk ook praten. Heb je daar tijd voor?'

Juncker knikt. 'Dat gaat wel lukken. Maar voor zover ik me herinner, woont ze in Klampenborg, dus het kan zijn dat ik daar morgen pas aan toe kom.'

'Daar heb ik geen probleem mee.'

Juncker ziet dat Skakke ergens op broedt.

'Ik vroeg je gisteren of je het slachtoffer kende, en dat was zo, maar alleen oppervlakkig, zei je. Geldt dat ook voor zijn vrouw?'

Juncker denkt een paar seconden na. Hij wil niet van deze zaak gehaald worden. Sinds de moorden in december heeft hij alleen onderzoek naar een serie banale geweldszaken gedaan, en hij is een moordonderzoeker in hart en nieren. 'Ja,' zegt hij na een korte stilte. 'Dat geldt ook voor haar.'

'En de zoon?'

'Die ken ik nog minder goed dan de ouders. Ik heb hem misschien een paar keer gegroet.'

'Ik vraag het alleen omdat ik niet wil dat we met een bepaalde belangenverstrengeling te maken krijgen. Ik bedoel... Met jouw geschiedenis...'

Touché, denkt Juncker. 'Daar hoef je niet bang voor te zijn. Dat zal niet gebeuren.'

8

Het onderzoek naar het vuurgevecht op Den Røde Plads verliep precies zoals Signe had gevreesd.

Toen ze gisteren op de plaats delict arriveerde, lag het ene slachtoffer onder een wit laken bij de deur van de cafetaria in de Nørrebrohallen. Een plas bloed was onder de stof, waarop grote rode vlekken zaten, vandaan gestroomd. Verschillende kogels hadden de ramen en de deur geraakt en hadden een patroon van sterren en schietgaten achtergelaten, dat bevestigde wat meerdere getuigen hadden verklaard: de daders – twee personen op een scooterachtig voertuig – hadden een automatisch wapen gebruikt.

Het tweede slachtoffer was zwaargewond naar het traumacentrum van het Rigshospitalet gebracht, maar zijn leven kon niet worden gered en hij was in de loop van de nacht overleden. De vermoorde jongens waren respectievelijk zeventien en twintig en waren beiden lid van de bende Brothas, die de naburige wijk Mjølnerparken als thuisbasis heeft.

Signe werd overvallen door een gevoel van hopeloosheid terwijl ze samen met een collega van Zware Criminaliteit naar het laken met de rode vlekken stond te kijken.

'Ze zijn verdomme niet goed bij hun hoofd. Om een *drive by-shooting* op klaarlichte dag uit te voeren in een cafetaria waar een heleboel mensen zitten… en kinderen. Zijn er anderen gewond geraakt?'

'Nee, en dat is een wonder.'

De twee daders, die bivakmutsen droegen, waren met hoge snelheid over het fietspad naar de Hillerødgade en het Nørrebropark gereden. Diverse getuigen hadden hen de Stefansgade zien oversteken, maar daarna ontbrak elk spoor. De scooter was later op begraafplaats Assistens gevonden en bleek te zijn gestolen van een leerling-metselaar die in Rødovre woont en absoluut geen band met de bende heeft.

Zoals gewoonlijk waren de bendeleden zo gesloten als oesters toen de politie de usual suspects ophaalde voor een verhoor. Niemand zei iets tijdens de verhoren, zelfs hun eigen naam niet.

Signe kan het zich natuurlijk niet veroorloven om naar buiten toe te laten merken hoe moedeloos ze van al dat bendegeweld wordt, maar het is inmiddels zo erg dat het invloed heeft op de motivatie van het team. En dan heeft Signe nog het geluk dat ze niet op de televisie hoeft te verschijnen om uit te leggen wat er gebeurt en waarom het opsporingspercentage in deze zaken zo angstaanjagend laag is. Dat doet Merlin. Daarom komt het haar ook bijzonder goed uit dat hij de leiding van het onderzoek aan iemand anders heeft overgedragen zodat zij de gecombineerde verkrachtings- en geweldszaak kan afsluiten.

Ze heeft drie exemplaren van haar samenvatting van de zaak uitgeprint. Een voor officier van justitie Anne Marie Olsen, een voor zichzelf en een voor hem... Voor Troels Mikkelsen. Ze kijkt op haar telefoon, ziet dat het bijna elf uur is, verzamelt haar papieren en vermant zich. Zoals altijd wanneer ze gedwongen is om langere tijd bij hem in de buurt te zijn, moet ze zich daar mentaal op voorbereiden. Op weg naar het kantoor van de officier van justitie loopt ze het keukentje in, opent de koelkast en pakt een aangebroken halveliterpak volle melk. Ze weet dat Anne Marie Olsen een thermoskan koffie op tafel heeft staan, maar dat er misschien geen melk is, en ze kan geen zwarte koffie drinken. Net zomin als ze uit een plastic beker kan drinken. Ze opent het bovenkastje en pakt de witte beker met de grote zwarte s. Ze heeft iedereen op de afdeling – van de Filipijnse schoonmaakster Joy tot Erik Merlin – een flinke draai om hun oren beloofd als ze haar beker aanraken.

Troels Mikkelsen is er al. Signe geeft de officier van justitie een hand en knikt naar hem. Hij knikt met een vriendelijke glimlach terug. Signe schuift haar stoel zo ver bij hem vandaan als ze zich kan veroorloven zonder dat het opvalt. Zoals gewoonlijk kan ze hem ruiken. Hij is een enthousiast gebruiker van het klassieke geurtje Aramis en is blijkbaar van mening dat deze iconische herinnering aan de jaren tachtig zijn Britse landadelstijl benadrukt. Haar maag draait altijd om zodra ze de zoetige 'leer, gras en kaneel'-lucht ruikt, en dat gebeurt nu ook met volle kracht.

'Fijn dat jullie er allebei zijn,' zegt Anne Marie Olsen. 'Ik ben bezig met de dagvaarding en wil jullie input graag hebben, met name of de zaak behalve een aanklacht vanwege een bijzonder ernstige verkrachting eveneens een aanklacht voor doodslag met voorbedachten rade kan verdragen, of dat we alleen voor geweld met de dood tot gevolg moeten gaan. Of doodslag en subsidiair geweld met de dood tot gevolg.'

Anne Marie Olsen werkt inmiddels vier jaar als officier van justitie voor

Zware Criminaliteit. Signe heeft meerdere keren met haar samengewerkt en mag haar graag. Ze is zowel onverschrokken als ongedwongen, en Signe respecteert haar beoordelingsvermogen en haar felheid in de rechtszaal.

'Ik ben er zeker van dat we met een psychopaat te maken hebben,' gaat de officier van justitie verder. 'En ik twijfel er ook geen seconde aan dat we hem veroordeeld krijgen voor verkrachting. Of verkrachtingen, als we vinden dat we hem ook kunnen pakken voor wat er in 2014 en 2015 gebeurd is. Maar ik twijfel of we voldoende hebben voor een moordaanklacht. Wat vind jij, Signe?'

Ze bekijken de voor- en tegenargumenten een uur lang, waarna Anne Marie concludeert dat ze voldoende hebben voor een aanklacht wegens doodslag met voorbedachten rade. Troels Mikkelsen staat op en legt een hand op Signes schouder. Ze moet haar uiterste best doen om kalm te blijven.

'Ik wil graag zeggen dat ik van mening ben dat de samenwerking tussen onze twee secties onberispelijk verlopen is. Een voorbeeld dat navolging verdient.'

Signe glimlacht star. 'Ja, het is… fantastisch gegaan.'

Ze blijft zitten tot Troels Mikkelsen in de gang is verdwenen. Ze gunt hem het plezier niet om samen met haar naar de afdeling terug te lopen.

Anne Marie kijkt haar onderzoekend aan. 'Is alles in orde, Signe?' vraagt ze.

'Ja, hoor. Afgezien van het feit dat we weer een van die hopeloze bendezaken op ons dak hebben gekregen.'

'Ja, die zijn niet bepaald leuk.'

Signe staat op, pakt Troels Mikkelsens plastic beker zonder dat Anne Marie het ziet, zet hem in haar eigen beker en neemt hem mee als ze vertrekt.

Als ze weer in haar kantoor is, doet ze de deur achter zich dicht, gaat achter haar bureau zitten, opent de onderste lade en haalt er een ouderwets groen metalen geldkistje uit. Uit de bovenste bureaulade haalt ze een wit kartonnen doosje met oude visitekaartjes, pakt eerst de kaartjes eruit en vervolgens het sleuteltje dat op de bodem van het doosje ligt, en opent het geldkistje.

In het kistje zitten twee gebruikte plastic bekers met restanten opgedroogde koffie. Ze schuift de plastic beker die ze net van de bespreking heeft meegenomen in de twee andere en legt ze in het kistje terug. Behalve de bekers zitten er ook twee plastic zakjes in die in eerste instantie leeg lijken, maar als je goed kijkt, zitten in het ene zakje een stuk of acht haren en in het andere een paar witte pluisjes die heel goed roos kunnen zijn.

Het ís roos. Troels Mikkelsens roos. En het is zijn haar.

9

De redactie van het onderzoeksteam bevindt zich helemaal bovenin onder het dak van een oud lekkend bijgebouw op de binnenplaats. Charlotte voelt met haar vlakke hand aan de schuine muur, die vrijwel dezelfde temperatuur heeft als een warmhoudplaat bij een buffet. Ze overweegt om naar huis te gaan en daar te werken, maar beseft dat het daar ongetwijfeld net zo ondraaglijk is.

Ze haalt de USB-stick uit haar tas en stopt hem in de harddisk. Mikkel en Jakob zitten achter hun bureau, staren naar de ringband die ze voor zich hebben liggen, en zuchten regelmatig hartgrondig. Jakob begroette haar min of meer vriendelijk toen ze binnenkwam, maar Mikkel knikte alleen. Ze kunnen beiden niet op haar scherm kijken, ziet ze, en ze klikt op het icoontje van de externe schijf. Er staat alleen een foto van een computerscherm op de USB-stick. Op het scherm zijn twee mails te zien. Ze zet haar leesbril op.

Morgen. Ze plegen ergens in Kopenhagen een aanslag, weet niet waar. Rond de middag. Ze zijn maar met zijn tweeën. Weet niet waar ze nu zijn. Ze hebben zich verplaatst. Hoop niet dat ik ontmaskerd ben, staat er in de eerste mail.

Bedankt. Ik hou het in de gaten, staat er in de tweede mail.

De eerste mail is op 22 december om 23.37 uur verstuurd, de tweede vijf minuten later. De avond voor de aanslag dus. Ze leunt naar achteren. De twee mails kunnen in principe van alles betekenen, maar ontegenzeggelijk ook datgene wat de man in de koffiebar haar vanochtend vertelde: dat iemand een ander waarschuwt dat er op 23 december een aanslag zal plaatsvinden.

Ze buigt zich naar het scherm toe. Beide mails zijn afkomstig van Gmail-adressen, respectievelijk peter.petersen666 en jens.jensen222. Daar wordt ze niet veel wijzer van. Ze klikt de foto weg, haalt de USB-stick uit de harddisk en stopt hem in haar tas terug. Dan opent ze het digitale archief met alle edities van de krant sinds die ruim honderd jaar geleden voor het eerst is uitgegeven. Ze typt '24 december 2016' in het zoekveld, de dag nadat de bom op de kerstmarkt in het centrum van Kopenhagen ontplofte, waarbij negentien onschuldige mensen omkwamen.

Ze was op 23 december op de redactie om de laatste hand te leggen aan een paar artikelen voor de kerstdagen toen ze de enorme knal en het gerinkel van de ramen hoorde. Ze herinnert zich het verloop tot in de kleinste details. Eerst de schok tijdens de eerste seconden na de explosie en daarna de angst dat er familieleden of vrienden onder de slachtoffers zouden zijn. En vervolgens de hectische uren waarin ze probeerden de berichtgeving rond de ramp op tijd af te krijgen voor de ochtendeditie.

Ze kan zich het verdriet omdat er zoveel mensen op zo'n zinloze manier om het leven zijn gekomen ook duidelijk voor de geest halen, net als het onaangename gevoel dat de aanslag op de een of andere manier te verwachten was en dat Denemarken na een paar jaar uitstel nu aan de beurt was.

Ze was ervan overtuigd geweest dat ze het nooit zou vergeten. Daarom verrast het haar dat ze nu, maar iets meer dan een halfjaar later, moet opzoeken wat er in de dagen erna gebeurde.

Misschien heeft het er iets mee te maken dat ze journalist is. Dat zij en haar collega's een professionele afstand tot dat soort gewelddadige gebeurtenissen moeten bewaren om niet emotioneel uitgeput te raken. Ze weet echter van meerdere vrienden die niet in de mediabranche werken dat het voor hen hetzelfde is. Ze herinneren zich de gebeurtenis, maar wat er daarna plaatsvond verdwijnt min of meer in de dagelijkse nieuwsstroom.

Charlotte is een paar uur bezig met het doornemen van de artikelen. Een aantal ervan heeft ze zelf geschreven. Op de dag voor kerstavond was de berichtgeving natuurlijk geconcentreerd op de gebeurtenis zelf: de enorme explosie en de aanvankelijke twijfel van de politie of het om een terroristische aanslag ging of deel uitmaakte van het escalerende conflict tussen diverse criminele bendes.

Op eerste kerstdag stond de krant vol verhalen over de slachtoffers, met foto's en interviews met geschokte en rouwende klasgenoten en collega's. Gelukkig niet met familieleden, constateert ze tevreden.

De dagen erna verschuift de focus naar de jacht op de terroristen en het in eerste instantie volledig ontbreken van sporen van degenen die achter de aanslag zitten. Er waren ook artikelen over het feit dat er ten tijde van de aanslag veel zwaarbewapende politieagenten op het Nytorv stonden om het gerechtsgebouw te bewaken, waar een aantal bendeleden zich vanwege een eerste verhoor bevonden, en waarin de vraag centraal stond hoe het mogelijk was dat de politie niet had gemerkt dat de bom vlak bij hen was geplaatst. De bewakingsbeelden toonden namelijk aan dat de dader niets had gedaan om zich te verstoppen. Het politiebestuur had veel moeite gehad om dat op een samenhangende manier uit te leggen. Een ander artikel ging over de voor een terroristische aanslag heel ongewone omstandigheid dat geen van de bekende terroristische organisaties de verantwoordelijkheid had opgeëist.

En dan was er natuurlijk, verdeeld over de dagen na de aanslag, een serie artikelen waarin politici van het volledige politieke spectrum, behalve extreemlinks, in de rij stonden om blanco cheques voor de politie uit te schrijven. Als er iets was, ongeacht wat, waaraan het de politie ontbrak om tegen het terrorisme te strijden, dan hoefden ze het maar te zeggen, zo gaven de politici te kennen.

Tijdens nieuwjaar werd de berichtgeving van de krant een stukje teruggeschroefd. Deels omdat de redactieleden uitgeput waren door alle overuren en deels omdat er niets nieuws meer gebeurde. In elk geval niets wat de politie met de media wilde delen.

Daarna volgde de politieactie op 2 januari bij Sandsted, waarmee de krant de dagen erna natuurlijk vol stond, naast verhalen over de ergste sneeuwstorm sinds mensenheugenis die de actie ernstig had belemmerd. Uit de artikelen bleek dat het was gelukt om de twee terroristen op te sporen in een afgelegen huis dat een paar kilometer buiten Sandsted lag. De ene terrorist, volgens de politie een Afghaanse vluchteling, was tijdens de actie gedood. De andere – een Deense bekeerling die voor IS in Syrië had gevochten – was eerst ontkomen, maar later onschadelijk gemaakt door een aantal agenten en zwaargewond naar het ziekenhuis gebracht.

De dag erna was het de journalisten gelukt om te achterhalen dat de bekeerling Simon Spangstrup heette. Er verscheen een groot artikel over hem. Dat herinnert Charlotte zich heel duidelijk, onder meer omdat ze onder de indruk was geweest van de hoeveelheid informatie die de collega's die het artikel hadden geschreven over de man hadden verzameld.

Daarna volgde een serie artikelen over de organisatie waarbij de twee terroristen hoorden. Er was sprake van een volledig nieuwe terroristische organisatie, die zich de Ettel-al-Hoesseini Brigade noemde. Die was – tot verrassing en ontzetting van iedereen – opgericht door voormalige IS-strijders en neonazi's uit Denemarken en Zweden.

Een van de dingen die Charlotte zich het best van de berichtgeving uit de media herinnert, is de verbijstering over het samenwerken van neonazi's en islamisten. Dat de haat tegenover het Westen en de Joden zo groot is dat zelfs aartsvijanden vrede sluiten en samenwerken om een westerse democratie te raken op de plek waar dat het meeste pijn doet.

Op 7 januari kwam vervolgens het bericht dat Simon Spangstrup in het Rigshospitalet was overleden, hoewel hij buiten levensgevaar was. Dat verhaal herinnert ze zich ook omdat ze er zo verbaasd over was geweest. Het leek op de een of andere manier bijzonder goed uit te komen dat beide daders dood waren en daarom niet berecht konden worden. Nu zouden waarschijnlijk alleen de neonazistische en islamistische kleine vissen die in voorlopige hechtenis zaten terechtstaan. Haar journalistieke instinct mompelde destijds dat er iets niet helemaal was zoals het zou moeten zijn, maar ze kon er de vinger niet op leggen. De officiële verklaring voor Spangstrups dood was een plotselinge hartstilstand, die was veroorzaakt door de verzwakking van zijn lichaam, die het gevolg was van alle kogels waardoor hij was geraakt. Een volstrekt aannemelijke verklaring, die een journalist onmogelijk in twijfel kon trekken, tenzij hij heel goede kaarten in zijn handen had. Een insider bijvoorbeeld.

Charlotte leunt naar achteren en verstrengelt haar handen in haar nek. *Summa summarum*: er werd met geen woord gerept over een eventuele waarschuwing en geen enkel stuk vermeldde dat anderen dan de terroristen wisten dat er een terroristische aanslag zou plaatsvinden.

Dat zou ze zich herinneren, want als het inderdaad mogelijk was geweest om de aanslag te voorkomen, dan zou dat voor de Deense media het grootste verhaal in decennia zijn geweest.

Mikkel staat op en loopt naar haar toe. Ze haast zich om de site met het krantenarchief te sluiten. Hij gaat op de hoek van haar bureau zitten. 'Ben je ergens mee bezig, Charlotte?'

'Nee, niet echt.'

'Wat doe je nu dan?'

Ze staat op het punt te zeggen dat het hem niets aangaat, maar ten eerste is dat onbeleefd en getuigt het van een slechte instelling, en ten tweede klopt het niet.

'Ik heb een tip van een vroegere bron in Christiansborg gekregen,' liegt ze. 'Iets over de compensatieregeling. Je weet wel, de regeling waarbij rijke gemeenten –'

'Yes, ik weet waar de compensatieregeling over gaat,' zegt hij met een gezicht alsof hij niets saaiers kan bedenken. Wat trouwens ook Charlottes mening is.

'We moeten een paar fatsoenlijke ideeën voor artikelen hebben,' zegt hij.

'Natuurlijk.' Charlotte knikt.

Hij glimlacht vreugdeloos naar haar, staat op en gaat terug naar zijn plek.

Charlotte pakt haar spullen bij elkaar. Ze moet contact opnemen met de man van de koffiebar, maar wil niet dat Mikkel ziet dat ze met een andere telefoon dan die van haarzelf belt, dus ze besluit om naar huis te gaan.

Op het moment dat de deuren van de lift opengaan en er een wolk muffe lucht in haar gezicht wordt geblazen, heeft ze er spijt van. De lift is heel oud en biedt op een goede dag plaats aan drie niet al te dikke personen die het risico durven te nemen, maar dan piept en kreunt hij ook alsof hij het elk moment kan begeven. Zelfs op koelere dagen moet Charlotte vechten tegen haar claustrofobie als ze er gebruik van maakt. Ze besluit de trap te nemen.

Ze kan de rol van haar man in dit alles niet uit haar hoofd krijgen. Ze weet dat Martin betrokken is geweest bij de actie waarbij de politie de twee terroristen onschadelijk heeft gemaakt, maar ze weet niet of hij ook betrokken was bij het oplossen van de zaak. Op de overloop blijft ze staan om haar telefoon uit haar tas te halen.

Ze moet heel ver naar beneden scrollen voordat Martins telefoonnummer verschijnt.

10

'Hoe ging het?' Juncker gaat tegenover Nabiha zitten.

'Goed. Tenminste… dat neem ik aan. Het is tenslotte de eerste keer dat ik bij een autopsie was, dus ik weet niet hoe het anders gaat. Maar Markman leek…' Ze haalt haar schouders op. 'Het was net als anders, denk ik.'

'En jij? Hoe vond je het zelf?' Juncker heeft heel veel autopsies bijgewoond. Meer dan honderd waarschijnlijk. Het komt zelden voor dat het hem meer doet dan wanneer hij iemand een bloedrode rosbief ziet voorsnijden, maar hij weet dat de eerste keer voor jonge agenten vaak moeilijk is.

Dat geldt blijkbaar niet voor Nabiha. 'Ik had er geen probleem mee. Ik moet alleen wennen aan de lucht.'

'Is er iets uitgekomen wat we nog niet wisten?'

'Niet echt.' Ze rommelt even in haar rugzak en haalt er een notitieboekje uit. 'Even kijken… Ja… Twee schoten in het hoofd dus. Kaliber .22, maar dat wisten we al. Een schot in het voorhoofd dat volgens Markman maximaal van een meter afstand afgevuurd is. Het schot in de slaap is een contactschot. In de wond zitten kruitdeeltjes, maar dat is ook niet nieuw. Beide schoten richtten volgens Markman geen aanzienlijke schade aan, maar waren afzonderlijk van elkaar toch dodelijk. De kogels zaten in de hersenen. Ze zijn beide geremd door de schedel, dus er is sprake van munitie met een lage snelheid. Dat vermoedden we, of eigenlijk Markman en jij, ook al. Als we aannemen dat het schot in het voorhoofd het eerste was, en dat lijkt logisch, dan stond het slachtoffer rechtop. De hoek van de baan van de kogel in de hersenen toont aan dat de dader ongeveer net zo lang is als het slachtoffer, hoogstens een half hoofd kleiner.'

'Oké.' Juncker glimlacht onmerkbaar. Hij kan aan haar bewust nonchalante toon horen dat ze haar best doet om de manier waarop hij zelf verslag uitbrengt te imiteren. 'Verder nog iets?'

'Geen andere verwondingen dan de schotwonden. Hij was gezond. Nauwelijks aderverkalking, alle interne organen in orde. Ogenschijnlijk in goede vorm. Hij had nog jarenlang kunnen leven, maar iemand dacht daar blijkbaar anders over.' Ze doet haar notitieboekje dicht. 'Wat nu?'

Juncker wil net antwoord geven als zijn telefoon overgaat. 'Ik moet opnemen,' zegt hij, en hij loopt naar buiten.

Het is Charlotte. 'Hoe gaat het met je?' vraagt ze.

Juncker kan zich niet herinneren wanneer hij voor het laatst met zijn vrouw heeft gepraat. Dat is maanden geleden. Zijn hartslag versnelt. 'Het gaat... tja...' Hij is blij om haar stem te horen. Het gemis tijdens de dagen en nachten overvalt hem plotseling terwijl zijn woede jegens haar zo toeneemt dat hij zich bijna niet kan beheersen. Het is een chaos. Hij haalt diep adem in een poging zichzelf en zijn stem onder controle te krijgen. 'Wat wil je?' vraagt hij zo koel en kortaf mogelijk.

'Ik wil met je praten.'

'Waarover?'

'Dat zeg ik liever niet over de telefoon.'

'Gaat het over ons? Over onze –'

'Nee, over het werk.'

Natuurlijk is het dat, denkt hij verbitterd. 'Jouw werk of het mijne?'

'Eigenlijk allebei.'

Charlotte, je weet heel goed dat ik niet kan –'

'Ja,' zegt ze. Juncker hoort haar irritatie. 'Natuurlijk weet ik dat je je werk niet met mij kunt bespreken, maar er zijn toch een paar dingen waarover ik met je wil praten. Kan ik morgen naar Sandsted komen?'

'Ik heb het druk. We hebben een moord –'

'Ja, dat heb ik gelezen. Sandsted is tegenwoordig een nogal gevaarlijke plek om te wonen, hè?' zegt ze opgewekt.

Geforceerd opgewekt, denkt hij, en hij negeert haar poging om het gesprek luchtiger te maken. 'Het is Ragner Stephansen.'

'Mijn god, is hij het?' Charlotte klinkt ontsteld, en dit keer lijkt het echt. 'Dat wist ik niet. Wat verschrikkelijk. Hoe is het met Vera?'

'Ze is natuurlijk geschokt. Ik ga zo meteen met haar praten.'

'Doe haar de groeten van me.' Ze zwijgt een paar seconden. 'Komt het uit als ik morgenochtend vroeg kom?'

Ja, denkt Juncker, natuurlijk komt dat uit. Hij is nu al blij om haar weer te zien. 'Als je hier om zeven uur kunt zijn, is het geen probleem, maar ik heb dus niet veel tijd.'

'Prima. Ik ben er om zeven uur. Ik neem croissants mee.'

'Niet voor mij.' Hij verbreekt de verbinding en gaat weer naar binnen.

Nabiha kijkt hem nieuwsgierig aan.

'Privé,' bromt hij voordat ze iets kan zeggen.

'Oké. Was het –'

'Privé, zei ik.'

'Oké, oké, ik wilde niet...' Haar ogen lijken twee gloeiende kolen.

Juncker veegt het zweet van zijn voorhoofd met een hand die eveneens nat van het zweet is, zodat het resultaat nihil is.

'Wat gaan we nu doen?' vraagt Nabiha.

'Ik ga met Vera Stephansen praten.'

'Zal ik meegaan?'

Juncker denkt een paar seconden na. Het is beter als ze met zijn tweeën zijn, vooral ook vanwege Skakkes vraag over zijn mogelijke belangenverstrengeling. Hij knikt. 'Dat is goed.'

'Wordt ze verdacht?'

'Voorlopig is er geen reden om te geloven dat zij het gedaan heeft. Laten we gaan.'

Aan de buitenkant is bijna niet te zien dat Vera Stephansen rouwt. Iets meer dan een etmaal geleden heeft ze gehoord dat haar man met twee schoten in het hoofd is vermoord. In haar perzikkleurige harembroek en witte T-shirt en met haar lichtblonde halflange haar dat naar achteren is gekamd en met een turkooizen sjaal op zijn plek wordt gehouden, ziet ze eruit alsof ze rechtstreeks uit een advertentie voor een timesharingproject aan de Middellandse Zee is gestapt. Misschien zijn haar ogen een beetje behuild, denkt Juncker, maar dat is ook het enige. Ze lijkt op zijn zachtst gezegd niet iemand die op het punt staat in te storten.

'Zullen we op het terras gaan zitten?' vraagt ze, en ze loopt zonder het antwoord af te wachten naar buiten. De twee agenten volgen haar op de voet door de enorme woonkamer. Juncker hoort Nabiha zachtjes 'allemachtig' zeggen. Het terras is indrukwekkend, net als de rest van het huis. Rond de witgeschilderde tuintafel staan twaalf stoelen. Op de tafel staat een glazen kan met ijswater en daarnaast een stapel glazen. 'Ik ben ervan uitgegaan dat jullie geen wijn of bier willen. Jullie zijn tenslotte in dienst. Zo heet dat toch?'

‘Precies,’ zegt Juncker.

Ze gaan zitten.

‘Hoe is het met je?’ vraagt hij.

‘Hoe het met me is? Om eerlijk te zijn heb ik moeite om iets te voelen. Ik weet niet... Misschien ben ik in een soort shocktoestand. Klinkt dat vreemd?’

‘Vreemd? Nee, het klinkt volkomen natuurlijk.’

‘Ik ben mijn... tja, mijn levensgezel kwijt. We zijn meer dan vijfendertig jaar bij elkaar geweest.’ Ze kijkt naar de tuin en vervolgens weer naar Juncker. ‘Dat is lang.’

‘Ja, dat is zo. Is dit een goed moment om je een paar vragen over Ragner te stellen?’

‘Ja. Ik wil natuurlijk doen wat ik kan om ervoor te zorgen dat jullie de man oppakken die dit heeft gedaan.’

‘Het kan ook een vrouw zijn,’ zegt Nabiha.

Vera kijkt haar enigszins verbaasd aan alsof ze nu pas merkt dat er nog iemand aanwezig is. ‘Natuurlijk kan het ook een vrouw zijn.’

‘Goed,’ zegt Juncker. ‘Ik heb Mads en jou gisteren gevraagd of Ragner vijanden had door zijn werk. Ik geloof dat Mads zei dat er beslist mensen zijn die niet zo enthousiast over hem waren. Zijn je zaken te binnen geschoten die bedreigingen veroorzaakt hebben? Heeft Ragner weleens verteld dat hij bedreigd werd?’

Ze denkt na en schudt haar hoofd vervolgens langzaam. ‘Ik kan gewoon niets bedenken. Dat betekent niet dat het niet voorgekomen is, maar dat hij het me niet verteld heeft.’

‘Er is dus niemand naar jullie woning toe gekomen om hem te bedreigen? En er zijn geen brieven met een dreigende inhoud naar dit adres verstuurd?’

‘Voor zover ik weet niet.’

‘Oké.’

‘Ragner praatte thuis eigenlijk nooit over zijn werk. Ik weet bijna niets over wat hij deed als we niet bij elkaar waren, behalve natuurlijk dat hij veel golfde.’

‘Dat brengt me op de volgende vraag. Hoe was jullie relatie?’

Ze kijkt met een intense blik naar Juncker. ‘Tja, hoe is een relatie als je zo lang getrouwd bent? Hoelang zijn Charlotte en jij al bij elkaar?’

‘Niet zo lang als jullie.’

'Ik weet dat Charlotte hier niet naartoe verhuisd is.'

'Dat klopt. We zijn uit elkaar.'

'Wat naar voor je.'

'Inderdaad. Maar… jij en Ragner?'

'We waren niet bepaald verliefd meer, maar als je twee kinderen hebt en al zoveel jaar bij elkaar bent in… Hoe zeg je dat ook alweer? In voor- en tegenspoed… Tja, dan…'

'Dan?'

'Tja, dan ben je… of dat waren Ragner en ik in elk geval… elkaars beste vrienden.' Ze kijkt met een bijna opstandige blik naar Juncker en vervolgens naar Nabiha. 'Mijn beste vriend is dus dood.'

Er valt een stilte. Een paar jonge eksters spelen met een hoop kabaal op het net gemaaide gazon.

'Hij was een goede man,' zegt ze vervolgens.

Een goede man? Geen woorden die Juncker als eerste zou kiezen om Ragner Stephansen te beschrijven. Arrogant, ja. Charismatisch, dat ook. Brutaal, meedogenloos en wraakgierig. En, zoals zijn secretaresse zei, zo nu en dan ook heel charmant.

'Heeft hij hier een werkkamer?'

'Ja, op de bovenverdieping.'

'Heb je er iets op tegen als we daar rondkijken?'

'Natuurlijk niet. Ik zal jullie de weg wijzen.'

De kamer is eenvoudig gemeubileerd met een groot zit-stabureau, een bureaustoel met een hoge rugleuning, een zwartleren chaise longue en vier antracietgrijze Montana-boekenkasten. Aan de muur tegenover de chaise longue hangt een grote Kvium met verwrongen lichamen die zwemmen in iets wat op lichaamsvloeistoffen lijkt. Vera blijft in de deuropening staan.

'Is dit Ragners laptop?' vraagt Juncker. Hij wijst naar de computer die op het bureau staat.

Ze knikt.

'Die nemen we mee.'

'Oké. Ik weet alleen niet wat het wachtwoord is.'

'Dat zoeken onze experts wel uit.'

'Goed. Dan laat ik jullie nu alleen. Ik ben beneden als jullie me nodig hebben.'

Juncker kijkt om zich heen. De boekenkasten zijn voor de helft gevuld, voornamelijk met grote golf- en kunstboeken. Op de kasten staat een rij lelijke prijzen van verschillende toernooien, en aan de muur tegenover de bekers en medailles hangen vier ingelijste kleurenfoto's van Ragner Stephansen in gezelschap van golfvrienden, die zo te zien op banen in zuidelijke landen zijn gemaakt. Juncker bestudeert de gezichten van de mannen. Niemand die hij kent, op één na. Hij heeft het gevoel dat hij hem eerder heeft gezien zonder zich te herinneren waar dat was.

Nabiha gaat op de chaise longue zitten. 'Dat hebben we vrij snel bekeken. Het lijkt er niet op dat we hier veel vinden. Tenzij...' Ze wijst naar twee ringbanden die op een van de boekenplanken staan.

Juncker opent de ene, die vol zit met persoonlijke documenten zoals diploma's en doop- en trouwakten. De andere zit vol facturen en garantiebewijzen.

Na tien minuten gaan ze naar de woonkamer terug, waar Vera wacht. Nabiha heeft Ragner Stephansens laptop onder haar arm.

'We zijn voorlopig klaar. Als we meer vragen hebben –'

'Dan weet je waar je me kunt vinden.'

Ze loopt met hen mee naar de deur. 'Juncker, heb je er een idee van wanneer Ragners lichaam vrijgegeven wordt? Dan kunnen we een datum voor de begrafenisplechtigheid vaststellen.'

'Nee, dat weet ik niet, maar ik zal ernaar informeren. Ik denk dat het niet lang hoeft te duren. Er is tenslotte geen twijfel over de doodsoorzaak.'

Nabiha en Juncker lopen door de verlaten woonwijk.

'Heeft dit eigenlijk iets opgeleverd?' vraagt Nabiha.

'Geen idee.' Juncker kijkt haar aan. 'Dat moet nog blijken.'

2 AUGUSTUS

11

Precies om zeven uur wordt er op de deur geklopt. Juncker doet open. Een paar eindeloze seconden lang kijken Charlotte en hij elkaar onbeweeglijk in de ogen. Het is maanden geleden dat ze oog in oog met elkaar hebben gestaan. Hij is heel blij om Charlotte te zien, maar heeft vooraf besloten om zijn gevoelens te onderdrukken. Hij wil proberen om op de weg te blijven en niet in de greppel te eindigen, zoals sinds ze uit elkaar zijn gegaan een paar keer is gebeurd wanneer ze elkaar zagen.

'Goedemorgen,' zegt hij op neutrale toon.

'Goedemorgen.' Ze glimlacht, niet alleen met haar mond maar ook met haar schuinstaande, groene ogen. 'Mag ik binnenkomen of blijven we hier staan?'

'Natuurlijk mag je binnenkomen.' Hij doet een stap opzij. Wanneer ze hem zijdelings passeert met haar lange, slanke lichaam, raakt haar elleboog hem licht. Hij ruikt haar geur – een vuistslag in zijn middenrif. 'Laten we in de keuken gaan zitten.'

Ze knikt en loopt voor hem uit.

'Hoe gaat het met je nieuwe baan? Je zit nu toch bij het onderzoeksteam?' vraagt hij.

'Ja, maar nieuw… Ik ben daar drie maanden geleden begonnen, maar het gaat uitstekend. Wil je een croissant?'

'Nee, dank je.'

'Ik neem er wel een.'

Terwijl het in Junckers binnenste een chaos is, ziet zijn vrouw eruit alsof de situatie haar volkomen onverschillig laat. Als hij nauwlettender naar haar kijkt, vindt hij dat ze er moe uitziet, maar hij heeft tenslotte jarenlang ervaring met waarnemen hoe ze zich achter het zelfverzekerde uiterlijk écht voelt.

'Over het onderzoeksteam gesproken…' Ze neemt een hap van de croissant, en een wolk kruimels belandt deels op de tafel en deels op haar schoot. 'Jezus,' mompelt ze met haar mond vol. Ze veegt in één beweging de kruimels op de vloer en een wesp bij de zak vandaan. 'Ik wil graag met je praten over een artikel.'

'Ja, dat heb je al verteld. Waar gaat het over?'

Ze veegt haar mond met de achterkant van haar hand af. 'Ik heb een tip gekregen.'

'Waarover?'

'De terroristische aanslag in december en het onderzoek daarnaar.'

Juncker gaat rechtop zitten. 'Wat is er met het onderzoek?'

'Iemand heeft contact met me opgenomen met informatie die erop wijst dat er...' Ze denkt een paar seconden na. '...bepaalde dingen niet naar buiten zijn gekomen.'

Hij kijkt weg. 'Wie heeft er contact met je opgenomen?'

'Martin, je weet heel goed dat ik je dat niet kan vertellen.' Ze glimlacht scheef.

'Is het iets wat iemand tegen je heeft gezegd of heb je bewijsmateriaal? Ik heb het op dit moment heel druk en geen tijd voor...' Hij staat op het punt om 'flauwekul' te zeggen, maar slikt het woord net op tijd in. Het zou heel onhandig zijn om iets wat verband houdt met Charlottes werk 'flauwekul' te noemen.

Charlotte bukt zich en pakt haar tas van de vloer. Ze blaast een paar croissantkruimels van het kerriegele leer, zoekt in de tas, haalt er een vel papier uit en legt dat voor haar man op de tafel.

Juncker zet zijn leesbril op en kijkt naar de schermfoto met de twee e-mails. Zijn hartslag versnelt. Hij heeft de neiging om het vel meteen weg te schuiven, maar dan is het duidelijk dat hij de e-mails eerder heeft gezien. Daarom kijkt hij om de schijn op te houden een halve minuut naar het papier. Hij voelt dat Charlotte naar hem staart, maar wil haar niet in de ogen kijken. Zijn hersenen slaan op hol, en hij weet dat hij zich moet vermannen om de ongerustheid die bij hem opkomt onder controle te houden. 'Wat moet dit voorstellen?' vraagt hij terwijl hij zijn uiterste best doet om er onverstoorbaar uit te zien.

'Tja, op het eerste gezicht ziet het eruit als een schermfoto waarop een mail staat van iemand die een ander waarschuwt dat er een aanslag gepleegd zal worden,' zegt ze op hatelijke toon. 'Mijn bron zegt dat het om de terroristische aanslag gaat. En de ontvanger van de eerste mail stuurt als antwoord dat hij het zal regelen. Dat haal jij er toch ook uit?' Ze pakt haar tas. 'Mag ik een sigaret opsteken?'

'Nee.'

'En als ik bij het raam rook?'

'Nee.'

'Kunnen we dan op het terras gaan zitten?'

'Nee.'

Charlotte kijkt naar hem en schudt haar hoofd even.

'Ten eerste kunnen de twee mails naar zo'n beetje alles verwijzen. Ten tweede is iedere tiener tegenwoordig in staat om mails te vervalsen. Is dit het enige wat je hebt?' vraagt hij.

Als Charlotte in deze zaak begint te graven, zal iedereen die erover weet denken dat hij haar bron is. Bovendien zijn er moorden gepleegd om dit geheim te houden. Dat zullen ze weer doen, denkt hij, en hij beseft dat hij een voor hem zeldzaam gevoel ervaart: angst.

'Ja, tot nu toe wel,' antwoordt Charlotte. 'Moet ik hieruit opmaken dat je deze twee mails nog nooit hebt gezien? Of erover hebt gehoord?'

'Daar heb je helemaal gelijk in,' liegt hij. Als hij toegeeft dat hij over de mails weet en haar tegelijkertijd vraagt om zich niet met de kwestie te bemoeien, is het alsof hij probeert een kampvuur met benzine te doven. 'Ik weet alleen dat het ons gelukt is om degenen die de aanslag hebben gepleegd onschadelijk te maken en dat alles volgens het boekje gegaan is.'

Ze kijkt hem indringend aan, knikt langzaam, pakt het vel papier en stopt het in haar tas.

'Oké, Martin, ik zal niet meer van je kostbare tijd in beslag nemen,' zegt ze, en ze staat op. 'Nee, blijf alsjeblieft zitten. Ik weet de weg.'

Hij hoort de voordeur dichtslaan. De gedachten tollen door zijn hoofd. Verdomme. De eerste keer in zo'n lange tijd dat ze elkaar zien en dan eindigt het op deze manier. Hij weet niet of hij woedend of teleurgesteld is. Maar ongeacht wat het is: wie denkt ze wel niet dat ze is om hiernaartoe te komen en hem lastig te vallen met deze shit? Dat kan hij op dit moment niet gebruiken. Hij kijkt op de wandklok. Tien voor halfnegen. Hij voelt zich versleten, oud en afgedankt.

12

Wat zag hij er slecht uit. Het gaat echt niet goed met hem, denkt Charlotte terwijl ze het wachtwoord op haar computer intoetst. Ze heft haar linkerarm en ruikt aan de donkere plek in het armsgat van haar T-shirt. Gelukkig ruikt ze meer naar deodorant dan naar zweet, zo lang als het duurt tenminste. Ze heeft zo weinig kleren aangetrokken als ze denkt dat ze zich op haar werk kan permitteren. Zij, die het belachelijk vindt dat er mannelijke collega's in korte broek en op sandalen naar hun werk komen. Maar in dit weer zou ze het hun bijna vergeven als ze met een ontbloot bovenlijf binnen zouden komen. Zelf is ze voor het eerst zonder beha naar haar werk gegaan. Absoluut grensoverschrijdend, maar ook veel aangenamer.

Charlotte is alleen op de redactie. Mikkel en Jakob werken blijkbaar thuis. Of ze zijn natuurlijk onderweg om bronnen te interviewen. Ze denkt weer aan Martin en voelt een steek van tederheid die haar verrast. Misschien drinkt hij te veel? Dat zou heel goed kunnen. Zijn handen trilden en hij had donkere kringen onder zijn ogen.

Hoewel ze niets wijzer is geworden, is de rit naar Sandsted niet vergeefs geweest. Hij heeft natuurlijk gelijk dat de twee mails vervalst kunnen zijn en dat ze op zich niets bewijzen, maar ze is er vrij zeker van dat ze echt zijn. Martin is nog steeds een open boek voor haar en ze is ervan overtuigd dat hij de twee mails eerder heeft gezien, of er in elk geval over heeft gehoord. De manier waarop hij vermeed om in haar ogen te kijken...

Ze pakt de telefoon die ze van haar bron heeft gekregen en stuurt een bericht via de Signal-app.

13.21. Het ziet er interessant uit, maar kan ook fake zijn.

13.26. Dat is niet zo.

13.27. Dat zeg jij, maar ik moet meer weten. Veel meer.

13.28. Geen probleem. Waar ben je nu?

13.29. Op de redactie.

13.31. Kun je over een uur op dezelfde plek als de vorige keer zijn?

13.32. Ja.

13.33. Tot dan.

Ook vandaag zijn alle tafeltjes op het terras van de koffiebar bezet. Ze loopt naar binnen en ziet dat de ruimte weer volkomen leeg is. Twee oude ventilatoren vechten aan beide uiteinden van het lokaal om de lucht te circuleren, maar dragen niets bij. Ze gaat aan hetzelfde tafeltje zitten. Twee minuten later komt hij binnen. Hij is opnieuw gekleed als een trucker. Het stukje dat ze van zijn gezicht ziet, is vuurrood. Hij lijkt op iemand die op het punt staat te smelten.

'Je ziet eruit alsof je last van de warmte hebt,' zegt Charlotte. Ze heeft meteen spijt van de meest overbodige opmerking die ze in tijden heeft gemaakt.

Hij haalt een nieuwe USB-stick uit de borstzak van zijn leren jack.

'Voor mij?'

'Ja.'

'Wat is het?'

'Daar kom je vanzelf achter.'

'Meer mails?'

'Yes.'

'Die je niet op een volkomen legale manier in handen hebt gekregen, neem ik aan.'

Hij zegt niets. Ze begrijpt de hint. 'Ik vind het geen probleem dat je me niet wilt vertellen wie je bent. Zo is het toch nog steeds?'

Hij knikt. 'Niet voordat ik er zeker van ben dat je het materiaal dat ik je geef op een verstandige manier wilt gebruiken.'

'Daar kan ik pas iets over zeggen als ik meer weet. Maar het zou prettig zijn als ik een heel klein beetje weet over –'

'Waarom? Omdat je nieuwsgierig bent?'

'Nee... Ja, natuurlijk ben ik ook nieuwsgierig. Dat hoort tenslotte bij mijn vak.' Ze glimlacht naar hem. Hij beantwoordt de glimlach niet. 'Maar het gaat er in de eerste plaats om dat ik, voordat ik erover nadenk om hier iets over te schrijven, moet weten wie je bent, hoe je het materiaal te pakken gekregen hebt en wat je motieven zijn om dit te doen. Dat vertel ik aan niemand, behalve aan mijn hoogste chef, en we garanderen natuurlijk dat we je identiteit op geen enkele manier aan iemand zullen verraden.'

'Ook niet aan de uitvoerende en de wetgevende machten? Dus de politie en uiteindelijk de rechtbank als het zover mocht komen?'

'Inderdaad.'

'Je bent dus bereid naar de gevangenis te gaan om zo mijn identiteit te beschermen?'

'Ja. En dat geldt ook voor mijn hoofdredacteur.'

'Ben je daar zeker van?'

'Ja, als je tenminste niet bluft en we je kunnen vertrouwen.'

'Dat is niet onredelijk. Ga naar huis en bekijk wat ik je gegeven heb, dan kunnen we daarna verder praten.'

'Oké.'

De man staat op en wil zich omdraaien, maar bedenkt iets. 'Trouwens, ik ben vergeten je te vertellen dat je de telefoon nog maar één keer mag gebruiken en dat je je er daarna van moet ontdoen op een plek waar hij niet wordt gevonden. En vernietig de simkaart. Ik zorg ervoor dat je een nieuwe krijgt.'

'Je bent nogal paranoïde, hè?'

Hij schuift zijn zonnebril op zijn neus en kijkt haar met een paar intens blauwe ogen boven het donkere glas aan. 'Dat klopt.'

'Jezus,' mompelt Charlotte met gloeiende wangen nadat ze de inhoud van de USB-stick heeft bekeken.

Ze gaat aan de eettafel zitten. Er staan twee foto's op de stick en net als de vorige keer is er sprake van foto's van een scherm die met een camera of een telefoon zijn gemaakt. Op de twee foto's zijn in totaal vier mails te zien. De eerste is op 23 december om 10.58 uur vanaf het mailadres sb0034@fe.dk naar hec009@fe.dk gestuurd.

Odysseus waarschuwde me gisteren over een mogelijke aanslag. Is doorgegeven aan K, die het overgenomen heeft. Heeft iemand actie ondernomen? Krijg K niet te pakken.

Vier minuten later antwoordt hec009: Heb niets gehoord. Kan K ook niet te pakken krijgen. Probeer het opnieuw.

De volgende mail van sb0034 is om 12.17 uur verstuurd: NYTORV!!! Een ramp. Waar is K verdomme? Hiervoor worden we gelyncht.

Niet meer via dit adres mailen, antwoordt hec009 in de laatste mail.

Kalm, denkt Charlotte. Blijf heel kalm. Het kan nog steeds een vervalsing zijn. Hoewel het moeilijk is om je voor te stellen waarom iemand mails over dit onderwerp zou willen vervalsen.

Als ze de twee eerste mails met de vier nieuwe vergelijkt, lijkt het erop dat Odysseus een undercoverinformant voor de Militaire Inlichtingendienst is geweest. Zijn mailadres is peter.petersen666@gmail.com. Odysseus' contact bij de MI heeft het mailadres jens.jensen222@gmail.com, en op de avond van 22 december mailt Odysseus hem om te vertellen dat er de volgende dag rond lunchtijd een aanslag in Kopenhagen gepleegd zal worden.

Het MI-contact geeft de waarschuwing door aan de persoon K, degene bij de MI die ervoor moet zorgen dat de waarschuwing bij de politie terechtkomt. Dat gebeurt echter niet. Vlak voor de aanslag neemt sb0034 contact op met hec009 en vraagt of iemand iets aan de kwestie heeft gedaan omdat sb0034 K niet te pakken kan krijgen. Dat kan hec009 ook niet.

Vlak na twaalf uur 's middags ontploft de bom van de terroristen, hoewel de MI gewaarschuwd is, en sb0034 raakt in paniek. Daarna beëindigt hec009 verder contact via het mailadres.

Charlotte denkt na over de situatie. Ze moet geverifieerd krijgen dat de mails inderdaad afkomstig zijn van de server van de MI. En ze moet weten waar de grote rossige man het materiaal vandaan heeft, of hij de foto's van de computerschermen zelf heeft gemaakt en of hij met iemand samenwerkt.

Ze loopt de gang in om haar tas te halen, haalt de mobiel eruit en stuurt hem een bericht.

16.22. Heb het gelezen. Heb je meer?

16.25. Ja.

16.28. Kun je bewijzen dat het materiaal echt is?

16.29. Ja, wil je erover schrijven?

16.30. Ja. Onder de voorwaarden die ik genoemd heb.

16.31. Heb je toestemming van je krant?

16.31. Ja.

16.32. En als het naar de top gaat?

16.33. Vooral als het helemaal naar de top gaat.

16.34. Wil morgen afspreken. Om 9.00 uur.

16.36. Vandaag niet?

16.37. Nee. 9.00 uur morgenochtend in de cafetaria van het DGI-gebouw.

16.38. Afgesproken.

16.40. Ontdoe je nu van de telefoon en vernietig de simkaart.

16.41. Waarom? We coderen toch?
16.42. Doe het gewoon.
16.42. Oké.
16.43. Nu.
16.43. Oké.

Het is druk in het park Østre Anlæg. Mensen genieten van de heerlijke avond: hondenuitlaters, sporters, picknickende immigrantengezinnen en jongeren die de laatste woensdag van de zomervakantie vieren door stomdronken te worden. Toch lukt het om een afgelegen plek bij de oude vestinggracht tegenover de Stockholmsgade te vinden. Ze kijkt een paar keer om zich heen voordat ze de telefoon vijf tot tien meter weggooit. De dikke laag algen op het wateroppervlak breekt in een mooie kleine cirkel als de telefoon het water raakt, maar na een paar seconden is het groene tapijt boven het zwarte, glanzende water weer gesloten.

Ze loopt de met gras begroeide helling op, gaat op een bank naast het grindpad zitten en laat de simkaart op de grond vallen. Ze trapt erop en draait hem een paar keer stevig heen en weer met haar hak. Dan pakt ze de vernietigde kaart op en gooit hem in de afvalemmer naast de bank.

Jezus, dit wordt een geweldig verhaal. Charlotte voelt het helemaal tot in haar botten. Ze leunt naar achteren, strekt haar benen en glimlacht.

3 AUGUSTUS

13

Ze kijkt voor de zoveelste keer op haar mobiel. Het is 9.22 uur. Het voelt alsof haar rusthartslag tien slagen sneller per minuut is dan anders.

Ze kijkt om zich heen. Afgezien van een stel met nat haar dat ontbijt en zijzelf is de cafetaria van het DGI-gebouw leeg. Verdomme, waar blijft hij? Als hij haar nu in de steek laat...

Charlotte was om kwart over vijf al wakker geworden en kon niet meer slapen. Ze had een uur in bed liggen woelen voordat ze het opgaf en naar de keuken ging om koffie te zetten. Daarna had ze de krant van vandaag gelezen. Het hoofdartikel was een veel te lange reportage over de zomerbijeenkomst van een van de politieke partijen. Ze had de krant na een kwartier dan ook van zich af geschoven, met een zeker gevoel van opluchting omdat ze geen politiek redacteur meer was die in het ergste geval zelf artikelen moest schrijven over de stationair draaiende politiek of luchtspiegelingen in de hitte van de zomer.

Daarna had ze als een leeuw in een kooi rondjes door de keuken gelopen. Om acht uur hield ze het meer uit en was ze op haar fiets gestapt, wat ruim op tijd was als je bedacht dat het hoogstens een kwartier kostte om in een rustig tempo van de wijk Kartoffelrækkerne naar het DGI-gebouw te fietsen. Nu wacht ze terwijl ze zich steeds ellendiger begint te voelen.

Ze probeert te kalmeren. Hij lijkt geen oplichter, integendeel. Ze heeft zijn telefoonnummer op een stukje papier geschreven en vraagt zich af of ze hem een bericht zal sturen, maar besluit om het niet te doen. Het is te riskant om vanaf haar eigen telefoon contact met hem op te nemen. Als er iets met hem is gebeurd, mag haar nummer niet op zijn telefoon verschijnen.

Wat moet ze doen als hij zich niet aan hun afspraak houdt? Heeft ze voldoende om op eigen houtje verder te gaan met het verhaal? Met de twee series mails als enige bewijs voor de bewering dat er iets is achtergehouden? Bij de Militaire Inlichtingendienst nog wel?

Nee, ze heeft niet voldoende. Absoluut niet. Ze zucht.

Achtendertig minuten en een fles water later beseft ze met een bittere smaak in haar mond dat hij niet komt. Haar enthousiasme van de vorige avond is veranderd in neerslachtigheid.

Ze probeert te bedenken wat ze nu moet doen, maar haar hersenen weigeren mee te werken. Ze besluit om naar de redactie te gaan. Ze kan net zo goed daar gefrustreerd zijn als thuis. Charlotte staat op en loopt naar haar fiets, die tegen de muur staat naast een bord dat vermeldt dat fietsen worden verwijderd.

In de receptie komt ze hoofdredacteur Magnus Thesander tegen.

'Ik heb van Mikkel gehoord dat je ergens mee bezig bent,' zegt hij met een onhandige stomp tegen haar schouder.

Net als zoveel andere chefs in deze branche heeft Thesander promotie gemaakt omdat hij een goede journalist is, niet omdat hij leidinggevende capaciteiten heeft. Nog niet zo lang geleden was hij de collega van veel werknemers van wie hij nu de hoogste chef is. Die situatie hanteert hij met een combinatie van angst voor conflicten en ongemakkelijk lichamelijk contact met zijn ondergeschikten, zoals de stomp tegen Charlottes schouder of krampachtige high fives. Ze heeft vaak overwogen om hem een flinke stomp terug te geven, maar heeft dat tot nu toe niet gedaan omdat ze hem ondanks zijn zwakke punten graag mag. Hij is een fatsoenlijk mens met een messcherp journalistiek beoordelingsvermogen.

Ergens mee bezig zijn? Dat betekent dat haar verzinsel, die opmerking tegen Mikkel over een zogenaamde tip van een bron uit Christiansborg over de compensatieregeling, zowaar is opgepikt. 'Ja... dat kan iets zijn, maar het is veel te vroeg om er al iets over te zeggen. Maar, eh... ik volg het spoor nauwgezet.'

Het cliché 'het spoor nauwgezet volgen' is een van Thesanders favoriete uitdrukkingen. Hij knikt tevreden en loopt verder.

Vandaag is ze ook de enige op kantoor. Ze heeft geen idee waarmee de anderen bezig zijn, en het kan haar eigenlijk ook niet schelen. Ze gaat zitten, staart voor zich uit en vraagt zich af of ze naar Martin terug zal gaan om een poging te doen hem onder druk te zetten. Nee. Daar zouden alleen maar problemen door ontstaan. Zelfs onder normale omstandigheden wordt hij woedend als iemand probeert hem iets te laten doen wat hij niet wil, vooral als het over zijn werk gaat. En zoals de sfeer op dit moment tussen hen is...

En Signe dan? Zij was waarschijnlijk veel nauwer bij het onderzoek betrokken dan Martin. Als er in verband met het onderzoekswerk dingen zijn achtergehouden en Martin daar iets over weet, dan geldt dat ook voor haar.

Charlotte kent haar niet bijzonder goed. Hoewel haar man jarenlang nauw met haar heeft samengewerkt, heeft ze Signe maar drie of vier keer ontmoet. Het is Martins gewoonte niet om buiten het werk met zijn collega's om te gaan, zelfs niet met degenen die dicht bij hem staan. Toch heeft Charlotte een goede indruk van haar gekregen. Ze is nuchter en zelfverzekerd en lijkt er geen behoefte aan te hebben om de buitenwereld te bewijzen hoe goed ze is. Charlotte weet ook dat Martin haar op handen draagt.

Ze staart nog een paar minuten voor zich uit. Langzaam begint ze te beseffen ze niet veel andere opties heeft, dus ze pakt haar telefoon.

14

Juncker is duidelijk niet de enige die tegenwoordig slecht slaapt. Tijdens de ochtendbriefing op het hoofdbureau in Næstved ziet hij overal rond de tafel donkere kringen onder ogen, kromme ruggen en hangende schouders. De teamleden vertonen allemaal de gebruikelijke tekenen van de matheid die altijd ontstaat als ze beseffen dat het onderzoek tijd gaat kosten. Als er geen uitzicht is op een snelle doorbraak, maar er in plaats daarvan lange dagen met overwerk en chagrijnige partners thuis in het verschiet liggen.

Dit is het moment waarop ze een chef nodig hebben die hen kan aansporen. Zijn vroegere chef, Erik Merlin, is daar een meester in. Juncker heeft ontelbare keren meegemaakt dat Merlin tijdens de briefings een dodelijk vermoeid team wist te motiveren en nieuwe energie wist te geven. Merlin zou, als hij er niet voor had gekozen om bij de politie te gaan werken, een superieure coach in elke tak van sport kunnen zijn. Of een succesvolle opwekkingsprediker.

Signe heeft ook het potentieel om een goede motivator te worden, mits ze er op termijn in slaagt haar temperament te beheersen. Maar hijzelf? Niet echt. Dat is zijn specialiteit niet. En helaas ook niet van Skakke, wat op dit moment vrij problematisch is omdat hij de hoogste baas is van het team dat de vrouw of man moet vinden die Ragner Stephansen heeft vermoord.

Juncker is helemaal aan het eind van de vergadertafel gaan zitten, bij de twee grote ramen van het langwerpige lokaal. Hij kijkt naar Nabiha, die naast hem zit, en corrigeert zichzelf. Niet iedereen in de zaal is moe en opgebrand. Hoewel hij haar ogen niet kan zien, is hij er vast van overtuigd dat ze gloeien van enthousiasme. Voor haar is dit een feestje.

De vorige dag hebben ze het grootste deel van de tijd besteed aan het verhoren van Mads Stephansen, die nog steeds bijzonder van slag was door de dood van zijn vader en niet veel toevoegde aan datgene wat hij al had gezegd toen Juncker hem over de moord vertelde. Daarna was hij naar Klampenborg gereden om met Mads' zus Louise te praten. Ze is net als haar vader en broer advocaat, maar heeft voor een enigszins andere carrièrerichting gekozen en werkt bij het Instituut voor Mensenrechten. Ze heeft een waterdicht alibi voor de zondagavond en -nacht waarop haar vader is vermoord, omdat ze heeft deelgenomen aan een seminar in Stockholm en pas maandagochtend op Kastrup is geland.

Louise Stephansen was natuurlijk van slag door de dood van haar vader, maar maakte er geen geheim van dat ze nooit een hechte band met hem heeft gehad.

'We zijn altijd heel verschillend geweest,' zei ze tegen Juncker, die de dochter al heel snel van de lijst met mogelijke verdachten streepte.

Onderzoeksleider Anders Jensen neemt het woord. Hij is zwaar verkouden. 'Goedemorgen,' zegt hij met nasale stem. 'Zoals jullie allemaal weten, hebben we veel tijd besteed aan het bekijken van de zaken die Stephansen tot ongeveer een jaar geleden behandeld heeft. We hebben een lijst gemaakt en hebben er in eerste instantie drie geïdentificeerd die we nader willen bekijken. De eerste die ik wil bespreken...' Hij opent een map en haalt er een vel papier uit. '...is een zaak die een paar maanden geleden afgesloten is. De Deense Vereniging voor Natuurbehoud had een proces aangespannen tegen een grondbezitter in de streek omdat hij meerdere milieuwetten had overtreden. Jullie kennen hem ongetwijfeld uit de media: Arthur Löwenschiold is zijn naam. Ooit behoorde hij tot de kring van vertrouwelingen rond het koninklijk huis, maar naarmate hij bij meer dubieuze zaken betrokken raakte, is zijn glans helemaal verdwenen. Er was geen enkele twijfel aan dat Löwenschiold schuldig bevonden zou zijn als het Ragner Stephansen niet was gelukt om een aantal procedurefouten te vinden waardoor de zaak uiteindelijk niet voor de rechtbank kwam.' Hij buigt zich over de tafel, pakt een paar servetten van de stapel naast de thermoskan en snuit zijn neus luidruchtig. Vervolgens staat hij op en gooit de verfrommelde servetten in een prullenmand.

Skakke kijkt bezorgd naar hem. 'Voel je je wel goed?' vraagt hij.

Jensen gaat zitten zonder antwoord te geven.

'Hoe kun je in deze hitte verkouden worden?' fluistert Nabiha.

'Verkoudheid wordt veroorzaakt door een virus,' fluistert Juncker terug. 'Ook als het warm is, kun je verkouden worden.'

'Neem me niet kwalijk,' zegt Jensen. 'Het veroorzaakte natuurlijk een hoop woede bij de milieuorganisatie dat Löwenschiold ondanks de overduidelijke wetsovertredingen niet veroordeeld werd. Stephansen kreeg in dat verband veel bedreigingen, sommige daarvan in de vorm van ouderwetse brieven die met de post waren gestuurd. Die hebben we natuurlijk onderzocht op vingerafdrukken en we hebben inderdaad ook DNA-materiaal gevonden, maar dat heeft tot nu toe niets opgeleverd. Er zijn ook een paar dreigementen per mail binnengekomen…' Hij kijkt op het vel papier en begint voor te lezen. '"De natuur sterft door mensen zoals jij, dus je verdient het niet om te leven", en meer in die richting. We proberen op te sporen wie er achter de mails zitten.' Hij sluit de map. 'Larsen, kun jij iets vertellen over het spoor dat jullie volgen?'

Carsten Larsen, een van de financiële experts van de afdeling Economische Delicten, is een kleine, oersaaie man, die met zijn sterke bril als twee druppels water op het stereotiepe beeld van een boekhouder lijkt. Hij is accountant, geen agent, en verder een prima vent. Juncker mag hem graag.

'Ja, ik zal het zo kort mogelijk houden. Ragner Stephansen is sinds vijf jaar advocaat en adviseur van een Letse investeringsbank, Latvia Invest, die veel varkensfokkerijen in de streek en op andere plekken in Denemarken gekocht heeft. We hebben contact opgenomen met onze collega's in Letland, die er vrij zeker van zijn dat de bank Russisch crimineel geld doorsluist, maar de Letse politie en belastingdienst zijn tot nu toe niet in staat geweest om dat te bewijzen. Er wordt in de richting van witwassen gedacht en we kunnen aan de correspondentie tussen Stephansen en zijn cliënt zien dat die gedachte de advocaat ook niet helemaal vreemd was. Hij heeft een aantal voorwaarden opgesteld en heeft gedreigd zich terug te trekken als adviseur van de bank als de Letten geen rekenschap zouden afleggen van een aantal financiële transacties, onder meer waar het geld vandaan kwam. Het is natuurlijk niet goed om bevooroordeeld te zijn, maar het idee dat Russische gangsters gepikeerd kunnen raken en naar hun wapens kunnen grijpen als iemand in hun financiële omstandigheden begint te wroeten en vraagtekens bij hun methoden zet, is waarschijnlijk niet helemaal uit de lucht gegrepen. Dus gaan we verder met onze contacten in Letland in de hoop dat ze iets opvangen in de wandelgangen van Riga en omstreken. Maar jullie weten ook hoe het eraan toegaat in de voormalige Oostbloklanden. Het is over het algemeen alsof je tegen een bijzonder stevige muur op loopt.'

'Jullie denken dus dat Stephansen vermoord kan zijn door een huurmoordenaar die is ingehuurd door de Russische maffia omdat hij zijn neus te ver in hun zaken gestoken heeft?' vraagt Anders Jensen.

Larsen haalt zijn schouders op. 'Het is een gok die rijmt met het feit dat hij een tweede keer in zijn hoofd geschoten is hoewel het eerste schot dodelijk was, nietwaar?'

Anders Jensen knikt. 'Dat klopt. Juncker, jouw verhaal graag.'

Juncker is tijdens de twee uiteenzettingen steeds verder op de stoel weggegleden. Nu gaat hij rechtop zitten. 'Een jaar geleden is een man uit Sandsted aangeklaagd vanwege geweld tegen zijn partner,' begint hij. 'Alles wees erop dat hij haar al jarenlang mishandelde. Ze is acht keer op de spoedeisende hulp behandeld vanwege diverse verwondingen, zoals een gekneusde rib, een gebroken arm en dergelijke. Ze heeft altijd hardnekkig volgehouden dat ze van de trap was gevallen of tegen een gesloten deur was gelopen, alle gebruikelijke verklaringen dus. De negende keer is ze bijna overleden doordat een gebroken rib een van haar longen doorboorde. Toen pas deed ze aangifte tegen de man. Stephansen, die de man verdedigde, vond echter fouten in het onderzoek van de politie. Dat kunnen jullie je waarschijnlijk allemaal nog herinneren. Een jonge en nog onervaren agent had een aantal naaste familieleden van de verdachte verhoord en had ze verteld dat hij ze als getuigen beschouwde. De informatie die naar voren was gekomen, werd opgenomen in het onderzoek, en dat mag niet, want volgens het Wetboek van Strafvordering kunnen naaste familieleden niet gedwongen worden om te getuigen. Dat heeft Stephansen gebruikt. Hoewel de vrouw dus eindelijk voldoende moed had verzameld om aangifte tegen haar man te doen en de verwondingen die hij haar had toegebracht goed gedocumenteerd en gewelddadig genoeg waren om hem meerdere jaren achter de tralies te krijgen, koos de officier van justitie ervoor om de man niet in staat van beschuldiging te stellen. Hij wilde het risico niet lopen om getuigen op te roepen van wie de verdediging kon eisen dat ze afgewezen werden. Stephansens partner Laust Wilder heeft me verteld dat toen de zaak werd geseponeerd, de vrouw en haar broer Stephansen op het parkeerterrein bij het politiebureau opwachtten. 'Hoe slaap jij 's nachts?' vroeg de broer. Stephansen antwoordde met een brede glimlach: 'Fantastisch, dank je.' Een paar weken later pleegde de vrouw zelfmoord. Wilder vertelde ook dat de broer na de zelfmoord van zijn zus Stephansen een paar keer op straat passeerde en hem misschien niet met de dood heeft bedreigd, maar hem toch liet weten dat hij van mening was dat hij een klootzak was die een wreed lot verdiende. De broer heet Peter Johansen, en Nabiha en ik gaan met hem praten zodra we hier klaar zijn.'

'Dat zijn we nu.' Anders Jensen staat hoestend op. 'Laten we dus aan de slag gaan. Dan zien we elkaar hier morgenochtend vroeg weer.'

De man die de deur opent, heeft een gemiddelde lengte en ziet er jongensachtig uit. Juncker schat dat hij een jaar of vijfendertig is. Hij stelt zichzelf en Nabiha voor.

Peter Johansen vraagt hun om binnen te komen.

'Dank je wel,' zegt Juncker. 'Fijn dat je vandaag tijd hebt om met ons te praten.'

'Ik neem wat overuren op, dus dat komt prima uit.'

'Wat voor werk doe je?'

'Ik werk bij een bank in Køge. Laten we in de woonkamer gaan zitten.'

De inrichting is mooi en neutraal. Een zwartleren bank, twee leunstoelen – Ikea-klassiekers – en een zwartgelakte salontafel, een eettafel met zes stoelen en een witgeschilderde kast vol boeken.

'Lees je veel?' Juncker knikt naar de boekenkast.

'Ja. Voornamelijk thrillers en biografieën.'

'Woon je met iemand samen?'

'Nee, ik ben single.'

Nabiha loopt naar een vitrinekast die vol staat met bekers, medailles en plaquettes. 'Sport je?' vraagt ze.

Hij knikt. 'Ik ben vanaf mijn jeugd al lid van SSK.'

'SSK?'

'De schietclub van Sandsted. Het is een van de oudste van het land,' zegt hij met een trotse klank in zijn stem.

'Het lijkt erop dat je goed bent.'

Hij buigt zijn hoofd bescheiden. 'Ach…'

'Hoe goed?'

'Ik heb aan een aantal Deense kampioenschappen meegedaan. En als ik geluk heb, is er een goede kans dat ik meedoe aan de volgende Olympische Spelen.'

'Waar vinden die plaats?'

'In Tokio.'

'Jeetje, wat spannend.'

'Zullen we gaan zitten?' vraagt Johansen met een armbeweging naar de bank.

'Ik neem aan dat je heel wat wapens in huis hebt?' Juncker haalt een notitieboekje en een balpen uit de binnenzak van zijn jack.

Johansen knikt. 'Zowel pistolen als een geweer.'

Juncker hoort een zweem van waakzaamheid in de stem van de man. 'Waar bewaar je die?'

'Achter slot en grendel in een wapenkast. De kast hangt in een werkplaats in het bijgebouw. Alles is zoals het volgens de vuurwapenwet moet zijn.'

'Daar twijfelen we niet aan. Wat voor soort wapens zijn het?'

'Wat bedoel je?'

'Het kaliber.'

'.22. Dat kaliber wordt het meest gebruikt in de schietsport.'

Juncker knikt. 'Ja. Dat is ook het kaliber waarmee Ragner Stephansen doodgeschoten is.'

Johansen slaat zijn armen over elkaar. 'Dat heb ik gehoord.'

'Waar heb je dat gehoord? Dat heeft de politie niet bekendgemaakt.'

'Ik weet het van de schietclub. Een van je collega's heeft met onze voorzitter gepraat om te informeren of er de laatste tijd een wapen is verdwenen.'

'Natuurlijk,' zegt Juncker.

'Daar krijgen jullie een hoop werk aan.' Johansen glimlacht. 'Ik bedoel, als alle leden van de schietclub potentiële verdachten zijn. We hebben er meer dan honderd.'

'Maar dat zijn ze niet. We concentreren ons op degenen die een motief hebben.'

Nu glimlacht Peter Johansen niet meer. 'En dat heb ik?'

Daar geeft Juncker geen antwoord op. 'Je hebt meerdere botsingen met Ragner Stephansen gehad. Verbale, bedoel ik.'

Johansen leunt naar achteren. 'Botsingen? Dat is wat sterk uitgedrukt. Maar het klopt dat ik Stephansen een paar keer verteld heb hoe ik over hem denk.'

'En dat is?'

'Dat hij een door en door onaangenaam persoon is. Of liever gezegd was.'

'Omdat hij ervoor gezorgd heeft dat de zaak tegen de partner van je zus geseponeerd is?'

'Onder andere, ja. Johanne had eindelijk voldoende moed verzameld om aangifte te doen tegen die smerige klootzak die haar leven jarenlang ondraaglijk gemaakt heeft, en toen –'

Nabiha buigt zich naar voren. 'Waarom heb jij geen aangifte tegen hem gedaan als je wist dat hij je zus sloeg?'

Johansen kijkt haar aan. 'Je hebt geen idee hoe vaak ik Johanne daarom heb gesmeekt, maar ze wilde niet. Ze was gewoon te bang voor hem.'

Nabiha knikte. 'Dat begrijp ik, maar hij was in de gevangenis beland als je aangifte tegen hem had gedaan.'

Johansen snuift. 'Maar voor hoelang? Ze vreesde dat hij maar een paar jaar zou krijgen en was doodsbang voor wat hij haar zou aandoen als hij vrijgelaten werd. Toen ze uiteindelijk inderdaad aangifte deed, knoeide de politie met formaliteiten en getuigenverklaringen en ging hij vrijuit. Johanne was zo bang, dat ze het niet kon verdragen om nog langer te leven.' De tranen springen in zijn ogen, en hij kijkt weg. Het blijft even stil. 'Dus ja, ik vond Ragner Stephansen een klootzak, om het recht voor zijn raap te zeggen.'

'Je kunt ook denken dat hij gewoon zijn werk deed. Dat iedereen recht heeft op –'

Peter Johansen onderbreekt haar. 'Daar ben ik het helemaal mee eens. We leven in een rechtsstaat en iedereen heeft het recht om verdedigd te worden, maar toen ik Ragner Stephansen aansprak, lachte hij me vierkant uit. Het was alsof hij er trots op was dat hij die klootzak vrij had gekregen, zodat die mijn zus kon blijven terroriseren.' Hij kijkt Nabiha recht in de ogen. 'Ragner Stephansen was een verschrikkelijk mens met Johannes bloed aan zijn handen.'

'Haatte je hem?'

Peter Johansen haalt zijn schouders op. 'Ja, dat deed ik.'

'Genoeg om hem te doden?'

'Natuurlijk niet.'

Juncker bladert in zijn notitieboekje. 'Je zei "onder andere".'

'Wat bedoel je?'

'Je zei daarnet dat Ragner Stephansen een onaangenaam persoon was, "onder andere" omdat hij ervoor gezorgd heeft dat de zaak tegen de partner van je zus geseponeerd is.'

'Heb ik dat gezegd? Ik bedoelde niets anders dan wat ik al gezegd heb, dat hij arrogant, gevoelloos en verschrikkelijk onaangenaam was.'

'Hm. Oké. Waar was je zondagavond en -nacht?'

'Ik was hier.'

'Alleen?'

'Ja, zoals ik al zei, woon ik alleen en het is niet mijn gewoonte om op zondagavond uit te gaan en iemand mee naar huis te nemen.'

Juncker stopt het notitieboekje en de balpen in zijn binnenzak. 'We zullen niet meer van je tijd verspillen. Voor nu, tenminste. Ik kan me voorstellen dat we terugkomen als we meer vragen hebben.'

'Jullie zijn welkom.'

'Heb je er iets op tegen als we je wapens meenemen zodat we ze kunnen testen en uitsluiten als moordwapen? Het is slechts een routinekwestie.'

'Nee, natuurlijk niet. Ik ga de komende dagen een paar keer trainen, maar ik kan een wapen van de club lenen.'

'Nou, hoe vond je het gaan?' vraagt Nabiha als ze weer in de auto zitten.

'Je was er zelf bij,' antwoordt Juncker.

Ze schudt geïrriteerd haar hoofd. 'Luister, ik ben een beginnende onderzoeker. Ik wil graag iets leren. Is dat zo moeilijk te begrijpen?'

Juncker staart door de voorruit. 'Nee, waarschijnlijk niet.' Kan ze niet gewoon in stilte luisteren en leren? 'Tja, het ging… prima.'

Ze kijkt naar hem met een moedeloze blik in haar ogen.

Juncker zet zijn telefoon in de houder en belt Anders Jensen. 'Nabiha en ik zijn net klaar met het verhoor van Peter Johansen,' zegt hij.

'Wat is jullie indruk?'

'Hij heeft een heel duidelijk motief en maakt er geen geheim van dat hij Stephansen haatte. Hij noemt hem "een door en door onaangenaam persoon".'

'En zijn alibi?'

'Dat is heel zwak. Hij woont alleen en zegt dat hij zondagavond en -nacht thuis was, maar er is niemand die dat kan bevestigen. We hebben ontdekt dat hij een goede schutter is en lid van de plaatselijke schietclub. We hebben zijn wapens meegenomen en sturen die naar de technici in Ejby. Hij is kortom een goede verdachte.'

Het blijft een paar seconden stil. 'Ja, bijna te goed, hè?'

'Dat kun je natuurlijk zeggen, maar... voor zover ik kan zien is hij de beste die we tot nu toe hebben. Denk je dat we toestemming kunnen krijgen om hem af te luisteren?'

'Dat wordt waarschijnlijk lastig. Ik zal het meteen met Skakke bespreken, dan kan hij de officier van justitie benaderen.'

'En hem schaduwen?'

'Ja, goed idee, laten we dat doen.'

'Zijn woning ligt een stuk buiten het stadje en erg afgelegen. Hij merkt het als we te dichtbij komen.'

'Yes, daar zullen we op moeten letten. Ik regel het.'

Juncker verbreekt de verbinding. Nabiha kijkt hem met een gefronst voorhoofd aan. 'Waarom moeten we hem schaduwen? Wat verwachten we daarmee te bereiken?'

Hij haalt zijn schouders op. 'Geen idee. Misschien iets wat ons in de richting van het gebruikte wapen kan leiden.' Zijn telefoon gaat. Hij kijkt op het scherm, haalt hem uit de houder en zet de luidspreker aan. 'Hallo, Karo.'

Hij heeft zijn dochter al maanden niet gesproken. Misschien maar één keer sinds de begrafenis van zijn vader in januari. Karoline woont in Aarhus, en heel vaak belt ze haar vader niet.

'Hallo, papa. Hoe is het met je?'

Nog steeds op weg naar de hel, denkt hij. 'Goed. En met jou?'

'Ook goed.'

'Dat is fijn om te horen.'

Er valt een stilte.

'En, eh...' Juncker wil naar haar werk vragen, maar heeft ze geen andere baan? Van het ene restaurant naar het andere? Of is ze naar een derde gegaan? Hij kan het zich niet herinneren en heeft geen zin om zijn onwetendheid te tonen. 'Ben je in Aarhus?' vraagt hij in plaats daarvan.

'Nee.'

'Waar ben je dan? In Kopenhagen? Bij je moeder?'

'Nee, ik ben in Sandsted.'

Juncker kan zijn verbazing niet verbergen. 'Hier? Dus –'

'Ja, papa.' Hij kan aan haar stem horen dat ze glimlacht. 'Ik sta voor het huis van oma en opa.'

'Oké. Dus je bent... Dus je wilt...'

'Je bezoeken, ja. En een paar dagen blijven. Als je dat goed vindt.'

'Natuurlijk vind ik dat goed. Dus... Ik moet werken. We hebben het nogal druk op dit moment...'

Karoline glimlacht. 'Op dit moment? Dat is een goeie, papa.'

'Haha. Ja.'

'Hangt de sleutel nog op dezelfde plek in de carport?'

'Ja, dat denk ik wel. Ik heb hem in elk geval niet weggehaald.'

'Dan ga ik naar binnen. Wanneer denk je dat je klaar bent met werken?'

'Ik ga nu naar Næstved om een paar dingen te regelen. Ik denk dat ik rond halfzeven thuis kan zijn. Tenzij –'

'Ja ja, ik weet het. Tenzij er iets onvoorziens gebeurt. Zal ik boodschappen voor het avondeten doen?'

'Graag.'

'Want ik neem aan dat je niet veel in de koelkast hebt, of wel soms?'

'Daar heb je waarschijnlijk gelijk in.'

'Goed, dan regel ik dat. Bel even als je later bent.'

Juncker stopt zijn telefoon weer in de houder en start de motor. Hij haat verrassingen, maar is toch blij om Karoline straks te zien.

'Was dat je dochter?' vraagt Nabiha.

Juncker knikt.

'En ze is in Sandsted?'

'Ja.'

'Heb je haar een tijd niet gezien?'

Hij knikt weer.

'Je ziet je kinderen niet vaak, of wel soms?'

'Laten we gaan,' zegt hij, waarna hij de koppeling omhoog laat komen en wegrijdt.

15

Haar begeerte is zo hevig dat ze bijna bang voor zichzelf wordt. Het is een volkomen verlies van controle. Ze zit boven op hem en voelt hem diep in haar. Het gevoel komt vanaf haar voetzolen opzetten en stroomt via haar kuitspieren en de binnenkant van haar dijbenen naar haar baarmoeder, ruggenmerg, nekspieren en hersenen, waarna alles eindigt in een wellustige vlammenzee.

Zij is blijkbaar degene die schreeuwt, want hij doet dat beslist niet.

Victor Steensen is geen schreeuwer. Hij kreunt hoogstens.

Signe valt als een ingestorte soufflé boven op hem. Haar zweet druppelt op zijn lichaam en gezicht, en ze kust de zoute druppels van zijn wangen en oogleden. Hij glimlacht en geeft een kus op haar mond. Ze glijdt van hem af en voelt hoe de verdamping haar gloeiendhete lichaam afkoelt, wat een heerlijk gevoel is in de middaghitte. Ze kruipt tegen hem aan, verbergt haar gezicht in zijn oksel en snuift deodorant en zweet op.

Waarom? Waarom is het zoveel heerlijker met Victor dan met Niels? Het slaat nergens op.

Victor is vier maanden geleden gescheiden. Een gelukkige scheiding, als zoiets bestaat. Twee carrières, twee levens die parallel aan elkaar verlopen, op hun respectievelijke rijbanen. Het was niet zo dat zijn vrouw en hij elkaar niet mochten, maar dat was het juist: ze mochten elkaar. Niet meer en niet minder. En ze hadden geen kinderen.

Tweeënhalve maand geleden zijn Signe en Victor voor het eerst met elkaar naar bed geweest en kreeg Signe voor het eerst in tweeënhalf jaar een orgasme.

Het was absoluut niet gepland. Ze waren nooit in elkaars gedachten geweest. Jezus, ze kennen elkaar al heel lang en hebben aan meerdere zaken samengewerkt, zoals de terroristische aanslag. Ze waren goede collega's. Toegegeven, ze heeft Victor altijd al een mooie man gevonden. En nog belangrijker: lief, charmant, behulpzaam en gemakkelijk in de omgang. Maar het was nooit bij haar opgekomen om met hem naar bed te gaan.

Ze waren op een afscheidsreceptie van een collega van Zware Criminaliteit geweest, met wie Victor ook had samengewerkt voordat hij naar de PET, oftewel de Deense binnenlandse veiligheidsdienst, was gegaan. Het was vrijdagmiddag. Ze had twee glazen wijn gedronken, misschien drie, en was… aangeschoten, hooguit. Ze praatten met elkaar. Ze kan zich niet herinneren waarover, en plotseling ving hij haar blik, als een warmtezoekende raket die een vijandelijk vliegtuig als doelwit heeft. Ze kreeg een trekkend gevoel in haar middenrif en een warm gevoel tussen haar benen. Haar hart sloeg op hol, en het bloed steeg naar haar haar wangen. Daarna glimlachte hij, draaide zich zwijgend om en liep weg, waarna zij hem volgde. Ze hoopte dat niemand zag dat ze samen vertrokken, net als ze hoopte dat niemand zag dat ze een taxi namen naar het appartement in Valby dat hij van een paar vrienden leende. Ze waren een uur samen en zeiden vrijwel niets tegen elkaar. Ook niet toen ze hem achterliet om naar huis te gaan.

In de taxi op weg naar huis voelde ze zich zo blij als ze in haar herinnering jarenlang niet was geweest. Tot het moment waarop ze uit de taxi stapte en haar slechte geweten de overhand kreeg. Dat heeft sindsdien de overhand gehouden, afgezien van de paar keer per week als ze bij elkaar zijn.

Ze maakt zich van hem los en loopt naar de badkamer. Zoals al het andere in het appartement is die splinternieuw. Victor heeft voor een klein fortuin een appartement van negentig vierkante meter met twee balkons op Sluseholmen gekocht. Het ene kijkt uit op een kanaal, hemelsbreed maar een paar honderd meter van Signes werkplek op Teglholmen vandaan. 'Misschien niet de slimste zet,' had ze opgemerkt toen hij het koopcontract had getekend. 'Waarom niet?' had hij gevraagd.

Dit stopt binnenkort, zegt ze tegen zichzelf. Want hoewel het heel fantastisch is, is één ding zeker: ze gaat niet bij Niels weg.

Signe Kristiansen is het type niet om te scheiden, want scheiden is opgeven en ze geeft niet op.

Nooit.

Ze komt met nat haar en een handdoek rond haar heupen gewikkeld de slaapkamer in. Hij ligt nog steeds naakt in bed met zijn hoofd op zijn rechterhand en elleboog steunend. 'Heb je tijd voor een kop koffie? Ik heb volle melk gekocht,' zegt hij.

'Dat hangt ervan af hoe laat het is.'

'Geen idee.'

Terwijl hij naar de badkamer gaat, loopt zij naar de grote open keuken. Haar telefoon ligt op de eettafel. 'Ja, dat red ik nog wel!' roept ze. Ze schenkt water in de waterkoker, zet die aan en loopt naar de slaapkamer terug.

Hij komt de badkamer uit. 'Heb je ook nog tijd voor een vluggertje?'

'Nee.' Ze glimlacht en wijst naar zijn penis, die rood en slap is. 'Die ziet er eerlijk gezegd niet uit alsof hij klaar is voor het grote werk.'

'Daar hoef je je helemaal geen zorgen over te maken. Hij is er altijd klaar voor.'

'Leuk geprobeerd, maar daar heb ik dus geen tijd voor.' Ze trekt haar slipje, T-shirt en rok aan. Op haar werk draagt ze nooit jurken of rokken, maar altijd een spijkerbroek, tenzij ze naar een feest moet, maar het is nu gewoon te warm voor een broek.

Ze gaat naar de keuken en zet koffie, neemt de bekers mee naar de slaapkamer, gaat op de rand van het bed zitten en staart voor zich uit.

'Waar denk je aan?' vraagt Victor.

'Aan niets bijzonders.' Ze blaast in haar beker.

'Signe...'

Ze glimlacht. 'Daar dacht ik niet aan. Aan dat tussen ons bedoel ik, maar...'

'Wat is het dan?'

Ze krijgt een afwezige blik in haar ogen, draait haar hoofd naar hem toe en kijkt hem aan. 'Denk jij nooit aan wat er na de actie in januari is gebeurd? Aan de hele nasleep?'

Victor leunt tegen het hoofdeind en trekt de gewatteerde deken over zijn benen en onderlichaam. Hij haalt zijn schouders op. 'Soms wel, maar ik besteed er niet heel veel tijd aan. Het is zoals het is. En we kunnen er niets aan doen om het te veranderen.'

Signe staat op en loopt naar het raam. 'Ik denk er regelmatig aan. Niet de hele tijd, maar vaak.'

Tussen Kerstmis en Nieuwjaar had een anonieme bron, die informatie over de terroristische aanslag had, contact met haar opgenomen. De persoon in kwestie stemde erin toe om Signe in de parkeergarage onder de Israels Plads te ontmoeten, maar op zo'n manier dat zijn identiteit niet bekend werd. Daar vertelde hij haar over de nieuw opgerichte terroristische organisatie die achter de bomaanslag stak. Hij vertelde Signe ook dat het een goed idee zou zijn om hun aandacht op de Militaire Inlichtingendienst te richten.

Tijdens het onderzoek naar de dubbele moord in Sandsted ontdekte Juncker dat de vermoorde Bent Larsen een informant van de MI was en door de inlichtingendienst in de terroristische organisatie was geplaatst. Verder bleek dat Larsens contactpersoon hetzelfde mailadres gebruikte als de anonieme bron die contact met Signe had opgenomen. Langzaam begon zich een mogelijk verband af te tekenen voor Signe, Juncker en Merlin.

Bent Larsen had zijn contact bij de MI gewaarschuwd dat er op 23 december rond het middaguur een terroristische aanslag op een plek in Kopenhagen zou plaatsvinden, maar om onbekende redenen was er niets met die informatie gedaan. Geen van de acties en maatregelen die gebruikelijk waren als de politie een tip zoals deze kreeg, was in gang gezet, en om 12.08 uur was de bom ontploft.

Op 3 januari las Signe toevallig een overlijdensadvertentie van een luitenant-kolonel die bij de MI werkte. Nadat ze een beetje onderzoek had gedaan naar het sterfgeval, ontdekte ze dat de man blijkbaar een hartaanval in het Ørstedspark had gehad, vlak nadat Signe een paar honderd meter verderop in de parkeergarage met de geheime bron had gepraat. De dode man heette Svend Bech-Olesen, en Signe was ervan overtuigd dat hij degene was die ze had gesproken. En dat iemand hem om die reden had vermoord en het op een hartaanval had laten lijken.

Het bewijs dat de MI was gewaarschuwd, stond op Bent Larsens laptop, die Juncker in de woning van het vermoorde echtpaar had gevonden. Op de dag waarop Signe Bech-Olesens overlijdensadvertentie in de krant had gezien, verscheen er een vrouw met staalgrijs haar in gezelschap van twee gespierde lijfwachttypes bij Juncker in Sandsted. Ze wilde Bent Larsens laptop en de kopie van de harddisk die Juncker in zijn bezit had. Hij besefte dat hij geen andere keuze had dan haar die te geven.

De dag erna werden alle betrokkenen opgeroepen voor een bespreking bij de rijkspolitie. Hier kregen ze apart van elkaar te horen dat de zaak met het oog op de nationale veiligheid geheim verklaard was en was overgenomen door de PET en dat erover praten rechtsvervolging tot gevolg zou hebben. Behalve Juncker en zij was Merlin, Troels Mikkelsen en alle anderen die erbij betrokken waren geweest de mond gesnoerd.

Het was in de doofpot gestopt, zo diep als in de rechtsstaat Denemarken maar mogelijk was.

Signe opent het raam, loopt naar het bed terug en gaat zitten. 'Stoort het je helemaal niet dat je deel uitmaakt van een systeem waarin de regels en wetten met veel gemak genegeerd worden en zaken worden weggemoffeld waarin heel duidelijk iets gebeurd is wat volkomen verkeerd is?' vraagt ze.

Victor glimlacht kort en droog. 'Lieve Signe, ik werk bij de PET.'

'Ja, dat weet ik, dank je wel. Ik weet ook heel goed dat niet alles bij het grote publiek bekend moet worden, maar om mensen te vermoorden die de aandacht vestigen op –'

'Wacht even. Je weet helemaal niet of er iemand vermoord is om iets in verband met de aanslag te verbergen. Dat is goedbeschouwd niet meer dan een vermoeden. Of weet je iets wat ik niet weet?'

Ze schudt haar hoofd. 'Nee, dat denk ik niet. Ik heb je verteld wat er gebeurd is. Maar geloof je dat Svend Bech-Olesen een kwartier nadat hij me heeft verteld dat er iets bij de MI niet gegaan is zoals dat moest een natuurlijke dood is gestorven. Geloof je dat echt? Vind je dat niet heel toevallig?'

Hij spreidt zijn armen. 'Jezus, Signe, je weet niet eens zeker dat je met Svend Bech-Olesen gepraat hebt, of wel soms?'

Ja, dat weet ik wel, denkt ze, want dit zaakje stinkt verschrikkelijk en ik snap niet dat jij die stank kunt verdragen.

Ze zucht. 'Je vindt het ook niet vreemd dat die terrorist, Simon Spangstrup, in het ziekenhuis plotseling overlijdt nadat overal bekend is geworden dat hij stabiel en buiten levensgevaar is? Dat vind je zelfs niet een beetje merkwaardig?'

'De artsen zeggen dat hij overleden is omdat zijn lichaam verzwakt was. *Shit happens.*'

'Ja, en dat moet ik geloven. En het is ondenkbaar dat hij iets wist waarvan ze absoluut niet wilden dat hij daarover in een Deense rechtszaal zou praten?'

Hij haalt zijn schouders op.

Signe gaat verder: 'We weten dat Spangstrup Bent Larsen en zijn vrouw vermoord heeft. Waarom zou hij dat in vredesnaam doen als hij niet had ontdekt dat Larsen dubbelspel speelde en dat hij de MI gewaarschuwd had over de aanslag? Het was niet heel goed overgekomen als Spangstrup daar in de getuigenbank van het Oostelijk Hooggerechtshof over zou vertellen, wat in mijn optiek een heel goede verklaring is waarom de MI, of wie het ook is, hem vermoord heeft. Als je dus redeneert zoals zij blijkbaar doen.' Ze drinkt haar beker leeg en staat op. 'En nu moet ik gaan.' Ze is voor de eerste keer boos op hem.

'Signe, in vredesnaam.'

'Wat?'

'Ga nog even zitten.'

Ik moet weg.'

'Signe!'

Ze werpt een woedende blik in zijn richting en gaat vervolgens op de rand van het bed zitten.

'Signe, luister naar me. Je weet net zo goed als ik dat er in onze wereld soms beslissingen worden genomen die niet helemaal volgens het boekje zijn maar die noodzakelijk zijn als we het werk willen doen dat we moeten doen, namelijk ervoor zorgen dat iedereen veilig is. Het kan zomaar zijn dat wat er na de aanslag gebeurd is een van die gevallen is. Ik kies ervoor om erop te vertrouwen dat er een goede reden is waarom de kwestie zo gelopen is. Jij en ik kennen allebei de volledige achtergrond niet. Dat is één. Het tweede punt is dat als je gelijk hebt – als het echt zo is dat er mensen vermoord worden om te verbergen wat er speelt – je niet alleen je carrière op het spel zet als je erin begint te graven, maar dus ook je leven.'

Ze zwijgen even. Hij steekt zijn hand naar haar uit, en ze kijkt naar beneden. Na een paar seconden pakt ze hem, geeft er een kneepje in, buigt zich naar voren en kust hem.

'Bedankt voor daarnet. Het was heerlijk,' zegt ze, waarna ze opstaat.

Als ze de trap af loopt, heeft ze er al spijt van. Verdomme, waarom kan ze zich in dit soort situaties toch nooit beheersen? Hij heeft namelijk gelijk. Niet dat er niets verkeerds is gebeurd, want dat is wel zo. Dat weet zij en dat weet hij ook. Waarom hebben ze anders het bevel gekregen om hun mond over de situatie te houden? Maar het klopt dat ze de beweegredenen waarom ze gemuilkorfd zijn niet kent.

Hij heeft er ook gelijk in dat niet alleen haar carrière, maar ook haar leven gevaar loopt als ze in opstand komt tegen… Hoe noemt Donald Trump het ook alweer? *The Deep State.*

Ze voelt een enorme behoefte om zich om te draaien en bij hem in bed te gaan liggen, want ondanks het feit dat ze op een verschillende manier naar de situatie kijken, is ze gek op hem. Hij is het beste wat haar ziel en lichaam in lange tijd zijn overkomen, en hoewel ze weet dat het niet eeuwig zal duren, heeft ze er op dit moment behoefte aan om samen met hem te zijn. Zolang Juncker vastzit in Sandsted, is Victor bovendien de enige met wie ze fatsoenlijk over haar werk kan praten. Bovendien vertrouwt ze hem.

Maar het gaat niet, geen seks meer vandaag. Ze is toch al laat.

Voordat ze de straat op loopt, kijkt ze door de glazen deur of ze bekenden voor het complex ziet. Haar auto staat een paar honderd meter verderop geparkeerd.

Als ze bijna bij haar auto is, gaat haar telefoon. Het is een onbekend nummer. Ze aarzelt even, maar neemt het gesprek vervolgens aan. Het is Charlotte Junckersen.

'Charlotte! Dat is lang geleden.'

'Ja, ruim een jaar. Minstens.'

'Wat kan ik voor je doen?'

'Ik wil iets met je bespreken.'

'Ja? En dat is?'

'Dat wil ik niet via de telefoon zeggen. Kunnen we afspreken?'

Signe aarzelt. 'Ja, eh... dat kunnen we doen. Wanneer?'

'Zo snel mogelijk. Kun je aan het eind van de middag?'

'Dan moet ik in mijn agenda kijken. Wacht even.' Over tien minuten heeft ze een vergadering die ongeveer een uur in beslag neemt, en daarna is de rest van de dag leeg. 'Ik kan na halfvijf.'

'Laten we dan vijf uur zeggen. Kun je naar mijn huis komen?'

'Jazeker. Tot dan.' Ze opent het slot met de afstandsbediening, gaat achter het stuur zitten en kijkt met haar handen op het stuur en een gefronst voorhoofd voor zich uit.

Wat gebeurt hier?

16

De kans om een flinke prijs in de loterij te winnen is groter dan op donderdagmiddag even voor vijf uur een parkeerplek in de Kartoffelrækkene te vinden.

De rijtjeswoningen in de elf straten op de grens tussen het centrum van Kopenhagen en de wijk Østerbro zijn aan het eind van de negentiende eeuw als arbeiderswoningen gebouwd, maar hebben zich de laatste decennia ontwikkeld tot zowat de duurste van de hoofdstad. Hier kun je alleen wonen als je veel geld verdient, het huis jaren geleden hebt gekocht of, net als Charlotte Junckersen, het huis hebt geërfd.

Er staan veel Tesla's in de straten geparkeerd, en deze favoriete klimaatcompensatie voor welgestelde autofanaten is niet bepaald een miniauto. Over het algemeen rijden veel bewoners hier in tamelijk grote auto's. Signe is door vijf van de smalle straten van de wijk en een paar keer rond de hele wijk gereden zonder een plek te vinden. Uiteindelijk parkeert ze haar auto vloekend tussen een zandbak en een Audi in de straat waar Charlotte en Juncker wonen. Voor alle zekerheid opent ze het dashboardkastje, pakt het bordje met POLITIE en legt dat achter de voorruit.

Een passerende vrouw van haar leeftijd in een oranje gebatikte blouse en met een oude cockerspaniël aan de lijn blijft staan. 'Je mag hier niet parkeren,' zegt ze vastberaden.

Signe kijkt haar met een koele blik aan. 'Jawel, dat mag ik wel.'

'Nee, dat mag je niet. Dit is –'

Signe snoert haar de mond door naar het politiebordje achter de voorruit te wijzen.

'O...' De vrouw trekt een pruilmondje. 'Dat zag ik niet.'

'Dan zie je het nu.' Signe glimlacht star en doet de auto op slot.

'Als je bij Juncker moet zijn... Volgens mij werkt hij bij de politie, dus misschien... Tja, dan kan ik je vertellen dat Charlotte en hij op dit moment niet bij elkaar wonen.'

'Dank je, dat weet ik. Ik ga trouwens ook naar Charlotte om –'

'Doe Juncker de groeten maar van Sif. We hebben hem gemist tijdens het straatzomerfeest.'

'Dat zal ik doen.' Allemachtig, het lijkt wel een provinciestadje, denkt Signe. Ze knikt naar Sif en loopt naar het huis van Charlotte en Juncker, het op drie na laatste voor de Øster Farimagsgade.

De laatste keer dat ze hier was, was de kleine betegelde voortuin achter de heg netjes onderhouden, met gevulde plantenpotten en weelderige klimplanten die over de muur tussen de twee keukenramen groeiden. Nu staan er een paar afvalcontainers en een damesfiets, zodat ze er zijdelings langs moet schuiven om de deur te bereiken. In de potten staan de trieste resten van de planten van het vorige jaar en de klimplanten vechten voor hun leven. Ze belt aan, maar het lijkt er niet op dat de bel werkt, dus klopt ze op het matglazen raam, waarna ze meteen voetstappen hoort en de deur opengaat.

'Hallo, Signe. Kom binnen.'

'Dank je.'

Er ontstaat heel even een enigszins pijnlijke stilte als de twee vrouwen oog in oog staan en zich afzonderlijk van elkaar afvragen of ze elkaar goed genoeg kennen voor een omhelzing. Ze worden het bijna synchroon eens dat dat zo is. Als het niet helemaal ontspannen begroetingsritueel in de smalle gang achter de rug is, gaan ze naar de keuken.

'Wil je iets drinken? Een glas witte wijn?' vraagt Charlotte.

'Nee, dank je, ik ben met de auto. Maar een glas water...'

Charlotte opent de koelkast en haalt er een fles wijn en een karaf uit. 'Ik neem wel een glas,' zegt ze. 'Het is vijf uur geweest, hè?'

Signe knikt glimlachend. Ze gaan ieder aan een kant van de eettafel zitten. Opnieuw ontstaat er een moment van stilte waarin ze beiden wachten tot de ander begint. Hoewel Charlotte Signe heeft uitgenodigd en daarmee strikt genomen het recht op de openingszin heeft, is Signe degene die voorzichtig begint. 'Hoe is het met je? Op je werk en zo?'

'Uitstekend. Ik werk niet meer bij Christiansborg, maar bij een afdeling die "het onderzoeksteam" heet. Daar houden ze zich met diepgravende journalistiek bezig.'

'Dat klinkt spannend. Ben je er blij mee?'

'Ja, dat ben ik. En jij? Met je werk bedoel ik?'

Signe haalt haar schouders op. 'Tja, dat gaat goed. Ik mis Juncker, maar daar is niets aan te doen. Het zal waarschijnlijk nog een tijd duren voordat hij naar de Politie Kopenhagen terug kan keren.'

'Waarschijnlijk wel. En met je gezin?'

Dat is geen onderwerp waarover Signe wil praten. 'Goed. Het gaat goed met ze.'

Charlotte knikt. Ze houdt het wijnglas vast terwijl ze praat. 'Heb je weleens contact met Juncker? Aan de telefoon, bedoel ik.'

'Dat komt zelden voor. Een paar keer sinds de actie in januari. Daar was hij tenslotte bij betrokken. Maar dat weet je waarschijnlijk al.'

'Ja, daar heeft hij het over gehad, ook al heeft hij nooit veel over zijn werk verteld. Ook niet voordat we uit elkaar gingen.' Charlotte haalt een sigaret uit het pakje dat in een schaal op de tafel ligt. Ze staat op, loopt naar de terrasdeur die aan de kleine tuin grenst, steekt de sigaret op en blaast de rook door de open deur naar buiten.

Signe leunt naar achteren en strekt haar benen. 'Waarom heb je me gebeld, Charlotte? Het gaat vast niet over mijn huidige contact met Juncker, of wel soms?'

Charlotte neemt een paar snelle trekjes, bukt zich en dooft de sigaret op de tegels. 'Nee, dat is het niet. En toch...' Ze loopt naar de tafel en gaat weer zitten.

Signe fronst haar wenkbrauwen. 'Je maakt me nieuwsgierig.'

'Ik ben gisteren bij Juncker op bezoek geweest.'

'Oké. Hoe is het met hem?'

'Eerlijk gezegd ziet hij er niet uit alsof het fantastisch met hem gaat.'

'Waarom ben je naar Sandsted gegaan, als ik vragen mag?'

'Omdat ik een paar vragen had over een tip die ik van een bron heb gekregen. Ik heb een paar mails gezien over iets wat vlak voor en vlak na de terroristische aanslag in december gebeurd is.'

'Van een bron die je hebt ontmoet?'

Charlotte knikt. 'Ik heb Martin gevraagd of hij wist of er in dat verband iets verdachts plaatsgevonden had.'

'Wat antwoordde hij daarop?'

'Dat er niets was. Dat alles volgens het boekje was gegaan.'

'Oké.'

'Maar, Signe...' Charlotte buigt zich over de tafel. 'Ik ken mijn man vrij goed. Hij is het type niet om er geheimen uit te flappen, maar soms is zijn lichaamstaal heel duidelijk.'

'En wat vertelde zijn lichaamstaal je?'

'Dat niet alles is zoals het zou moeten zijn.' Charlotte kijkt naar Signe. 'Klopt het wat Martin zegt? Dat alles volgens het boekje gegaan is?'

Signe zwijgt gespannen. Ze denkt na. Probeert tijd te winnen. 'Wat bedoel je?'

'Aan de oppervlakte ziet alles er goed uit. De daders zijn onschadelijk gemaakt. De ene is vermoord, de andere is gevangengenomen en hun organisatie is ontmaskerd. Een aantal mogelijke medeplichtigen zit in voorlopige hechtenis. Maar heel eerlijk, komt het in juridisch opzicht niet heel goed uit dat beide terroristen nu dood zijn? Dat geen van hen moet voorkomen? En is de manier waarop Simon Spangstrup overleden is op zijn zachtst gezegd niet merkwaardig? Het Rigshospitalet meldde dat hij buiten levensgevaar was, en plotseling sterft hij. Omdat zijn lichaam verzwakt was, is de verklaring voor zijn dood. Eerlijk gezegd...'

Het is alsof ik een echo van mezelf hoor, denkt Signe.

'Weet je iets?' vraagt Charlotte.

Heel even staat ze op het punt om een rechtstreeks antwoord te geven. Het is symbolisch... en lijkt bijna een teken van boven... dat maar een paar uur nadat ze Victor over haar vermoeden heeft verteld een journalist hetzelfde tegen haar zegt. Bijna woord voor woord.

Ze voelt een enorme drang om een bondgenoot te hebben. Iemand die net zo boos is als zij zelf is. Iemand met wie ze hierover kan praten. Want er is geen twijfel aan dat Charlotte de twee mails heeft gezien, en misschien meer.

'Weet je zelf iets, Charlotte? Zo klinkt het namelijk.'

Charlotte kijkt in haar ogen. Er verstrijken tien seconden. Minstens. 'Kan ik je vertrouwen, Signe?'

Ze schudt haar hoofd. 'In principe niet, Charlotte. Jezus, ik ben politieagent, geen journalist. Jíj kunt je bronnen garanderen dat je nooit zult verraden wie het zijn als ze anoniem willen blijven. Dat kan ik niet.'

De teleurstelling straalt van Charlotte af.

'Luister, als je iets weet... Als je ervan op de hoogte bent dat er iets illegaals plaatsgevonden heeft...' zegt Signe.

Charlotte kijkt haar zwijgend aan.

Signe komt overeind. 'Het spijt me, maar ik kan gewoon niets beloven als ik niet meer weet.'

‘En ik moet mijn bron beschermen,’ zegt Charlotte.

Signe knikt en spreidt haar armen. ‘Hier staan we dan.’ Ze schuift de stoel naar voren. ‘Goed, dan ga ik nu naar huis. Voor één keer voor zessen.’

Als ze bij de deur is, draait ze zich om. ‘Sorry, Charlotte, maar je weet waar je me kunt bereiken.’

In de auto blijft ze even met haar handen op het stuur zitten. Hoelang kan ze het volhouden om niets aan deze smeerlapperij te doen? Niet heel lang, voelt ze. Ineens komt er een idee bij haar op. Stel dat iemand met opzet heeft nagelaten om te reageren op de waarschuwing over de aanslag? Als iemand er belang bij had dat de bomaanslag doorging en er heel veel mensen werden gedood?

Het is een krankzinnige gedachte, maar kan het worden uitgesloten als een mogelijk scenario?

Nee, concludeert ze. Dat kan het niet.

17

In eerste instantie merkt hij niets. Pas als hij zijn zevenentwintigjarige dochter omarmt, kan hij het voelen. Hij is voorzichtig, kijkt schuin naar beneden, durft het niet rechtstreeks te vragen. Het kan fataal zijn als hij het mis heeft.

Karoline lacht luidkeels over zijn aarzelende, onhandige voorzichtigheid en legt haar handen op haar buik. 'Nee, ik ben niet plotseling dik geworden, papa. Dit is echt.' Ze pakt zijn hand. 'Je wordt opa.'

Zijn reactie verbaast hem volkomen. Een paar seconden is hij als verlamd. Daarna is het alsof zijn lichaam zonder waarschuwing de controle overneemt. Iets in zijn middenrif laat los en schuift naar zijn keel. Zijn ogen worden nat, en hij moet hard op zijn tanden bijten om een snik te onderdrukken. Hij draait zijn gezicht weg van zijn dochter omdat hij voelt dat hij gaat huilen als hij naar haar kijkt.

Ze glimlacht en houdt zijn hand nog steeds vast.

'Meisje,' mompelt hij met schorre stem.

'Binnenkort een grote meid,' zegt ze met een glimlach. 'Ga mee naar de keuken, ik ben aan het koken.'

Hij loopt vlak achter haar aan. Nog steeds enigszins geschokt en onverklaarbaar weemoedig, maar ook blij op een manier die hij niet herkent. Ook niet van de twee keer waarop Charlotte hem jaren geleden vertelde dat ze zwanger was. Dit is anders. Waarom en op welke manier weet hij niet, maar zo is het.

'Kom even zitten, dan help ik je zo meteen met het eten,' zegt hij tegen haar.

'Oké.' Ze gaat aan de kleine eettafel zitten. Hij vindt dat ze al op een andere manier loopt dan anders. Er anders uitziet. Het is iets in haar ogen en haar houding, maar dat verbeeldt hij zich waarschijnlijk.

'Wat zegt je moeder ervan?'

'Nog niets. Ik heb het haar nog niet verteld.'

'Wat?' Juncker kijkt sceptisch naar zijn dochter. Dat is niet omdat Karoline de gewoonte heeft om haar ouders alles over haar leven te vertellen. Verre van dat zelfs. Maar als ze iets wil vertellen, is Charlotte altijd de eerste die het hoort. 'Waarom niet?'

‘Omdat ik nog maar een paar dagen geleden besloten heb om het te houden.’

‘Waar ligt de grens voor abortus? Dat is toch twaalf weken?’

‘Ja, daarna moet je een aanvraag indienen. En heel goede redenen hebben.’

‘En jij bent…’

‘Ik ben net aan de dertiende week begonnen.’

‘En toch is het heel duidelijk. Tenminste… als je het eenmaal weet.’

‘Het verschilt van vrouw tot vrouw wanneer het zichtbaar wordt, heb ik van mijn arts gehoord. Wat dat betreft ben ik er blijkbaar vroeg bij.’

‘Vertel het je moeder.’

‘Natuurlijk doe ik dat. Ik bel haar morgen.’

Hij staat op, loopt naar het aanrecht en pakt een wijnglas uit het bovenkastje. ‘Ik neem aan dat jij geen wijn wilt.’

‘Dat klopt. Ik heb een glas vruchtensap op het aanrecht staan, als je dat mee wilt nemen.’

Juncker schenkt wijn uit de kartonnen doos. Hij pakt de twee glazen, gaat zitten en neemt een grote slok. Ze kijkt aandachtig naar hem. Hij kijkt op en ontmoet haar blik. Ze glimlachen allebei.

‘Ik ben helemaal vergeten te vragen wie de vader is. Ik wist niet eens dat je een relatie had.’

‘Dat is ook heel nieuw. We kennen elkaar nog maar een halfjaar.’

Kennen elkaar. Niet ‘hebben een relatie’, maar ‘kennen elkaar’.

‘Dat is inderdaad niet zo lang. Hoe heet hij?’

‘Hij heet Majid. Majid Khan.’

‘Oké. Majid dus.’ Juncker heft zijn glas, maar bedenkt zich en zet het weer neer. ‘Hij is dus…’

‘Hij is in Denemarken geboren, papa. Hij is Deens staatsburger. Zijn ouders zijn Pakistaans.’

‘Het zijn dus…’ Hij aarzelt weer.

‘Ja. Het zijn moslims.’

Juncker ziet dat ze op haar hoede is. Pas op, zegt hij tegen zichzelf. Hij haalt zijn schouders op. ‘Dat spreekt bijna vanzelf, nietwaar? Ik bedoel, als ze uit Pakistan komen. Wat doet… Majid? Wat voor opleiding heeft hij? Werkt hij?’

Karoline fronst haar wenkbrauwen. 'Ja, ongelooflijk, maar hij werkt,' zegt ze hatelijk. 'Hij is gediplomeerd apotheker en werkt als adjunct-manager in een grote apotheek in Aarhus. Hij is eenendertig. Ongeveer één meter vijfentachtig, denk ik. Zwart haar, bruine ogen, maar dat zal geen verrassing voor je zijn. Hij heeft drie broers en zussen, die allemaal bezig zijn met een hoge opleiding of die achter de rug hebben. Zijn vader is arts, zijn moeder is altijd huisvrouw geweest. Ze hebben een rijtjeshuis in Braband. Majid woont in een eigen appartement in Aabyhøj. Hij heeft een goed salaris. Is besneden. Wil je meer weten?'

Juncker gebaart afwerend met zijn handen. 'Het was niet omdat... Jezus, Karoline, ik ben gewoon nieuwsgierig. Het is toch niet zo vreemd dat ik graag wil weten wie de vader van mijn toekomstige kleinkind is?'

Ze zakt een beetje in elkaar en schudt haar hoofd. 'Nee, dat is niet vreemd. Het is alleen... op de een of andere manier zo...' Ze maakt de zin niet af. 'Ik kan net zo goed meteen aan alle vragen wennen. Zullen we gaan koken? Ik heb razende honger.'

Zij maakt tomatensaus en kookt pasta, hij flanst een salade in elkaar, waar zo'n beetje de grens van zijn gastronomische vermogen ligt. Ze dekken de tafel en eten zwijgend tot Juncker weer een vraag stelt. 'Waar hebben jullie elkaar ontmoet?'

'In het restaurant. Hij was daar samen met een paar vrienden. Drie dagen daarna kwam hij met een stel nieuwe vrienden. Hij vroeg me mee uit, en ik vond hem leuk, dus ik zei ja. Daarna begonnen we met elkaar om te gaan. En nu...'

'Nu krijgen jullie een kind.'

'Ja. Nu krijgen we een kind.'

'Dat is snel gegaan.'

'Ja.'

'En je hebt helemaal geen...' Hij zoekt naar het juiste woord.

Ze is hem voor. 'Bedenkingen gehad? Natuurlijk wel. Waarom denk je dat ik het je nu pas vertel?'

Juncker knikt en zegt tegen zichzelf wat hij zo lang als hij zich kan herinneren elke ochtend voor de spiegel tegen zichzelf zegt: het komt goed.

En dat zal ook gebeuren.

Karoline verandert van onderwerp. ‘Waar werk je op dit moment aan?’

‘Een moord. Hier in Sandsted trouwens. Het slachtoffer is Ragner Stephansen, de voormalige partner van opa. Kun je je hem nog herinneren?’

‘Jazeker. Volgens mij is hij op de begrafenissen van zowel oma als opa geweest.’

‘Ja, dat klopt.’

‘Wat verschrikkelijk,’ zegt ze. ‘In een klein, saai stadje zoals Sandsted. Hebben jullie enig idee wie het heeft gedaan?’

‘We hebben een paar verdachten,’ antwoordt Juncker, misschien een beetje te optimistisch.

‘Arme Vera. Ze moet volkomen gebroken zijn.’

Volkomen gebroken? Tja… ‘Ja, ze is… ongelukkig.’

Karoline staat op, zet de borden op elkaar, brengt ze naar de gootsteen en spoelt ze af. Ze lijkt op haar moeder, is bijna net zo lang, met dezelfde regelmatige gelaatstrekken en groene ogen. Dezelfde trefzekere bewegingen. Dezelfde rationele no-nonsensehouding tegenover het bestaan in het algemeen en het andere geslacht in het bijzonder. Maar ook met een kwetsbaarheid die niet ver onder de oppervlakte op de loer ligt.

‘Waarom ben je hier eigenlijk?’ vraagt Juncker. Hij hoort dat het helemaal verkeerd klinkt, maar voordat hij de zin anders kan formuleren, draait zijn dochter zich om en kijkt hem met al haar stekels opgezet aan.

‘Waarom? Omdat ik graag tijd met mijn vader wil doorbrengen. Omdat ik je graag wil vertellen dat ik een kind krijg en dat jij opa wordt. Dat is verdorie toch niet zo vreemd, of wel soms?’

‘Nee, nee, zo bedoelde ik het niet. Wat ik bedoel is… Ik vraag me alleen af… of er iets anders is… iets waar je verdrietig of… hoe moet ik het zeggen… onzeker over bent.’

Ze gaat aan de tafel zitten. ‘Als er iets is waarover ik onzeker ben, dan is het hoe het met mama en jou verder gaat.’

Het is geen onderwerp waarover Juncker wil praten. In elk geval niet op dit moment. ‘Is Majid blij dat hij vader wordt?’ vraagt hij in plaats daarvan.

‘Heel blij.’

‘En zijn familie?’

'Ik heb ze nog niet zo vaak ontmoet. Ze zijn blij dat ze grootouders, tantes en ooms worden.'

'Hoe zijn ze?'

'Wat bedoel je?'

'Tja… zijn ze…' Juncker aarzelt weer.

'Heel islamitisch? Is dat wat je probeert te vragen?'

Juncker glimlacht. 'Ja, inderdaad.'

'Nee, dat geloof ik niet. Zijn vader gaat soms voor het vrijdaggebed naar de moskee, in werkelijkheid maar heel zelden, zegt Majid. Zijn moeder draagt soms een hoofddoekje als ze de straat op gaat, maar niet altijd. Ze zijn beiden afkomstig uit welgestelde families in Karachi en hebben elkaar in Londen ontmoet, waar zijn vader medicijnen studeerde. Ze zijn naar Denemarken verhuisd omdat de broer van zijn vader en zijn gezin hier woonden. Ze lijken heel modern en praten goed Deens.'

'Gaan jullie trouwen?'

'Daar hebben we het nog niet echt over gehad. Het is allemaal zo nieuw.' Ze rekt zich uit en wappert zich koelte toe met haar hand. 'Zullen we op het terras gaan zitten?' vraagt ze, terwijl ze opstaat. 'Wil je een kop thee?'

'Nee, dank je. Ik neem nog een glas rode wijn. Ik weet trouwens niet zeker of er thee is. En als dat zo is, dan is-ie gegarandeerd heel oud.'

Juncker gaat naar buiten en gaat op een tuinstoel vol groene algen zitten. Na een paar minuten komt Karoline met een witte beker in haar hand naar buiten. 'Ik heb een paar oude theezakjes gevonden,' zegt ze met een sceptische blik op de tuinmeubels. 'Heb je erover nagedacht om ze schoon te maken?'

Juncker bromt iets wat zowel ja als nee kan zijn. Hij kijkt uit over de akker die begint waar de tuin eindigt. In zijn jeugd was het open, licht glooiende landschap door heggen onderverdeeld in veel kleine velden met verschillende gewassen. Hier speelde hij met zijn vrienden. Hier schoten ze met luchtgeweren en pijl-en-boog op vogels zonder ooit zelfs maar een mus te raken. De heggen van wilgen-, meidoorn- en bramenstruiken zijn lang geleden verwijderd, mergelgroeven zijn opgevuld, de aarde is vlak gemaakt, omgeploegd, gemest, ingezaaid en veranderd in vruchtbare landbouwgrond. Het uitzicht van vroeger – een zachtkleurig, romantisch schilderij van een landschap uit lang vervlogen tijden – is veranderd in een gigantische akker, die honderden meters in beide richtingen loopt. Waar de akker eindigt, staat de varkensboerderij waarbij de grond hoort. Die lijkt op een fabriek, wat ze in werkelijkheid ook is. De ondergaande avondzon fonkelt in de twee hoge glanzende metalen silo's, die hoog uittorenen boven drie grote gebouwen, waarin duizenden slachtvarkens een weinig benijdenswaardig bestaan leiden, dat bestaat uit ongeveer zes maanden opgesloten eentonigheid die eindigt met een angstige rit naar de slachterij in Polen.

God weet of de varkensboerderij eigendom is van het Letse kapitaalfonds dat zijn collega's van Economische Delicten aan het doorlichten zijn, denkt Juncker.

'Hoe is opa eigenlijk overleden?' vraagt Karoline ineens.

Juncker kijkt verbaasd naar zijn dochter en voelt zijn hartslag versnellen. Hij neemt een slok rode wijn en ontwijkt haar ogen. 'Hij is in de loop van de nacht in alle rust overleden. Zo leek het tenminste. Ik heb hem 's ochtends in bed gevonden.'

Junckers nachtmerrie van het wasbleke gezicht, de open ogen, de honende glimlach en de stem die 'lapzwans' tegen hem zegt, duikt op zijn netvlies en in zijn oren op. 'Zijn gezicht zag er heel vredig uit. Hij is in zijn slaap overleden.'

'Wat zei de arts over de doodsoorzaak?'

'Ik geloof dat er "hartaanval" op de overlijdensakte staat.'

Ze knikt. 'Hoe was het op het laatst met hem?'

'Verschrikkelijk. Hij werd steeds dementer. Was agressief. Sloeg. Kon de weg in huis niet vinden. Begon in zijn broek te pissen en te poepen. Heb ik je dat tijdens de begrafenis niet verteld?'

'Jawel. Het zal niet prettig geweest zijn om je vader op die manier te zien.'

'Dat was het inderdaad niet.'

'Maar puur fysiek was er niets met hem aan de hand, of wel soms?'

'Tja... Hij heeft een leven geleid waarin hij zich niet bepaald inhield met eten, alcohol en sigaren. Hij is jarenlang te zwaar geweest.'

'Dat klopt, maar over het algemeen was hij nooit ziek.'

'Nee, maar hij was ondanks alles een oude man die ver in de tachtig was. Dan kun je waarschijnlijk niet veel meer verwachten.'

‘Dat is wel zo.’ Karoline kijkt naar de akker en beschermt haar ogen met haar hand tegen de ondergaande zon. ‘Misschien is het goed dat hij gegaan is.’

‘Ja. Dat denk ik ook.’

4 AUGUSTUS

18

'Het ziet er volkomen absurd uit,' zegt Signe tegen een van de vier geüniformeerde agenten, die als eerste bij het pad was, dat ongeveer in het midden van Kongelunden ligt, het bosgebied in het zuidelijke deel van Amager. Voor zover ze zich kan herinneren, heeft ze de jongeman, die nogal bleek ziet, nog niet eerder ontmoet. 'Is dit je eerste keer?'

'Ik heb eerder lijken gezien, maar niet zoals dit.' Hij knikt naar de greppel die langs het pad loopt.

'Dat heb ik ook niet,' bekent ze. 'Ben je de enige van de vier die helemaal hiernaartoe gegaan is?'

'Ja. De anderen zijn op de bosweg gebleven. We hebben onze auto ook een stuk verderop geparkeerd om eventuele bruikbare bandensporen niet te vernietigen.'

Signe knikt goedkeurend. 'Goed nagedacht. Maar omdat je geen overall draagt, is het toch beter om naar de anderen terug te gaan. Een paar kinderen hebben het lijk gevonden, toch?'

'Drie kinderen uit een vakantieverblijf in de buurt. Ze maakten een wandeling door het bos. De schoolvakantie is tenslotte nog niet afgelopen.'

'Dat klopt. Hoe oud zijn ze?'

'Twaalf en dertien. Ze zijn een eind het pad op gegaan, maar niet helemaal bij het lijk geweest. Zo'n tien meter ervandaan zijn ze blijven staan, wat ook heel goed te begrijpen is.'

'Ben je er zelf wel vlakbij geweest?'

'Nee. Er was geen reden om te controleren of de gevonden persoon dood was.'

'Daar heb je gelijk in.'

'Er is nog een andere reden om op afstand te blijven.'

'En die is?'

'Ik denk dat het lijk boven op een wespennest ligt.'

'Wat?'

'Als je dichterbij komt, zie je vrij veel van die rotbeesten rond het lijk gonzen. Het lijkt erop dat ze van een plek onder het lijk afkomstig zijn. Dus is het waarschijnlijk een paar keer gestoken, als wespen tenminste dode mensen steken.'

'Dat kan ze waarschijnlijk helemaal niets schelen.' Signe denkt na over de situatie. 'Waar zijn de kinderen en de begeleiders nu?'

'Achter de afzetting.' Hij wijst. 'Een van de twee begeleiders heeft 112 gebeld.'

'Goed. Kun je iets voor me doen als je bij de anderen terug bent? Zoek uit hoeveel kinderen en volwassenen er zijn en wat ze hebben gezien, en bel daarna naar Erik Merlin, het hoofd van de afdeling Zware Criminaliteit. Doe hem de groeten van mij. Zeg dat we een paar crisispsychologen nodig hebben en vraag of hij het Rigshospitalet kan bellen om dat te regelen. Controleer vervolgens samen met je collega's of het gebied, laten we zeggen in een radius van ongeveer honderd meter vanaf deze plek, is afgezet. We willen geen nieuwsgierige of toevallige voorbijgangers in de buurt hebben. En regel nog wat surveillancewagens.'

'Dat zal ik doen.'

'Dank je.' Hij lijkt bijdehand, denkt Signe. Ze haalt haar telefoon uit de zak van de overall. 9.27 uur. Waar blijven de onderzoekers en de technisch rechercheurs? En wat moeten ze met het wespennest doen? Deze situatie heeft ze nog niet eerder meegemaakt. Een mierenhoop wel, maar nog nooit een wespennest. Ze loopt een stukje naar het lijk toe. Het klopt helemaal wat de jonge agent heeft gezegd. Rond het lijk vliegen boze insecten. De dode draagt alleen een onderbroek en zit met zijn achterwerk op de bodem van de modderige greppel, terwijl zijn bovenlichaam tegen de ene kant van de greppel leunt en zijn benen op de andere kant liggen. Zijn armen rusten gespreid op de bosgrond. Hij heeft de pose van iemand die het zich gemakkelijk heeft gemaakt op een comfortabel zitmeubel. Als je tenminste buiten beschouwing laat dat hij door beide knieën is geschoten en dat het hoofd ontbreekt.

Een niet bepaald lange en tengere figuur in een witte overall nadert over het ongeveer anderhalve meter brede bospad.

'Markman, dat is snel. De technisch rechercheurs zijn er nog niet eens.'

De forensisch arts zet zijn tas neer en geeft een kneepje in Signes arm. 'Als jij me belt, mooie Signe, laat ik alles vallen wat ik in mijn handen heb en haast ik me naar je toe.'

Signe geeft een kus op de kale kruin van de Skåner. 'Je bent mijn favoriete arts, Markman. Jammer dat je geen patiënten aanneemt.'

'Misschien moet ik daar eens over nadenken.' Hij kijkt naar het lijk. 'Daar zit hij dus. Heel comfortabel, lijkt het.'

'Er is alleen één probleem,' zegt Signe. 'Hij zit op een wespennest.'

'Wespen? Jezus.'

'Ben je bang voor kleine wespen, Markman?' Signe kijkt de forensisch arts glimlachend aan.

'Bang? Ik ben nergens bang voor, maar ik ben allergisch voor wespensteken.'

'Nee, toch? We moeten wachten tot de technisch rechercheurs er zijn en dan beslissen hoe we het aanpakken.'

De technisch rechercheurs, Jens Lund en Anger Hansen, arriveren een kwartier later. Signe heeft een paar keer eerder met hen samengewerkt. Ze legt het probleem uit. 'Het is natuurlijk een mogelijkheid dat we het lijk verplaatsen en een ongediertebestrijder inschakelen die de wespen doodt, zodat jullie erbij kunnen,' stelt ze voor.

'Dat is geen goed idee,' zegt Jens Lund. 'Als de twee mannen die hem moeten verplaatsen en een ongediertebestrijder hier rondgelopen hebben, dan zijn de meeste sporen vermoedelijk vernietigd. Laat staan wat er vernietigd wordt als er wespenbestrijdingsmiddel op de plaats delict wordt gespoten.'

'Ja dat is niet optimaal. We kunnen ook drie van die pakken regelen die bijentelers gebruiken. Jullie weten wel, die met hoofdbescherming en alles. Als het nodig is, kunnen we onze eigen overalls daar nog overheen dragen,' zegt Signe.

Markman kreunt. 'Dat wordt verdomd warm.' Hij heeft een uitdrukking van pure afschuw op zijn gezicht. Signe weet dat Markman extreem pietluttig met hygiëne is. Niet alleen met die van anderen, maar ook met die van zichzelf, en het idee om in de middaghitte opgesloten te zitten in meerdere lagen synthetisch materiaal, zodat het zweet vermoedelijk van zijn tengere lichaam zal stromen, staat hem blijkbaar niet aan.

'Heb jij een beter voorstel, Markman?'

'Nee, verdomme.'

Na twee uur wachten op de bijentelerspakken en nog eens anderhalf uur die de technici nodig hebben om het lijk en de onmiddellijke omgeving eromheen te inspecteren, kost het Markman een halfuur om te constateren dat hij niet veel kan zeggen over de manier waarop de man om het leven is gebracht nu een zo belangrijk onderdeel als het hoofd ontbreekt.

'Morgen na de autopsie weet ik hopelijk meer. Wat zeg je van negen uur?'

'Afgesproken. Kun je op dit moment helemaal niets zeggen?' vraagt Signe.

'Nou, niet helemaal niets. Ik kan zeggen dat hij niet op deze plek vermoord is en dat het lijk hiernaartoe gebracht is. Met het oog op de doodsoorzaak zijn er meerdere mogelijkheden. Je sterft natuurlijk als je onthoofd wordt, maar of dat de doodsoorzaak is of dat hij bijvoorbeeld voor die tijd door zijn hoofd geschoten is? Daar kan ik na de autopsie hopelijk meer over zeggen. Theoretisch gezien kan hij ook overleden zijn aan de twee schoten in zijn knieën, vanwege bloedverlies of een shock, maar dat is niet waarschijnlijk.'

'En het tijdstip van overlijden?'

'Dat is moeilijk te zeggen. De rigor mortis is verdwenen en er is een begin van putrefactie. Dat betekent –'

'Verrotting. *I know*.'

'Natuurlijk weet je dat. Het gaat snel in deze warmte. Ik gok op… tussen de twintig en dertig uur. De tijd tussen nu en de moord dus. Ik heb geen idee hoelang hij hier al zit.'

Degenen die de man hebben vermoord en naar het bos hebben gebracht, zijn niet bepaald voorzichtig geweest met het achterlaten van sporen. De twee technisch rechercheurs hebben drie verschillende soorten schoenen rond de vindplaats en haren en vezels op het lijk gevonden. Voetsporen van het bospad naar de greppel wijzen erop dat ze op het pad hebben geparkeerd en de man ongeveer vijftig meter het bos in hebben gedragen. Er zijn duidelijke bandensporen zichtbaar waar hun auto heeft gestaan. Volgens Jens Lund is er sprake van een grote, zware auto. Met, zoals hij zegt, een paar vette banden rond de velgen.

'Ik gok erop dat je naar een SUV moet zoeken. Of een bestelwagen,' zegt Jens Lund, waarna hij samen met zijn collega aan de slag gaat met het nemen van gipsafdrukken van de sporen.

Signe gaat in haar auto zitten. Ze heeft twee collega's de opdracht gegeven om te achterhalen wie de vermoorde man is. Een van hen heeft net gebeld om te vertellen dat geen van de mensen die op dit moment vermist worden overeenkomsten heeft met de beschrijving van het lijk. Aan de andere kant is het – als Markman gelijk heeft wat het tijdstip van overlijden betreft – vrij vroeg om naar de lijst met vermisten te kijken. Bij volwassen mensen kan het heel gemakkelijk twee tot drie dagen en soms nog langer duren voordat iemand hem of haar begint te missen.

Ze vraagt zich af of de moord misschien met de bendeoorlogen te maken heeft. De bendeleden schieten hun slachtoffers graag in de knieën, een van de vele slechte gewoonten die ze van diverse maffiaorganisaties hebben overgenomen. Daarentegen hebben ze niet de gewoonte om elkaar te onthoofden.

Het is logisch dat ze niet weten welke haarkleur de vermoorde man heeft, maar de weinige lichaamsbeharing is roodblond, wat goed bij zijn lichte huid past. Als hij dus lid van een bende is, is dat waarschijnlijk niet een van de immigrantenbendes. Het lijkt er ook niet op dat hij bij een motorbende hoort. Signe is nog nooit een lid van een motorbende tegengekomen dat niet onder de tatoeages zit, en deze man heeft zelfs geen hartje of een dolfijn op zijn lichaam.

Op dit moment kan ze niet veel meer doen dan hopen dat de autopsie de volgende ochtend informatie oplevert, maar daar heeft ze niet veel vertrouwen in. En ze wordt al misselijk bij het idee meer irritante bendeleden uit het immigranten- en motormilieu te moeten verhoren.

Jezus, wat een idioten zijn dat.

19

De tengere vrouw met het eigenaardige gezicht achter de receptiebalie van het advocatenkantoor kijkt op van de reclamefolder die ze aan het lezen is en neemt Nabiha en Juncker op met een blik die duidelijk uitstraalt dat haar grens bijna bereikt is. Dat haar bereidwilligheid om de politie met van alles en nog wat te helpen op begint te raken, als die al niet opgeraakt ís.

'Ja?' zegt ze met op elkaar geklemde tanden.

Juncker kijkt naar Nabiha.

'Goedemorgen,' zegt deze op de opgewekte toon van een ochtendgymnastiekleider op een zomerkamp voor padvinders.

Ze klinkt alsof ze zich nog nooit beter heeft gevoeld, denkt hij. Wat misschien ook zo is. 'We willen graag met Sara Jensen praten,' zegt hij.

'Hebben jullie een afspraak?'

'Nope.' Nabiha glimlacht breed.

'Ik weet niet of ze tijd heeft.'

'We proberen het op goed geluk. Kun je tegen haar zeggen dat we er zijn?'

De receptioniste pakt de telefoonhoorn en ramt op vier toetsen. 'Sara, met Susanne. Martin Junckersen van de politie en...' Ze kijkt naar Nabiha. '...een andere agent willen graag met je praten... Oké, ik breng ze naar je kamer.' Ze legt de hoorn op de haak. 'Ze heeft nu tijd,' zegt ze.

'Wat een geluk,' mompelt Nabiha.

De vrouw staat op, maar Juncker houdt haar tegen. 'Je hoeft niet mee te lopen. We weten waar haar kantoor is.'

De secretaresse staat in de deuropening van het voorkantoor op hen te wachten. Ze draagt min of meer dezelfde outfit als toen Juncker haar voor het eerst sprak, met het verschil dat de rok nu van zwart leer is. Ze opent de deur naar Stephansens kantoor en gebaart met een handbeweging dat ze aan de ronde vergadertafel kunnen gaan zitten. 'Wat kan ik...vandaag voor jullie doen?'

Juncker knikt naar Nabiha. Ze bukt zich, haalt wat papieren uit haar tas, legt die op de tafel, bladert er even in en haalt twee vellen papier tevoorschijn.

'Dit is de gesprekkenlijst van Stephansens telefoon, zowel de in- als de uitgaande gesprekken. We kunnen zien dat hij nogal vaak naar jou belde en door jou gebeld is,' zegt Nabiha.

Sara Jensen spreidt haar armen. 'Dat is niet zo vreemd als je bedenkt dat ik zijn secretaresse was en nauw met hem samenwerkte.'

'Ik zei nogal vaak en dat is een understatement, want het zijn héél veel telefoontjes. Dag en nacht.'

'Wat kan ik zeggen? Het is nooit een negen-tot-vijfbaan geweest om voor Ragner te werken.'

'Dat kan ik me voorstellen.' Nabiha leunt naar achteren en bestudeert de secretaresse. Het is vijf tot tien seconden volkomen stil in het kantoor. 'Was je zijn minnares?'

Sara Jensen staart haar met samengeknepen ogen aan. 'Wat heeft dat met het onderzoek te maken?'

'Was je dat?'

'Daar heb je niets mee te maken.'

'Dat heb ik wel degelijk. Had je een relatie met Ragner Stephansen?'

Ze knikt en ziet eruit alsof ze op het punt staat om Nabiha een klap in haar gezicht te geven.

'Hoelang heeft die relatie geduurd?'

'Drie jaar. Bijna vier.'

'Oké. Dat is een hele tijd.' Nabiha kijkt op haar papieren. 'We kunnen ook zien dat het aantal gesprekken de afgelopen weken plotseling aanzienlijk verminderd is, wat zo is gebleven tot zijn dood. Net zoals we kunnen zien dat jij degene bent die de laatste periode het meest gebeld heeft. Heb je daar een verklaring voor?'

Sara Jensen zwijgt.

'Kregen jullie ruzie?'

'Onze relatie eindigde.'

'Wie heeft die beëindigd, jij of hij?'

'Hij.'

'Was jij het ermee eens dat jullie relatie eindigde?'

'Nee.'

'Wat was de reden? Waarom hij geen relatie meer met je wilde, bedoel ik.'

'Hij vond onze relatie uitzichtloos.' Ze spreekt het woord uit alsof het de naam van een fecale bacterie is. 'En hij kon het niet langer verdragen om zijn vrouw te bedriegen.'

'Heb ik het mis als ik zeg dat je daar boos over was?'

'Weet je, hij heeft me twee jaar lang plechtig beloofd dat hij zou scheiden zodat hij en ik bij elkaar konden zijn, en dan verraadt hij me op zo'n manier. Dus ja, ik was boos.'

'Zo boos dat je hem wilde vermoorden?'

Ze kijkt met slecht verborgen verachting naar Nabiha. 'Natuurlijk niet.'

Juncker knikt naar haar. 'Dat was het voor deze keer,' zegt hij. 'Nee, trouwens, waar was je zondagavond laat?'

Sara Jensen fronst haar voorhoofd en knikt vervolgens langzaam. 'Op die manier. Ik was thuis. Mijn zusje was op bezoek. Ze woont in Kopenhagen en is om halfelf vertrokken, als ik het me goed herinner.'

'Dus tussen elf en één uur...'

'Sliep ik.'

'Alleen?'

'Moederziel alleen.'

'Oké. Bedankt voor je bereidheid om mee te werken. Het is niet uit te sluiten dat we nog een keer met je willen praten, dus ik wil je vragen om Sandsted de komende tijd niet te verlaten, en als je dat toch moet doen, om ons daarover te informeren.'

'Ik ga nergens naartoe,' zegt de secretaresse op koele toon.

'Je wilt haar niet als vijand hebben,' zegt Nabiha als Juncker en zij in de voetgangerszone staan.

'Nee, ze lijkt een bijzonder... vastberaden vrouw.'

'Wat gaan we nu doen?'

'Nu gaan we bij Vera Stephansen op bezoek,' zegt Juncker, waarna hij begint te lopen.

De straat is verlaten, op een paar winkeliers na die bezig zijn om hun artikelen op straat neer te zetten.

'Wat voor soort relatie denk jij dat Sara en Stephansen hadden?' vraagt Nabiha, terwijl ze Juncker probeert bij te houden.

Een sm-verhouding, denkt hij. 'Wat bedoel je?'

'Ze lijkt me niet bepaald het onderdanige type, iemand die zich onderwerpt aan de wil van een man, ook niet als die man haar baas is.'

'En?'

'Als je je kleedt en opmaakt zoals zij, op een heel gewone vrijdagochtend, dan...'

'Wat dan?'

'Dan wil je laten zien dat je de controle hebt. Dat je macht hebt.'

'Dus wat probeer je te zeggen?'

'Ik denk dat ze een meester/slaaf-relatie hadden.'

'Oké. En wie was dan –'

'Jezus, Juncker. Als ze een paar lange zwarte laarzen aantrekt, kan ze zo aan een bondagefilm meedoen.'

'En daar weet een keurig islamitisch meisje uit Mjølnerparken alles van?'

'Ten eerste ben ik geen keurig meisje. Ten tweede zou je verbijsterd zijn als je wist wat je over het leven leert als je in Mjølnerparken opgroeit.'

'Dat zou ik absoluut zijn.' Maar zo eenvoudig is het niet, denkt Juncker. Dat Sara Jensen aan de buitenkant overkomt als dominant, wil niet zeggen dat ze dat in de relatie met haar baas ook was. Een paar jaar geleden onderzocht hij een zaak van een man die was overleden in een sm-club. Omdat de dode vlekken in zijn hals had die op wurging wezen, werd het sterfgeval in eerste instantie als verdacht beschouwd. Later bleek dat de doodsoorzaak een bloedprop in het hart was. Nadat Juncker een handvol clubleden had verhoord, werd de zaak gesloten. In die korte tijd leerde hij dat de grenzen vaak veranderlijk zijn. Dat een mens moeiteloos kan wisselen tussen een dominante kant en de drang om zich te onderwerpen.

Misschien was Stephansen dominant als ze op het werk waren en werden de rollen omgedraaid als ze na werktijd bij elkaar waren.

Nabiha blijft staan. 'We kunnen in elk geval zeggen dat ze een motief heeft, toch?'

'Dat heeft ze inderdaad, maar dan is verraad het motief en niet dat ze een relatie hadden die was gebaseerd op dominantie en onderwerping, waarbij zij misschien dominant was. Als dat tenminste zo was.'

'Dat kunnen we niet weten. Als zij dominant was en hem strafte als hij niet gehoorzaamde, dan kun je zeggen dat hem vermoorden de ultieme straf was.'

'Maar aan een dode slaaf valt niet veel plezier te beleven. Volgens mij is het nooit bewezen dat slaven in een bondagerelatie vaker worden gedood dan andere mensen. Zullen we verder lopen?'

Juncker kan Vera niet goed peilen. Ze ziet er moe uit, maar net als de vorige keer kun je niet van haar zeggen dat ze haar verdriet laat zien. Als ze tenminste verdriet heeft. Haar zomerjurk is zalmkleurig, haar zonnebril zit, zoals het moet, in haar blonde haar, en zoals gewoonlijk is ze op blote voeten.

'Jullie!' zegt ze enigszins chagrijnig, maar besluit dan toch om welwillend te glimlachen. 'Kom binnen.'

'Sorry dat we onaangekondigd langskomen, maar we hebben een paar vragen.'

'Dat is geen enkel probleem. Laten we op het terras in de schaduw van de parasol gaan zitten.'

Ondanks de beloofde schaduw is het licht buiten verblindend, en het wordt niet minder scherp door de weerkaatsing van de spierwitte gemetselde muren. Vera schuift haar zonnebril op haar neus. Het irriteert Juncker dat hij haar ogen niet kan zien. Dat is een handicap, maar hij kan haar moeilijk vragen om hem af te zetten.

'Wat willen jullie me dit keer vragen?'

Nabiha gaat rechtop zitten, maar Juncker legt een hand op haar arm. 'Het gaat over het leven van jou en Ragner. Over jullie –'

Vera stopt hem met een handbeweging en glimlacht. 'Wees eerlijk, Juncker. Je wilt weten of ik ervan op de hoogte was dat Ragner een relatie met zijn secretaresse had, hè?'

Juncker knikt.

'Dat wist ik zo ongeveer vanaf het moment waarop het vier jaar geleden begon. Zoiets kun je niet verborgen houden in een stadje zoals Sandsted. Iedereen wist het.'

'Oké. En wat vond je daarvan?'

'Daar had ik helemaal geen problemen mee.'

'Stoorde het je niet dat het hele stadje ervan op de hoogte was?'

'Nee. Waarom zou dat me storen?'

Juncker haalt zijn schouders op. 'Ik kan me voorstellen dat veel mensen daar wel moeite mee zouden hebben.'

'Dat is mogelijk, maar dat geldt niet voor mij. Het huwelijk tussen Ragner en mij is jarenlang – hoe moet ik het zeggen? – platonisch geweest. We waren goede vrienden. En ik kan me niet herinneren wanneer we voor het laatst seks met elkaar gehad hebben. Dat is in elk geval jaren geleden.'

'Hm. Dus –'

'Ik was blij om vrij te zijn, als ik volkomen eerlijk ben.'

'Aha.'

Nabiha kijkt naar Juncker en schuift naar voren op haar stoel. 'Wist je dat de relatie tussen Sara Jensen en je man een paar weken geleden geëindigd is?' vraagt ze.

Juncker heeft het gevoel dat Vera verrast is. Verdomme, hij moet haar ogen zien.

'Nee, dat wist ik niet.' Haar stem klinkt neutraal.

'Volgens Sara heeft je man een eind aan de relatie gemaakt omdat hij het niet langer kon verdragen… Wat zei ze ook alweer?' Nabiha kijkt naar Juncker.

'…om zijn vrouw te bedriegen,' vult hij aan.

'Ja, dat was het woord dat ze gebruikte.' Nabiha knikt. 'Bedriegen. Maar als ik je goed begrijp, dan voelde je je helemaal niet bedrogen.'

'Absoluut niet.'

'Jij hebt hem er dus niet toe aangezet een eind aan de relatie met zijn minnares te maken?'

'Ik kan je verzekeren dat ik dat niet heb gedaan.'

'Interessant.' Nabiha leunt naar achteren. 'Heb je enig idee waarom je man haar heeft laten vallen?'

'Het kan zijn dat Ragner simpelweg genoeg van haar had. Dat is eerder met andere minnaressen van hem ook gebeurd.' Ze kijkt naar Juncker. 'Willen jullie meer weten?' Zonder het antwoord af te wachten schuift ze haar stoel naar achteren en staat op.

'Nee, op dit moment niet.'

'Dan loop ik met jullie mee naar de hal.'

Als Juncker en Nabiha naar buiten lopen, legt Vera een hand op Junckers onderarm. Het onverwachte contact geeft hem zoals gewoonlijk een kleine schok.

Nabila werpt een zijdelingse blik op hen.

'Je mag altijd langskomen als je meer vragen hebt,' zegt Vera.

Hij knikt.

Juncker en Nabiha lopen zwijgend door de villawijk.

'Spreekt ze de waarheid?' vraagt Nabiha na een paar honderd meter.

'Waarover?'

'Dat het haar inderdaad niets kan schelen dat haar man vier jaar lang een ander heeft geneukt.'

'Misschien. Dat kunnen we niet uitsluiten.'

'Maar het tegenovergestelde ook niet.'

'Nee.'

Er ontstaat weer een stilte, die Nabiha uiteindelijk verbreekt. 'Je kent haar heel goed, hè?'

'Dat is misschien een beetje overdreven.'

'Ze moet heel mooi geweest zijn toen ze jong was. Dat is ze trouwens nog steeds.'

'Tja...'

'Is er iets tussen jullie geweest?'

'Wat bedoel je?'

'Dat is toch niet zo moeilijk te begrijpen? Heb je een relatie met haar gehad?'

'Waarom vraag je dat?'

'Omdat het zo lijkt. Door de manier waarop ze naar je kijkt.'

'We hebben samen op de middelbare school gezeten.'

'Oké. En?'

'We hebben een relatie gehad. Een halfjaar.'

'En zij was degene die het uitmaakte, hè?'

'Dat kan ik me niet zo goed herinneren.'

Nabiha kijkt met een scheve glimlach naar hem. '*Yeah, right*. Is het een probleem?'

'Wat?'

'Dat je onderzoek doet naar de moord op een man met wiens vrouw je ooit een relatie hebt gehad.'

'Jaren geleden. Dat is niet belangrijk.'

'Weet Skakke het?'

‘Hij weet dat ik ze allebei ken.’

‘Maar niet dat je een relatie met haar hebt gehad?’

‘Ik kan me niet herinneren of ik hem dat heb verteld,’ liegt Juncker. ‘Dat hoeft hij trouwens ook niet te weten. Niet op dit moment in elk geval.’

‘Oké. Dus dit gesprek heeft nooit plaatsgevonden? Is dat wat je zegt?’

‘Iets in die richting.’

Ze knikt. ‘Vera Stephansen heeft toch een heel goed motief om haar man te vermoorden?’

‘Dat hangt ervan af of we haar geloven. Doen we dat niet, dan heb je gelijk.’

‘Langzamerhand zijn er flink wat mensen die een motief hebben om Stephansen te vermoorden.’

Juncker knikt. ‘Dat kun je wel zeggen. Een behoorlijk groot deel van de burgers van Sandsted.’

20

Hij is om acht uur 's avonds thuis. Karoline heeft een groentequiche gebakken en een salade met witte bonen en linzen gemaakt. Ze eten op het terras.

Het gebeurt maar heel zelden dat zijn dochter vlees eet, en Juncker weet dat één opmerking van hem over het genot van een biefstuk of een sappige varkenskarbonade automatisch leidt tot een lange voordracht over de CO_2-uitstoot waaraan de vleesproductie schuldig is, de bosbranden in het Amazone-gebied en de verandering van regenwouden in grasland zodat daar slachtvee kan grazen. Ze sluit haar verhaal altijd af met de opmerking dat dinosaurussen zoals hij er schuldig aan zijn dat de komende generaties moeten leven met extreem weer en een stijgend waterpeil.

Hij heeft geen zin om daarnaar te luisteren, dus hij onderdrukt zijn teleurstelling over het ontbreken van de umami-smaak van een stuk vlees. Overigens is zowel de quiche als de salade heerlijk.

'Heb je je moeder gesproken?' vraagt Juncker.

'Ja. Vanochtend.'

'En hoe –'

'Ze begon te huilen.' Karoline glimlacht.

Juncker voelt een koude rilling. Zijn blijdschap duurt echter maar een paar seconden, waarna hij overvallen wordt door verdriet omdat Charlotte en hij deze gebeurtenis, toch een van de grootste van hun leven, niet kunnen delen.

'Moet je niet eens beginnen met het opruimen van opa's huis?' Karoline praat met haar mond vol. Juncker staat op het punt om haar terecht te wijzen, maar beheerst zich op tijd. Zijn dochter gaat verder: 'Opa is ruim een halfjaar geleden overleden, en voor zover ik dat kan zien, heb je hier geen vinger uitgestoken. Behalve afwassen en een beetje schoonmaken dan.'

Juncker heeft het pak wijn mee naar buiten genomen en schenkt nog een glas in.

'Je bent toch niet van plan om de rest van je leven in Sandsted te blijven wonen? Het huis moet op een bepaald moment te koop gezet worden. Tante Lilian moet toch haar deel van de erfenis krijgen, of niet soms?'

Juncker heeft maar heel zelden contact met zijn jongere zus, die hun vader de afgelopen jaren niet wilde zien. 'Ja, natuurlijk moet ze dat krijgen. Maar het kan tijd kosten voordat de nalatenschap door de erfrechtbank behandeld is.'

'Dan kun je toch nog wel beslissen wat je wilt?'

Juncker schept nog een stuk quiche op zijn bord. 'Ja, dat kan ik.' Hij probeert de blik van zijn dochter te ontwijken.

'Heb je weleens spijt van wat je hebt gedaan?'

Juncker heeft het altijd gehaat om met iemand anders dan zijn vrouw over zijn gevoelsleven te praten. Vooral met zijn kinderen. 'Wat ik heb gedaan? Wat bedoel je?'

'Dat je mama hebt bedrogen met die advocaat.'

Het is hem niet duidelijk hoeveel Charlotte de kinderen heeft verteld. Hun jongste, Kasper, heeft een paar jaar als skileraar gewerkt en is op dit moment in Vancouver, voor zover Juncker zich herinnert. Maar iets hebben ze blijkbaar gehoord. In elk geval Karoline. Hij heeft moeite om zijn gevoel van onbehagen te beheersen. 'Ja, daar heb ik spijt van.'

'Hoe heb je dat kunnen doen?'

Juncker ziet dat haar ogen vol tranen staan. 'Ik weet het niet,' zegt hij. 'Ik weet het gewoon niet.'

'Eindigt het ermee dat jullie gaan scheiden?'

'Ik weet het niet, Karoline.'

'Als dat zo is, wat vind je daar dan van?'

Tot een paar maanden geleden was hij ervan overtuigd dat hij zou blijven vechten om Charlotte terug te krijgen. Dat dat het enige belangrijke was. Maar de laatste tijd is er een bittere woede in hem geslopen die alleen verdwijnt als hij flink aangeschoten is en de sentimentaliteit de woede overstemt. Fuck haar, denkt hij soms, dan liever alleen. Maar dat zegt hij niet tegen Karoline, onder meer omdat hij het niet echt gelooft.

'Hoe vind *jij* het dat je moeder en ik misschien gaan scheiden?'

Ze staart naar hem terwijl de tranen over haar wangen stromen. 'Hoe denk je?'

Hij heeft zichzelf wijsgemaakt dat het de kinderen niet zo hard zal raken als Charlotte en hij uit elkaar gaan omdat ze volwassen zijn, maar dat klopt dus niet. Hij wil opstaan, naar zijn dochter gaan en zijn armen om haar heen slaan. Hij wil tegen haar zeggen dat hij wil vechten met alles wat hij in zich heeft om zijn huwelijk te redden. Hun huwelijk. Maar hij blijft zitten.

Ze zwijgen beiden een minuut lang. Daarna droogt Karoline haar ogen. 'Wil je nog wat?' vraagt ze.

'Nee, dank je.'

Ze staat op, verzamelt de borden en het bestek op een dienblad en neemt dat mee naar binnen. Even later komt ze naar buiten en gaat weer zitten. 'Waarom is de deur van opa's werkkamer eigenlijk op slot?'

Juncker haalt zijn schouders op.

'De deur naar de slaapkamer van opa en oma staat open,' gaat Karoline verder. 'Net als de deuren van de andere kamers. Het is de enige deur in het huis die op slot is. Behalve de deuren naar de badkamers.'

'Hij is altijd op slot geweest. Alleen mijn vader kwam daar.'

'Ben je er nadat opa is overleden niet geweest?'

'Eén keer. Op de dag dat hij stierf en ik de huisarts moest bellen. Ben jij in zijn kamer geweest?'

'Nee, ik vroeg me af of het een soort huisversie van de Verboden Stad is. Is dat zo?'

Juncker glimlacht. 'Nee, dat is niet zo.'

'Ben je niet nieuwsgierig naar wat hij daar al die jaren uitgespookt heeft?'

Juncker denkt even na. 'Nee, eigenlijk niet.'

'Heb je er geen behoefte aan om je vader beter te leren kennen?'

'Nee. Ik ben van mening dat ik hem meer dan genoeg kende.'

'Je bent vreemd. Ik zou graag meer willen weten over wat er in je hoofd omgaat.'

Juncker vult zijn glas. 'Zal ik nog wat vruchtensap voor je halen?'

5 AUGUSTUS

21

Signe is laat. Ze heeft een parkeerplek in de Blegdamsvej gevonden en loopt op een holletje door de Frederik V's Vej, die tussen het Rigshospitalet en het Fælledpark loopt. Zoals altijd wordt ze verdrietig als ze het enorme hoofdgebouw van het ziekenhuis ziet. Het is alsof het systeem destijds met de bouw van deze kolos – en het kleinere, maar nog steeds heel grote bijgebouw – een heel duidelijke boodschap naar de burgers wilde sturen: dit is een machine. Wie hier over de drempel stapt, is geen mens meer, maar een patiënt. Een wezen dat aan de ene kant naar binnen gaat, wordt behandeld en aan de andere kant wordt uitgespuugd. Levend of dood.

Ze heeft ooit gelezen over een bouwstijl die brutalisme heet. Dat is een bijzonder juiste typering voor het ziekenhuis in Østerbro.

De autopsieruimte van het Forensisch Instituut bevindt zich in een gebouw van twee verdiepingen, waarin ook de kapel van het ziekenhuis zit. De autopsieruimte is op de eerste verdieping. Signe neemt de trappen met twee treden tegelijk. Het is acht minuten over negen als ze binnenkomt.

'Signe! Fijn dat je kon komen.'

Tegenover iedere andere politieagent die acht minuten te laat komt, zou Markmans ironie bijtend zijn. Tegenover Signe is die gekscherend vriendelijk. Ze glimlacht buiten adem naar hem terug, begroet de anderen – de forensisch technicus, een technisch rechercheur met een camera in zijn handen en een van haar collega's van Zware Criminaliteit – en trekt een blauwe overall aan.

Door de witte, rechthoekige wandtegels, de grijsgespikkelde vloer met afvoergoten, de roestvrijstalen tafels en instrumenten, de spoelslangen en het koude licht van de lampen aan het plafond lijkt de langwerpige ruimte op een slachthuis. Wat het eigenlijk ook is, denkt Signe.

'In jouw afwezigheid hebben we deze forse man gewogen en gemeten,' zegt Markman.

'Gewogen en gemeten? Hoe dan?'

'We hebben de lengte en het gewicht van het hoofd natuurlijk moeten schatten.'

Signe kijkt naar het bord aan de muur waarop de lengte van het lichaam waarop sectie wordt verricht en de innerlijke organen worden genoteerd. Het lijk is één meter vierenzeventig en weegt ongeveer honderdtien kilo, leest ze. Daar komen de lengte en het gewicht van het hoofd dus nog bij. 'Hoeveel weegt een hoofd?' vraagt ze.

'Dat verschilt natuurlijk. Gemiddeld ongeveer vijf kilo. Waarschijnlijk iets meer voor een grote man zoals hij.'

'En hoe lang is een hoofd?'

'Daar zit ook verschil in. Ik denk dat we er ongeveer drieëntwintig tot vierentwintig centimeter bij moeten tellen.'

'Hij weegt dus ongeveer honderdvijftien kilo en is ongeveer één meter achtennegentig lang. Een forse man.'

'Ja. Hebben jullie hem geïdentificeerd?'

'Nog niet,' antwoordt Signe. 'Er is niemand als vermist opgegeven. In elk geval niemand die bij benadering overeenkomt met zijn lengte en uiterlijk. Kun je nu al zeggen in hoeverre de onthoofding de doodsoorzaak is?'

Markman loopt naar de tafel met het lijk zonder hoofd, buigt zich naar voren en bestudeert de borstkas. Vervolgens komt hij weer overeind. 'Het lijkt er niet op dat er veel bloed uit hem is gestroomd, dus hij heeft waarschijnlijk niet veel gebloed door het onthoofden. Dat wijst erop dat hij dood was voordat ze zijn hoofd hebben afgesneden. Een mooie snee trouwens. Het ziet er heel professioneel uit.'

'Waar is hij dan aan overleden?'

'Dat kan ik nog niet zeggen.'

'Een schot door het hoofd?'

'Dat is absoluut een mogelijkheid.'

'Wurging?'

'Nee, dan zouden er waarschijnlijk plekken zitten op het deel van de hals dat we kunnen zien.'

'En hij kan niet overleden zijn door de twee schoten in zijn knieën?'

'Dat is in theorie mogelijk, zoals ik je op de vindplaats al heb verteld. Aan de andere kant is het heel onwaarschijnlijk. Tot jullie het hoofd vinden, zal er in het autopsieverslag vermoedelijk staan dat de doodsoorzaak tijdens de autopsie niet duidelijk geworden is.'

'Waarom zouden ze hem onthoofd hebben?' vraagt Signe zich hardop af.

Markman haalt zijn schouders op. 'Daar kan ik niets over zeggen. Dat is jouw afdeling, lieve Signe.'

'Ja, dat weet ik. Er zijn twee mogelijkheden, als we pure wreedheid uitsluiten. Om de identificatie te bemoeilijken of om iemand bang te maken. Of allebei.'

'Dat klinkt waarschijnlijk.'

Signe denkt hardop na. 'Maar zelfs als iemand door onthoofding wil voorkomen dat we meteen ontdekken wie het is, dan is het slechts uitstel van executie. Want daar komen we achter, ook al staan zijn vingerafdrukken niet in het register. Bovendien hebben ze hem achtergelaten op een plek waar hij gegarandeerd snel gevonden zou worden. Vooral in deze tijd van het jaar komen er veel mensen in Kongelunden. Dus misschien is de onthoofding inderdáád een waarschuwing.' Ze loopt naar de tafel. 'Hij lijkt niet dakloos. Hij is redelijk verzorgd en zijn nagels, zowel die van zijn vingers als die van zijn tenen, zijn pas geknipt en schoon. Kun je iets meer zeggen over het tijdstip van overlijden?'

'Dat is nog niet zeker, maar ongeveer een etmaal voordat hij gevonden is. Laten we aan de slag gaan.'

Signe heeft veel autopsies bijgewoond, en die verlopen allemaal op precies dezelfde manier. Er is iets ritueels aan de procedure waarmee het menselijk lichaam wordt onderzocht: eerst wordt het grondig aan de buitenkant bekeken, vervolgens wordt het opengesneden, worden de organen eruit gehaald, die allemaal afzonderlijk zorgvuldig worden ontleed voordat ze worden teruggestopt, waarna de torso ten slotte als een buitenproportioneel naaiwerk wordt gesloten. En net als bij alle rituelen hebben de hoofdrolspelers hun nauwkeurig gedefinieerde rollen waarvan nooit wordt afgeweken.

De forensisch technicus snijdt het lijk open, maakt de inwendige organen los en haalt alles er vervolgens aan één stuk uit. Dat wordt 'het blok' genoemd. De technicus is ook degene die de schedel opent en de hersenen eruit haalt – althans, als er dus een hoofd is om de hersenen uit te halen. De forensisch arts onderzoekt elk afzonderlijk element van het blok – het hart, de milt, de lever, de nieren, de alvleesklier, de longen, de maag, de darmen – op eventuele verwondingen of afwijkingen. De technicus is degene die de organen weegt. De forensisch arts trekt vervolgens conclusies uit de resultaten van de autopsie. En de technicus is weer degene die de ingewanden weer op hun plaats legt en de snee van de keel tot het schaambot dichtnaait.

Markman is beland bij de maag, die hij met een snelle snee opent. Hij schenkt de inhoud in een glazen schaal en bekijkt die onderzoekend. Hij brengt de schaal naar zijn in verhouding tot de rest van zijn hoofd vrij grote neus en ruikt eraan. 'Hm. Het lijkt erop dat zijn laatste maaltijd pizza was. En te oordelen naar de geur is het de pizza die als nummer vier op de menukaart staat, in elk geval bij de pizzeria in de Nordre Frihavnsgade. Napolitana met kappertjes en ansjovis. Oeps, wat hebben we hier?'

Hij pakt een tang, haalt iets uit de maaginhoud, legt dat in een stalen bakje en geeft het aan Signe. Het is een kleine grijze plastic ampul zoals je die aantreft in een chocolade verrassingsei, maar dan kleiner.

'Hij kan uit elkaar gehaald worden. Kunnen we dat doen zonder eventuele vingerafdrukken en DNA-sporen te vernietigen?' vraagt ze de technisch rechercheur.

'Het is heel onwaarschijnlijk, om niet te zeggen bijna ondenkbaar, dat er sporen op zitten nadat het een tijdlang in de maag heeft gezeten. Heb je nog een tang?' vraagt hij aan Markman, die er direct een voor hem pakt.

Gewapend met de tangen draait hij de twee helften voorzichtig van elkaar. In de ampul zit een stukje opgerold papier.

'Heb je ook een pincet, Markman, of twee?' vraagt Signe.

Hij knikt, loopt naar een van de stalen tafels, pakt twee pincetten en geeft die aan haar. Voorzichtig rolt ze het stukje papier open.

'Daar moet je heel voorzichtig mee zijn. Er kunnen vingerafdrukken op staan,' zegt de technisch rechercheur.

'Natuurlijk,' antwoordt Signe.

'Staat er iets op?' vraagt Markman.

'Een paar cijfers.' Het zijn er acht, om precies te zijn. Misschien is het een telefoonnummer. Ze haalt haar tas, pakt een notitieboekje en een balpen en schrijft de cijfers op.

'Wacht even,' zegt ze, en ze loopt naar de gang. Ze toetst de acht cijfers in op haar telefoon, die zes keer overgaat, waarna ze een stem hoort. 'Met Charlotte.'

22

'Was het fijn om je dochter te zien?' Nabiha kijkt met een schuine blik naar Juncker. Ze zijn onderweg naar de woning van Mads Stephansen. Het huis ligt niet meer dan vijf minuten stevig wandelen van het plein en het voormalige plaatselijke politiebureau.

'Ja, dat was het,' zegt Juncker. Hoewel zijn benen aanzienlijk langer zijn dan die van Nabiha, moet hij zijn best doen om haar bij te houden. Haar enthousiasme is onverminderd. Opeens voelt hij de behoefte om het nieuws met iemand te delen. 'Karoline is zwanger.'

Nabiha blijft abrupt staan en pakt Junckers arm vast.

Het is in orde, denkt hij. Charlotte mag me aanraken. De kinderen mogen dat. Signe mag dat. En nu mag Nabiha het ook.

'Word je opa?' Ze straalt. 'Gefeliciteerd, Juncker.'

Hij draait zich naar haar toe. 'Dank je.'

'Ben je niet blij?'

Zijn poging om te glimlachen slaagt alleen gedeeltelijk en zet niet goed door. Vreemd, denkt hij. Want hij ís blij. Of misschien in werkelijkheid eerder… emotioneel. 'Ja, ik ben blij,' zegt hij. 'Heel blij.'

'Het is fantastisch. Mijn vader zou volgens mij dolgelukkig zijn geweest als hij had meegemaakt dat ik moeder werd. Maar…' Ze laat zijn arm los en krijgt een paar seconden een afwezige blik in haar ogen. 'Is het gepland?'

'Nee, dat kun je niet zeggen.'

'Dat maakt niets uit. Een kind is een kind. Wie is de vader?'

Juncker begint weer te lopen. 'Iemand die ze een halfjaar geleden heeft ontmoet in het restaurant waar ze werkt.'

'Dat is snel, maar dat geeft niets… Het komt allemaal goed. En wie is hij?'

'Hij is een farmaceut. Assistent-manager in een apotheek in Aarhus.'

'Oké. Hoe heet hij?'

'Majid. Majid Khan.'

Ze blijft weer staan. 'Majid? Een Afghaan?'

'Nee. Hij is Pakistaan.'

'Oké, een paki.'

Hij mag de term 'paki' niet gebruiken, en 'curryvreter' trouwens ook niet, maar zij mag dat wel. Zo is het nu eenmaal.

Juncker weet van de keren dat hij aan onderzoeken in immigrantenmilieus heeft gewerkt dat daar een racisme heerst dat niet onderdoet voor het etnisch Deense racisme ten opzichte van immigranten en vluchtelingen. Arabieren verachten Palestijnen, ook al zijn dat eveneens Arabieren. Palestijnen verachten Afghanen, die Albanezen verachten, die Pakistanen verachten, die Somaliërs verachten, die Palestijnen verachten. Het draait in een kringetje rond en loopt kriskras door elkaar.

Toch weet hij dat Nabiha geen racist is. Als ze iets is, dan is het cynisch, net als hijzelf. 'Wat vind je daarvan?' vraagt ze.

'Dat hij een Pakistaan is?'

'Ja, natuurlijk dat hij een Pakistaan is.'

Vanaf het moment dat hij het te horen kreeg, heeft het voortdurend door zijn hoofd gespookt, net als de vraag of hij zelf daadwerkelijk een en al welwillendheid is of dat er, als de buitenste laag van goedbedoelde tolerantie wordt afgepeld, niets anders overblijft dan een xenofobische sukkel.

'Zal ik proberen met haar te praten?' vraagt Nabiha terwijl ze weer begint te lopen.

Juncker aarzelt. Karoline neemt gewoonlijk geen goede raad van anderen aan. Of misschien heeft hij het mis. Misschien is hij de enige naar wie ze niet wil luisteren. Maar waar moet ze die goede raad voor gebruiken? Ze krijgt samen met Majid een kind, en zo is het. Ze is het punt waarop ze keuzes kan maken gepasseerd. Ze krijgt een kind, en Majid is de vader van dat kind. Punt uit.

Nabiha leest zijn gedachten blijkbaar. 'Luister, ik ben niet van plan haar te vertellen hoe ze haar leven moet leiden. Ze krijgt een kind met Majid en daar is niets aan te veranderen, maar misschien kan ik haar voorbereiden op een paar van de keuzes die ze binnenkort moet maken. Bovendien wil ik je dochter graag ontmoeten.'

Juncker knikt. 'Ja, dat is misschien…'

'Ik kan vanavond naar jullie toe komen en voor jullie koken. Ik kan iets midden-oosters maken.'

Het kan waarschijnlijk geen kwaad, denkt Juncker, die het gevoel heeft dat de twee vrouwen elkaar graag zullen mogen. Hij knikt. 'Afgesproken.'

Het huis is een grote jarendertigwoning van rode bakstenen, met een nieuw pannendak en ramen met witte roeden. Het ziet er mooi en verzorgd uit, ook de tuin. Maar in vergelijking met de protserige kolos van Vera en Ragner Stephansen lijkt de villa heel bescheiden.

Mads Stephansen heeft de inrit blijkbaar in de gaten gehouden, want hij doet al open voordat Juncker en Nabiha de trap naar de voordeur op gelopen zijn. Hij draagt een knielange, donkerblauwe broek, een spierwit T-shirt en slippers. 'Kom binnen.' Hij doet een stap opzij en sluit de deur achter hen.

Juncker stelt Nabiha voor.

'Laten we in de keuken gaan zitten. Er is koffie en thee, en Line heeft brood gebakken.'

Line Stephansen leest de krant op een oude oorfauteuil in de woonkamer, die in een open verbinding met de grote keuken staat. Ze staat op en loopt hun tegemoet.

'Gecondoleerd,' zegt Juncker terwijl hij haar een hand geeft.

'Bedankt.'

Voor zover hij zich kan herinneren van de enige keer dat hij haar heeft ontmoet, is ze docent op de middelbare school, met Deens als hoofdvak. Ze lijkt kalm en vriendelijk en is op een natuurlijke manier mooi.

'Jullie zoon... Het spijt me, maar ik ben vergeten hoe hij heet.'

'Aksel. Hij is naar voetbal. Ze hebben vanochtend een wedstrijd. Willen jullie ook met hem praten?'

'Nee,' antwoordt Juncker. 'Dat is niet nodig. Nu nog niet in elk geval.'

'Goed. Ik ga naar boven en laat de benedenverdieping aan jullie over.'

'Bedankt. Ik heb maar één vraag aan jou. Het is pure routine en alleen voor de goede orde. Waar was je zondagavond en in de nacht van zondag op maandag?'

In tegenstelling tot veel anderen lijkt Line Stephansen niet gepikeerd door de vraag. 'Dat is helemaal geen probleem. Ik was hier, samen met Mads en Aksel.'

'En om preciezer te zijn tussen 23.00 uur en 1.00 uur?'

'We gaan meestal rond elf uur naar bed, maar zondag...' Ze denkt na. 'Ja, nu weet ik het weer. Ik was moe en ben iets eerder naar bed gegaan. Op het moment dat mijn hoofd het kussen raakte, viel ik in slaap.'

'Oké,' zegt Juncker, en hij voelt een steek van jaloezie. 'Dank je wel.'

'Moet je niet vragen of ik kan bevestigen dat Mads op dat tijdstip ook in bed lag?' Ze glimlacht naar Juncker. 'We zien en lezen veel thrillers in dit huis.'

'Ja, dat moet ik inderdaad doen. Kun je dat?'

'Hoewel het vroeger dan anders was, is Mads tegelijk met mij naar bed gegaan. Hij lag te lezen toen ik in slaap viel. En nu wil je natuurlijk vragen of ik er zeker van ben dat hij de hele nacht in bed heeft gelegen. Tja, ik slaap heel licht en word altijd wakker als Mads 's nachts opstaat. Altijd. Maar ik val gelukkig ook snel weer in slaap.'

'Is hij tussen 23.00 uur en 1.00 uur opgestaan?'

'Nee. Ik kan me herinneren dat hij om 5.00 uur is opgestaan omdat het licht was en ik op mijn telefoon keek hoe laat het was. Maar verder lag hij in bed.'

'Ik moest plassen,' legt Mads uit. 'Dat moet ik altijd één of twee keer.'

'Dat ken ik,' mompelt Juncker. 'Dank je wel, Line. Dat was alles.'

'Als jullie meer vragen hebben, dan ben ik boven.' Ze loopt naar de keukentafel. Op een snijplank ligt een groot ovaal brood met een theedoek eroverheen. Ze haalt de theedoek weg. 'Ik neem een stukje mee. Er zit thee in de witte thermoskan en koffie in de zwarte. Mads, kun jij een paar sneden brood voor jullie afsnijden?'

Hij pakt het broodmes, draait het brood en snijdt vanaf de linkerkant. 'Willen jullie er allebei twee?'

'Graag,' antwoordt Nabiha.

'Voor mij maar één,' zegt Juncker, die worstelt met de naweeën van de hoeveelheid rode wijn die hij de vorige avond heeft gedronken.

Ze gaan aan de grote houten tafel zitten waar tien Y-stoelen van Wegner omheen staan. Juncker haalt zijn notitieboekje en een balpen uit de binnenzak van zijn jack, dat hij over de rugleuning van de stoel heeft gehangen. 'Hoe is het met je?' vraagt hij.

'Tja, hoe is het met me? De eerste schok is min of meer voorbij, maar tegelijkertijd is het alsof het niet goed tot me doorgedrongen is dat hij dood is. Dat ik... Dat we hem nooit meer kunnen zien, kunnen horen, met hem kunnen praten.' Mads wil zijn beker pakken, maar bedenkt zich. Hij legt zijn ene hand op de andere op de tafel en kijkt naar zijn handen.

Het valt Juncker op hoeveel hij uiterlijk op zijn vader lijkt. En hoe weinig hij in zijn manier van doen aan zijn vader doet denken. Hoewel Juncker Mads niet bijzonder goed kent, lijkt hij de absolute tegenpool van zijn vader. Misschien is dat iets wat we gemeenschappelijk hebben, denkt hij.

'Waarover willen jullie eigenlijk met me praten?' vraagt Mads.

Juncker schraapt zijn keel. 'Er zijn maar weinig technische sporen in de zaak, en de sporen die we hebben, wijzen niet in een eenduidige richting. We weten dat je vader vermoord is met een schot uit een kaliber .22 wapen. Dat wordt veel in schietclubs gebruikt. We hebben het wapen waarmee de schoten afgevuurd zijn trouwens niet gevonden. Omdat het in de nacht van zondag op maandag zo hard regende, zijn er maar weinig en heel onduidelijke schoenafdrukken rond het lijk gevonden en geen daarvan hebben we tot nu toe kunnen gebruiken. Het is de technisch rechercheurs echter gelukt om een paar haren te vinden die niet van je vader zijn. Die zijn opgestuurd voor een DNA-test, maar het duurt een paar weken voordat we het resultaat daarvan krijgen.' Hij kijkt naar Mads. 'Er is kortom niet veel te halen op dat front. Daarom concentreren we ons nu op het achterhalen wie een motief gehad kan hebben om je vader te vermoorden. Om dat te kunnen doen, moeten we natuurlijk praten met degenen die hem goed kenden.'

Mads knikt.

'Dus... Hoe was hij?' vraagt Juncker.

'Tja...' Mads gaat rechtop zitten en neemt een slok koffie. 'Hoe was hij? Charismatisch, kun je gerust zeggen. Grootmoedig. Maar ook... En misschien vind jij dat ook, want je hebt hem tenslotte een paar keer meegemaakt, heel dominant. Soms moest je echt je ellebogen gebruiken om een plekje voor jezelf te creëren als je met hem samen was. Hij deed me op veel manieren aan jouw vader denken, Juncker.'

'Misschien wel. Je kende mijn vader waarschijnlijk beter dan ik die van jou kende. Hoe was je relatie met hem? En dan bedoel ik niet hoe het op kantoor tussen jullie ging, maar hoe hij als vader was.'

'Hij was...' Mads denkt na. 'Op veel manieren was hij als vader heel anders dan je zou denken als je hem alleen – hoe moet ik dat zeggen? – oppervlakkig kende. Hoewel hij heel vaak aan het werk was en mijn moeder, zus en ik vaak met zijn drieën waren toen we klein waren, ondernam mijn vader veel dingen met ons als hij vrij was. Tot ik een jaar of twaalf, dertien was heb ik bijvoorbeeld vaak kano- en kampeertochten met hem gemaakt.'

'Waarom stopte dat?'

Mads haalt zijn schouders op. 'Ik kwam in de puberteit... en kwam in opstand, denk ik. Tegen mijn autoritaire vader. Er volgden een paar jaar waarin we nauwelijks met elkaar praatten. Dus het was niet meer zoals het was geweest. Maar zo gaat dat waarschijnlijk vaak met vaders en zoons, hè?' zegt hij met een glimlach.

'En op het werk?' vraagt Juncker. 'We hebben de vorige keer gevraagd of er cliënten of tegenpartijen van rechtszaken zijn die zoveel tegen je vader hadden dat ze hem iets aan wilden doen en jij zei – zoals anderen trouwens ook tegen ons gezegd hebben – dat een goede advocaat zoals hij er niet aan ontkomt om anderen op de tenen te trappen. Je hebt een paar dagen de tijd gehad om erover na te denken. Heb je iets toe te voegen aan wat je al verteld hebt?'

Mads krabt aan zijn baardstoppels. 'Het is geen geheim dat ik er niet bijzonder enthousiast over ben dat we een Letse investeringsbank, Latvia Invest, als cliënt hebben.'

Juncker knikt.

'Tja,' gaat Mads verder. 'Er deden namelijk allerlei geruchten de ronde dat de bank zowel door de Russische als door de plaatselijke Letse maffia voor witwassen werd gebruikt. Mijn vader hield echter vol dat de Letse bank een goede klant was die belangrijk was voor de omzet en de winst van het kantoor. En dat er geen enkel concreet bewijs was dat de bank niet zuiver op de graat was. Daar had hij ook gelijk in, zowel wat de financiële situatie als de ontbrekende bewijzen betreft. Ik vond alleen niet... Ik bedoel, met alle ellende die daar plaatsvindt, vond ik dat we daar ver bij vandaan moesten blijven.' Hij spreidt zijn armen. 'Ik kan niets bewijzen, maar de gedachte is bij me opgekomen dat mijn vader op de een of andere manier iets ontdekt heeft wat hij niet mocht weten en dat een paar maffiafiguren hem het zwijgen wilden opleggen. Maar ik neem aan dat jullie die mogelijkheid ook in overweging nemen?'

Juncker schudt zijn hoofd. 'Mads, je weet dat ik je geen details over het onderzoek mag vertellen, dus ik kan daar geen antwoord op geven. Er is overigens iets wat we graag willen ophelderen. We kunnen op de gesprekslijsten zien dat je op zondagavond twee keer met je vader gebeld hebt. De eerste keer om...' Hij kijkt naar Nabiha.

'Om 21.32 uur. En opnieuw om 22.47 uur.'

'Waar gingen die telefoontjes over?' vraagt Juncker.

Mads leunt naar achteren en kijkt naar het plafond. 'Ik moet even nadenken... Ja, het ging over een zaak die op maandag voor de rechter zou komen. Een civiele procedure. Er waren een paar kleine dingen over de financiële gegevens van de eiser die ik met hem moest bespreken. De rechtszaak werd trouwens verdaagd omdat... Tja, dat spreekt vanzelf.'

'Was het gebruikelijk dat jullie op zondagavond met elkaar over het werk praatten?'

'Weet je, mijn vader had niet veel op met het verschil tussen werken en vrije tijd, en –'

'Weet je dat hij jarenlang een affaire met zijn secretaresse gehad heeft?' onderbreekt Nabiha hem.

Beide mannen staren haar verbaasd aan.

'Ja, eh... dat wist ik. Iedereen op kantoor wist het.'

'En hoe vond je dat?'

'Daar had ik geen mening over.'

'Wát? Dat kan ik me nauwelijks voorstellen.'

'Toch is het zo. Ik weet dat mijn moeder het ook wist, en het kon haar niet schelen. Dat was het belangrijkste voor mij.'

'Het betekende dus niets voor je dat je vader een seksuele relatie had met een vrouw die niet zo heel veel ouder is dan jij?'

'Weet je wat... Je heet toch Nahiba?'

Ze kijkt met een koele blik naar hem.

'Nee. Na-bi-ha. Bi-ha in plaats van hi-ba.'

'Sorry, Nabiha, ik ben er jaren geleden mee opgehouden een mening te hebben over hoe mijn ouders hun leven leidden. Ze hebben gedaan wat ze wilden. Ik doe met mijn leven wat ik wil. En ik wil heel graag dat mijn ouders zich daar niet mee bemoeien.'

'Ken je Sara Jensen goed?'

'Niet persoonlijk, maar verder natuurlijk wel. Ze was mijn vaders secretaresse. We werken op hetzelfde kantoor.'

'Wat vind je van haar?'

'Wat ik van haar vind? Ze is – hoe moet ik dat zeggen? – iemand die niet alles zonder meer accepteert. Wat volgens mij een heel belangrijke eigenschap is als je zo nauw samenwerkt met mijn vader. Vooral als zijn secretaresse.'

'Weet je dat hij zijn affaire met haar een paar weken geleden verbroken heeft?'

Mads fronst zijn voorhoofd. 'Nee, dat wist ik niet.'

Juncker kijkt naar Nabiha, die haar hoofd schudt. 'Dan denk ik dat we niet meer vragen hebben. In elk geval niet op dit moment. Bedankt voor de koffie en het brood. Je vrouw kan goed bakken,' zegt Juncker, waarna hij opstaat. Nabiha en Mads doen hetzelfde.

'Heb je eigenlijk ooit een kanotocht met jóúw zoon gemaakt? Zoals jij met je vader gedaan hebt?' vraagt ze als ze naar de hal lopen.

'Nee.' Hij kijkt haar aan. 'Dat heb ik niet.'

'Hoe komt dat?'

'Dat weet ik niet.'

23

Signe vertelde Charlotte niet dat ze haar belde omdat haar telefoonnummer in de maag van een onthoofd lijk was gevonden, maar maakte voor later op de dag een afspraak met haar.

'Is er iets gebeurd?' vroeg Charlotte.

'Ja,' antwoordde Signe, waarna ze terugging naar de autopsieruimte.

De autopsie van het hoofdloze lijk duurt iets korter dan autopsies normaal gesproken duren, aangezien de schedel niet geopend hoeft te worden om de hersenen te onderzoeken.

'Fantastisch,' merkt Markman vrolijk op. 'Graag meer lijken zonder hoofd. Nu heb ik een hele zaterdagmiddag voor mezelf.'

'Waar is je vriend?' vraagt Signe. Markman woont samen met een knappe, iets jongere man die architect is. Signe heeft hem een paar jaar geleden tijdens een receptie ontmoet en kreeg knikkende knieën van hem.

'In Londen voor zijn werk.'

'Ga je nu naar het NKC?' vraagt Signe aan de forensisch technicus.

'Nee, ik ben van plan om de rest van het weekend vrij te nemen.'

'Dat kan ik me heel goed voorstellen. Weet je wat, geef mij de ampul en het stukje papier maar. Ik moet toch naar Ejby met iets van een andere zaak, dus ik kan het voor je afleveren.'

'Graag, maar dan moet je een handtekening onder het ontvangstbewijs zetten.'

Signe rijdt niet naar het NKC in Ejby, niet meteen in elk geval, maar gaat in plaats daarvan naar haar woning in Vanløse.

Ze weet dat het huis leeg is. Niels is met Lasse en een vriendje van hem naar het strand, en Anne is bij een vriendin. Ze gaat aan de eettafel in de keuken zitten.

Haar collega's mogen absoluut niet ontdekken dat Charlottes telefoonnummer in de maag van het onthoofde lijk is gevonden. Als bekend wordt dat de vermoorde man een connectie met Charlotte had, wil de politie natuurlijk weten of ze elkaar ook hebben ontmoet en wat hun contact inhield.

En als onderzoeksleider in een moordzaak komt Signe er dan niet onderuit om een huiszoekingsbevel voor Charlottes woning te regelen en haar telefoon en computer in beslag te nemen. Charlotte heeft haar niet verteld wat voor materiaal ze van haar bron heeft gekregen en Signe heeft geen idee of ze dat ergens thuis heeft verstopt. Maar als dat zo is, dan vindt de politie het waarschijnlijk tijdens de huiszoeking.

Signe kan haar natuurlijk waarschuwen zodat ze het materiaal ergens anders kan verstoppen, maar de politie zal hoe dan ook ontdekken dat Charlotte en zij elkaar gesproken hebben als ze de gesprekken naar en van Charlottes telefoon controleren. Dan vragen ze natuurlijk waarom dat was, en wat zegt ze dan?

Bovendien staat het vast dat er aan de top van de politie of de inlichtingendiensten mensen gealarmeerd zullen zijn als ze over de moordzaak en de betrokkenheid van Junckers vrouw horen. Dan kan ze net zo goed meteen in een van de glazen hokjes van de paspoortcontrole op de luchthaven gaan zitten. Of, wat het meest waarschijnlijk is, op zoek gaan naar een nieuwe baan, als ze tenminste niet wordt aangeklaagd omdat ze de nationale veiligheid in gevaar heeft gebracht.

Ze heeft dus geen keuze en kan maar één ding doen.

Hoewel iedereen die bij de autopsie aanwezig was weet dat de plastic ampul bestaat, is ze er tamelijk zeker van dat alleen zij en de technisch rechercheur die de foto's heeft gemaakt de cijfers op het papiertje hebben gezien, en ze gaat ervan uit dat hij zich de cijfers niet kan herinneren. Zij zou dat in elk geval niet kunnen. De anderen weten alleen dat het acht cijfers zijn. Toen ze terug was in de autopsieruimte, had ze de tegenwoordigheid van geest gehad om tegen de anderen te zeggen dat er niet was opgenomen toen ze probeerde te bellen en dat ze het later nog een keer zou proberen.

Signe staat op en haalt een notitieboekje en een paar latex handschoenen uit haar tas. De technisch rechercheurs mogen haar vingerafdrukken niet vinden. Van alle andere onderzoekers van Zware Criminaliteit, dus ook van die van haar, zijn de vingerafdrukken geregistreerd voor het geval ze tijdens het onderzoek op een plaats delict per ongeluk een vingerafdruk achterlaten.

Ze trekt de handschoenen aan, haalt het stukje papier uit het zakje en rolt het uit. Charlottes telefoonnummer lijkt met een heel gewone balpen geschreven te zijn. Ze pakt een balpen uit de beker met schrijfbenodigdheden die op de eettafel staat en denkt na over het telefoonnummer dat ze zal kiezen. Het is natuurlijk mogelijk om een serie volkomen toevallige cijfers te gebruiken en te hopen dat degene van wie het telefoonnummer is niets op zijn kerfstok heeft. Er zullen namelijk veel middelen worden ingezet om het leven van die persoon tot in de kleinste details uit te pluizen. Maar wat ze ook kan doen, is een nummer kiezen dat het onderzoek in een bepaalde richting duwt, zodat het helpt om de connectie tussen de onthoofde man en wat er bij de MI is gebeurd los te koppelen. Misschien een telefoonnummer van een instantie in het asielstelsel, zoals een afdelingshoofd van de Immigratie- en Naturalisatiedienst die iets met asielkwesties te maken heeft bijvoorbeeld. Dat zou de focus wellicht verleggen naar mensensmokkel. Niet helemaal onlogisch, denkt Signe, en als niemand van het team die mogelijkheid noemt, kan ze het zelf altijd nog doen.

Ze googelt 'Immigratie- en Naturalisatiedienst' en 'asielkantoor' op haar telefoon. De IND blijkt zeven vestigingen te hebben. Nadat ze nog vijf minuten zoekt, heeft ze het rechtstreekse nummer van een van de zeven vestigingshoofden. Ze pakt het notitieboekje en scheurt er een pagina uit. Vervolgens schrijft ze het telefoonnummer van het vestigingshoofd met de balpen op, pakt een schaar en knipt het nummer zo uit dat het briefje min of meer hetzelfde formaat heeft als het origineel. Daarna maakt ze een prop van het resterende papier, stopt die onder in de afvalzak, pakt het originele briefje en steekt dat boven de gootsteen in brand. Daarna stopt ze de ampul en het papiertje in de twee plastic zakjes.

Signe staart voor zich uit. Het is de eerste keer dat ze zoiets doet. Ze heeft haar politiepenning een paar keer laten zien als collega's van de verkeerspolitie haar aanhielden omdat ze buiten diensttijd te hard reed, maar dat is een overtreding waar niemand zijn wenkbrauwen over optrekt en die in het ergste geval een waarschuwing tot gevolg heeft.

Wat ze nu heeft gedaan, en wat ze morgen tijdens de briefing in Teglholmen van plan is, is van een heel andere orde. Ze wordt meteen uit het politiekorps gesmeten als dat ontdekt wordt. Daarover staan een paar heel onaangename artikelen in het Wetboek van Strafrecht.

24

Charlotte bestelt koffie terwijl Signe een tafeltje zoekt. Ze hebben, afgezien van de twee serveersters achter de toonbank, de ruimte voor zichzelf, want alle andere gasten van de lunchroom zitten onder de parasols op het terras.

Charlotte kent, of liever gezegd kende, dit gedeelte van het centrum van Nørrebro goed. Toen ze jaren geleden haar ouderlijk huis verliet – voordat ze bij de journalistenopleiding werd aangenomen – woonde ze een paar jaar in een klein, goedkoop, uitgewoond appartement in de Ravnsborggade. Dat was voordat de kroegen en cafés veranderden in lunchrooms en restaurants en wijnbars. Destijds woonden er voornamelijk arbeiders, arme studenten, alcoholisten, drugsverslaafden en anderen met sociale problemen in de buurt.

Nu zijn die bewoners vervangen. Bijna alle panden in de wijk zijn gemoderniseerd en alleen te betalen als je voldoende verdient of ouders met geld hebt. Er is over het algemeen geen reden om te klagen over de renovatie van de wijk, denkt Charlotte, want zo leuk was het niet om met petroleum te stoken en een onverwarmd toilet op de overloop met de buren te delen. Maar het is allemaal zo glad en gestroomlijnd geworden dat ze een sterk gevoel van vervreemding had toen ze daarnet over het Sankt Hans Torv liep en al die smetteloze, mooie, jonge mensen zag, die allemaal zelfbewust en tinnitus veroorzakend hard met elkaar praatten of dat in hun telefoon deden, die leek vastgegroeid aan hun oor.

Signe zit op een bank met haar rug naar de muur zodat ze kan zien of er iemand binnen gehoorsafstand komt. Charlotte schuift een stoel naar achteren en gaat tegenover haar zitten. Signe kijkt haar indringend aan. 'Zo, Charlotte, vertel me eens hoe het kan dat we je telefoonnummer hebben gevonden in de maag van een man die in beide knieën geschoten en onthoofd is.'

'Wat?' Een ijzig gevoel kruipt langs haar ruggengraat omhoog, en ze spert haar ogen open. 'Onthoofd? En in zijn knieën geschoten?'

'Yep,' antwoordt Signe. Ze ziet eruit alsof ze spijt heeft van haar iets te harde toon.

Dat is hem, denkt Charlotte. Het is haar bron. 'Dat wist ik niet. Het is niet openbaar gemaakt dat hij… Of wel soms?'

'Nee, we zagen geen reden om zulke macabere details openbaar te maken. Vooral niet omdat we niet weten wie hij is. Maar misschien kun jij ons helpen om dat te ontdekken.'

Charlotte voelt dat haar handen beginnen te trillen. Ze strekt haar vingers en balt haar vuisten om het te laten verdwijnen, maar het helpt niet. Ze heeft een droge mond en schraapt haar keel een paar keer. 'Hoe ziet hij eruit? Ik bedoel qua lichaamsbouw…'

'Hij is fors. Bij de autopsie werd vastgesteld dat hij met alle lichaamsdelen intact en op de juiste plek ongeveer één meter achtennegentig zou zijn en rond de honderdtwintig kilo zou wegen.'

'Oké. En zijn uiterlijk?'

'Hij heeft een lichte huid. Afgaand op zijn lichaamshaar en schaamhaar is het heel goed mogelijk dat hij rood haar had. Geen tatoeages. Schone, geknipte nagels. Alles goed verzorgd, eigenlijk.'

'Dat is hem,' mompelt Charlotte.

'Hem? Wie bedoel je?'

'Ik heb je toch verteld dat ik een tip heb gekregen dat niet alles rond het onderzoek naar de aanslag volgens het boekje gegaan is?'

Signe kijkt haar uitdrukkingsloos aan.

Charlotte gaat verder: 'Ik heb de man die me de tip heeft gegeven twee keer ontmoet, en hoewel hij zich beide keren min of meer vermomd had, kon dat niet verbergen dat hij fors was. Bijna twee meter, denk ik, en niet uitgesproken dik, maar wel heel stevig.'

'En zijn haarkleur?'

'Hij droeg een pet, maar ik heb zijn haar heel even gezien.'

'En?'

'Dat was rood. Absoluut.'

Signe zegt niets.

'Hij is het, hè?' Charlotte voelt dat het trillen van haar handen erger wordt.

'Daar lijkt het op.' Signe pakt de suikerstrooier, doet een paar flinke scheuten in haar koffie en roert. 'Wat weet je over hem?'

'Niets.'

‘Geen naam?’

‘Nee.’

‘Weet je ook niet waar hij zijn informatie vandaan heeft?’

‘Nee. Dat wilde hij pas vertellen als hij er volkomen zeker van was dat ik erover zou schrijven. En zover was ik nog niet. Ik moest weten waar hij zijn informatie vandaan had. We hadden eergisteren in het DGI-gebouw afgesproken. Het was de bedoeling dat hij me meer zou vertellen, en als hij dat had gedaan, was ik van plan om met hem af te spreken dat ik erover zou schrijven. Maar hij kwam niet opdagen.’

‘Daar had hij een goede reden voor,’ zegt Signe. Ze kijkt uit het raam. ‘Hoe heeft hij de eerste keer contact met je opgenomen?’

‘Ik kreeg een pakje op de redactie. Daarin zaten een telefoon en een brief die op een ouderwetse typemachine was geschreven. In de brief stond dat hij iets had wat ik beslist graag wilde zien. Er zat ook een handleiding in hoe ik sms’jes naar hem kon coderen. Dus ik stuurde hem een bericht en vroeg wat het was dat ik volgens hem graag wilde zien. Dat wilde hij me pas vertellen als hij zeker wist dat ik erover zou schrijven. Ik antwoordde natuurlijk dat ik zoiets niet kon beloven voordat ik meer wist en vroeg of we met elkaar af konden spreken. Dat wilde hij eerst niet, maar uiteindelijk gaf hij toe. We ontmoetten elkaar de volgende dag in een koffiebar in Nordhavn, waar hij me een USB-stick gaf. Daarop bleken twee mails te staan.’

‘Waar gingen die over?’

Charlotte denkt een paar seconden na. Daarna haalt ze het opgevouwen A4’tje uit haar tas en geeft het aan Signe.

Signe kijkt er even naar en legt het op de tafel.

Voor haar geldt hetzelfde als voor Juncker. Zij heeft de twee mails ook eerder gezien, denkt Charlotte.

‘Waarom denk je dat hij een ampul met daarin je telefoonnummer ingeslikt heeft?’ vraagt Signe.

‘Ik heb geen idee. Maar hij was bijzonder voorzichtig. Ik mocht hem alleen sms’jes sturen en mocht hem niet bellen. De telefoon die hij me gestuurd heeft, mocht ik maar een paar keer gebruiken en daarna moest ik hem weggooien en de simkaart vernietigen. Ik ben geen expert, maar is het niet zo dat tegenwoordig alles gehackt kan worden? Onze computers, onze telefoons, de

PlayStations van onze kinderen… alles? Misschien wilde hij me in een noodsituatie te pakken kunnen krijgen en heeft hij mijn nummer – in plaats van dat op zijn telefoon te verstoppen – op een papiertje geschreven.'

'En dat vervolgens in een kleine plastic ampul gestopt die hij snel kon inslikken als hij in moeilijkheden zou komen? Wat trouwens ook gebeurd is.'

'Hij had mijn telefoonnummer natuurlijk uit zijn hoofd kunnen leren. Dat zou nog veiliger geweest zijn.'

'Dat klopt, maar er zijn mensen die een heel slecht geheugen hebben. Ik zal er zelf nooit op vertrouwen dat ik me een telefoonnummer kan herinneren. Ik kan mijn eigen nummer nauwelijks onthouden. Er is natuurlijk ook een kans dat hij wilde dat we je nummer tijdens de autopsie zouden vinden… Als er iets met hem zou gebeuren dus.'

'Dat zou heel goed kunnen. Misschien heeft hij de twee brieven die hij me eerst gestuurd heeft daarom ook op een typemachine geschreven. Een ouderwetse typemachine kan tenslotte niet gehackt worden.'

'Dat klopt. Heb je meer materiaal? Meer mails?'

Charlotte glimlacht scheef. 'Is het nu niet jouw beurt om het een en ander te vertellen? Het leek er eerlijk gezegd op dat je die twee mails eerder hebt gezien. Is dat zo?'

Signe zwijgt even. 'Als ik je iets vertel, mag je er niet over schrijven.'

'Verdomme, Signe, dat slaat nergens op. Ik ben journalist. En als ik ontdek dat er iets niet klopt aan een feit dat zo ernstig is als een terroristische aanslag op Deense bodem, dan kun je toch niet serieus denken dat ik er niet over ga schrijven?'

'Dat klopt, maar we moeten in elk geval afspreken dat je er nu nog niet over schrijft. Je moet wachten tot we meer hebben ontdekt. Het is ontzettend belangrijk dat er niet te vroeg iets naar buiten komt. Als je dat doet…' Ze maakt de zin niet af.

'Dat is geen probleem. Ik heb er helemaal geen belangstelling voor om iets te schrijven voordat we meer weten over wat er precies is gebeurd en wie erachter zitten.'

Charlotte overhandigt Signe het vel papier met de schermfoto's van de andere mails.

Signe leest even. 'SBO034,' mompelt ze. 'Dat moet Svend Bech-Olesen zijn.'

'Wie?'

'Een man die op nieuwjaarsdag dood in het Ørstedspark gevonden is, vlak nadat hij een afspraak met mij had gehad. Daar moet ik je waarschijnlijk over vertellen.' Ze kijkt op en vangt Charlottes blik. 'Heb je hier kopieen van?'

Charlotte knikt. 'Natuurlijk. Zowel op papier als op een USB-stick.'

'Heb je die goed verstopt?'

'Yes. Die kan niemand vinden.' Ze buigt zich naar voren en praat zachtjes verder. 'We moeten achterhalen wie mijn bron is, of was.'

'Dat is moeilijk,' zegt Signe. 'Tot nu toe is er blijkbaar niemand die hem mist. En we kunnen geen opsporingsbericht met een foto rondsturen, of wel soms? We hebben natuurlijk onze voelsprieten uitgestoken in verschillende milieus, maar dat heeft niets opgeleverd.'

'Denk je dat ze hem onthoofd hebben zodat hij niet geïdentificeerd kan worden?'

'Misschien. De autopsie toonde in elk geval met vrij grote zekerheid aan dat hij dood was toen ze hem onthoofdden. Maar goed... Ik heb eerder het gevoel dat het een waarschuwing is.'

'Wat bedoel je? Voor wie?'

'Misschien voor degenen die zich afvragen waarom er niets is gebeurd met de waarschuwing voor de aanslag. Zoals wij bijvoorbeeld.'

'En de schoten in de knieën?'

'Bendes gebruiken dat bij wijze van straf. Als iemand bijvoorbeeld iets gedaan heeft wat erg is, maar niet erg genoeg om diegene voor te vermoorden. Dan kunnen de stakkers de rest van hun leven in een rolstoel of op krukken doorbrengen. Maar het kan ook pure marteling zijn. Een poging om hem iets te laten vertellen, bijvoorbeeld hoe hij de mails heeft ontdekt of met wie hij contact heeft gehad.'

'Met mij dus.'

Signe reageert niet.

Charlotte is altijd van mening geweest – als ze bijvoorbeeld wist dat collega's hun leven op het spel hadden gezet om een verhaal binnen te halen, zoals oorlogscorrespondenten – dat geen enkel verhaal belangrijk genoeg is om voor vermoord te worden. Dat vindt ze in principe nog steeds, maar ze heeft ook het kristalheldere gevoel dat ze voor het eerst in haar leven een verhaal in handen heeft dat ze wil schrijven. Niet ten koste van alles, maar het komt er heel dichtbij.

Aan de andere kant is ze bang. 'Het is ongelofelijk dat er mensen bestaan die in staat zijn iemand te vermoorden alleen omdat diegene een fout heeft gemaakt.'

'Ja,' beaamt Signe. 'Dat is moeilijk te begrijpen.'

25

Nabiha was naar huis gegaan om een aantal kruiden op te halen waarvan Juncker nog nooit had gehoord. Ze had er ook op gestaan om alle ingrediënten voor de avondmaaltijd te kopen.

Na het gesprek met Mads Stephansen had ze Juncker gevraagd of er een tajine in de keuken van zijn ouders stond. Juncker had geen idee wat een tajine was. Nabiha had uitgelegd dat het een aardewerken schaal is met een deksel dat op een puntmuts lijkt die vooral in de Noord-Afrikaanse keuken wordt gebruikt, waarop Juncker had geantwoord dat hij er na die beschrijving honderd procent zeker van was dat zijn moeder geen tajine in haar keuken had. Een gietijzeren pan dan? Ja, dat dacht Juncker wel.

Het gaat zoals Juncker al vermoedde: het klikt tussen Karoline en Nabiha vanaf het moment dat ze elkaar begroeten. Hij zit aan de kleine eettafel in de keuken, terwijl de twee vrouwen samen koken. Na meer dan een halfjaar een kluizenaarsbestaan in het verwaarloosde huis geleid te hebben, is het overweldigend om iets anders te horen dan de monoloog die normaal gesproken in zijn hoofd plaatsvindt als hij avond aan avond alleen zit en zich volgiet met wijn tot het doek valt.

Ben je nu blij, vraagt hij aan zichzelf, en hij moet tot zijn verbazing toegeven dat het antwoord daarop 'ja' is. Blij, maar ook gespannen.

'Waar heb jij op school gezeten?' Karoline snijdt uien.

'In de Rådmandsgade. En jij?' Nabiha hakt bladpeterselie en koriander.

'De Farimagsgade.'

'Daar zaten waarschijnlijk niet veel donkere kinderen op.'

'Eh... een paar.'

'Waar kwamen die vandaan? Niet uit de Kartoffelrækkerne neem ik aan.'

'Dat weet ik niet. Hoe was dat op jouw school in de Rådmandsgade? Daar zaten vast niet veel witte kinderen op.'

'Dat klopt.'

Juncker heeft Nabiha gevraagd of ze een glas wijn wil. Hij weet dat ze alcohol drinkt, maar ze bedankt en heeft net als Karoline mineraalwater in haar glas. Ze snijdt lamsbout in blokjes en bakt die samen met gemalen komijn en een kruid dat *ras el hanout* heet in de oude emaillen braadpan die Juncker in een van de kasten heeft gevonden.

'En nu ben je dus zwanger. Fantastisch hoor.' Nabiha glimlacht naar Karoline, die de glimlach beantwoordt. Nabiha doet groenten en nog meer kruiden in de pan, waarna ze een beetje water en een bouillonblokje toevoegt. Ze pakt het pak wijn. 'Die leen ik even,' zegt ze, en ze schenkt een flinke scheut in de pan. 'Rustig maar, de alcohol verdampt,' zegt ze tegen Karoline.

'Geen probleem.'

'Je vader vertelde dat hij Majid heet.'

'Dat klopt. Hij is Pakistaan. Of… Hij is Deens staatsburger, maar zijn familie komt uit Pakistan.'

'Ja, dat vertelde Juncker ook.' Ze doet het deksel op de pan. 'Zullen we buiten gaan zitten? Dit moet anderhalf uur sudderen.'

Op het terras ziet Juncker tot zijn verrassing dat zijn dochter de witte tuinmeubels schoongemaakt heeft. Ze gaan zitten.

'Heb je zijn familie ontmoet?' vraagt Nabiha.

'Ja. Zijn vader en moeder en zussen en broers,' zegt Karoline.

'Hoe waren ze?'

Karoline kijkt naar haar vader met een blik waarin duidelijk 'aha, daarom heb je haar uitgenodigd' te lezen is. Juncker ontwijkt haar ogen.

Nabiha merkt het. 'Karoline, ik heb mezelf uitgenodigd, het was je vaders idee niet,' zegt ze.

'En waarom wilde je… Sorry, dat was niet zo bedoeld. Ik vind het heel gezellig om je te ontmoeten. Het is alleen…' Ze zucht. 'Alle vriendinnen die ik het vertel, willen alleen maar weten of het me volledig duidelijk is wat het betekent om zwanger te zijn van een islamitische man. Alsof het hoe dan ook problematisch is dat twee mensen die uit een andere cultuur afkomstig zijn samen een kind krijgen. Het beeld dat mensen hebben is zo zwart-wit. Echt, het is 2017.'

Nabiha knikt. 'Ja, dat is het vaak. Zwart-wit dus.'

Ze zwijgen een tijdje tot Karoline de stilte verbreekt. 'Heb jij weleens een Deense vriend gehad?'

'Ja, ik heb een paar jaar geleden een relatie met een witte Deen gehad. Maar ik ben niet zwanger geworden.' Ze leunt naar achteren en laat haar nek op de rugleuning van de tuinstoel rusten. 'Ik ben opgegroeid in Mjølnerparken. Mijn ouders waren vluchtelingen uit Libanon en zijn in 1982 naar Denemarken gegaan. Drie jaar later werd ik geboren. Mijn vader was communist en actief in een beweging die PFLP genoemd wordt. Hij en mijn moeder hebben vreselijke dingen meegemaakt tijdens de burgeroorlog in Beiroet. Hij is in 2001 overleden aan kanker, maar voordat hij stierf, toen hij al heel ziek was, heeft hij me erover verteld.' Ze slikt het brok in haar keel weg. 'Mijn vader was niet religieus, en vanaf dat ik heel klein was, vond hij het belangrijk dat ik op dezelfde manier als mijn broer opgevoed werd. Dus zat ik op voetbal. Ik was een echte wildebras en had op school een grote mond.'

'Wat deed je vader voor werk?'

'In Beiroet was hij ingenieur en hier kreeg hij een baan als machinebankwerker in Glostrup.' Ze glimlacht. 'Weet je wat Nabiha betekent? "De verstandige". Mijn vader was degene die erop stond dat ik zo genoemd werd. Alleen was ik niet bepaald verstandig toen ik klein was. Dat kwam pas later, toen ik ontdekte dat je moet leren als je iets wilt worden. Dat was ongeveer in dezelfde periode dat ik een hoofddoek begon te dragen.'

'Waarom deed je dat?' vraagt Karoline.

'Het was mijn manier om in opstand te komen. In eerste instantie was mijn vader woedend, maar hij was ook verstandig genoeg om te beseffen dat het me daarom ging: opstandig zijn. Het was mijn manier om me los te kunnen maken van mijn progressieve ouders. Ik denk dat hij begreep dat als het andersom was geweest, als hij had geëist dat ik een hoofddoek zou dragen, ik die als reactie af had gedaan. En daar had hij volkomen gelijk in.'

'Waar is je moeder in dit verhaal?'

'Ze was er de hele tijd, vlak achter mijn vader. Hij had op veel manieren een moderne kijk op vrouwenrechten, maar er was toch geen twijfel aan wie het gezinshoofd was. In elk geval naar buiten toe. Mijn moeder was er heel goed in om hem in de richting te sturen waar ze hem wilde hebben, als er iets was waarover ze het niet eens waren.'

'Wat doet zij voor werk?'

'Ze heeft jarenlang in Kvickly in de Nørrebrogade gewerkt, en dat doet ze nog steeds. Hoewel mijn vader al heel lang dood is, rouwt ze nog elke dag om hem. Het is eigenlijk heel ontroerend. Hoe dan ook, op de middelbare school ben ik gestopt met het dragen van een hoofddoek.'

'Op welke middelbare school heb je gezeten?'

'Metropolitan. En jij?'

'Ingrid Jespersen.'

'Natuurlijk.' Nabiha lacht. 'Ik denk dat we allebei behoorlijk stereotiep zijn, Karoline.'

'Ha, ja, daar heb je gelijk in. Waarom ben je gestopt met het dragen van een hoofddoek?'

'Omdat ik het onzin vind dat vrouwen eerbaar en deugdzaam moeten zijn en dat, als ze dat niet zijn, de mannen zich schuimbekkend op hen storten. Ik ben tenslotte niet religieus. Ik heb er nooit in geloofd dat de een of andere god alles regelt.'

'Er zijn ook islamitische vrouwen die wel geloven, maar geen hoofddoek dragen. Net als er niet-gelovige vrouwen zijn die er wel een dragen. Bij wijze van politiek statement.'

'Weet ik. En vrouwen mogen wat mij betreft alles rond hun hoofd wikkelen. Er is alleen niemand die mij vertelt wat ik wel en niet mag doen. Dat kan ik zelf heel goed bepalen.'

'En wat wil je met dat alles zeggen?'

'Toen ik zeventien was, kreeg ik een relatie met Jesper. Hij zat ook op het Østre Borgerdyd, op het gymnasium, en we ontmoetten elkaar op een feest bij een gezamenlijke vriend. Mijn moeder vond het helemaal geen probleem dat ik een Deense vriend had. Jesper was vaak bij ons thuis en kreeg zelfs toestemming om bij me te slapen nadat mijn moeder zichzelf ervan verzekerd had dat ik de pil slikte. En ik weet honderd procent zeker dat mijn vader op dezelfde manier gereageerd zou hebben. Alles pais en vree dus, tot de families van mijn vader en moeder zich ermee gingen bemoeien. De broer van mijn vader begon bij mijn moeder langs te komen om zich erover te beklagen dat het de eer van de familie schond dat haar dochter naar bed ging met een man terwijl ze niet met hem getrouwd was en, nog erger, dat hij een ongelovige was, een kafir. Mijn moeder vroeg hun in eerste instantie zich er niet mee te bemoeien, maar ze bleven doorgaan. Ik kreeg bezoek van mijn neef, die ermee dreigde dat het helemaal verkeerd kon aflopen als ik het niet uitmaakte met Jesper. Het werd nooit rechtstreeks uitgesproken, maar er was geen enkele twijfel: óf we stopten met onze relatie, óf Jesper bekeerde zich en we trouwden.'

'Hoe eindigde het?'

'Het loste zich min of meer vanzelf op. Onze relatie heeft een jaar geduurd. Hij was bang, en dat was ik natuurlijk ook, hoewel ik eerder woede voelde. Ik weet niet of we daarom niet meer met elkaar afspraken. Het kan heel goed zijn dat onze liefde ook was verdwenen als er niet zoveel problemen met de familie waren geweest. We waren tenslotte nog heel jong. De consequentie voor mijn moeder is dat ze een deel van haar naaste familieleden niet meer ziet.'

Karoline knikt en zwijgt een tijdlang nadenkend. Dan kijkt ze naar Nabiha. 'Dus je punt is?'

'Dat je voorbereid moet zijn op wat er kan gebeuren. En dat niet alles is zoals het aan de oppervlakte lijkt. De families van mijn vader en moeder waren geen arme, ongeschoolde boeren, maar academici en linksgeoriënteerde activisten. Toch reageerden ze vanuit de oeroude opvattingen over eer, die misschien in werkelijkheid niet eens zoveel met religie te maken hebben.'

'Dus jij vindt dat ik er een punt achter moet zetten met Majid?'

Nabiha schudt driftig haar hoofd. 'Fuck, nee! Maar ik denk dat het verstandig is als je... of jullie... erover nadenken wat jullie gaan antwoorden op een aantal vragen die jullie absoluut zullen krijgen, ook al bestaat Majids familie uit moderne mensen.'

'Zoals?'

'Of je van plan bent je te bekeren. Is dat zo?'

Karoline haalt haar schouders op. 'Ik ben niet gelovig, dus waarom zou ik dat doen?'

'Ja, waarom? Er bestaat geen regel dat een islamitische man niet met een christelijke of joodse vrouw mag trouwen. Dat mag hij, en de vrouwen hoeven zich niet te bekeren, dus er is niets aan de hand. Aan de andere kant moet een christelijke of joodse man zich wel bekeren als hij met een islamitische vrouw wil trouwen.'

'Maar dat soort dingen kan ons helemaal niets schelen.'

'Dat zou kunnen. Wat jullie in elk geval wel moet kunnen schelen, is dat de sharia volkomen ondubbelzinnig is als het gaat om kinderen van moslims en niet-moslims: die worden geboren als moslims en moeten worden opgevoed als moslims.'

'De sharia? Nabiha, we wonen in Denemarken.'

Nabiha kijkt een hele tijd naar Karoline. 'Ja, dat is zo, maar er zijn vrouwen in dit land die gedwongen worden ondergedoken te leven omdat ze de sharia overtreden hebben. En sommigen zijn vermoord omdat ze volhielden dat de Deense wetgeving ook voor hen en degenen van wie ze houden geldt. Omdat er nu eenmaal mannen zijn die zich tegenover vrouwen als klootzakken gedragen.'

'Maar dat is toch verleden tijd? Je hoort niet zoveel meer over eermoorden en dergelijke.'

'Hopelijk heb je gelijk dat het de goede kant op gaat, maar verleden tijd? Je kunt het Majid natuurlijk vragen.'

'Ik moet toegeven dat ik het moeilijk vind me voor te stellen dat zijn familie op die manier denkt. Dat ze de familie-eer belangrijker vinden dan –'

'Het is ook helemaal niet zeker dat het zo is. Ik zeg alleen dat het verstandig om erover na te denken wat je gaat doen als het wel zo blijkt te zijn.'

Nabiha is een uur geleden vertrokken. Karoline is zonder welterusten te zeggen naar bed gegaan.

Juncker heeft een plaid mee naar buiten genomen en die over zijn schouders geslagen. Hij raakt de gedachte niet kwijt dat hij zijn dochter verraden heeft. Dat hij een moment dat nooit meer terugkomt heeft verpest met zijn twijfel en bezorgdheid, in plaats van dat hij gewoon blij is.

Jaren geleden werd zijn zusje Lillian verliefd op een man van wie hun vader niets moest hebben. Alleen omdat Mogens Junckersen van mening was dat de man, die een opleiding detailhandel had gevolgd en bij een ijzerhandel werkte, het niet waard was om met zijn dochter te trouwen. Die houding veranderde niet. Hij behandelde Junckers zwager met kille minachting, en uiteindelijk kon Lillian het niet meer verdragen dat haar vader zo neerbuigend deed tegenover de man van wie ze hield en die liefdevol en zorgzaam tegenover zowel zijn vrouw als hun drie kinderen was. Juncker heeft hem trouwens altijd sympathiek gevonden.

De laatste vijftien jaar van zijn vaders leven wilde Lillian niets meer met hem te maken hebben. Vader en dochter zagen elkaar niet meer en Mogens Junckersen had geen contact met zijn kleinkinderen.

Zo mag het nooit eindigen, denkt hij terwijl hij opstaat om naar binnen te gaan, met het sterke gevoel dat hij de ogen van zijn vader vannacht zal zien en hem dat vreselijke woord weer zal horen fluisteren.

Lapzwans.

6 AUGUSTUS

26

Juncker besluit te gaan lopen. Het is een heerlijke ochtend en ongeveer twintig graden, zoals zoveel ochtenden de afgelopen weken. De lucht is fris na de buien van vannacht en de wespen, die het verblijf buitenshuis in deze tijd misschien niet ondraaglijk maken maar toch een beproeving zijn, zijn blijkbaar nog niet wakker.

Juncker weet niet goed wat hij van de vorige avond moet denken. Er is een tijd geweest waarin hij meende dat zijn vermogen om zowel situaties als mensen te interpreteren een van zijn grootste en misschien zelfs zijn allergrootste kracht was. Dat is niet meer zo. Hij kan zichzelf nauwelijks nog voelen. Na acht maanden eenzaamheid voelt hij zich beurtelings gewichtloos en loodzwaar.

Karoline en Nabiha mogen elkaar graag, daar is hij zeker van. Het is ook duidelijk dat Nabiha het pedagogisch heeft aangepakt. Hij kent haar houding ten opzichte van het milieu waarin ze is opgegroeid langzamerhand zo goed dat hij moeiteloos kon merken dat ze haar best deed om haar minachting en woede te beheersen om zijn dochter niet af te stoten.

Maar Karoline? Hoe vond die het om met Nabiha's ervaringen te worden geconfronteerd en haar advies te horen? Daar had hij geen idee van gehad toen ze naar bed ging.

Als ze boos is omdat hij zich ermee bemoeit, kan hij dat goed begrijpen, want wat kan ze in principe doen? De situatie is zoals die is. Majid en zij geven blijkbaar veel om elkaar en zijn dolblij dat ze ouders worden. Majids ouders zijn blij dat ze een kleinkind krijgen, wat natuurlijk ook voor Charlotte en hem geldt.

Toch is hij bang voor iets waarvan hij niet weet wat het is.

Juncker heeft om negen uur een afspraak met Skakke en onderzoeksleider Anders Jensen in het voormalige plaatselijke politiebureau op het Torvet. Omdat het zondag is, is de ochtendbriefing op het hoofdbureau afgelast en hebben de onderzoekers toestemming gekregen om de ochtend samen met hun gezinnen door te brengen. Toch wil Skakke over het onderzoek praten, en hij heeft aangeboden om samen met Jensen naar Sandsted te komen voor een bespreking met Juncker.

Hij is ruim op tijd en maakt een kleine omweg door het Kildepark. Nergens is aan te zien dat hier minder dan een week geleden een lijk is gevonden. Geen witte tent, geen rood-wit afzetband. Het park is verlaten. Juncker gaat vlak bij de plek waar Ragner Stephansen is gevonden op een bankje zitten. De afgelopen dagen heeft hij een onbestemd gevoel dat hij iets op de plaats delict over het hoofd heeft gezien, maar hij heeft geen idee wat dat kan zijn. Het is op veel manieren een heel eenvoudige plaats delict, en er viel zowel voor hem als voor de technisch rechercheurs niet veel te onderzoeken.

Misschien is het alleen iets wat hij heeft gedroomd. Hij staat op en loopt naar de plek op het pad waar het lijk lag. Op maandagochtend, toen hij in het park arriveerde, vonden ze vanwege de regen van die nacht al heel weinig schoenafdrukken. Sindsdien heeft het bijna elke nacht geregend en de enige sporen in het grind zijn de kleine geulen en erosies die het regenwater op weg naar de putroosters en het gras heeft veroorzaakt. Hij blijft een paar minuten staan en haalt zich voor de geest hoe het lijk lag en hoe het eruitzag. Er komt echter niets bij hem op.

Na een kleine tien minuten loopt hij het politiebureau binnen, en een kwartier later rinkelt de bel boven de deur. De drie mannen gaan aan de ronde vergadertafel zitten.

'Zo,' zegt Skakke. 'Hoe staat het ervoor? Anders, kun jij beginnen?'

'Jazeker. Er is niet veel te vertellen over "de Letse connectie". Zoals we al voorspelden, is het bijzonder moeilijk om iets zinnigs uit onze collega's in Letland te krijgen, dus we weten niet veel meer dan in het begin van de week. Het is zo goed als zeker dat de investeringsbank gebruikt is om geld wit te wassen, maar het is ons nog niet gelukt om iets te vinden wat erop wijst dat Stephansen om die reden problemen had met zijn cliënt. Ik kan me niet voorstellen dat hij niet wist dat het in Denemarken geïnvesteerde geld niet helemaal zuiver was. Juncker, dat heeft zijn zoon toch ook bevestigd?'

'Mads Stephansen heeft het niet rechtstreeks gezegd, maar het klopt dat hij tegen zijn vader heeft gezegd dat ze de bank met het oog op wat ze over de geldstromen in de Baltische landen wisten niet als cliënt zouden moeten hebben.'

'Oké.' Jensen kijkt naar zijn chef. 'Skakke, we hebben het erover gehad om een man naar Riga te sturen.'

'Dat klopt, maar daar wil ik mee wachten tot we iets concreters hebben wat in die richting wijst. Juncker, is er nog iets over de zoon wat we moeten weten?'

Juncker buigt zich naar voren. 'Het lijkt erop dat hij geen nauwe band met zijn vader had, maar aan de andere kant ook geen slechte, dus ik kan geen motief ontdekken. Met het oog op zijn alibi zegt zijn vrouw dat hij rond 23.30 uur in bed lag en dat ze altijd wakker wordt als hij 's nachts opstaat om naar het toilet te gaan. Niet het allersterkste alibi, want hij kan ondanks de verzekering van zijn vrouw het huis uit geslopen zijn of ze kan hem beschermen. Als ik een beetje kritisch ben, kan ik aanvoeren dat ze heel precies was in haar beschrijving over het verloop van de nacht... Zo vertelde ze dat haar man rond vijf uur opgestaan is om te plassen. Maar nogmaals... Op dit moment heb ik moeite om een motief te ontdekken.'

'Hoe zit het met... Peter Johansen heet hij toch? Degene die we laten bewaken.'

'De bewaking heeft tot nu toe niets opgeleverd,' vertelt Jensen. 'We houden hem natuurlijk nog maar een paar dagen in de gaten, maar in die periode is hij naar zijn werk bij de bank in Køge gegaan en daarnaast is hij het huis eigenlijk niet uit geweest.'

'Hij leidt naar eigen zeggen een rustig leven,' zegt Juncker. 'Daarentegen heeft hij een duidelijk motief en een zwak alibi. Hij verbergt niet bepaald dat hij een hekel had aan Ragner Stephansen, die volgens hem schuldig is aan de zelfmoord van zijn zus. Bovendien is hij een uitstekende schutter die verschillende kaliber .22 wapens in bezit heeft die we voor onderzoek hebben –'

'En daar heb ik het resultaat van binnengekregen,' onderbreekt Jensen hem. 'Geen van Peter Johansens wapens is het moordwapen, dus daar moeten we naar blijven zoeken.'

'Het was ook niet te verwachten dat hij het moordwapen aan ons zou afgeven. Heb je meer, Juncker?' vraagt Skakke mismoedig.

'We hebben ook met Stephansens secretaresse gepraat... Dat heb ik je verteld, Anders. Ze is jarenlang zijn minnares geweest, maar hij heeft die verhouding een paar weken geleden verbroken en daar is ze bijzonder verbitterd over. Zij heeft dus ook een motief.'

'Hoe zit het met de echtgenote? Die ken je toch, Juncker?'

Juncker kijkt boos naar Skakke. 'Ik heb je verteld over mijn relatie met Stephansen en zijn vrouw Vera en jij hebt geoordeeld dat het niet problematisch is.'

'Ik heb nog steeds mijn twijfels –'

'Neem een besluit. Als je van mening bent dat ik bevooroordeeld ben, haal me dan van de zaak, en houd er anders over op.'

'Oké, oké, het is al goed, Juncker. Wat is je oordeel over de echtgenote? Verdenk je haar?'

Idioot, denkt Juncker. 'Ze heeft natuurlijk een duidelijk motief omdat hij haar ontrouw is geweest. Aan de andere kant weet ze al jarenlang over die ontrouw en zegt ze zelf dat het haar helemaal niets kon schelen... Wat haar zoon trouwens bevestigt. Hij wist het ook. Dus waarom zou Vera hem dan nu pas vermoorden. Bovendien had hij de relatie beëindigd.'

'Ja, dat klopt natuurlijk. Kan geld een motief zijn? Hij laat tenslotte een flink fortuin achter, toch, Anders?' zegt Skakke.

'Dat klopt. Tot nu toe weten we dat hij in elk geval dertig miljoen heeft. Hij was blijkbaar heel goed in het investeren van zijn geld. Daarbij komen het huis en de vakantiewoning in Tisvildeleje.'

Juncker knikt. 'Dat is zo, maar het heeft Vera Stephansen tijdens zijn leven nooit aan iets ontbroken. Ze zegt dat ze bijna altijd kreeg wat ze wilde hebben. En als de erfenis een motief is, dan geldt dat ook voor de kinderen. Behalve Mads is er een dochter, Louise, die met haar gezin in Klampenborg woont. Haar alibi is volkomen waterdicht. Stephansen zou nog jarenlang veel geld verdienen, het advocatenkantoor loopt fantastisch, dus waarom zou je een geldmachine vermoorden in plaats van te wachten en over – laten we zeggen – vijf jaar een nog grotere erfenis te incasseren?'

'Misschien als je op dit moment gebrek aan geld hebt vanwege een situatie waarover wij niets weten,' merkt Jensen op.

Juncker knikt. 'Dat kan natuurlijk.'

'Hm,' bromt Skakke. 'Anders, kun jij een paar mensen laten onderzoeken of iemand in de naaste familie geldproblemen heeft? Drugs, gokken, wat dan ook.' Hij leunt naar achteren. 'Verder nog iets?'

'Ja,' zegt Jensen. 'Met het oog op het moordwapen blijkt dat de schietclub een pistool mist, dat volgens hen gedurende de afgelopen maand verdwenen is. Het gaat om een Hammerli kaliber .22.'

'Verdomme.' Skakke fronst zijn voorhoofd. 'De clubs worden toch streng gecontroleerd sinds die collega in Albertslund is neergeschoten met een clubwapen? Wanneer was dat ook alweer?'

'Vorig jaar december, voor zover ik me dat herinner. Ja, dat dacht ik ook, maar het gebeurt blijkbaar nog steeds,' constateert Jensen.

Skakke staat op, loopt naar de grote winkelruit en kijkt naar het verlaten plein. 'Wat doen we? De media beginnen ons onder druk te zetten. Ragner Stephansen was tenslotte niet zomaar iemand in deze omgeving.'

Nee, hij was een enorme klootzak, denkt Juncker. 'Kun je Mørk niet op de journalisten afsturen? Hij weet precies hoe hij met die lui moet omgaan.'

Jonas Mørk, hoofd van het politiebureau in Næstved, is met zijn veertig jaar de jongste leider van een politiedistrict in het land. Hij is volgens Juncker een bijzonder welbespraakte en hoogopgeleide hielenlikker die maar heel weinig over het echte politiewerk weet. Het lijdt dus geen twijfel dat Mørk de absolute top van de Deense politie zal bereiken. Maar toen Juncker in december helemaal vastzat met het oplossen van de dubbele moord in Sandsted, was Mørk degene die de media op afstand hield waardoor hij de rust had om te werken. En dat deed hij goed, moet Juncker met tegenzin toegeven. Mørk heeft het talent om met veel woorden helemaal niets te zeggen. Dat is ook gelijk het positiefste wat Juncker over de adjunct-hoofdcommissaris te melden heeft.

'Dat zal ik doen, maar...' Skakke krabt op zijn hoofd. 'Hoe gaan we nu verder?'

Tja, je verdient je salaris onder meer door met oplossingen voor dit soort situaties te komen, denkt Juncker. 'Door ons werk te doen.' Hij staat op. 'We moeten de etterende zweren vinden en die uitknijpen.'

27

Signe moet haar gedachten op een rijtje zetten voor de briefing, dus de deur van haar kantoor is dicht. De plastic zakken met de ampul en het briefje zijn nu bij het NKC in Ejby en blijven daar tot de forensisch technici ze hebben onderzocht. Op een bepaald moment arriveren ze op de afdeling Zware Criminaliteit in Teglholmen, waar ze samen met het andere bewijsmateriaal van de zaak worden opgeslagen in de bewijsopslagruimte.

De technisch rechercheur die aanwezig was bij de autopsie heeft zowel de ampul als het papiertje gefotografeerd en de foto's, drie in totaal, naar Signe gestuurd. Een van de ampul voordat die uit elkaar was gehaald, een van de uit elkaar gehaalde ampul en het opgerolde stukje papier, en een van het uitgerolde papiertje waarop het telefoonnummer van Charlotte duidelijk te zien is.

Die laatste mag absoluut niet in het bijzijn van alle anderen op het grote scherm verschijnen, want dan komt uit dat ze met het bewijs heeft geknoeid.

Tijdens de briefing wil ze haar collega van Zware Criminaliteit, Kristian Jokumsen, die ook bij de autopsie aanwezig was, vragen om de foto's van de ampul en het opgerolde briefje te laten zien. Ze opent haar computer en stuurt hem een mail met de twee foto's als bijlage. De foto waarop het telefoonnummer te zien is, stuurt ze niet mee.

Ze heeft net op 'versturen' geklikt als de deur wordt opengesmeten.

'Ben je klaar, Kristiansen?' vraagt Merlin.

'Yep, ik ben klaar.'

De briefing vindt plaats in een van de kantoortuinen die zich op dezelfde verdieping als haar kantoor bevinden. Het gebabbel van de veertien aanwezigen verstomt als Merlin en Signe binnenkomen.

'Goedemorgen,' zegt ze.

Hoewel Merlin de hoogste in rang is, is Signe, die het onderzoek leidt, de voorzitter. Er staat trouwens nergens dat het hoofd van de afdeling Zware Criminaliteit aanwezig moet zijn bij de briefings, maar Merlin is dat altijd, in elk geval aan het begin van een onderzoek en vooral als het om een moord gaat.

'Laten we proberen het kort te houden. Is er iemand die verslag kan uitbrengen hoe het met de identificatie van het lijk gaat? Rasmus?'

'Er is niet veel te vertellen en er is nog steeds niemand als vermist opgegeven die past bij de beschrijving van het onthoofde lichaam. We hebben ook bij onze informant in het bendemilieu geïnformeerd, en ook daar ontbreekt blijkbaar niemand. We moeten natuurlijk terughoudend zijn met de informatie die we uit dat milieu krijgen en niets zomaar geloven, maar dat is wat we tot nu toe te melden hebben.'

'Dank je. Heeft Ejby iets te vertellen?' Signe knikt naar de aanwezige forensisch technicus, tot haar opluchting een andere dan degene die bij de autopsie aanwezig was.

'Nee, niet echt. We hebben haren en ander DNA-materiaal op het lijk gevonden en hebben dat opgestuurd voor analyse. Het duurt zoals jullie weten twee tot drie weken voordat we iets van de afdeling Forensische Genetica horen. Tenzij we er natuurlijk voor willen betalen.'

Het is mogelijk om tegen betaling buiten de wachtrij om een DNA-analyse te krijgen die binnen een etmaal klaar is, maar dat kost tussen de tachtig- en honderdduizend kronen. Signe heeft dat in haar tijd bij Zware Criminaliteit maar één keer meegemaakt.

Ze kijkt naar Merlin. 'Willen we dat?'

Hij schudt zijn hoofd. 'Nee, dat willen we niet.'

'Oké. Dan de autopsie. Daar was ik bij aanwezig en daar is het een en ander over te vertellen.' Signe haalt een notitieboekje uit haar tas. 'Ik heb het autopsieverslag nog niet gekregen, maar...' Ze bladert door haar boekje. 'Markman schat dat het slachtoffer rond de één meter achtennegentig lang is en ongeveer honderdtwintig kilo weegt. Het lijkt erop dat hij rood of in elk geval rossig haar heeft. De uitwendige verwondingen bestonden uit het ontbrekende hoofd en de schoten in de knieën, wat natuurlijk al erg genoeg is. Onder voorbehoud, want door het ontbreken van het hoofd is hij natuurlijk niet helemaal onderzocht, kunnen we zeggen dat hij gezond was. Het meest interessante...' Signe kijkt om zich heen naar haar collega's. '...is voorlopig wat er in zijn maag gevonden is. Kristian, wil jij...'

Kristian Jokumsen knikt en drukt een paar toetsen op zijn laptop in. Hij activeert het grote scherm aan de achtermuur met de afstandsbediening en na een paar seconden verschijnt de foto van de ampul.

'De vermoorde man heeft dit dingetje ingeslikt. We weten niet precies wanneer, maar vermoedelijk vlak voordat hij vermoord is, aangezien de ampul nog in zijn maag zat. De ampul is uit elkaar gehaald, en de inhoud bestond uit...' Ze knikt naar Kristian Jokumsen, die de foto van de uit elkaar gehaalde ampul en het opgerolde stukje papier op het scherm toont. 'Dit.'

Ze kijkt naar het scherm en vervolgens naar haar aantekeningen. 'Op het briefje staan acht cijfers, dus het ligt voor de hand dat het een telefoonnummer is. 35 36 82 21.'

Signe merkt dat bijna iedereen rond de tafel het nummer opschrijft.

'35 36 82 21 dus. Ik heb het gisteren meerdere keren geprobeerd te bellen, maar kreeg niemand aan de lijn. Ik heb ook geprobeerd om de verschillende telecommunicatiebedrijven te activeren zodat ze konden helpen uitzoeken van wie het telefoonnummer is. Het is waarschijnlijk gemakkelijker om de president van de VS in het Witte Huis te pakken te krijgen dan een werknemer van een telecommunicatiebedrijf op een zaterdag. Maar vanochtend gebeurde er iets. Toen ik het nummer weer probeerde, werd ik doorgeschakeld naar een antwoordapparaat, dat vertelde dat ik naar de Immigratiedienst belde.'

'De Immigratiedienst?' zegt Merlin met verbazing in zijn stem.

'Yep. Het is niet het centrale nummer van de dienst, want dat is 35 36 66 00, dus het moet van het een of andere kantoor of een rechtstreeks nummer van een werknemer zijn.'

'Hm. Vreemd,' mompelt Merlin.

'Ja, heel vreemd,' beaamt Signe. 'We moeten in eerste instantie natuurlijk uitzoeken van wie dit nummer is. Lise en Kristian, kunnen jullie dat regelen? Als jullie daarachter zijn, zetten we er nog een paar anderen op.'

De twee knikken. Signe kijkt om zich heen. 'Is er iemand die nog iets heeft wat hij of zij wil delen? Anders zijn we voor nu klaar.'

Ze blijft zitten terwijl de anderen opstaan en haalt diep adem. Het is blijkbaar gelukt. Iedereen heeft het valse telefoonnummer genoteerd, en dat is voor nu het nummer waar onderzoek naar wordt gedaan. Het is ook het nummer dat op het briefje in de plastic zak staat, dat Signe bij de forensisch technici in Ejby heeft afgeleverd. De enige plek waarop Charlottes telefoonnummer staat, is de foto van de autopsie, en het risico dat iemand die bekijkt en zich daarover verbaast is verwaarloosbaar. In elk geval tot een eventuele rechtszaak moet worden voorbereid, en het kan maanden, misschien zelfs halfjaar duren voordat dat gebeurt. En dat ziet ze dan wel weer.

Kristian Jokumsen pakt zijn laptop op. Signe en hij zijn de enigen die achtergebleven zijn.

'Dat is merkwaardig,' zegt hij.

'Wat is merkwaardig?'

'Dat je het nummer gisteren meerdere keren gebeld hebt zonder dat er opgenomen is en dat je vanochtend ineens werd doorgeschakeld naar het antwoordapparaat van de Immigratiedienst.'

Signes hartslag versnelt. 'Ja, heel vreemd. Maar goed... Dat maakt op dit moment ook niet uit. Het belangrijkste is dat we iets hebben om mee te werken, toch?'

'Ja, waarschijnlijk wel.'

Signe staat op en neemt zich voor Jokumsen een beetje in de gaten te houden.

28

Charlotte staart boos naar de borden met uitgedroogde etensresten, het vieze bestek en de gebruikte glazen en koffiebekers in het kantoor van de onderzoeksgroep. Ze zoekt om zich heen naar een dienblad, maar bedenkt zich. Ze mogen hun troep verdomme zelf opruimen. Ze heeft geen zin om zich als de moeder van haar jonge collega's te gedragen.

Ze laat zich uitgeput op haar stoel vallen, leunt naar achteren en legt haar benen op het bureau. Ze heeft zich nog nooit zo gevoeld als nu. Op vrijdag heeft ze gehoord dat ze oma wordt en op zaterdag dat haar bron van een verhaal vermoord is. Onthoofd. En alsof dat niet genoeg is, is de hele verzameling aan hevige gevoelens gemarineerd in een kater die erger is dan ze in jaren heeft gehad.

Toen Signe de vorige middag uit de lunchroom in de Ryesgade was vertrokken, was zij gebleven. Ze had helemaal geen zin om in een leeg en donker huis thuis te komen. Ze had hetzelfde prikkelende gevoel onder haar voeten als ze heeft wanneer ze te dicht bij de ramen in een torenflat komt of een balkon op loopt dat zich hoger dan de tweede verdieping bevindt.

Dus bestelde ze een Dark 'n Stormy en dronk het glas bijna in één keer leeg, waarna ze er nog een bestelde. Ze voelde hoe de angst en het trillen van haar handen langzaam afnamen en een gevoel van rust zich door haar lichaam begon te verspreiden, alsof iemand haar van top tot teen strak in een dikke wollen deken wikkelde.

Charlotte besefte dat ze honger had. Ze had na een volkorenbroodje bij het ontbijt de hele dag niets gegeten. Ze betaalde voor de koffie en de drankjes en liep vijftig meter verder door de straat naar de kelderbar van een ambachtelijke brouwerij waar je een redelijk goede hamburger en een lekker glas bier kon krijgen.

'Wat voor soort bier wil je?' vroeg de barman, die op Jim Morrison leek en een baard had. Hij had een Jutlands accent alsof hij net met de trein uit Ringkøbing was gekomen.

Ze bestudeerde het bord een halve minuut. Er stond een ellenlange lijst biersoorten op met namen als Juicy Lucy, Your Mother Should Know en zelfs Slow Comfortable Screw Up Against the Bar, een stout.

'Smaakt jullie stout naar teer?' vroeg ze.

'Alsof je aan een oude schoener likt.'

'Dat is waarschijnlijk een beetje te veel van het goede. Misschien kan ik beter een IPA nemen?'

'Dan moet je een Hopsalong Cassidy proberen. Hoe groot?'

'De grootste die je hebt.'

'Zo!' Jim Morrison glimlachte naar haar.

Ze overwoog of ze bij de bar zou blijven om met hem te flirten, maar liet dat idee varen. Ze was niet dronken genoeg om het leeftijdsverschil van waarschijnlijk zo'n vijfentwintig jaar in zijn voordeel te negeren, en bovendien was de man aan het werk. Ze nam haar glas mee naar een tafeltje in het halflege lokaal.

De hamburger was heerlijk. Terwijl ze hem met smaak naar binnen werkte, bedacht ze wat ze hierna zou gaan doen. Ze besefte dat ze geen idee had waar je tegenwoordig naartoe moest als je dronken wilde worden. Uiteindelijk nam ze een taxi naar een kroeg in de binnenstad, waar alleen volwassenen mochten komen en waar tot haar verbazing gerookt mocht worden. Ze rookte tien sigaretten en goot zich vol met nog meer bier, aangevuld met Arnbitter, in gezelschap van een voormalige collega die ze toevallig tegenkwam. Hij was tijdens de vorige ontslagronde van de krant zijn baan kwijtgeraakt. Volgens hem was dat omdat de Deense dagbladen geen plaats meer hebben voor creatieve, goed schrijvende en anarchistische vrijbuiters zoals hij. Charlotte wist dat het in werkelijkheid was omdat hij te veel dronk en geen talent had. Ze hield zijn dronken geklets een uur lang vol, maar toen zijn natte lippen en onverzorgde grijze baard met gele nicotinevlekken in de mondhoeken haar gezicht wel heel dicht naderden en de ruimte bovendien begon te draaien als een op hol geslagen draaimolen, besefte ze dat ze maar beter naar huis kon gaan.

Dat moment van wijsheid vervloog toen ze in haar keuken stond en de overweldigende behoefte kreeg om een fles witte wijn te openen. Ze schonk een flink glas in, schoof Pink Floyds 'Wish You Were Here' in de cd-speler en zette het geluid zo hard dat Junckers oude, heel grote en heel lelijke vloerspeakers ervan trilden.

Was ze naar de achtertuin gegaan terwijl ze meebrulde met 'Shine On You Crazy Diamond'? Ja, dat had ze absoluut gedaan. In elk geval kan ze zich een vrouwenstem herinneren die 'Zet zachter en hou je kop!' riep, en haar eigen stem die 'Hou zelf je kop, wijf!' terugriep.

Daarna volgde duisternis.

Ze werd badend in het zweet wakker en ging meteen naar de badkamer om over te geven. Dat verminderde de misselijkheid voldoende om haar in staat te stellen zich aan te kleden, de trap af te strompelen en op haar fiets te stappen.

Op de redactie heerste de gebruikelijke, kalme zondagssfeer. Omdat ze voelde dat ze weer zou moeten overgeven als ze met de lift ging, nam ze in plaats daarvan de trappen naar de kantoorruimte van het onderzoeksteam op de vijfde verdieping. Toen ze daar was, bonkte haar hart zo hard dat ze bang was dat het zou exploderen.

Nu heeft de misselijkheid gezelschap gekregen van een enorme hoofdpijn. Nooit – nooit! – meer alcohol, zweert ze. Ze probeert zich te vermannen en denkt aan haar verhaal. Of liever gezegd, aan de verdrietige resten van haar verhaal. Want hoe moeten Signe en zij verder komen als ze niet eens weten wie het onthoofde lijk en tevens haar bron is?

Ze haalt haar benen van het bureau, zet de computer aan, opent Infomedia en zoekt naar 'moord' en 'Kongelunden'. Er verschijnen vierenvijftig artikelen over de moord, maar verreweg de meeste zijn van Ritzau, die drie verschillende stukjes over de zaak heeft geschreven, die in veel van de landelijke kranten zijn geplaatst, waaronder die van haar. Eigenlijk hebben alleen de tabloids hun eigen verhalen geplaatst, wat langzamerhand een normale gang van zaken is voor dit soort misdaden. De grote ochtendbladen steken er niet veel energie in. Er staat inderdaad nergens dat de man onthoofd en in de knieën geschoten is. Er is trouwens helemaal niet veel informatie, behalve dat de politie in het duister tast over vrijwel alles: wie de man is, waarom hij is vermoord en natuurlijk ook wie de moord heeft gepleegd. De politie werkt vanuit diverse theorieën, meldt het hoofd van de afdeling Zware Criminaliteit van de Politie Kopenhagen, Erik Merlin, die niet wil bevestigen of ontkrachten of de politie denkt dat de moord met de benderuzies te maken heeft. Geen van de journalisten heeft blijkbaar de bijzonder relevante vraag gesteld hoe de man is vermoord. Iedereen was tevreden met Merlins informatie dat het lijk ernstig toegetakeld is.

Ze hoort voetstappen in de gang. 'Wat krijgen we nou? Charlotte, ben jij hier?' Mikkel draagt een hawaïhemd met korte mouwen en heeft een zwarte Ray-Ban Wayfarer in zijn haar.

Ze heeft de energie niet om antwoord te geven, dus ze knikt slechts.

'Wat doe je?' vraagt hij.

'Datgene wat jij me laatst hebt gevraagd. Ik probeer een paar verhalen op te diepen.'

'Mooi. Die hebben we hard nodig.'

Als hij opnieuw begint te zeuren dat er van bovenaf druk op hem wordt uitgeoefend, braakt ze over hem heen. Ze vraagt zich af of hij dichtbij genoeg staat om de stank van haar drankkegel op te merken. Die is namelijk zo penetrant dat ze hem zelf ruikt.

Mikkel loopt naar zijn bureau en pakt een stapeltje papieren. 'Trouwens, de vorige keer ben je vergeten dit uit de printer te halen.' Hij legt het stapeltje voor Charlotte neer.

Ze kijkt naar beneden. Het zijn een paar van de artikelen over de aanslag die ze heeft gelezen. Verdomme.

'Je zei toch dat je met de compensatieregeling bezig bent?'

'Ik ben heel goed in staat om tegelijkertijd aan twee of meer verhalen te werken. Kun jij dat niet?'

Hij glimlacht. 'Jazeker, dat is geen probleem voor me. Maar de terreuraanslag in december?' Hij wijst naar de papieren. 'Waar ben je naar op zoek?'

Charlotte vervloekt in stilte haar langzaam werkende hersenen. Ze schraapt haar keel. 'Tja, eh... die ene terrorist, de Deense bekeerling Simon Spangstrup, is in het ziekenhuis overleden. Op de intensive care, nadat was gemeld dat hij stabiel en buiten levensgevaar was. Ik heb een tip gekregen van een kennis, die arts is, dat er opmerkelijk veel van dat soort gevallen in de Deense ziekenhuizen plaatsvinden. Daar wil ik me dus een beetje in verdiepen.' Ze vindt dat ze een heel goed leugentje om bestwil heeft bedacht.

Mikkel knikt nadenkend. 'Dat klinkt inderdaad als een goed idee. Maar... die artikelen...' Hij wijst weer naar het stapeltje. 'Die gaan niet over Simon Spangstrups overlijden, maar over de aanslag op het Nytorv.'

'Ja, maar... heb jij nooit dat je aan het zoeken bent en er van alles naar boven komt? Plotseling besefte ik hoe weinig ik me eigenlijk kan herinneren van wat er gebeurd is en dus... Weet je, ik realiseerde me niet eens dat ik ze had geprint.'

'Oké.' Mikkel kijkt met een sceptische blik naar haar. 'Vertel eens, Charlotte, heb je een tip over de aanslag gehad?'

'Wat? Nee, jezus, natuurlijk heb ik –'

'Je man werkt toch bij de politie en was toch betrokken bij het onderzoek naar de aanslag?'

Charlotte staart woedend naar hem. 'Ja, dat klopt. Wil je daarmee insinueren dat hij me een tip over het een of ander heeft gegeven?'

'Tja, dat –'

'Want als dat zo is, dan wil ik je er graag op attenderen dat dat absoluut illegaal zou zijn. Martin heeft me nooit iets verteld over zijn werk wat niet al bekend was.'

Dat is niet helemaal waar, maar bijna.

Mikkel staat op en schuift de stoel op zijn plek. 'Goed dan. Maar Charlotte, ik wil dat je heel duidelijk beseft dat we tips met elkaar delen in het onderzoeksteam. En we beslissen gezamenlijk in welke verhalen we ons verdiepen. Daarover zijn we het eens, toch?'

'Natuurlijk.' Ze staat op het punt te ontploffen over zijn neerbuigende houding, maar beheerst zich en wijst in plaats daarvan naar de vergadertafel. 'Dat is godvergeten smerig. Kunnen jullie niet eens de moeite nemen om jullie vieze borden naar de kantine te brengen?'

Mikkel staart haar verbaasd aan. Hij ziet eruit als een jochie dat een standje krijgt van zijn moeder. Hij opent zijn mond om iets te zeggen, maar er komt geen woord naar buiten.

'Wat?' zegt ze nog steeds geïrriteerd.

Mikkel krijgt rode vlekken in zijn nek. 'Niets,' zegt hij, en hij gaat achter zijn bureau zitten.

29

De deur van zijn vaders werkkamer staat open. Hij blijft staan en voelt dat zijn hart harder en sneller dan anders slaat. Zijn brein weet dat Karoline de deur heeft geopend. Wie zou het anders moeten zijn? Maar het is alsof zijn lichaam de verbinding met zijn hersenen heeft losgekoppeld en zijn lichaam volkomen zelfstandig heeft besloten dat de geest van zijn vader is teruggekeerd.

'Papa? Ik ben hier!' roept Karoline.

Hij blijft een paar seconden staan om zich te vermannen en gaat vervolgens naar binnen. Ze heeft beide ramen geopend. Toch ruikt het muf en bedompt. Zijn dochter zit op een divan die is bekleed met zwart leer dat is gepatineerd door het jarenlange gebruik. Ze bladert in een ringband en naast haar liggen er nog vier.

'Hoi,' zegt ze met een glimlach naar hem. 'Ik ben aan de slag gegaan. Dat vind je toch niet erg?'

Eigenlijk vindt hij het wel erg. Hij voelt zich er helemaal niet klaar voor om een autopsie op de nalatenschap van zijn vader uit te voeren. 'Nee, natuurlijk niet. Dat is... uitstekend,' zegt hij terwijl hij verloren om zich heen kijkt.

'Ik vind hier van alles. Oude krantenberichten. Honderden brieven. Oude paspoorten. Soldatenpapieren. Aantekeningen en concepten van toespraken die hij door de jaren heen heeft gehouden, en dat zijn er veel. Op familiefeesten, verjaardagen van vrienden en in allerlei professionele kringen... Kan het kloppen dat hij is gekozen voor iets wat de Orde van Advocaten heet?'

'Ja. Ik geloof zelfs dat hij een paar jaar voorzitter geweest is.'

De muur achter het bureau is volledig bedekt met een witte boekenkast. Een deel ervan staat vol met juridische vakliteratuur. *Notities over het Wetboek van Strafvordering. Wetgeving naamloze vennootschap. Notities over het Wetboek van Strafrecht.* Enkele meters met de gele banden van Karnovs *Verzamelde Wetten*. De rest van de planken staat vol met fictie.

Afgezien van die zonnige, maar ook ijskoude dag in januari zeven maanden geleden, toen hij voor de allereerste keer op de stoel achter het bureau was gaan zitten en de huisarts belde om zijn vaders dood te melden, kan hij zich niet herinneren dat hij ooit zo dicht bij de boekenkast is geweest als nu. Wanneer hij als kind een heel enkele keer toestemming kreeg om in de werkkamer te komen, moest hij gewoonlijk op de divan gaan zitten, en vanaf dat punt had hij de boekenkast nooit beschouwd als iets wat bestond uit zelfstandige elementen, maar meer als een gedessineerde oppervlakte. Zoals een impressionistisch schilderij of een lappendeken.

Meerdere boeken zijn versleten. De rug van Dostojevski's *Misdaad en straf* is gescheurd en hangt los. Juncker strijkt met zijn wijsvinger over de scheur. Ernaast staat *De idioot*, dat ook gescheurd is. Hij ziet Tolstoj, Sjolochov, Pasternak, de verhalen van Tsjechov. *De Buddenbrooks. Zeven grillige verhalen. Moby Dick.* Meerdere boeken van Mark Twain. *Decamerone.* De zeven delen van *Op zoek naar de verloren tijd. Ulysses*, duidelijk gelezen. En de Deense schrijvers. Pontoppidan, Bang, Paludan, Kirk en Scherfig. Gedichtenbundels van Tom Kristensen, Morten Nielsen, Inge Eriksen. Honderden boeken. Het ene meesterwerk na het andere.

Juncker voelt zich slap, zijn benen trillen. Omdat hij niet op de bureaustoel wil gaan zitten, loopt hij naar de andere kant van het bureau en gaat op de oude, versleten oorfauteuil zitten die tussen de twee ramen staat.

'Lapzwans,' fluistert Mogens Junckersen in zijn oor. Juncker schudt zijn hoofd.

Karoline kijkt op. 'Wat is er?'

'Niks. Er is niks.' Hij worstelt met het scherpe contrast, het enorme verschil tussen de voorstelling die hij van zijn vader heeft als de brallerige, ijskoude, gevoelloze tiran en het beeld van de belezen, intelligente man dat bij hem opkomt als hij naar de boeken in de overvolle kast kijkt.

'Word je nog steeds niet nieuwsgierig als je dit allemaal ziet? Al zijn herinneringen?' Karoline heeft de ringband weggelegd.

Juncker denkt even na. 'Niet echt. Ik heb nooit veel –'

'Dat kun je wel zeggen, maar dat begrijp ik dus niet,' zegt ze. 'Als jij zou doodgaan, zou ik absoluut meer over je willen weten. Omdat ik vind dat ik heel weinig weet.'

'Is dat zo?'

'Ik weet bijvoorbeeld niet hoe de relatie met je vader was. Dat heb je me niet verteld. Je hebt het daar nooit over gehad.'

'Nee, waarschijnlijk niet.'

Hij staat op en loopt naar de kast. Er is hem iets te binnen geschoten, een herinnering van toen hij een jaar of zeven, acht was. Hij zoekt een boek dat voor zover hij zich herinnert in leer gebonden is, met de titel en de naam van de auteur in gouden letters. Na een paar minuten vindt hij het, haalt het uit de kast en leest de eerste zinnen.

Aan weerszijden van de bevroren stroom verhief zich dreigend een donker sparrenbos. Kort tevoren had de wind de witte rijp van de bomen geblazen, en ze leken zich donker en onheilspellend in het vervagende licht naar elkaar toe te buigen. Een oneindige stilte lag over het land. Het was een levenloze woestenij waar niets bewoog, zo verlaten en koud dat men het zelfs niet triest kon noemen. Er was iets van een lach te bespeuren, maar een lach die erger was dan enig verdriet – een lach die zo vreugdeloos was als de glimlach van de Sfinx, een lach die zo koud was als ijs, met iets van de grimmigheid van de onfeilbaarheid. Het was de despotische en niet te verklaren wijsheid van de eeuwigheid die lachte om de nutteloosheid van het leven en de moeizaamheid ervan. Het was de Wildernis, het woeste, wilde noorden met het ijskoude hart.

Juncker kwam in opstand. Hij smeekte om met zijn vriendjes op straat te mogen spelen, maar zijn vader was onverbiddelijk. Een halfuur voorlezen na het avondeten, daarna mocht hij buiten spelen tot het tijd was om naar bed te gaan. De eerste paar keer was Juncker zo verontwaardigd dat hij nauwelijks een woord van *Wittand* van Jack London verstond. Langzamerhand was het verhaal over de wilde hond uit de Canadese wildernis, die gewend raakt aan mensen en tam wordt, echter onder zijn huid gekropen, en toen zijn vader het boek voor de laatste keer dichtsloeg en het op zijn plek in de kast terugzette, voelde Juncker zich verdrietig omdat het fantastische verhaal afgelopen was. Nu hij de zinnen leest die zijn vader hem meer dan een halve eeuw geleden heeft voorgelezen, voelt hij hetzelfde verdriet omdat er iets voorbij is.

‘Waarom kon je eigenlijk zo slecht met hem overweg? Wat had hij gedaan?’ vraagt Karoline.

Juncker gaat weer op de fauteuil zitten. ‘Dat was omdat ik in zijn ogen nooit iets goed kon doen. En toen mijn oudere broer stierf werd het nog erger.’

‘Hoe oud was hij toen hij overleed?’

‘Hij was zestien.’

‘En jij was?’

‘Drie jaar jonger.’

Hij wil niets zeggen, wil zijn gevoelens binnenhouden, waar hij ze onder controle heeft. Maar hij heeft ook het gevoel dat hij zijn dochter iets verschuldigd is. Misschien alleen een verklaring. ‘Ik heb altijd het gevoel gehad dat hij me niet zag. Dat zijn werk belangrijker was.’

Karoline glimlacht.

‘Wat is er?’ vraagt Juncker.

‘Niets.’ Ze wijst naar de grijze archiefkast die naast de divan staat. ‘Wat zit daarin?’

‘Geen idee. Kijk zelf maar.’

‘Hij is op slot. Ik heb de sleutel in de bureauladen gezocht, maar daar ligt hij niet.’

‘Hij moet hier ergens zijn.’

‘Ja. Als jij ernaar zoekt, ga ik thee zetten. Wil jij ook?’

‘Nee, dank je.’

‘Oké.’ Ze draait zich in de deuropening om. ‘Vertel eens, heb je er nooit over nagedacht om opa te vermoorden?’

Hij schudt zijn hoofd, maar zegt niets.

30

Victor is de beste minnaar die ze ooit heeft gehad.

Ze ligt volkomen uitgeput op het tweepersoonsbed en hoort stromend water in de badkamer. Ze weet dat hij eerst heeft geplast en nu zijn penis wast. Dat doet hij altijd als ze hebben geneukt. Het is bijna een ritueel. Alsof hij de hele tijd schoon wil zijn en klaar om aan een nieuwe ronde te beginnen.

Ze heeft overwogen om tegen hem te zeggen dat hij dat niet hoeft te doen, in elk geval niet voor haar, want ze heeft er niets op tegen als hij naar zweet en zaad en haar ruikt. Integendeel, eigenlijk. Toch heeft ze dat niet gedaan omdat ze weet dat hij zich niet voor haar, maar voor zichzelf wast. Ze kent hem langzamerhand goed genoeg om te weten dat hij zo is. Hij wil zich voortdurend schoon voelen.

Dat is misschien het enige aan hem waarover ze haar twijfels heeft, een klein kruisje in de min-kolom. Victor is zo verdomd schoon. Hij is mooi. Slim. Rechtschapen. Vriendelijk. Attent en aangenaam om mee samen te zijn. Zo fucking perfect dat het bijna te veel van het goede is. Dat het te veel van het goede zóú zijn als ze altijd bij elkaar zouden zijn.

Maar dat gaat niet gebeuren.

Het seksleven van Niels en haar was goed tot de nacht waarin die klootzak haar verkrachtte. Misschien niet zo krankzinnig-extatisch-uitzinnig als het met Victor is, maar goed. Zo goed dat ze nooit naar een ander heeft verlangd.

Maar nog lange tijd na de verkrachting voelde ze zich vies en smerig als Niels toenadering zocht, wat langzamerhand steeds minder vaak gebeurde. Een halfjaar geleden was het alsof de situatie geleidelijk aan begon te veranderen. Ze kon weer seks met hem hebben zonder dat ze bijna moest overgeven. En sinds Victor en zij een verhouding hebben, is de seks met Niels zelfs beter geworden, maar zonder het vroegere niveau te bereiken. En zonder dat het trouwens betekent dat hun huwelijksleven er gezelliger op is geworden. Ze vindt het nog steeds doods en zonder glans.

Ze begrijpt niet goed wat er met haar gebeurt. Haar leven is geen samenhangend geheel meer.

Na de gebeurtenis in het bos bij Sandsted afgelopen januari, toen het letterlijk millimeters had gescheeld of ze was kapotgeschoten, stond Merlin erop dat ze gesprekken met een van de psychologen van de politie zou voeren. Ze had dat zien aankomen. Als je tijdens je dienst iets meemaakt wat zo ernstig is dat je er een trauma aan kunt overhouden, wordt van je verwacht dat je daar 'op een professionele manier' mee omgaat. Zelfs van de hardste smerissen, die tijdens hun loopbaan alles al hebben gezien en die de naweeën van bepaalde gebeurtenissen altijd op hun eigen manier hebben verwerkt, wordt verwacht dat ze gesprekken met een psycholoog hebben.

Het was Signe dus duidelijk dat ze er niet onderuit kwam. Ze speelde het spelletje mee en haatte het. In het begin tenminste, maar toen gebeurde er iets.

De psycholoog was een vrouw van rond de zestig en was, tot Signes verbazing, heel sympathiek en aangenaam terughoudend. Ze probeerde haar niet in een bepaalde richting te duwen. Tijdens de eerste twee sessies ging het gesprek dan ook alle kanten op, een beetje naar links, een beetje naar rechts, alsof ze alle tijd van de wereld hadden in plaats van de vijfenveertig minuten die het consult duurde.

De derde keer begroetten ze elkaar en gingen ze zoals gewoonlijk tegenover elkaar zitten. De psycholoog leunde naar achteren, sloeg haar benen over elkaar en keek haar zwijgend aan. Zo bleven ze een paar minuten zitten, wat voor Signe als een eeuwigheid voelde.

Ze dacht dat ze wist wat de achterliggende reden was. De psycholoog wilde dat zij het spits afbeet, dus dat deed ze. 'Het gaat thuis niet zo goed tussen Niels en mij,' zei ze. Volgens Signe was het een relatief ongevaarlijke openingszet omdat de psycholoog dat beslist al duizend keer had gehoord. Want welk stel heeft niet af en toe problemen op het thuisfront?

De psycholoog knikte en vroeg: 'Is het goed als we daar iets verder op ingaan?'

'Wat mij betreft is dat geen probleem,' antwoordde Signe.

'Mooi. Ik vond dat je daarnet lang wachtte voordat je iets tegen me zei. Hoe vond je het om te moeten beginnen? Voelde je –'

'Ik vond het vervelend.'

'Waarom?'

'Het voelde alsof het plotseling mijn verantwoordelijkheid was.'

'Wat was jouw verantwoordelijkheid?'

'Tja… dit. Dat er iets gezegd werd.'

'Oké. En het was niet prettig om die verantwoordelijkheid te hebben?'

'Nee, inderdaad.' Waar wil ze naartoe, dacht Signe.

Tijdens de laatste twee gesprekken hadden ze het alleen over haar relatie met Niels gehad. Signe moest tot haar grote verbazing bekennen dat het prettig was om haar gedachten en zorgen met iemand te delen. Niet dat de psycholoog haar concrete aanwijzingen gaf wat ze kon doen om de situatie te verbeteren, maar het voelde alsof ze zich op een soort vluchtheuvel bevond als ze tegenover de psycholoog op de stoel zat. Alsof de snaar die de hele tijd ergens in haar lichaam vibreerde, een stukje losser werd gemaakt en iets van de verantwoordelijkheid van haar schouders werd gehaald.

Nadat ze tijdens de zevende en laatste sessie veertig minuten hadden gepraat, deed Signe iets wat ze sindsdien probeert te begrijpen zonder dat het haar lukt.

Tijdens een van de lange pauzes, blijkbaar een van de favoriete middelen van de psycholoog, verbrak Signe de stilte plotseling. Bijna vanuit het niets, eigenlijk zonder dat het aan de psycholoog was gericht maar eerder alsof ze hardop nadacht, zei ze: 'Ik ben een halfjaar geleden verkracht door een collega.'

De psycholoog knikte en zweeg nog een paar minuten, waarin Signe zich afvroeg waarom ze het had verteld.

Maar ze had er geen spijt van.

Toen het consult voorbij was, stond de psycholoog op en gaf Signe een hand. 'Ik ben blij dat je de kracht had om me dit te vertellen. Bedankt daarvoor. Je weet waar je me kunt vinden.'

Signe bleef in de deuropening staan en draaide zich om. 'Je hebt toch zwijgplicht?'

De psycholoog knikte. 'Ik heb zwijgplicht.'

Dat is nu maanden geleden. Signe heeft de psycholoog na die dag niet meer gezien en weet niet of dat ooit nog zal gebeuren. Ze heeft er echter nog steeds geen spijt van dat ze het heeft verteld, want het voelt op de een of andere manier alsof ze een geheime bondgenoot heeft, en dat is een prettig gevoel.

Victor komt gewassen en alleen in een onderbroek de badkamer uit. 'Hoe laat is het?' vraagt hij.

'Dat weet ik niet. Bijna vier uur, denk ik. Heb je plannen?'

'Ja. Ik ga met een paar vrienden naar Parken om de wedstrijd tussen FCK en OB te zien.'

'En om voor en na die tijd een paar biertjes te drinken, neem ik aan?'

'Dat heb je goed geraden, Kristiansen. Je bent niet voor niets rechercheur. En jij?'

'Tja, de PET is de juiste plek om te werken. Dat blijkt wel weer. Ik moet natuurlijk naar mijn heel gewone speurwerk terug. We onderzoeken tenslotte een moord. Kun je je nog herinneren wat een moord is, meneer de Inlichtingendienstagent?'

Hij lacht. 'Jazeker, dat kan ik me vaag herinneren. Doe je onderzoek naar de moord in Kongelunden?'

'Het lijk is gevonden in Kongelunden. Hij is ergens anders vermoord. We weten niet waar.' Ze stapt uit bed en begint haar kleren aan te trekken. Plotseling voelt ze het gewicht van alles wat ze met zich meesleept en hoe het op haar drukt dat ze niemand heeft om deze krankzinnige moordzaak mee te delen. Dat ze niemand heeft om mee te praten over het krankzinnige en grensoverschrijdende dat ze heeft gedaan. Juncker is ver weg, en zelfs als hij terug zou zijn in Kopenhagen, is ze er niet helemaal zeker van of hij het eens zou zijn met wat ze heeft gedaan. Aan de andere kant weet ze heel zeker dat ze er met hem over zou kunnen praten zonder dat hij het aan iemand anders zou vertellen.

Zo voelt het ook met Victor. Ze vertrouwt hem. Toch aarzelt ze om hem te vertellen over haar vermoeden dat de onthoofde man een klokkenluider is en dat ze haar collega's op een dwaalspoor heeft gebracht. Om hem deelgenoot te maken van het feit dat ze iets heeft gedaan wat heel strafbaar is.

Ze gaat naar hem toe, pakt zijn hoofd met twee handen vast en geeft een kus op zijn mond. 'Ik moet ervandoor, Victor. Tot gauw.'

Hij glimlacht en geeft een kus op haar voorhoofd. 'Zeker weten.'

Terwijl ze de trap af loopt, voelt ze zich zowel vrolijk als bezwaard. Als ze in haar auto gaat zitten, is ze zichzelf voornamelijk spuugzat.

Het oude vissershuis bij Skovshoved Havn is, net als alle woningen in dit gebied, ingrijpend gerenoveerd en extreem goed onderhouden. Tijdens de korte wandeling van de geparkeerde auto naar de woning wordt Signe overvallen door het enigszins dubbele gevoel dat ze altijd krijgt als ze zich in de welvarende wijken ten noorden van Kopenhagen bevindt. Aan de ene kant voelt ze bewondering voor hoe mooi en geordend het hier is. De herenhuizen. De onder architectuur gebouwde woningen. De afwezigheid van geestdodende sociale woningbouw. De dure auto's. De doordringende stank van geld. Veel geld.

En aan de andere kant is er de instinctieve woede van het meisje uit het westelijke deel over de ongelijke verdeling van rijkdom en de behoefte om alle zilveren lepels waarmee de bevoorrechten in hun mond zijn geboren zo ver in hun keel te proppen dat ze erin stikken. De drang om op een groene melkkrat te gaan staan en door de Strandvejen en de directe omgeving te schreeuwen: 'Op een mooie dag smijten we jullie tegen de muur, rijke klootzakken!'

VIBEKE EN SVEND BECH-OLESEN staat er nog steeds op het naambordje. Svend Bech-Olesen, de man van de Militaire Inlichtingendienst die dood is gevonden in het Ørstedspark, een paar minuten nadat ze in de parkeergarage niet ver daarvandaan afscheid had genomen van de man wiens gezicht ze nooit heeft gezien. Ze klopt drie keer met de messing deurklopper op de deur. Een vrouw doet na een paar seconden open.

'Vibeke Bech-Olesen?' vraagt Signe.

'Dat ben ik. En jij moet Signe Kristiansen zijn. Kom binnen.'

De vrouw is vermoedelijk een jaar of vijfenvijftig, maar ziet er jonger uit. Ze is vriendelijk, maar ook enigszins gereserveerd en op haar hoede.

Vibeke Bech-Olesen loopt voor haar uit de woonkamer in. Signe gaat op een bank met spijlen zitten, de vrouw op een fauteuil aan de andere kant van de salontafel.

'Wat kan ik voor je doen?'

Signe heeft aan de telefoon niet verteld waarom ze met haar wil praten, maar als de vrouw half zo slim is als Signe denkt, moet ze geraden hebben in welke richting de vragen zullen gaan.

'Mag ik je allereerst condoleren met je verlies?'

Vibeke Bech-Olesen buigt haar hoofd een beetje, maar zegt niets.

'Het komt erop neer dat ik een paar omstandigheden rond de dood van je man graag bevestigd wil hebben,' gaat Signe verder. Ze doet haar best om op een toon te praten die duidelijk maakt dat er sprake is van een routinekwestie, een paar kleinigheden die op de juiste plek gezet moeten worden.

De vrouw kijkt haar uitdrukkingsloos aan. 'Omstandigheden? Welke omstandigheden?'

'Je man is vrij plotseling overleden.'

'Ja?'

'Aan een hartaanval?'

'Ja. Dat bleek uit het autopsieverslag. Dat kan de politie toch inzien, of niet soms?'

'Jazeker, dat kunnen we. Was er...' Signe denkt na over haar woordkeuze. 'Was er iets wat erop wees dat je man zich in een bepaalde risicogroep bevond? Hij was tenslotte nog maar zesenvijftig.'

Ze fronst haar voorhoofd. 'Uit het autopsieverslag bleek dat zijn hart enigszins vergroot was en de kransslagaders een beetje verkalkt en dat het een aannemelijke doodsoorzaak was,' zegt ze koel.

'Ik heb een foto van hem gezien, en voor zover ik kon zien, was hij slank en had hij een goede conditie.'

'Hij liep drie tot vier keer per week hard en heeft vier marathons gelopen, de laatste keer drie maanden voor zijn dood. Hij is vrijwel nooit ziek geweest, maar het is blijkbaar mogelijk dat je een genetisch vergrote kans op een hartaanval hebt. Dat heeft een van de artsen me verteld.' Ze knijpt haar ogen enigszins samen. 'Je zegt dat je een foto van hem hebt gezien. Mag ik vragen waarom dat was?'

Signe denkt na. Ze weet wat de volgende vraag van de vrouw zal zijn: waarom heeft de Politie Kopenhagen zoveel belangstelling voor een sterfgeval dat op het oog een volkomen natuurlijke oorzaak had?

Dat klopt inderdaad. 'Voordat ik meer zeg, wil ik een verklaring hebben waarom je deze vraag stelt.'

'Ik begrijp heel goed dat je het een merkwaardige vraag vindt, maar het is uitsluitend omdat we... We hebben wat problemen met een paar van onze servers gehad en willen er heel zeker van zijn dat we de juiste informatie hebben. Meer is het niet.'

'Op welke afdeling werk je?'

'Ik ben van de afdeling Zware Criminaliteit.'

'Zware Criminaliteit? De afdeling Moordzaken dus?'

'Ja, zo heette het tot een paar jaar geleden –'

'Wat heeft de afdeling Moordzaken met de dood van mijn man te maken?'

'Bijna niets, maar als iemand dood wordt aangetroffen, zoals met je man het geval is, en er niet onmiddellijk een doodsoorzaak vastgesteld kan worden, dan worden wij er ook bij betrokken. In het geval van je man hebben we maar korte tijd met de zaak te maken gehad omdat de autopsie aantoonde dat zijn overlijden niet verdacht was.'

Verdomme, denkt Signe. Ze is in een hoek gedreven. Hoe moet ze de laatste vraag nu stellen, de laatste belangrijke vraag? Het lijkt er absoluut niet op dat Vibeke Bech-Olesen haar verklaring heeft geslikt. Ze kan echter niets anders doen dan zich erin vast te bijten en hopen dat de vrouw niet helemaal instort. 'Ik heb nog een paar vragen als je dat niet erg vindt.'

De weduwe haalt haar schouders op.

'Is er in verband met de autopsie van je man een forensisch chemisch onderzoek uitgevoerd? Ik bedoel daarmee of hij bepaalde stoffen in zijn lichaam had.'

'Nee, voor zover ik me herinner niet. Waarom zou dat ook moeten? Probeer je te suggereren dat mijn man drugsverslaafd was of zo?'

'Nee, nee, nee, absoluut niet. Maar hoe ging het de dagen voordat hij stierf met hem? Was er iets ongewoons aan zijn gedrag? Leek hij gestrest?'

'Nee. Rond Kerstmis stond hij onder druk vanwege een paar dingen op zijn werk en zat hij veel in zijn werkkamer, maar zo ging het vaak en hij praatte daar nooit over. Over het algemeen ging Svend extreem zorgvuldig met zijn werk bij de MI om. Hij vertelde mij of anderen nooit iets. Hij was bijzonder loyaal en plichtsgetrouw.'

'Ik ben je heel dankbaar dat je mijn vragen hebt beantwoord.'

'Als ik eerlijk ben, snap ik de relevantie ervan nog steeds niet.'

'Het is zoals ik al vertelde alleen omdat we er graag heel zeker van willen zijn dat we de juiste informatie hebben. Heb je bezoek van anderen dan van mij gehad? Van de politie of van het werk van je man?'

'Ja. Meteen na Svends dood – misschien de dag erna al, dat kan ik me niet goed herinneren – waren hier twee mannen van de MI. De een stelde zich voor als een veiligheidsofficier, hij was in burger. De ander was in uniform.'

'Wat wilden ze?'

'De veiligheidsofficier legde uit dat ze eventueel geclassificeerd materiaal veilig moesten stellen.'

'Namen ze iets mee?'

'Svends laptop en een paar mappen met documenten.'

'Was dat alles?'

'Ja, de computer en de mappen bevonden zich in zijn werkkamer, en ik was er de hele tijd bij toen ze daar waren.'

'En zijn diensttelefoon?'

'Die had hij bij zich toen hij stierf.' Vibeke Bech-Olesen werpt een blik op haar horloge en kijkt vervolgens ongeduldig naar Signe.

Signe schraapt haar keel. 'Nog één vraag, en dan ben je van me af. Waar is je man begraven of bijgezet?'

Direct nadat ze de vraag heeft gesteld, gebeurt er iets in de ogen van Vibeke Bech-Olesen. De vraag is zo ver verwijderd van de argumenten 'problemen met een paar servers' en 'routinevragen' als maar kan. Vanwege haar duidelijke argwaan verwacht Signe eigenlijk dat de vrouw zal zeggen dat het genoeg is en vervolgens dichtklapt. Dat gebeurt echter niet.

'Svend wilde gecremeerd worden. Daar hebben we het jaren geleden over gehad, dus dat is gebeurd.'

'Bedankt.' Signe staat op. 'Dat was alles. Je bent heel behulpzaam geweest.'

Sommigen zijn waarschijnlijk blij dat er geen lijk is om op te graven om post mortem een forensisch chemisch onderzoek te laten plaatsvinden, denkt ze als ze weer in haar auto zit. Want hoewel de weduwe niets nieuws heeft toegevoegd aan wat ze al wist, is ze er meer dan ooit van overtuigd dat Svend Bech-Olesen is vermoord. Hij is ergens mee vergiftigd.

7 AUGUSTUS

31

Heb je er nooit over nagedacht om opa te vermoorden?

Karolines vraag heeft de hele ochtend door zijn hoofd gespookt, samen met haar sceptische vraag over hoe haar opa was gestorven en haar net iets te luchtige opmerking dat zijn fysieke gesteldheid nog vrij goed was.

Zijn dochter is gegroeid sinds ze de laatste keer écht contact met elkaar hebben gehad, maar dat is ook alweer jaren geleden, bedenkt hij. Hij kan zich niet herinneren wanneer hij voor het laatst met haar heeft gesproken over iets anders dan onbelangrijke dingen. Een praatje tijdens het een of andere feest of als ze in het weekend eens voor een paar uur of hooguit een dag langskwam.

Nu ze een paar dagen bij elkaar zijn, voelt Juncker als ze naar hem kijkt hetzelfde als wanneer Charlotte dat doet: dat hij doorzichtig is. Het lijkt alsof ze in zijn hoofd kan kijken en al zijn spelletjes, ironie en betweterigheid doorziet.

Weet Karoline wat er met haar opa is gebeurd? Heeft ze het geraden? Ze heeft er in elk geval aan gedacht, dat is heel duidelijk. En jezus, wat zou het een bevrijding zijn als hij het met iemand kon delen en daarmee de geest van zijn vader kon laten verdwijnen. Want het enige wat hij kan doen, is het in de openbaarheid brengen en er openlijk tegen vechten. Maar niet samen met Karoline. Dat kan hij niet. Het zou niet juist zijn om die last – de wetenschap dat haar vader een moordenaar is – op de schouders van zijn dochter te leggen. Hoewel hij er niet zeker van is dat ze de ironie ervan niet zou waarderen: de moordende moordonderzoeker. Het zou de titel van een thriller kunnen zijn.

En al helemaal niet nu. Met een lopend onderzoek in Sandsted en een tikkende tijdbom genaamd Signe in Kopenhagen. Of eerder twee tikkende tijdbommen, want hij is er vast van overtuigd dat Charlotte, toen ze bij hem op bezoek was om naar de mails van Bent Larsens computer te vragen, zijn poging om het te ontkennen en eroverheen te praten had doorzien. Ze kent hem te goed en hij heeft nooit tegen haar kunnen liegen, in elk geval niet overtuigend. Hij is er ook heel zeker van dat ze naar Signe is gegaan.

Charlotte weet dat ze hebben samengewerkt tijdens de actie waarin de terroristen omsingeld en onschadelijk gemaakt zijn. Charlotte weet ook dat Signe de collega is die het dichtst bij hem staat en zijn vrouw heeft beslist bedacht dat Signe op de hoogte is van wat hij over deze zaak weet.

Hij heeft niet met Signe gesproken over wat er in januari is gebeurd. Hij was in Sandsted en zij in Kopenhagen. Destijds voelde hij afschuw over de kwestie. Afschuw bij de gedachte dat iemand zo afschuwelijk heeft gefaald dat er negentien onschuldige mensen zijn omgekomen zonder dat iemand daar verantwoordelijk voor wordt gehouden en dat een kristalheldere waarschuwing is genegeerd. Hij heeft het echter verdrongen, heeft zichzelf wijsgemaakt dat hij er toch niets aan kan doen vanaf de plek waar hij zich op dit moment bevindt.

Bovendien is hij bang, als hij eerlijk is.

De ontmoeting met de vrouw met het grijze haar en haar twee gorilla's en vervolgens het verdachte overlijden van Svend Bech-Olesen... Hij weet zeker dat Signe gelijk heeft: de man van de MI is vermoord omdat hij contact met haar heeft opgenomen. Omdat hij zijn mond niet heeft gehouden.

Juncker werkt al een half mensenleven bij de Politie Kopenhagen. Hij heeft diverse keren meegemaakt dat de politie fouten heeft gemaakt die nooit naar buiten zijn gekomen. Serieuze misstappen van collega's – omdat het sukkels waren of omdat ze privéproblemen hadden – zijn onder het tapijt geveegd, en hij weet zeker dat dat ook bij de inlichtingendiensten voorkomt. Dat zou natuurlijk niet mogen gebeuren, maar verreweg de meeste fouten waren kleinigheden. Deze is van een totaal andere orde. Dit absolute machtsvertoon, deze arrogantie en wreedheid heeft hij nog nooit meegemaakt.

Signe maakt zich ongetwijfeld ook ongerust over de consequenties als ze in dit moeras gaat wroeten, maar zij heeft een korter lontje dan hij. Ze is ook moediger. Zouden Signe en Charlotte samenwerken? Het is alsof hij kijkt naar een sneltrein zonder machinist die met volle vaart een heel lange en donkere tunnel in rijdt.

De koude rillingen lopen over zijn rug, en hij vraagt zich af of hij Signe moet bellen om uit te zoeken of zijn vermoeden klopt. Misschien moet hij zelfs meteen naar Kopenhagen rijden om zowel met haar als met Charlotte te praten.

Hij slaat af naar de Stationsvej. Nabiha woont in een klein appartement op de tweede verdieping in een goed onderhouden donkerblauw complex. Ze staat op straat te wachten.

'Heb je een fijne zondag gehad?' vraagt ze als ze haar veiligheidsgordel heeft vastgemaakt.

'Tja...'

'Ik ben bij Kristoffer op bezoek geweest.'

'Oké...' Dus het is vandaag een alle-lijken-komen-uit-de-kast-dag, denkt hij. 'Ik dacht dat hij bij zijn ouders in Jutland was.'

'Hij was in Kopenhagen om zijn vriendin te bezoeken.'

'Hoe is het met hem?'

'Niet goed. Hij worstelt er echt mee. Hij wordt om het minste of geringste woedend, vertelt hij. En als hij niet woedend is, dan is hij verdrietig.'

Het is moeilijk om zich Kristoffer woedend en verdrietig voor te stellen, in elk geval écht woedend en verdrietig. 'Is hij nog steeds onder behandeling?'

'Ja, hij gaat één keer per week naar een psycholoog. Hij heeft ook contact met het veteranencentrum in Silkeborg. Hij zegt dat het goed voor hem is om daarnaartoe te gaan.'

Juncker ziet vanuit zijn ooghoeken dat ze naar hem kijkt. 'Wat?'

'Het is alweer een tijd geleden dat je bij hem op bezoek geweest bent, hè?'

'Dat klopt.'

'Misschien moet je binnenkort –'

'Ik weet het.'

Ze knikt. 'Oké.'

Ze zwijgen een paar minuten tot Nabiha de stilte verbreekt. 'Ik heb iets ontdekt. Over de zaak, dus.'

'Wat dan?' vraagt Juncker. Hij hoort zelf dat hij gepikeerd klinkt en probeert het opnieuw. 'Vertel.' Dat klinkt iets beter.

'Ik ben gisteravond naar het bureau gegaan toen ik uit Kopenhagen terug was. In de trein bedacht ik dat ik me niet kon herinneren of iemand Peter Johansens wapenvergunningen gecontroleerd heeft. En dat was inderdaad niet zo.'

'Nee? Dat is dan een duidelijke fout.'

'Ja. En er klopt iets niet aan.'

'Vertel.'

'We hebben zijn wapens meegenomen, drie pistolen en een geweer. Hij heeft voor allemaal een vergunning, dus dat is in orde.'

'En?'

'Het blijkt dat hij een vergunning voor nóg een pistool heeft.'

'Boven op die drie?'

'Yes.'

'Hij heeft dus een wapen meer dan de exemplaren die hij afgegeven heeft?'

'Dat klopt.'

'Interessant.' Juncker vraagt zich af of hij haar een standje zal geven omdat ze die ontdekking niet meteen met het team heeft gedeeld. Omdat ze de onderzoeksleider of hem niet heeft gebeld. Ze glimlacht. Nee. Niet nu. Ze mag hier in alle rust van genieten. 'Goed gedaan, Nabiha.'

'Dank je,' zegt ze zachtjes.

32

'Waar kan ik de intensive care vinden?' vraagt Signe aan de vrouw achter het glas in de hal van het Rigshospitalet.

'Derde trappenhuis, derde verdieping. Dat is die kant op. Trouwens, de officiële naam is High Intensive Care-kliniek,' zegt ze met een vriendelijke glimlach.

Signe glimlacht terug. 'Ik vind het prima,' zegt ze.

Chef de clinique Bertel Zachariasen was niet bijzonder enthousiast geweest toen ze hem vanochtend belde om te vragen of ze vandaag langs kon komen om hem een paar vragen te stellen.

'Ik heb weinig tijd. Waar gaat het over?'

'Dat wil ik liever niet telefonisch bespreken. Ik stel het bijzonder op prijs als het vandaag kan.'

'Hm,' bromde hij. 'Kwart over negen dan. Red je dat?'

Nu, drie kwartier later, staat ze in de receptie van de kliniek. Er verstrijken vijf minuten voordat Zachariasen, een lange man met een enigszins kromme rug, donker krullend haar en een bril zonder montuur, verschijnt.

'Het spijt me,' zegt hij met zijn donkere stem. 'Ik moest eerst iets afsluiten. We zijn bezig met het invoeren van een nieuw systeem waardoor de hele kliniek in de helft van de tijd gerund kan worden. Als het dus ooit gaat werken. Op dit moment hebben we zeeën van tijd nodig om… Maar goed, dat is jouw probleem niet. Laten we naar mijn kantoor gaan.'

Het kantoor van de chef de clinique is bescheiden. Behalve zijn bureau staat er een vergadertafel, waar met moeite vijf mensen aan kunnen zitten. Op de tafel staan een thermoskan en vier bekers.

'Wil je koffie?' vraagt hij op een toon die in Signes oren als een verborgen waarschuwing klinkt.

'Nee, dank je, ik heb net koffie gehad.'

'Oké. Wat kan ik voor je doen?'

'Het gaat om wat er op 6 januari rond elf uur 's avonds is gebeurd. Toen Simon Spangstrup op deze afdeling overleed.'

Net als Bech-Olesens weduwe kijkt Zachariasen zowel verbaasd als alert naar haar.

'Ja? Wat is daarmee? We hebben verteld hoe het gegaan is, meerdere keren zelfs. Zowel tegen jullie als tegen de PET en nog allerlei andere mensen.'

'Dat weet ik. We willen alleen heel zeker zijn van een paar details voordat we het onderzoek definitief sluiten. Het gaat er hoofdzakelijk om wat er onmiddellijk nadat Spangstrup was overleden gebeurde. Was jij daarbij aanwezig?'

'Nee, dat was ik niet, maar ik heb de volgende dag een uitgebreid verslag van de dienstdoende arts gekregen.'

'Hoelang heeft Spangstrup op deze afdeling gelegen?'

'Voor zover ik me herinner, was dat bijna tien dagen. Hij was van het ziekenhuis in Køge, waar hij gestabiliseerd is, overgebracht naar het traumacentrum in het Rigshospitalet om te worden geopereerd.'

'Hij werd natuurlijk bewaakt?'

'Ja, dat kun je wel zeggen. Zowel bij de ingangen naar de afdeling als bij de kamer waar hij lag stonden bewakers.'

'Wist je wie die bewakers waren? Ik weet dat wij, van de Politie Kopenhagen dus, aanwezig waren...'

'Ja, en behalve jullie een paar mensen van de PET, is me verteld.'

'Anderen?'

Hij denkt na. 'Voor zover ik weet niet.'

'Weet je wat er met het lijk gebeurd is toen de dood was vastgesteld?'

'Ja, dat is overgebracht naar het Forensisch Instituut. Dat vermoed ik tenminste. Dat gebeurt altijd als iemand sterft zonder dat we absoluut zeker weten waarom dat is.'

'Is er een autopsie verricht?'

'Ik neem aan van wel. Het zou me verbazen als dat niet zo was.'

'Weet je wie het lijk naar het Forensisch Instituut heeft gebracht?'

'Dat kunnen een paar medewerkers van de afdeling patiëntenvervoer zijn geweest, maar ook de politie. Als iemand onverwacht overlijdt, zoals in het geval van Simon Spangstrup, melden we dat altijd bij de politie. Dat was nu niet nodig omdat er al veel politie aanwezig was.'

Signe schrijft iets in haar notitieboekje. 'Oké. Is het gebruikelijk dat patienten die buiten levensgevaar zijn plotseling sterven op een intensive care?'

'Dat gebeurt. De patiënten die hier liggen zijn tenslotte ernstig ziek of gewond.'

'Hebben jullie een doodsoorzaak van het Forensisch Instituut gekregen?'

'Hij kreeg een hartstilstand, en daar kun je zoals je weet aan overlijden.'

Signe glimlacht. 'Dat begrijp ik.'

'Als je zo ernstig gewond bent als hij was, hoeft er soms niet veel te gebeuren om de situatie kritiek te laten worden. Vergeet niet dat hij meerdere keren in zijn armen en benen en twee keer in de thorax… de borstkas dus… is geschoten, en bovendien was hij ernstig onderkoeld en had hij veel bloed verloren. Ik vermoed dat hij het alleen heeft overleefd – in eerste instantie dan – omdat hij fysiek in een uitstekende conditie was.'

'Hebben jullie gehoord of er iets specifieks was wat de hartstilstand heeft veroorzaakt?'

'Nee, maar dat is hoe het altijd gaat. In principe krijgen we niet te horen wat de doodsoorzaak is. Soms kunnen we de forensisch artsen toch iets ontfutselen. Het kan tenslotte zijn dat we er iets van kunnen leren, maar dat lukte in dit geval niet.'

'Verbaasde het jullie dat hij op deze manier stierf?'

'Ja… Eigenlijk wel. Dit was een van de gevallen waarover op de afdeling werd gepraat omdat we het niet zagen aankomen. Maar wat ik zei… Dat soort dingen gebeurt.'

'Oké. Hebben jullie fouten gemaakt?'

'We hebben natuurlijk het hele verloop grondig bekeken, maar zijn niets tegengekomen.'

'Er is dus niets wat op *foul play* wijst?'

'Wat bedoel je?'

'Dat iemand heeft geprobeerd hem te vermoorden terwijl hij hier lag?'

Nu is Bertel Zachariasen duidelijk alert. 'Suggereer je dat een van onze artsen of verpleegkundigen hem heeft vermoord?'

'Ik suggereer niets, ik probeer alleen een heel precies beeld te krijgen van wat er is gebeurd.' Ze verandert van onderwerp. 'Hoe is de bezetting als er een patiënt in de gaten gehouden moet worden die verdacht wordt van een terroristische aanslag?'

'Een van de verpleegkundigen blijft bij die patiënt. En er hebben altijd twee artsen dienst die ieder verantwoordelijk zijn voor de helft van de vierentwintig bedden die we op de afdeling hebben. Spangstrup lag in een eenpersoonskamer, en dan zit er een verpleegkundige aan een tafel in de kamer zelf.'

'Is het mogelijk om te praten met de verpleegkundige die verantwoordelijk was voor Simon Spangstrup?'

'Als diegene aan het werk is, dan is dat geen probleem. Ik zal meteen uitzoeken wie het was, want ik kan me dat niet voor de vuist weg herinneren. En ik moet er heel zeker van zijn dat hij of zij uiteindelijk niet beschuldigd zal worden.'

'Ik kan je garanderen dat dat niet gebeurt.'

'Goed. We hebben namelijk meegemaakt dat personeelsleden in moeilijkheden kwamen nadat ze een verklaring tegenover de politie hadden afgelegd,' zegt hij, waarna hij opstaat en naar de gang loopt.

Tien minuten later is hij terug in gezelschap van een vrouw van wie Signe vermoedt dat ze een jaar of vijfendertig is. Ze is een half hoofd kleiner dan Signe en straalt de kalme en vriendelijke zelfverzekerdheid uit die ze bij veel verpleegkundigen heeft gezien en die blijkbaar noodzakelijk is om te kunnen omgaan met het gegeven dat je tijdens je werkdag nooit weet wanneer het leven van een ander mens plotseling in jouw handen ligt.

De vrouw, die Rada Balesic heet, vraagt Signe mee te gaan naar de keuken. Signe vertelt haar in grote lijnen hetzelfde als ze de chef de clinique heeft verteld over de reden waarom ze contact heeft opgenomen.

De verpleegkundige knikt. 'Geen probleem. Stel je vragen maar.'

'Kun je vertellen wat er gebeurde tot het moment dat Simon Spangstrup een hartstilstand kreeg?'

'Eigenlijk niets. Zijn waarden waren goed, en er was niets wat op problemen wees.'

'Wat houden jullie in de gaten?'

'Veel verschillende dingen. Onder meer het hartritme, de hartslag en het zuurstofgehalte van het bloed. Dat zag er allemaal goed uit.'

'Was je de hele tijd in zijn kamer?'

'Grotendeels. Een kwartier voordat hij de eerste hartstilstand kreeg, ben ik naar het toilet geweest en daarna heb ik in deze keuken een kop koffie gehaald.'

'Hoelang ben je weggeweest?'

'Zo'n vijf minuten, hoogstens zeven.'

'Is het normaal dat jullie een patiënt alleen laten?'

'Als de patiënt stabiel is wel. Maar alleen korte perioden.'

'Zaten er politieagenten in de gang voor de kamer?'

'Ja, twee mannen, voor zover ik me kan herinneren.'

'In uniform?'

'Nee, ze waren in burger. Bij de ingangen naar de afdeling stonden geuniformeerde agenten. Er bevonden zich verschillende soorten politieagenten rond de kamer. Of liever gezegd, ik neem aan dat het politie was omdat ze, zoals ik al zei, niet allemaal een uniform droegen.'

'Is iemand van hen je speciaal opgevallen?'

De verpleegkundige denkt na. 'Er was een vrouw met staalgrijs haar in gezelschap van een paar mannen die zo uit een spionagefilm leken te komen. Ze stak een beetje af bij de anderen. Ze was goedgekleed, in een donkere broek en een colbert. Heel elegant. Zakelijk, als je begrijpt wat ik bedoel. Een keurige vrouw. Van jouw leeftijd, misschien iets ouder. Rond de vijftig, denk ik...' Ze glimlacht. 'Ik beledig je toch niet?'

'Nee, daar is meer voor nodig. Was de vrouw ook aanwezig in de periode waarin jij naar het toilet was?'

'Dat kan ik me niet herinneren... Of ja, nu je het zegt... Ik zag haar op de gang toen ik naar het toilet ging. Dat weet ik nog omdat ik bijna tegen haar opbotste. Je kent het wel, zo'n ongemakkelijke situatie waarbij je tegenover elkaar heen en weer beweegt omdat je niet weet aan welke kant je moet passeren.'

'Oké. Je kwam terug. Wat gebeurde er toen?'

'Er gingen vijf minuten voorbij, misschien iets meer, toen plotseling het alarm afging dat waarschuwt als een patiënt een hartstilstand krijgt. Ik vroeg me natuurlijk af wat er aan de hand was.'

'Was je verbaasd?'

'Ja, heel verbaasd. Er was niets wat erop wees dat dit zou gebeuren.'

'En daarna?'

'Ik belde de dienstdoende arts. Binnen een halve minuut arriveerde hij samen met een verpleegkundige. Na een paar minuten verscheen er iemand van het reanimatieteam, dat altijd aanwezig is in het ziekenhuis, en nam het over. Ze kregen zijn hart op gang, maar het stopte weer, en dit keer was er niets meer aan te doen. Na een halfuur staakten ze de behandeling.'

'En daarna werd het lijk naar het Forensisch Instituut vervoerd, toch?'

'Dat klopt. Dat is de gebruikelijke procedure.'

'Kun je je herinneren wie er – hoe moet ik dat zeggen? – wegreed met het bed?'

'Dat waren de vrouw en de twee mannen... De elegante vrouw en de twee spionnentypes dus.'

Signe schrijft iets in haar notitieboekje en legt de balpen neer.

Rada Balesic maakt aanstalten om op te staan. 'Als dat alles is, dan kan ik er maar beter voor zorgen –'

'Ik heb nog een paar vragen. Je moet niet verkeerd begrijpen wat ik je nu vraag, maar... is het mogelijk om iemand in Simon Spangstrups situatie te vermoorden zonder dat het ontdekt wordt?'

De verpleegkundige kijkt verbijsterd naar Signe. 'Ik begrijp niet helemaal –'

'Dat snap ik, en in werkelijkheid stel ik ook twee vragen. Ten eerste of er iemand in de kamer kan komen zonder dat het wordt opgemerkt. En ten tweede of het mogelijk is om... tja... bijvoorbeeld een patiënt te vergiftigen zodat hij of zij een hartstilstand krijgt zonder dat jullie dat ontdekken.'

'Zoals ik je daarnet al vertelde, heb ik de patiënt een paar minuten alleen gelaten, maar er zaten twee agenten voor de deur die de kamer bewaakten. Dus als iemand in die periode in de kamer geweest is, dan moet dat met toestemming van die twee agenten geweest zijn. Dat kun je ze natuurlijk vragen.'

Signe knikt, maar denkt: nee, dat kan ik niet.

Rada Balesic kijkt met een bezorgde gezichtsuitdrukking naar Signe. 'Loop ik het risico aangeklaagd te worden omdat ik iets verkeerds heb gedaan?'

'Absoluut niet.' Signe glimlacht kalmerend. 'We verdenken jou of een van de andere personeelsleden nergens van, dus je kunt gerust zijn. Vertel eens, zijn er andere deuren in de kamer waar Spangstrup lag dan de deur die op de gang uitkomt?'

'Ja, er is een schuifdeur naar een soortgelijke eenpersoonskamer.'

'Lag er iemand in die kamer terwijl hij hier was?'

'Nee. De politie had gevraagd om de patiënt die daar lag naar een andere kamer te verplaatsen.'

'Het was theoretisch gezien dus mogelijk om in Spangstrups kamer te komen zonder langs de twee bewakers te moeten?'

'Ja, maar de deur naar de andere eenpersoonskamer bevindt zich niet meer dan vijf, zes meter van de plek waar de agenten zaten. Zouden ze het niet gemerkt hebben als iemand probeerde op die manier naar binnen te glippen?'

'Goede vraag. Waarschijnlijk wel. En denk je dat het mogelijk is om een patiënt te vergiftigen zonder dat jullie de werkelijke doodsoorzaak achterhalen?'

'Dat is heel goed mogelijk. Je hoeft maar naar die zaak in Nykøbing Falster te kijken. Daar werd een verpleegkundige een paar maanden geleden veroordeeld voor... Vier moorden waren het toch?'

'Het is uiteindelijk geëindigd in vier pogingen tot moord,' zegt Signe.

'Oké. Maar dat deed ze door morfine en stesolid rechtstreeks in het infuus van de patiënten te spuiten, en er was niemand die daarachter kwam. In het begin in elk geval niet. Een grote dosis kaliumchloride zou ook kunnen. Als iemand iets in Spangstrups infuus heeft gespoten wat ervoor zorgde dat hij een hartstilstand kreeg, dan merken wij dat niet. Wat het veroorzaakt heeft, bedoel ik. We reageren alleen op de hartstilstand zelf. Maar als er in verband met zijn autopsie ook een forensisch chemisch onderzoek is gedaan, zouden ze het dan niet ontdekt hebben als hij vergiftigd is?'

'Waarschijnlijk wel. En nu zal ik niet meer tijd van je in beslag nemen. Bedankt dat ik je mocht lastigvallen.'

'Graag gedaan.'

Op de gang komt ze Bertel Zachariasen tegen.

'Bedankt voor je hulp. Ik heb antwoord op mijn vragen gekregen,' zegt Signe. 'En zoals ik al zei, het is een pure routinekwestie zodat we het onderzoek op een fatsoenlijke manier kunnen afsluiten.'

'Dat is mooi. Heb je trouwens nog even? Er zijn een paar dingen die ik jou wil vragen.'

Wat is dit, denkt ze.

De chef de clinique vraagt haar om mee te lopen naar zijn kantoor. Hij gaat achter zijn bureau zitten terwijl Signe blijft staan.

'Het spijt me, maar ik ben niet zo goed in namen. Hoe heet je ook alweer?'

'Signe Kristiansen.'

'En je bent?'

'Rechercheur. Hoofd van een van de moordsecties van de afdeling Zware Criminaliteit van de Politie Kopenhagen.'

Bertel Zachariasen schrijft iets op een gele post-it.

'Trouwens... Dat had ik eerder moeten vragen, maar heb je een ID bij je?'

'Natuurlijk.' Signe laat haar politiepenning aan de arts zien.

'Het is altijd heel prettig om te weten met wie je gesproken hebt, nietwaar?' zegt hij.

'Absoluut. Heb je hier met anderen over gepraat? Behalve met mij, bedoel ik?'

'Nee. Niemand heeft ernaar gevraagd. Ik heb alleen uitspraken gedaan over het medische gedeelte. Ze hebben wel benadrukt dat we zwijgplicht hebben. En die geldt voor iedereen die gedurende de periode waarin híj hier was op de afdeling aanwezig was. Het moest allemaal heel stil gehouden worden.' Hij kijkt met een doordringende blik naar Signe. 'Ik heb toch niets illegaals gedaan door met jou te praten?'

'Absoluut niet.'

33

Skakke is aanwezig bij de ochtendbriefing, en hoewel Juncker beseft dat het logisch is dat de chef het onderzoek volgt, irriteert zijn aanwezigheid hem ook. Hij heeft het gevoel dat Skakke hem in de gaten houdt en erop loert hem op iets onreglementairs te kunnen pakken.

'Zullen we aan de slag gaan?' zegt Anders Jensen. 'Wie begint? Economische Delicten? Willen jullie? De Letse connectie?'

'Prima.' Carsten Larsen gaat rechtop zitten. 'Daar zijn we snel mee klaar, want we hebben niets nieuws te melden. Het is natuurlijk weekend geweest, maar we moeten constateren dat het ontzettend moeilijk is om met betrekking tot de activiteiten van Latvia Invest iets los te krijgen bij onze collega's in Riga. We zijn bij het doorspitten van de dossiers van het advocatenkantoor en Ragner Stephansens communicatie met de Letten ook niet gestuit op iets wat erop wijst dat Stephansen op gespannen voet stond met zijn cliënten. Het komt erop neer dat als we iemand van Latvia Invest aan de moord willen koppelen, we met een dader met Letse connecties op de proppen moeten komen. En zo iemand hebben we volgens mij niet achter de hand.'

'Dat klopt,' zegt Jensen. 'Maar wil je daarmee zeggen dat jullie vinden dat we met dat deel van het onderzoek kunnen stoppen?'

'Daar is het waarschijnlijk nog iets te vroeg voor. We worstelen verder met het maken van een overzicht van de geldstromen van Letland naar Denemarken. Dat is waanzinnig ingewikkeld, want er zijn onvoorstelbaar veel bedrijven bij betrokken. Misschien eindigt het ermee dat we kunnen bewijzen dat er inderdaad geld witgewassen is, maar vanaf dat punt naar enig bewijs dat Ragner Stephansen daarvan wist en heeft gedreigd het openbaar te maken, waardoor hij een paar gangsters zo grondig geïrriteerd heeft dat ze hem vermoord hebben... Dat is nog een heel eind weg.'

'Dat klinkt ontegenzeggelijk als een hele klus. Maar goed, met betrekking tot het milieuspoor kan ik vertellen dat we een van de schrijvers van de dreigmails hebben opgespoord. Jullie weten wel, de mails die Stephansen kreeg nadat de aanklacht in de milieuzaak tegen de graaf of baron of watdan-ook was verworpen. De dreigmail was gestuurd door een jonge vrouw die aan de Sønder Boulevard in Vesterbro in Kopenhagen woont en lid is van Greenpeace en de een of andere plaatselijke milieuraad. Ze heeft een waterdicht alibi omdat ze op het tijdstip van de moord op Stephansen bij haar ouders in Kerteminde was. Dat wordt bevestigd door zowel de ouders als de gegevens van de telecommunicatiemasten in het gebied waar de ouders wonen. Verder werken we nog aan het lokaliseren van andere verzenders van dreigmails die de vermoorde man heeft ontvangen. Juncker, waar staan we met het andere spoor?'

'Eerst wil ik graag weten of we een huiszoekingsbevel voor de woning van Peter Johansen hebben gekregen,' zegt Juncker.

'Dat hebben we.'

'Mooi, want Nabiha heeft iets interessants ontdekt. Ze heeft Peter Johansens wapenvergunningen gecheckt –'

Skakke onderbreekt hem. 'Waarom is dat niet eerder gedaan? Meteen na het in beslag nemen van zijn wapens bijvoorbeeld?'

Juncker haalt zijn schouders op. 'Dat is een goede vraag. En we kunnen onze tijd nu natuurlijk besteden aan het zoeken naar de schuldige, als je dat graag wilt. Of we kunnen verdergaan...'

Skakke gromt chagrijnig en gebaart met zijn hand. 'Goed. We gaan verder. Nabiha, vertel wat je hebt ontdekt.'

Ze schuift naar voren op haar stoel. 'We hebben drie pistolen en een geweer, allemaal kaliber .22, bij Peter Johansen in beslag genomen. Geen daarvan was het moordwapen. Maar toen ik zijn wapenvergunningen controleerde, bleek dat hij een vergunning voor nóg een wapen heeft, dat hij niet aan ons heeft afgegeven. Dat is een Browning en eveneens een kaliber .22.'

'Goed gedaan, Nabiha,' zegt Jensen. 'En ik neem de schuld op me dat de wapenvergunningen niet eerder gecontroleerd zijn.'

Ik sta bij je in het krijt, denkt Juncker.

'Laten we de huiszoeking zo snel mogelijk uitvoeren,' gaat de onderzoeksleider verder. 'Juncker en Nabiha, kunnen jullie dat samen doen? Of hebben jullie assistentie nodig?'

'Het huis is niet groot, maar als we een paar agenten mee kunnen krijgen, kost het ons niet de hele dag.'

'Goed. Meer?'

'We zijn bezig met het controleren van de financiële situatie van de naaste familieleden van Stephansen. Zijn vrouw en kinderen erven een miljoenenbedrag. Dat wordt geregeld door Economische Delicten. Carsten, heb je daar nog iets over te zeggen?'

'De financiële situatie van zoon Mads en zijn vrouw ziet er prima uit. Ze hebben hun huis gekocht toen de prijzen op hun laagst waren en verdienen beiden goed waardoor zij niet echt een motief hebben. De man van de dochter is een paar jaar geleden failliet gegaan, maar daar is hij weer bovenop, voor zover wij kunnen zien. Daar knipperen dus ook geen waarschuwingslampen.'

'Goed. Laten we aan de slag gaan.'

Peter Johansen was op zijn werk bij de bank in Køge. Juncker had hem gevraagd om naar huis te komen omdat ze een huiszoekingsbevel hadden. Ruim drie kwartier later rijdt hij de oprit op, waar de vier onderzoekers wachten.

'Als jullie de bovenverdieping doen, dan gaan Nabiha en ik beneden aan de slag,' zegt Juncker tegen zijn collega's.

'Waar zoeken we naar?' vraagt een van de mannen.

'In eerste instantie een Browning kaliber .22. Heb je een zolder?' vraagt hij aan Peter Johansen.

'Ja, er is een luik met een trap die je naar beneden kunt trekken,' vertelt hij.

'Dat vinden we wel,' zegt de agent, waarna hij en zijn collega de trap op lopen.

Juncker kijkt naar Peter Johansen. 'We hebben ontdekt dat je een vergunning voor nog een pistool hebt, een wapen dat je niet aan ons hebt afgegeven. Kun je dat uitleggen?'

Peter Johansen kijkt uit het raam. 'Dat pistool ben ik vergeten. Het is drie weken geleden gestolen bij een inbraak.'

'We vinden het dus niet als we het huis doorzoeken?'

'Dat klopt.'

'Is er aangifte van de inbraak gedaan? Die zijn we niet tegengekomen.'

Peter Johansen loopt naar de eettafel en gaat zitten. 'Nee, ik heb geen aangifte gedaan.'

'Waarom niet, als ik vragen mag?'

'Omdat...' Hij kijkt naar Juncker. 'Omdat ik iets gedaan heb wat niet mag.'

'Dat moet je me uitleggen.'

Peter Johansen knikt. 'Een paar weken geleden was ik op een avond bezig met het schoonmaken van mijn wapens. Ik heb een werkplaats in de schuur waar mijn wapenkast ook hangt. Die is natuurlijk voorzien van de sloten die vereist zijn, zoals ik eerder al heb verklaard. Nadat ik mijn Browning uit elkaar had gehaald, zag ik dat het al laat was. Ik liet het pistool op de tafel liggen en ben naar bed gegaan. De volgende dag ben ik het helemaal vergeten en in het weekend ben ik naar vrienden in Kopenhagen gegaan. Toen ik zondagmiddag thuiskwam, was er iemand in de schuur geweest en was het pistool weg.'

'Is dat het enige wat er gestolen is?'

'Ja. Ik miste in elk geval geen andere dingen.'

'Kun je ons de werkplaats laten zien?'

Peter Johansen staat op, en Juncker en Nabiha lopen achter hem aan. De schuur ligt in het verlengde van een carport. Hij opent de deur en gaat naar binnen. Juncker blijft in de deuropening staan en bestudeert het kozijn en de deur. 'Ik zie geen inbraaksporen. Hoe is de dief binnengekomen?'

Peter Johansen kijkt naar beneden. 'Tja, dat komt doordat... De deur was niet op slot. Dat was ik vergeten toen ik dat weekend wegging.'

'Er lag dus een pistool in een ruimte waar iedereen binnen kon lopen terwijl jij een weekend weg was?'

Peter Johansen kijkt beschaamd. 'Ja.'

'En dat is ook gebeurd, zeg je? Iemand heeft het meegenomen?'

'Ja. Het pistool is in elk geval verdwenen.'

'Maar dat verklaart niet waarom je geen aangifte bij de politie gedaan hebt.'

'Ik mag geen wapens laten liggen, al helemaal niet achter een deur die niet op slot is. Dat is verboden.'

'Ja, maar het is ook verboden om geen aangifte van een wapendiefstal te doen.'

'Ja, natuurlijk, maar... Ik was bang dat ik mijn wapenvergunningen kwijt zou raken en zou worden geroyeerd door de schietclub, en dat kon ik niet aan.' Hij kijkt naar Juncker. 'Schieten is mijn halve leven.'

Het kost drie uur om het huis te doorzoeken. Ze vinden niets – noch het pistool, noch iets anders wat Peter Johansen met de moord verbindt. Bijvoorbeeld de rugzak die een getuige de persoon zag dragen die vlak na de moord het park uit kwam.

'Denk je dat hij de dader is?' vraagt Nabiha als ze in de auto zitten en op weg naar Næstved zijn.

'Hm…' Juncker denkt even na. 'Dat zou best kunnen. Er is in elk geval veel dat in zijn richting wijst. Hij heeft een sterk motief. Hij heeft dreigementen geuit. Hij heeft geen alibi dat door iemand anders bevestigd kan worden. En nu ontbreekt een van zijn pistolen.'

'Hebben we genoeg om hem aan te houden en in staat van beschuldiging te stellen?'

'Dat denk ik wel. Als we terug zijn, ga ik met Anders, Skakke en de officier van justitie praten.'

34

Het ziet zwart van de mensen in Kongens Have. Charlotte weet niet of dat goed of slecht is. Aan de ene kant is het daardoor volslagen onmogelijk om te ontdekken of iemand haar in de gaten houdt. Aan de andere kant is het bijna ondenkbaar dat iemand haar voor de ogen van honderden getuigen iets zal aandoen.

Toen ze haar opleiding net achter de rug had, werkte ze als jonge journalist bij een Sjællandse regionale krant. Dat was in de tijd waarin ook de kleinere dagbladen nog steeds vakmensen in dienst hadden. Ze was gekoppeld aan de misdaadverslaggever van de krant, een doorgewinterde oude vos, om een serie artikelen te schrijven over het ernstige misbruik van Thaise prostituees in een aantal bordelen in de omgeving. De bordelen werden gerund door de Hells Angels, die niet van plan waren lijdzaam toe te kijken toen twee journalisten indiscrete vragen over hun werkwijze begonnen te stellen.

De motorrijders waren slim genoeg om Charlotte en haar collega niet rechtstreeks te bedreigen, maar plotseling begonnen er op onverwachte momenten mannen met uitpuilende anabolenspieren in clubkleding op te duiken als Charlotte door de voetgangerspromenade van het stadje liep. Of er reden heel toevallig Hells Angels op hun Harleys langs het pand waar ze woonde als ze naar buiten ging om naar haar werk te gaan.

Ze kan zich nog steeds herinneren hoe zenuwachtig en gespannen ze was geweest in de weken waarin ze aan de artikelen werkten en ze in de krant werden gepubliceerd. Haar schouders waren voortdurend gespannen, en ze werd tien keer per nacht badend in het zweet wakker.

Nu voelt ze zich precies zo. Met dit verschil dat ze niet weet naar wie ze op zoek is als ze het park in loopt en naar verdachte personen in de mensenmassa op de grasvelden en de grindpaden zoekt.

Ze heeft met Signe afgesproken in Rosenhaven, dat vlak bij de slotgracht van stadspaleis Rosenborg ligt. In de sierlijke en symmetrische tuin, die afgescheiden van de rest van het park achter een heg ligt, omringd door rozenperken met zorgvuldig gesnoeide buxusstruiken eromheen, zijn ze iets meer beschut dan op de grasvelden en de paden. Signe is er nog niet, en Charlotte gaat op een bankje zitten. Ze voelt dat haar hart sneller slaat dan anders, en hoewel het opnieuw een verzengend hete dag is, is haar huid een beetje vochtig en koud – alsof ze griep krijgt.

Maar ze staat niet op het punt om ziek te worden. Ze is alleen zenuwachtig en moet de hele tijd haar best doen om te voorkomen dat het beeld van een onthoofde man met kapotgeschoten knieën op haar netvlies verschijnt.

Even later krijgt ze Signe in het oog. Alle bankjes in Rosenhaven zijn bezet. Signe kijkt om zich heen en loopt dan naar Charlotte toe. Ze gaat zitten, leunt met haar bovenlichaam naar achteren en strekt haar benen. Haar windjack is dichtgeritst. Hoe houdt ze het uit om in deze hitte een jas te dragen? Maar dan ziet Charlotte de bult onder haar linkeroksel.

'Het leek me goed om elkaar te zien zodat we kunnen bespreken wat we hebben en hoe we verder kunnen komen, want op dit moment zitten we vast,' zegt Signe.

'Dat klinkt als een goed plan.'

'Ik heb met de weduwe van Svend Bech-Olesen gepraat. En met het hoofd van de intensive care in het Rigshospitalet en de verpleegkundige die Simon Spangstrup in de gaten hield.'

'Heeft dat iets opgeleverd?'

'Jazeker. De weduwe bevestigde eigenlijk alleen dat haar man heel onverwacht overleden is. Toch was het aan het eind van ons gesprek alsof... Ik vroeg of hij begraven of gecremeerd was, en toen ze zei dat hij volgens zijn eigen wens gecremeerd was, was het alsof er iets met haar gebeurde. Het kan heel goed zijn dat ik het me heb verbeeld, maar ik kreeg de indruk dat haar iets te binnen schoot. Misschien drong het besef door dat ze, nu hij tot een paar handen as gereduceerd is, nooit zal ontdekken of er iets verdachts aan zijn dood was.' Ze kijkt met samengeknepen ogen naar de zon. 'Maar zoals ik al zei, kan het ook een wensgedachte van mijn kant zijn. Als degene met wie je getrouwd bent zo plotseling overlijdt, zal dat de meeste mensen verbazen. Vooral als de overledene zo relatief jong en fit was als Svend Bech-Olesen blijkbaar was.'

'Wat zeiden ze op de intensive care?'

'Veel. De chef de clinique was zelf niet aanwezig geweest, dus was het meeste wat hij vertelde uit de tweede hand, maar hij bevestigde dat het ze verbaasd had dat Spangstrup stierf. En de verpleegkundige die hem in de gaten hield, vertelde iets heel interessants. Op een bepaald moment is ze ongeveer vijf minuten weg geweest omdat ze naar het toilet moest. Een paar minuten nadat ze terug was, kreeg Spangstrup een hartstilstand. Ze vertelde ook dat er veel agenten aanwezig waren op de afdeling en in de buurt van de eenpersoonskamer waar Spangstrup lag, zowel in burger als in uniform. Bovendien liepen er nog allerlei andere types rond. Drie personen waren haar vooral opgevallen: een elegante vrouw met grijs haar, zakelijk noemde ze haar, en twee mannen die zo uit een spionagefilm leken te komen. En weet je wat? Dat is precies de beschrijving van de vrouw en de twee mannen die in januari bij Juncker in Sandsted op bezoek zijn geweest om de laptop van Bent Larsen op te eisen.'

'Bent wie?' vraagt Charlotte, terwijl ze bedenkt dat haar gevoel juist was. Martin had iets voor haar verborgen gehouden toen ze in Sandsted was. Ze had het aan hem gezien toen ze hem de kopie van de twee mails liet zien.

Signe vertelt haar over de connectie tussen Bent Larsen en zijn contactpersoon, Svend Bech-Olesen, en wat er is gebeurd op de avond dat de vrouw met het grijze haar en de twee mannen ineens bij Juncker op de stoep stonden.

'Ik wil heel graag weten wie die vrouw is,' zegt Signe.

'En voor wie ze werkt.'

'Jezus, ja. We moeten ook uitzoeken wie die K van de Militaire Inlichtingendienst is. Degene die SBO – Svend Bech-Olesen dus – mailt vlak voordat de bom ontploft… Het mailadres, dat met HEC begint, kan heel goed van Henrik Christoffersen zijn –'

'Het hoofd van de MI?'

'Yep.'

De twee vrouwen zwijgen even.

'Het hoofd van de MI…' herhaalt Charlotte. 'Allemachtig.'

'Ja. We dagen een paar grote jongens uit.'

'Het is toch bizar dat het hoofd van een Deense inlichtingendienst betrokken zou zijn bij liquidaties?'

'Dat weten we niet. Nog niet. Wat we wel weten… of waar we van overtuigd zijn… is dat drie mensen – Svend Bech-Olesen, Simon Spangstrup en de klokkenluider – vermoord zijn omdat ze allemaal wisten dat de waarschuwing over de aanslag genegeerd is.' Ze zoekt in haar tas, pakt haar zonnebril en zet hem op. 'Hoewel het ons bizar lijkt dat er mensen vermoord zijn omdat ze iets weten wat nadelig is voor de bovenste laag van het land, is het niet de eerste keer in de geschiedenis van de inlichtingendiensten dat dit gebeurt.'

'Dat klopt. Maar in Denemarken?'

Signe glimlacht scheef. 'Ja, het idee van het kleine smetteloze plekje te midden van de door en door slechte wereld is natuurlijk fantastisch... maar we moeten het eerst nog zien. Heb je hierover iets aan een van je collega's verteld?'

'Nee. Mijn chef, Mikkel, heeft ontdekt dat ik onderzoek naar de aanslag doe, maar ik heb hem een leugentje om bestwil verteld.'

'Trapte hij erin?'

Charlotte aarzelt. 'Daar ben ik niet helemaal zeker van. Maar hij weet niet waar het in werkelijkheid om gaat. Niemand bij de krant weet dat.'

'En het is waarschijnlijk heel verstandig dat dat voorlopig zo blijft. Dus als wij gaan samenwerken...' Zwijgend staart Signe voor zich uit.

Charlotte kijkt haar nieuwsgierig aan. De rechercheur ziet eruit alsof ze op iets bitters kauwt. Alsof alleen al praten over de mogelijkheid om samen te werken met een journalist heel erg verkeerd is.

Ze slikt en gaat verder: 'Dan moeten we het er volledig over eens zijn dat ik degene ben die de beslissingen neemt. Jij schrijft hier niets over en praat er niet met je collega's over voordat ik groen licht geef.'

Charlotte spreidt haar armen. 'Geen probleem. Als jij me tenminste belooft dat het mijn – en alleen míjn – verhaal is.'

'Natuurlijk.' Signe staat op.

'En nu?' vraagt Charlotte.

'Ik ben de onderzoeksleider van een moordonderzoek waarbij het hoofd van het slachtoffer ontbreekt, dus ik wil proberen te achterhalen wie de vermoorde man is. We moeten afwachten of iemand hem op een bepaald moment mist.'

Charlotte blijft nog even zitten als Signe weg is. Ze legt haar benen op de bank en negeert de armleuning, die in haar rug duwt. Op de bank naast haar zit een jong verliefd stel met hun armen om elkaar heen. Ze kijkt om zich heen en ziet alleen onschuldig lijkende mensen die genieten van de schijnbaar eindeloze zomer. Dat is ook het geval als ze opstaat en de grote grasvelden schuin oversteekt naar de uitgang bij het Nationale Kunstmuseum. Hiervandaan is het maar een kleine kilometer naar huis. Onderweg kijkt ze meerdere keren over haar schouder, maar ze ziet niemand die er verdacht uitziet. Toch moet ze haar best doen om haar paranoia te onderdrukken. Je weet niet eens naar wie je op zoek bent, herhaalt ze telkens weer in zichzelf.

Ze verhoogt haar tempo de laatste paar honderd meter naar haar huis, duwt het oude krakende tuinhek open en haalt haar sleutels uit haar tas. Als ze de sleutel in het slot steekt, hoort ze een geluid. Het is niet meer dan een geritsel en komt achter de vuilnisbakken vandaan, maar ze weet zeker dat het iets is. Of iemand.

Ze verstijft, en plotseling heeft ze het ijskoud.

35

Skakke en Anders Jensen hebben de officier van justitie gesproken en groen licht gekregen. Ze hebben voldoende om Peter Johansen aan te houden.

'Gaan jullie hem van zijn werk halen?' vraagt Jensen.

'Ik denk niet dat hij naar zijn werk terug is gegaan,' antwoordt Juncker. 'Dat had nauwelijks zin. Maar als dat wel zo is, dan wachten we gewoon tot hij thuiskomt.'

'Durf je het aan om daarop te vertrouwen?' Skakke ziet er sceptisch uit.

Wat bijna altijd het geval is, denkt Juncker. 'Ja, dat durf ik aan. Hij is het type niet om ervandoor te gaan.'

Skakke haalt zijn schouders op. 'Het is jouw probleem als hij dat wel doet.'

Juncker heeft het gevoel dat het zijn chef heel goed zou uitkomen als Johansen inderdaad zou verdwijnen. Dan zou hij Juncker namelijk kunnen vastpinnen op iets concreets, een verkeerde inschatting bijvoorbeeld.

'Dat risico moet ik dan maar nemen. Nabiha, zullen we gaan?'

Bij de woning staat de auto van de verdachte inderdaad op de oprit. Juncker belt aan. Het duurt maar een paar seconden voordat de deur wordt geopend. Johansen ziet eruit alsof hij hen verwacht. Hij ziet bleek, draait zich om en loopt de zitkamer in. 'Jullie zijn hier om me aan te houden,' constateert hij.

'Ja. Peter Johansen, het is...' Juncker haalt zijn mobiel uit zijn zak. '...15.47 uur en je bent aangehouden omdat je verdacht wordt van de moord op Ragner Stephansen. Je hebt het recht om te zwijgen. Als je geen gebruikmaakt van dit recht, kan alles wat je zegt tegen je worden gebruikt in een rechtszaak. Je hebt recht op een advocaat. Indien je je geen advocaat kunt permitteren, zal je er een worden toegewezen.'

Johansen kijkt naar de vloer. 'Ik pak een paar kleren in,' zegt hij, waarna hij naar de gang gaat en de trap naar de eerste verdieping op loopt. Nabiha kijkt naar Juncker, die knikt. Ze loopt achter hem aan. Vijf minuten later is hij klaar.

Ze gaan naar buiten, en Peter Johansen doet de deur achter zich op slot. 'Ik heb het niet gedaan,' zegt hij tegen Juncker.

Op het politiebureau neemt Juncker hem mee naar zijn kantoor en vraagt hem om aan de kleine vergadertafel te gaan zitten.

'Nabiha, ik wil even met je praten,' zegt hij, en hij loopt de gang op. Nabiha loopt achter hem aan en Juncker doet de deur naar het kantoor dicht. 'Ik praat alleen met hem.'

Nabiha's ogen worden onmiddellijk gitzwart. 'Waarom dat?'

'Het heeft niets met jou te maken. Ik denk alleen dat er een grotere kans is dat hij iets zegt als hij alleen met mij is.'

Nabiha draait zich abrupt om en loopt door de gang naar haar eigen kantoor. Juncker kan aan haar rug zien dat ze zwaar beledigd is, maar daar is niets aan te doen. Hij loopt terug en gaat tegenover Johansen zitten. 'Je wordt beschuldigd van moord volgens paragraaf 237 van het Wetboek van Strafrecht. En zoals ik al eerder tegen je gezegd heb, heb je het recht om te zwijgen. Wil je dat wel? Praten bedoel ik?'

Johansen haalt zijn schouders op. 'Daar heb ik niets op tegen.'

'We kunnen het op twee manieren doen. Je kunt meteen een advocaat krijgen, en als je iemand op het oog hebt, dan bellen we diegene op. Als dat niet zo is, kunnen wij de advocaat inschakelen die vandaag dienst heeft. Maar we kunnen het ook op een andere manier doen. We kunnen samen praten zonder dat ik het gesprek opneem, en dan beslis jij wat er in het verslag komt te staan.'

'Laten we gewoon praten. Ik heb al gezegd dat ik hem niet heb vermoord.'

Ze praten een uur lang over van alles en nog wat, waarbij Juncker Johansen het tempo laat bepalen. Ze praten over zijn werk, over het opgroeien in Sandsted, over de ellendige situatie van zijn zus, over zijn liefde voor de schietsport en zijn hoop om mee te kunnen doen aan de Olympische Spelen in Tokio.

'Trouwens, we hebben contact met je schietclub gehad,' zegt Juncker. 'De voorzitter vertelde ons dat hij niet verwacht dat je geroyeerd wordt omdat je een pistool in je werkplaats hebt laten liggen. Het is natuurlijk stom, en de situatie is nog erger geworden doordat het pistool volgens jouw verklaring gestolen is, maar je bent, zoals de voorzitter zei, altijd een voorbeeldig lid van de club geweest, dus je zou waarschijnlijk alleen een waarschuwing en flinke preek hebben gekregen. De voorzitter denkt ook niet dat je wapenvergunningen ingetrokken worden zolang je de goedkeuring van de club hebt.' Juncker buigt zich naar voren en kijkt Johansen in de ogen. 'Waarom heb je de diefstal van je pistool niet bij de politie gemeld?'

'Dat heb ik al uitgelegd. Ik dacht dat ik uit de club zou worden gegooid. Daar was ik heel zeker van. En ik kon natuurlijk niemand vragen of mijn angst gerechtvaardigd was zonder dat duidelijk zou worden wat er was gebeurd.'

Juncker vraagt naar de andere omstandigheden, onder meer Johansens zwakke alibi en zijn motief, maar na nog een uur is de situatie niet veranderd. Het alibi is wat het is en de man houdt vast aan zijn onschuld, alsmede aan het verhaal dat zijn Browning is gestolen. Uiteindelijk geeft Juncker het op. 'Ik geloof niet dat we verder komen. Je wordt naar het huis van bewaring gebracht en morgen word je voorgeleid met betrekking tot een eventuele voorlopige hechtenis. Ik weet niet hoe laat dat is, maar in elk geval vóór 15.47 uur.'

Juncker belt om een surveillancewagen te regelen. Daarna brengt hij hem naar het parkeerterrein voor het bureau, waar hij hem handboeien omdoet en hem op de achterbank helpt. Als de auto wegrijdt, vangt Juncker zijn blik op. Hoewel ze urenlang met elkaar hebben gesproken, heeft hij geen vat op hem gekregen.

Als hij in zijn kantoor terugkomt, zit Nabiha op hem te wachten. 'Nou, heb je iets uit hem gekregen wat je niet was gelukt als ik erbij was geweest?' vraagt ze heetgebakerd.

Hij haalt zijn schouders op. 'Dat weet ik nog niet. Misschien wel.'

'Waar is hij nu?'

'Onderweg naar het huis van bewaring.'

'Hij is heel moeilijk te peilen. Het lijkt alsof er vanbinnen een lichtje uit is bij hem. Alsof het hem helemaal niets kan schelen wat er gebeurt.'

'Dat klopt,' zegt Juncker. 'Maar dat is geen ongebruikelijke reactie bij mensen die nog nooit met de politie en het rechtswezen in aanraking zijn geweest. Het is een heel heftige ervaring om opgesloten te worden omdat wij beweren dat hij iemand heeft vermoord.'

'Ook als je dat inderdaad hebt gedaan?'

'Ja, dan ook. Het idee dat je opgesloten wordt in een kleine ruimte en zelf niet kunt beslissen wanneer je daaruit kunt... Dat is voor iedereen die dat niet eerder meegemaakt heeft angstaanjagend. En vaak ook voor degenen die het wél meegemaakt hebben.'

36

Met bonkend hart daalt Charlotte de traptreden af en loopt de paar meter naar het ijzeren hek terug. Ze staat op het punt om de straat op te rennen, de voortuin uit, om in het gezelschap van andere mensen te zijn. Er zitten ongetwijfeld veel mensen voor hun huizen van de late middagzon te genieten. Maar dan beginnen haar hersenen weer te werken. 'Hallo? Is daar iemand?' vraagt ze zachtjes, bijna fluisterend terwijl haar rechterhand op het hek ligt. Ze schraapt haar keel en herhaalt de vraag, iets harder nu. 'Hallo?'

Er beweegt iets achter de groene vuilcontainer. Het is vast alleen een kat, probeert ze zichzelf te overtuigen, en ze schaamt zich nu al over haar paniekerige reactie, maar ineens komt er een hoofd tevoorschijn en vervolgens een bovenlichaam. De gedaante komt langzaam overeind. Het is een meisje, denkt Charlotte. Wanneer het meisje aarzelend tot voor de vuilnisbak loopt, moet Charlotte zichzelf corrigeren. Het is geen meisje, maar een jonge vrouw. Niet lang en heel slank. Haar smalle gezicht is omringd door dunne, lichtblonde dreadlocks; haar huid is melkwit, en een streep sproeten loopt van jukbeen naar jukbeen over haar neus. Ze draagt een verwassen groen T-shirt en een versleten spijkerbroek, die vlak boven de knie is afgeknipt, en heeft een zwarte rugzak om, die zwaar lijkt.

Een eetstoornis, denkt Charlotte.

'Ben jij Charlotte?' vraagt de vrouw. 'Charlotte Junckersen?' Haar stem is iel en klinkt gespannen.

'Ja, dat ben ik.'

De ogen van de vrouw zijn opengesperd en de pupillen groot. Jezus, ze is bang, denkt Charlotte. Of ze gebruikt drugs.

'Mag ik binnenkomen?'

Charlotte loopt weer naar de deur met de sleutel voor zich. 'Wie ben je?'

'Ik ben zijn vriendin.'

Charlotte draait zich naar haar om. 'Zijn vriendin?'

'Ja.'

Charlotte knikt langzaam, terwijl het haar duidelijk wordt over wie ze het hebben. 'Oké,' zegt ze. Ze steekt de sleutel in het slot, opent de deur en doet een stap opzij. De vrouw kijkt haar dankbaar aan en gaat naar binnen. Charlotte wijst naar de deur van de open keuken. De vrouw loopt verder naar binnen, en Charlotte volgt haar.

'Ga zitten.'

De vrouw schudt haar hoofd, legt haar rugzak op het tafelblad, kijkt om zich heen en ziet de deur naar de achtertuin. Ze loopt ernaartoe en gebaart naar Charlotte dat ze met haar mee moet gaan. De vrouw opent de deur, en ze gaan naar buiten. 'Is het goed dat ik je huis *sweep*?' vraagt ze.

'Wát wil je doen?'

'Sweepen. Controleren of je afgeluisterd wordt.'

Charlotte fronst haar voorhoofd en voelt hoe een zenuwachtig en onrustig gevoel zich door haar lichaam verspreidt. 'Ja, eh... maar denk je echt –'

'Is je opgevallen of er iets in de keuken ergens anders staat dan normaal? Dat iets er anders uitziet?'

Charlotte kijkt haar verbaasd aan. Een paar seconden geleden leek de vrouw uitgeput, verdoofd, bijna confuus. Nu is ze volkomen geconcentreerd. 'Eh... nee. Waarom vraag je dat?'

'Het hoeft niet heel duidelijk te zijn, het gaat vaak maar om kleine dingen. Een gaatje of een bultje in de muur dat je niet eerder opgevallen is, een kussen dat anders ligt dan je je kunt herinneren. Of iets anders wat je geregistreerd hebt, misschien alleen in je onderbewustzijn. En niet alleen hier in de keuken, maar in het hele huis.'

Charlotte denkt na. 'Nee,' antwoordt ze na een tijdje. 'Ik heb niet gemerkt dat er iets anders dan anders is. Maar aan de andere kant ben ik ook niet bepaald op mijn hoede geweest.'

De jonge vrouw glimlacht vreugdeloos. 'Dan is het waarschijnlijk een goed idee om daarmee te beginnen.'

Ze gaan weer naar binnen. De vrouw haalt een doosje uit haar rugzak, opent het en haalt er iets uit wat op een moderne autosleutel lijkt. 'Wil je je router en je mobiel uitzetten? En je tablet, als je die hebt. Alles wat aan het draadloze netwerk gekoppeld is.'

Na twintig minuten is alle elektronica in de woning vrijgegeven. De computers, de twee televisies in huis, een oude printer en een gps-systeem, dat Juncker en zij vijf jaar geleden hebben gekocht toen ze drie weken lang door Normandië en Bretagne trokken. De vrouw gaat aan de tafel zitten. Ze ziet er weer uitgeput en verdoofd uit. 'Er is niets,' zegt ze.

'Mooi. Vertel eens, hoe heet je?'

'Veronika.'

'Veronika... En verder?'

Ze kijkt met een bijna smekende uitdrukking in haar ogen naar Charlotte. 'Is het goed als ik het voorlopig op Veronika houd?'

'Jazeker, dat vind ik geen probleem.' Charlotte kijkt onderzoekend naar Veronika, naar haar lichaam en ledematen. Ze lijkt zo uit een poster van een inzamelingsactie voor slachtoffers van hongersnood gestapt. 'Heb je honger? Of dorst?' vraagt Charlotte.

Veronika knikt.

'Zal ik een paar boterhammen voor je smeren? Ik heb salami en leverpastei.'

'Ik ben veganist.'

Natuurlijk is ze dat. 'Ik heb ook een paar tomaten en een komkommer. Wat wil je drinken? Cola? Melk?'

'Water is prima.'

Charlotte zet het bord met brood en een karaf met koud water voor de jonge vrouw op tafel. Ze schenkt een glas in en drinkt dat in één teug leeg, eet een paar cherrytomaten en een stuk komkommer en neemt een hap van het roggebrood.

'Ze hebben Alex meegenomen. Hij is verdwenen,' zegt ze met volle mond.

'Alex?'

'Ja. Mijn vriend. Hij heet in werkelijkheid Alexander. Alexander Hansen.'

'Oké. En wat doet Alex?'

'Hij werkt bij de Militaire Inlichtingendienst.'

Charlottes hart begint sneller te slaan. 'Als wat?'

'Hij is systeembeheerder. Dat betekent dat hij admin-toegang heeft.'

'Sorry, maar –'

'Dat betekent dat hij toegang heeft tot min of meer alles wat op de servers van de MI staat.'

'Oké. En hij is verdwenen, zeg je.'

'Ja, ik kan hem sinds donderdag niet meer te pakken krijgen.'

'Kan hij bij een vriend zijn of zo?'

'Dat denk ik niet. En zelfs als dat zo is, dan is het alsnog vreemd dat hij zijn telefoon niet opneemt. Dat doet hij altijd als ik hem bel.'

'Hebben jullie een relatie?'

'Nee. We zijn vrienden. Goede vrienden.'

'Kan hij bij zijn familie zijn?'

'Hij is enig kind en zijn ouders zijn dood. De rest van de familie ziet hij nooit. En nogmaals, hij zou opnemen als ik hem bel.'

Charlotte kijkt op haar horloge. Het is bijna halfzes. Ze staat op, opent de koelkast en haalt er een fles witte wijn uit. 'Wil jij ook een glas?'

'Nee, dank je.'

'Laat me raden.' Charlotte glimlacht. 'Je drinkt geen alcohol.'

De angstige uitdrukking op Veronika's gezicht verdwijnt, en ze beantwoordt de glimlach heel even. 'Jawel, ik drink wel. Alleen nu niet.'

'Wat je wilt,' zegt Charlotte, terwijl ze gaat zitten. 'Alex is degene die contact met me opgenomen heeft en me de informatie over de terreuraanslag heeft gegeven, nietwaar?'

'Ja.'

'Weet je wat voor informatie hij me heeft gegeven?'

'Nee, ik heb het materiaal niet gezien en hij heeft me niet verteld waar het precies om gaat. Maar hij heeft me wel verteld hoe hij het op het spoor gekomen is.'

'Hoe dan?'

'Hij kreeg een brief van Svend Bech-Olesen, een collega bij de MI. Alex en Svend kennen elkaar al sinds Alex' jeugd. De vaders van Svend en Alex waren in het midden van de jaren negentig uitgezonden als VN-soldaten. Ik geloof dat het naar Kroatië was. Alex was vijf of zes toen zijn vader stierf en Svend werd een soort surrogaatvader voor hem. Ik geloof ook dat Svend aan een paar touwtjes heeft getrokken om ervoor te zorgen dat Alex bij de MI werd aangenomen.'

Charlotte fronst haar voorhoofd. 'Heeft Svend Bech-Olesen die brief aan Alex gegeven?'

'Nee, zijn vrouw. Een paar weken geleden. Ze had hem gevonden toen ze de werkkamer van haar man opruimde. Svend stierf –'

'Op 1 januari.'

Veronika knikt. 'In de brief, die 28 december vorig jaar was gedateerd, stond dat als er iets met hem gebeurde… met Svend dus, Alex Svends mails van 23 en 24 december moest controleren. Toen hij dat had gedaan, nam hij contact op met een journalist die getrouwd is met een van degenen die onderzoek naar de aanslag deden. Met jou dus.'

'En er gebeurde inderdaad iets met Svend, kun je wel zeggen.' Charlotte haalt een pakje sigaretten uit haar tas, pakt een asbak en een aansteker en loopt naar de open deur naar de achtertuin. Ze steekt een sigaret op, inhaleert diep en blaast de rook door de deur naar buiten. 'Ik wil dit graag goed begrijpen. Heb je de mails van Svend Bech-Olesen gezien?'

'Nee. Ik weet alleen dat ze met de aanslag op het Nytorv te maken hebben, maar dat is alles.'

'Wat heeft Alex tegen je gezegd?'

'Hetzelfde als Svend aan Alex had geschreven, namelijk dat als er iets met hem gebeurt, ik contact met jou moet opnemen. En ik weet zeker dat er iets met Alex is gebeurd, dus daarom zit ik hier.'

Charlotte neemt nog een trekje en dooft de sigaret, waarna ze teruggaat en weer tegenover Veronika gaat zitten. 'Ik blijf me maar afvragen waarom Alex het heeft gedaan,' zegt ze. 'Ik vermoed dat de MI heel goed in de gaten houdt of iemand van binnenuit informatie lekt. Je vriend heeft dus een enorm risico genomen. Denk eraan wat er gebeurd is met… Hoe heet die klokkenluider ook alweer?'

'Frank Grevil,' zegt Veronika.

'Inderdaad. Hij is in de gevangenis terechtgekomen en zijn leven was min of meer kapot. En datgene wat hij lekte was, voor zover ik me kan herinneren, peanuts vergeleken bij dit.'

Veronika zwijgt. Ze eet een tomaat en drinkt een paar slokken water. Dan scheurt ze een stuk keukenpapier van de rol en veegt haar mond met mooie, sierlijke bewegingen af. 'Toen Alex besefte dat Svend vermoord was omdat hij weigerde een stel idioten die een blunder hadden begaan te beschermen, was hij woedend en heel verdrietig. Alex kan het helemaal niet hebben dat de dingen niet gaan zoals ze horen te gaan. Je moet je fatsoenlijk gedragen, de waarheid vertellen, je verontschuldigingen aanbieden als je een fout hebt gemaakt en vervolgens de straf accepteren die je verdient. Al dat liegen en rooksluiers leggen… daar kan hij helemaal niet tegen.'

Dan moet het moeilijk voor hem zijn geweest om voor een inlichtingendienst te werken, denkt Charlotte.

'En Alex heeft tegen jou gezegd dat je contact met mij moest opnemen. Mag ik vragen waarom?'

'Om je te helpen.'

'Waarmee?'

'Met uitzoeken wat er echt gebeurd is. Is dat niet waarmee je bezig bent?'

'Jawel, dat is zo. Maar, eh... met alle respect, hoe kun je me helpen? Wat kun je?'

'Ik kan iets met computers en netwerken en dergelijke.'

'Ja, dat kan ik zien. Ben je een hacker?'

Veronika glimlacht. 'Ja, dat is inderdaad een populaire naam voor mijn werk. Normaal gesproken noem ik mezelf IT-consultant, maar hacker... Dat vind ik ook prima.'

'Ik heb altijd gedacht dat hackers zwaarlijvige, bleke jongemannen met puistjes en veel te grote kleren waren met altijd een anderhalveliterfles cola binnen handbereik.'

'Ja, dat is het gebruikelijke vooroordeel.'

'En alle IT-consultants zijn jonge kerels in spierwitte overhemden en strakke kostuums.'

'Ja. Het wordt steeds gekker in de wereld,' zegt Veronika.

Blijkbaar is ze een Lisbeth Salander-type, denkt Charlotte, hoewel ze helemaal niet op het Zweedse personage lijkt. Veronika ziet er niet bepaald uit als een harde tante. Charlotte staat weer op en pakt de asbak, maar bedenkt zich en begint in plaats daarvan heen en weer te lopen. 'Je zei dat "ze" Alex hebben meegenomen. Wie zijn "ze"?'

Veronika haalt haar schouders op. 'Dat weet ik niet.'

'De Militaire Inlichtingendienst?'

Ze schudt haar hoofd. Ik weet het niet, maar het is nogal moeilijk om te denken dat ze er niets mee te maken hebben, toch?'

Charlotte kijkt haar een paar seconden aan. 'Ja.' Ze loopt naar het raam en kijkt naar de straat. 'Waarom ben je begonnen met... Hoe noemde je het ook alweer? Sweepen?'

'Omdat ik het heel prettig vind om te weten of ze je hier in de gaten houden.'

‘Hier? Wat bedoel je met “hier”? Hebben ze… word ik afgeluisterd? Mijn telefoon?’

‘De laatste keer dat ik het controleerde niet.’

‘Wat bedoel je daarmee?’

‘Precies wat ik zeg. Ik heb gisteren gecontroleerd of je afgeluisterd werd. En je man. Dat was niet zo. Ik heb daar in elk geval geen tekenen van kunnen vinden, en als ík dat niet kan, dan kan niemand het.’

Ze lijdt niet aan valse bescheidenheid, constateert Charlotte. Dat is goed. Net zoals het goed is om te onthouden dat schijn bedriegt. ‘Ze moeten natuurlijk een gerechtelijk bevel hebben om ons af te luisteren en daarvoor moeten ze de rechter vertellen waarom ze dat graag willen, en daar hebben ze vermoedelijk geen zin in.’

Veronika kijkt haar met een sceptische blik aan. ‘Een gerechtelijk bevel? Yeah, right.’ Ze wrijft met een hand over haar voorhoofd. ‘Ik denk dat Alex het lijk is dat ze in Kongelunden gevonden hebben,’ zegt ze vervolgens zachtjes.

‘Ik ben ook bang dat hij het is. Het is een heel forse man, die waarschijnlijk rood haar –’

‘Wat bedoel je met “waarschijnlijk”? Weet je iets?’

‘Het, eh… tja… hoofd van het lijk ontbreekt. Alex droeg een pet tijdens onze twee afspraken, maar toch kon ik zien dat hij rood haar had. Dat was zo, toch? En was hij stevig?’

Veronika staart voor zich uit. ‘Hebben ze hem onthoofd?’ De tranen beginnen over haar wangen te stromen. ‘Ja, hij was fors en had rood haar,’ zegt ze na een tijdje met schorre stem.

Charlotte vertelt haar niet dat Alex ook in zijn knieën is geschoten, want dat hoeft Veronika niet te weten. Nog niet in elk geval. ‘Hoe hebben ze eigenlijk ontdekt dat hij informatie naar buiten heeft gesmokkeld?’

‘Daar heb ik ook over nagedacht,’ zegt Veronika. ‘Hij was heel voorzichtig en kende de systemen door en door. Hij wist dat als hij iets zou doorsturen of kopiëren terwijl hij op de servers ingelogd was, ze dat zouden ontdekken, want alles wat een systeembeheerder doet, wordt bijgehouden. Dus hij smokkelde een oude mobiel mee naar binnen en nam foto’s van het scherm met de mails om aan jou te laten zien. Vervolgens smokkelde hij de mobiel weer naar buiten. En hij zorgde er natuurlijk voor dat hij de foto's maakte op een plek waar geen bewakingscamera's hingen. Hij wist natuurlijk waar die geplaatst waren.'

'Het klinkt als iets uit een oude spionagefilm om een scherm op die manier te fotograferen,' zegt Charlotte.

'Ja, maar naarmate de bewaking van alles en iedereen vernuftiger wordt, zijn het vaak de goede oude methoden die werken.' Ze denkt even na. 'De enige verklaring waarom ze hebben ontdekt waarmee hij bezig was, is volgens mij dat ze jou al een tijd in de gaten houden.' Ze kijkt naar Charlotte.

'Mij? Waarom zouden ze mij in vredesnaam in de gaten houden?'

'Omdat ze je als een veiligheidsrisico beschouwen.'

'Daar snap ik niets van.'

'Jezus, Charlotte, je bent getrouwd met een politieagent die was betrokken bij het onderzoek naar datgene wat er rond kerst en oud en nieuw is gebeurd. Bovendien ben je een journalist. Iemand die ervoor leeft om in dat soort kwesties te graven. Dat is de definitie van iemand met een groot veiligheidsrisico, van de kant van de inlichtingendienst gezien.'

'Jij zegt dus dat ze ontdekt hebben dat Alex informatie lekte omdat hij met mij had afgesproken?'

'De beste verklaring die ik kan bedenken is dat jij geschaduwd bent en dat ze Alex pas verdachten toen ze hem samen met jou zagen.'

Charlotte staart naar Veronika. Alex wilde in eerste instantie niet met haar afspreken en stemde alleen toe omdat zij hem onder druk zette. Langzaam begint de betekenis van wat Veronika zegt tot haar door te dringen.

Het kan haar schuld zijn dat hij dood is.

Haar schuld.

8 AUGUSTUS

37

Er bromt iets. Zijn onderbewustzijn registreert het geluid, maar de rest van hem probeert het te negeren. Het klinkt als een wesp en blijft koppig doorgaan. Juncker draait zich om, steekt half slapend zijn arm uit en tast naar zijn telefoon op het nachtkastje. Hij ziet dat hij door een onbekend nummer wordt gebeld en neemt op. 'Juncker,' zegt hij met schorre stem.

'Goedemorgen. Met Tønnesen van het huis van bewaring in Næstved. Sorry dat ik je zo vroeg stoor, maar je arrestant is daarnet met spoed weggebracht. Hij heeft geprobeerd zichzelf op te hangen in zijn cel.'

Zijn arrestant? Zijn hersenen slapen nog steeds. Zijn arrestant? O ja, Peter Johansen. Juncker gaat rechtop in bed zitten. 'Hoe erg is het? Is hij in levensgevaar?'

'Ik heb nog niets van het ziekenhuis gehoord, maar hij was bij bewustzijn toen ze met hem wegreden, dus misschien overleeft hij het. We moeten natuurlijk afwachten of er schade aangericht is.'

Juncker haalt diep adem. Verdomme.

'Het lijdt geen enkele twijfel dat hij zelfmoord wilde plegen,' gaat Tønnesen verder. 'Hij heeft het snoer van een lamp getrokken, heeft het ene eind aan de deurkruk en het andere rond zijn nek gebonden, is tegen de deur gaan staan en heeft zich laten zakken. We hadden er geen idee van dat hij suïcidaal was toen jullie hem gisteren brachten. Hij leek gedeprimeerd, maar dat zijn de meesten als ze opgesloten worden in een cel. Gisteravond leek alles goed met hem te zijn, en nadat hij had gegeten, vroeg hij of we iets te lezen hadden. Ik heb hem de een of andere Zweedse thriller gegeven.'

'Ik weet heel zeker dat jullie niets te verwijten valt,' zegt Juncker. 'Ik schatte hem ook niet als suïcidaal in. Hoe is het ontdekt?'

'Dat was puur toeval. Een collega liep langs de cel en hoorde een geluid… alsof er iets tegen de deur sloeg. Dat waren hoogstwaarschijnlijk de spasmen. Søren heeft de deur opengeduwd en het snoer losgemaakt. Het lijkt er gelukkig op dat hij op tijd was.'

Juncker heeft een paar keer eerder meegemaakt dat arrestanten probeerden zelfmoord te plegen in onderzoeken waarbij hij betrokken was. Een van hen was de president van een motorclub die was gearresteerd tijdens een omvangrijke actie tegen de wiethandel in Christiania. Hij had zich op dezelfde manier opgehangen als Peter Johansen had geprobeerd. De president van de motorclub was echter overleden.

Juncker vraagt zich altijd af of hij iets over het hoofd heeft gezien als een arrestant zelfmoord pleegt of dat probeert. Iets waardoor er belletjes hadden moeten rinkelen. Dat doet hij nu ook, maar zonder een antwoord te vinden. Hij kijkt op zijn telefoon. 6.17 uur. Hij kan net zo goed opstaan en aan het werk gaan.

De gedachte komt bij hem op als hij onderweg naar Næstved de snelweg passeert. Hij stopt aan de kant van de weg en denkt een minuut lang na over het idee. Dan maakt hij een U-bocht en neemt de oprit naar de snelweg in de richting van Kopenhagen.

Het eerste verhoor begint om negen uur en gaat door, ook al ligt Johansen in het ziekenhuis. Hij wordt *in absentia* voorgeleid, zoals dat heet. Het grootste deel van de ochtend zal verstrijken met het wachten op de uitkomst, en zelfs indien het ermee eindigt dat de beschuldigde in voorlopige hechtenis wordt genomen, zal hij beslist geen toestemming krijgen om hem vandaag te verhoren, en morgen waarschijnlijk ook niet. Er is met andere woorden niets wat op dit moment haast heeft.

Hoewel veel mensen nog vakantie hebben, is het druk op de weg, en de rit duurt een kwartier langer dan anders. In Valby neemt hij de afrit naar een tankstation. Hij belt naar Anders Jensen en vertelt hem dat hij iets moet regelen en pas over een paar uur op het bureau is. Daarna toetst hij Charlottes nummer in. Ze neemt meteen op.

'Goedemorgen, oma.'

'Goedemorgen, opa,' antwoordt ze.

Het klinkt alsof ze glimlacht en een warm gevoel verspreidt zich door zijn lichaam. 'Gefeliciteerd met...' Hij staat op het punt om 'ons' te zeggen, maar houdt zich in. Dat is te intiem. 'Met onze dochter,' zegt hij in plaats daarvan.

'Jij ook. Ja, het is te gek. Ik moest huilen toen ik het hoorde.'

'Dat vertelde Karoline. Dat deed ik ook. Bijna, tenminste.'

'Ha. *Big boys don't cry*, Martin.'

'Inderdaad. Maar, Charlotte, dat is niet de reden waarom ik bel. Ik wilde vragen of ik langs mag komen.'

Het blijft even stil. 'Waarom?'

'Omdat er iets is wat ik graag met je wil bespreken. En ik dacht dat… Ik bedoel, onze dochter is zwanger en… Ik wil gewoon graag…' Hij zoekt naar woorden, maar vindt ze niet. De blijdschap sijpelt uit zijn lichaam, terwijl de onderdrukte bitterheid die hem al maanden verteert langzaam terugkeert.

'Ik denk het niet, Martin.'

'Waarom niet?'

'Het, eh… komt op dit moment gewoon niet uit. Ik moet… Ik heb het druk. Ik ga zo meteen de deur uit.'

De gedachte raakt hem als een vuistslag. Er is een man in huis. Ze heeft een ander.

Hij leunt naar achteren, doet zijn ogen dicht en bijt zijn tanden zo hard op elkaar dat zijn kaakspieren trillen.

'Martin? Ben je er nog?'

Hij steekt zijn hand uit en verbreekt de verbinding.

Drie kwartier later rijdt hij het parkeerterrein voor het hoofdbureau op. Hij komt Anders Jensen in de gang voor zijn kantoor tegen. 'Wat krijgen we nou? Ik dacht dat je straks pas zou komen,' zegt de onderzoeksleider.

'De plannen zijn veranderd.' Juncker opent de deur.

'Johansen heeft achtentwintig dagen voorlopige hechtenis gekregen,' gaat Jensen verder.

'Mooi,' zegt Juncker, en hij doet de deur achter zich dicht.

Hij opent het raam, gaat achter zijn bureau zitten en staart voor zich uit. Zijn telefoon gaat. Het is Karoline.

'Hoi, papa,' zegt ze. 'Luister, ik heb de sleutel van de grijze archiefkast gevonden. Ik bedacht dat die ergens in opa's werkkamer moest liggen omdat hij er geen zin in zou hebben om elke keer naar buiten te gaan als hij hem wilde openen.'

'Waar heb je hem gevonden?'

'Kun je je herinneren dat je me een keer vertelde dat opa's lievelingsmuziek een pianoconcert van Beethoven was?'

'Ja, het vijfde. Dat wordt het "Keizersconcert" genoemd. Daar luisterde hij altijd en eeuwig naar.'

'Precies. Daar heb ik de sleutel gevonden. In de platenhoes.'

Juncker is onder de indruk. 'Goed nagedacht, Karoline.'

'Dat heb ik geërfd. Ik heb een vader die een redelijk goede onderzoeker is.'

Hij glimlacht. 'Wat zit er trouwens in de kast?'

'Er hangen een paar oude dossiermappen in waar ik nog niet in gekeken heb.'

'Is dat alles?'

'Nee. Ik heb ook dagboeken gevonden.'

'Dagboeken? Bedoel je... die opa heeft geschreven?'

'Ja. En het zijn er veel. Ik heb ze niet geteld, maar ik denk dat het er ongeveer honderd zijn. Met een paar honderd pagina's per boek. Van die zwarte notitieboeken in A5-formaat. Ze zijn dicht beschreven en gaan veertig tot vijftig jaar terug, voor zover ik kan zien. Het zijn aantekeningen die over van alles gaan.'

Juncker zwijgt.

'Hij heeft gewoon logboeken van zijn volwassen leven bijgehouden. Bizar, vind je niet?' gaat zijn dochter verder.

Bizar? Jazeker. En beangstigend.

38

Charlotte weet het. Het verstandigste zou zijn om naar de redactie te gaan, hoofdredacteur Magnus Thesander aan te spreken en te vertellen hoe het zit: dat ze ergens is beland waar ze geen grond meer onder haar voeten heeft en dat er gevaarlijke onderstromen en troggen in de diepte zijn waarin iemand heel gemakkelijk voor altijd kan verdwijnen.

Dat gaat echter niet gebeuren, want ze weet wat Thesander dan zal doen. Of hij staat erop dat het hele onderzoeksteam op het verhaal wordt gezet en geeft 'vol gas', zoals hij het uitdrukt. Dan zal ze worden gedwongen om zich aan te passen en zich aan Mikkels aanwijzingen te onderwerpen, met als gevolg dat haar verhaal razendsnel in het verhaal van het volledige team verandert. Een andere mogelijkheid is dat hij haar van het verhaal af haalt omdat ze op ramkoers ligt met het grondbeginsel van haar beroep dat luidt dat een journalist niet bevooroordeeld mag zijn. Dat is onder andere het geval als een naast familielid een rol in het verhaal speelt, en hoewel Martin en zij uit elkaar zijn en ze de afgelopen acht maanden alleen sporadisch contact met elkaar hebben gehad, zullen de kruisridders van de etiquette – en dat zijn er veel bij de krant – van mening zijn dat ze nog steeds te nauw bij elkaar betrokken zijn en hij onbetwistbaar deel van het verhaal uitmaakt.

En daar hebben ze eigenlijk ook gelijk in.

Ze schenkt een kop koffie in. Het telefoongesprek met Martin zit haar nog steeds dwars. Veronika slaapt in de logeerkamer. Charlotte kijkt om zich heen in de keuken. Ze houdt van deze ruimte. Twintig jaar geleden hebben Martin en zij de woning gerenoveerd en hebben ze de keuken van de eerste verdieping naar de begane grond verplaatst. De ruimte heeft eigenlijk een flinke opknapbeurt nodig, maar hoewel Martin en zij het er in het afgelopen jaar meerdere keren over hebben gehad om dat te doen, is er iets in Charlotte wat tegenstribbelt. Haar leven zit in de vlekken op de niet meer spierwitte muren en de scheuren in de versleten plankenvloer. Ze hoort het geroezemoes en de gesprekken van de duizenden maaltijden, de doordeweekse met Martin, de kinderen en zij rond de tafel, maar ook de kerst- en paasdiners en de verjaardagsetentjes met familieleden en vrienden.

Ze pakt de beker en probeert hem helemaal stil te houden, maar als ze naar de zwarte koffie kijkt, ziet ze lichte rimpelingen op de vloeistof. Ze moet denken aan de scène in *The China Syndrome*, de Amerikaanse film met Jane Fonda en Michael Douglas, waarin ze zich in een kerncentrale bevinden en plotseling ontdekken dat er iets helemaal mis is omdat ze zien dat de oppervlakte van een kop koffie vibreert: er dreigt een meltdown.

Hier is er op zijn zachtst gezegd ook iets helemaal mis. Bovendien beseft ze dat ze de afgelopen dagen iets heeft verdrongen wat haar dwarszit. Ze is boos op Signe en Martin. De afgelopen tijd is het haar langzamerhand duidelijk geworden dat die twee wisten over de poging om de gebeurtenissen voor en na de terreuraanslag in de doofpot te stoppen. Ze hebben hun hakken tegen elkaar geslagen en het bevel dat ze hadden gekregen opgevolgd. Ze hebben gezwegen over wat ze wisten. Waarom? Is dat die verdomde korpsgeest, waarover mensen bij de politie en het leger altijd zo hoog opgeven? De noodzaak om één front te vormen tegen alle naïeve idioten die er geen flauw idee van hebben wie de vijand is? Of is het omdat Signe en Martin net als hun chefs van mening zijn dat het volk bepaalde dingen beter niet kan weten?

Ze heeft zin om naar Sandsted te rijden, de situatie in Martins gezicht te smijten en hem te vragen hoe hij het vindt dat zijn zwijgen minstens één persoon het leven heeft gekost.

Ze gaat aan tafel zitten, haalt een sigaret uit het pakje en staat op het punt hem op te steken. Het is verdomme háár keuken en ze kan zelf beslissen waar ze wil roken. Maar dan bedenkt ze hoe ze de stank van sigarettenrook haat en dat ze er spijt van zal hebben als ze de volgende keer thuiskomt. Dus ze neemt de asbak en de aansteker mee naar de achtertuin en gaat aan de tuintafel zitten.

Signe weet hetzelfde als Martin en heeft haar mond ook gehouden, maar zij heeft er nu in elk geval genoeg van. Charlotte inhaleert de rook in haar longen en voelt hoe de nicotine de ergste woede vermindert. Het is natuurlijk makkelijk voor haar om verheven te doen en te vinden dat de waarheid tegen elke prijs aan het licht moet komen, maar die twee wisten maar al te goed wat de prijs zou kunnen zijn als ze hun mond voorbijpraatten.

Ze loopt de keuken weer in. Het is elf uur. Ze voelt zich nu iets kalmer. Ze haalt een rol bruin plakband tevoorschijn, bijt er een stukje af, klapt haar laptop open en plakt de tape over de cameralens. Daarna loopt ze naar buiten en kijkt in beide richtingen de straat in. Zoals gewoonlijk zijn alle parkeerplekken bezet. Alles ziet er heel normaal uit, en ze weet ook niet precies waarnaar ze op zoek is. Ze kent tenslotte niet alle auto's die normaal gesproken in de straat staan uit haar hoofd, zodat ze kan zien of er een vreemde auto geparkeerd staat. Stop daarmee, maant ze zichzelf, en ze loopt terug naar de keuken. Op de trap klinken voetstappen, en Veronika verschijnt in de deuropening. Ze ziet er nog net zo beroerd uit als de vorige avond.

'Koffie?' vraagt Charlotte.

'Nee, dank je.' Veronika gaat op dezelfde stoel als de vorige keer zitten.

'Thee dan?'

'Graag. Heb je groene thee?'

Charlotte haalt haar schouders op. 'Ik heb geen idee wat voor kleur het heeft. Het is thee.' Ze kan zich niet herinneren wanneer ze voor het laatst thee heeft gedronken. 'Toen er een autopsie op Alex werd gedaan...' Ze kijkt naar de jonge vrouw. 'Is het goed als we daarover praten?'

Veronika knikt.

'Goed. Tijdens de autopsie is in zijn maag een kleine plastic ampul gevonden die hij ingeslikt had. In de ampul zat een briefje met mijn telefoonnummer. Ik heb erover nagedacht waarom hij dat heeft gedaan. Ik kan heel goed begrijpen dat hij de mogelijkheid wilde hebben om me te bereiken, maar nu jij me hebt verteld dat hij een IT-deskundige was, begrijp ik niet waarom hij mijn nummer niet gewoon uit zijn hoofd heeft geleerd.'

'Hij was heel slecht in het onthouden van cijfers,' zegt Veronika.

'Als IT-deskundige?'

'Ja. Hij haalde telefoonnummers altijd door elkaar, net als verjaardagen trouwens. Daarbij verwisselde hij de datum en de maand altijd. Hij had weliswaar aanleg voor cijfers, maar alleen voor bepaalde vormen ervan.'

Signe had dus gelijk.

'Maar had hij niet gewoon het papiertje kunnen doorslikken? Waarom de plastic ampul?'

'Ik zou ook geen stuk papier kunnen doorslikken. Het is gemakkelijker om dat met een klein, glad, plastic ding te doen. Maar misschien wilde hij dat als er iets met hem gebeurde... als hij dus vermoord werd, dat ze je nummer zouden vinden. Op iedereen die wordt vermoord, wordt toch een autopsie uitgevoerd?'

'Dat klopt.' Die mogelijkheid had Signe ook genoemd. 'Had je er gisteren een vermoeden van dat je geschaduwd werd?'

'Nee. Als dat zo was, dan was ik niet gekomen.'

'Maar als ze mij in de gaten houden, is het niet uitgesloten dat ze je gezien hebben toen je hiernaartoe ging.'

'Ik heb goed om me heen gekeken, ook voordat ik me achter de vuilcontainers verstopte. Ik heb niemand gezien.'

Als het professionals zijn, dan ontdek je ze waarschijnlijk niet, denkt Charlotte. 'Oké, maar toch denk ik dat je voorlopig binnen moet blijven. En je mag onder geen beding de deur opendoen voor iemand als ik hier niet ben. Blijf zoveel mogelijk op de eerste verdieping en uit de buurt van de ramen.'

'Als ze me te pakken willen krijgen, dan kunnen ze toch gewoon inbreken?'

'Inbreken? Hier? Ik denk dat het gemakkelijker is om ongemerkt de kas van de Nationale Bank te naderen dan om op klaarlichte dag in te breken in een huis in deze buurt. Ik ben er eigenlijk een beetje verbaasd over dat er niemand naar je toe gekomen is om te vragen wat je in mijn tuin deed. Ze zijn nogal nieuwsgierig in deze wijk.'

Ze moet Signe te pakken zien te krijgen. Maar hoewel Veronika denkt dat haar telefoon niet gecontroleerd wordt – of dat in elk geval niet werd toen ze het checkte – is ze van mening dat het toch te riskant is om van haar eigen telefoon naar Signe te bellen. Ze gaat naar boven en opent een lade in de grote commode, waarin een enorme kluwen ligt van allerlei mogelijke en onmogelijke kabels, opladers en afgedankte elektronische apparaten die Martin en zij al jarenlang niet kunnen weggooien. Ze zoekt ertussen. Ergens in de chaos moet haar oude telefoon liggen. Ze weet zeker dat ze hem niet heeft weggegooid omdat ze een reservetoestel wilde hebben, en uiteindelijk vindt ze hem. Ze gaat weer naar de keuken en zet haar telefoon uit. Nu hoeft ze alleen nog maar een prepaidkaart voor de oude te kopen.

Ze vraagt zich af of ze via de voordeur zal vertrekken. Hoewel ze niets ongewoons op straat heeft gezien en Veronika ook niets is opgevallen wat verdacht leek toen ze hier gisteren arriveerde, wil dat niet zeggen dat ze niet in de gaten worden gehouden. 'Ik moet een paar dingen regelen,' zegt ze tegen Veronika. 'Zoals ik al zei, zorg ervoor dat je niet beneden komt en doe voor niemand open.'

'Wanneer ben je terug?'

'Ergens in de middag, denk ik. Heb je een telefoon?'

'Ja, maar die staat uit. Ik heb hem al een paar dagen niet aanstaan.'

'Ik koop een nieuwe voor je. En een prepaidkaart.'

Veronika knikt. 'Goed idee.'

'En ik betaal contant.'

'Ook een goed idee.'

'Ik ga via de achterdeur. Tot straks,' zegt Charlotte, voordat ze de achtertuin in loopt. Ze trekt een stoel naar de ongeveer twee meter hoge schutting tussen hun tuin en die van de achterburen en gaat erop staan. Het is een jong stel, dat ze tamelijk goed kent. Ze hebben een paar maanden geleden een baby gekregen, en de vrouw, die Amanda heet, heeft zwangerschapsverlof. Charlotte duimt dat Amanda thuis is. En dat het haar lukt om over de schutting te klimmen. Eerst gooit ze haar tas naar de andere kant, daarna zet ze haar handen op de schutting en duwt zichzelf omhoog. Ze kreunt van de inspanning, maar het lukt haar om op de schutting te komen, en ze rust even uit op haar gestrekte armen. Jezus, wat ben ik stijf, denkt ze, terwijl ze probeert haar rechterbeen omhoog te zwaaien. Dat lukt, maar ze verliest haar evenwicht, waardoor ze bijna in de tuin van de buren valt. Nog net op tijd slaagt ze erin op de rand van de schutting te gaan liggen, die in haar buik en borst snijdt. Als iemand haar nu ziet – en dat is niet onmogelijk – denkt diegene hoe dan ook dat ze gek geworden is.

Ze hoort een terrasdeur opengaan en een verbijsterde stem. 'Charlotte? Wat doe je in vredesnaam?'

'Amanda,' zegt ze kreunend. 'Wat goed dat je er bent. Wil je een stoel bij de schutting zetten zodat ik erop kan stappen?'

'Natuurlijk.'

Ze verzamelt haar laatste krachten en slaagt erin om aan de andere kant van de schutting te komen. Het heeft haar een schaafwond op haar buik opgeleverd. 'Zo. Bedankt voor je hulp, Amanda. Ik doe dit omdat...' Ze zoekt naar een verklaring die redelijk logisch is voor een normaal mens en in die categorie valt níét dat ze misschien wordt geschaduwd door een zeer geheim moordcommando. 'Tja... Ik wil je graag uitleggen waarom ik dit doe, maar dat moet een andere keer. Op dit moment ben ik je heel dankbaar als ik via jullie voordeur naar buiten mag.'

Amanda kijkt naar haar alsof ze een buitenaards wezen is. 'Ja... natuurlijk...'

Charlotte loopt Amanda's huis in. In de gang haalt ze een grote grijze sjaal uit haar tas. Voor de eerste keer in haar leven heeft ze spijt van haar knalrode haar. Het is niet de slimste kleur als je graag enigszins onopvallend wilt rondlopen. Ze zou net zo goed een blauw knipperlicht op haar hoofd kunnen vastmaken. Ze wikkelt de sjaal rond haar hoofd, schuift de rode lokken onder de stof en opent de voordeur. 'Bedankt, Amanda. Zoals ik al zei, zal ik het uitleggen –'

'Het heeft toch niets met Juncker te maken? Dat hij...' Amanda ziet er bezorgd uit.

'Met Martin?' Charlotte begrijpt niet wat haar buurvrouw bedoelt, maar ineens beseft ze dat Amanda denkt dat Juncker haar stalkt. Ze glimlacht kalmerend 'Nee, nee, het heeft niets met hem te maken. Helemaal niets. Maar goed, tot ziens.' Na deze woorden haalt ze diep adem en loopt de voortuin in.

39

Signe is geen eenling, niet iemand die het liefst alleen werkt zonder inmenging van collega's. Voor haar is het belangrijk om iemand te hebben met wie ze dingen kan bespreken. Met wie ze kan sparren. Tegenwoordig heeft ze niemand meer met wie ze dat kan doen, en ze kan zich niet herinneren dat ze daar ooit zoveel behoefte aan heeft gehad als op dit moment.

Onder normale omstandigheden zou ze Juncker in vertrouwen nemen, of Merlin, of allebei. Maar Merlin... Dat is uitgesloten. Ze heeft gesjoemeld met bewijs, speelt een dubbelspel en heeft haar collega's niet verteld waarmee ze bezig is. Het is ondenkbaar dat Merlin daar niet op zou reageren door haar te schorsen en de speurneuzen van de Onafhankelijke Politieklachtenautoriteit te laten onderzoeken wat ze precies heeft gedaan, simpelweg omdat het hem zijn baan zou kosten als hij niet hard tegen haar zou optreden.

En Juncker? Het is bijna een jaar geleden dat ze nauw hebben samengewerkt, en als hij nog steeds de man was geweest die hij was, had ze er niet aan getwijfeld dat hij haar zou steunen. Maar hoewel hun contact de afgelopen maanden sporadisch is geweest, heeft ze gevoeld dat hij veranderd is. Er is iets met hem gebeurd in Sandsted. Voor zover ze weet, heeft hij op dit moment trouwens zijn handen vol aan een moordzaak en dit is niet iets wat je tijdens een telefoongesprek afhandelt. Dit durft ze met niemand te bespreken als ze diegene niet recht in de ogen kan kijken.

En Victor dan? Vertrouwt ze hem niet? Ze denkt van wel. Ja, ze denkt inderdaad dat ze hem vertrouwt.

Ze verplaatst een paar stapels papieren op haar bureau. Hoelang kan ze haar bedrog volhouden? Als de forensisch technicus die de foto's van het papiertje en de ampul in het Forensisch Instituut heeft gemaakt om de een of andere reden op het idee komt om naar de foto's te kijken, is er een groot risico dat hij ontdekt dat ze heeft gesjoemeld. Doet hij dat, dan is het voorbij. Volledig.

De ochtendbesprekingen van de afgelopen dagen zijn kort geweest. Het enige spoor dat de onderzoekers hebben, is het foute spoor dat Signe heeft geplant. Ze ontdekten al snel dat het telefoonnummer van de Immigratiedienst op het papiertje het rechtstreekse nummer van de directrice van Asielvestiging 3 is. Ze heet Merete Klargaard en is een vierenveertigjarige jurist die zelfs nog nooit een bekeuring voor fietsen zonder licht heeft gekregen. Signe is zich er pijnlijk van bewust dat de afgelopen twee dagen een nachtmerrie zijn geweest voor de vrouw, die is getrouwd met een ingenieur en moeder is van twee tienerjongens. Ze is meerdere keren verhoord en heeft voortdurend herhaald wat ze de allereerste keer heeft gezegd tegen de twee agenten die haar op zondagmiddag bij haar huis, een villa in Valby, ophaalden. Ze heeft geen idee waarom het nummer van haar werktelefoon in de maag van een onthoofd lijk is gevonden.

De onderzoekers hebben Merete Klargaards leven doorzocht zonder ook maar iets te vinden waaruit zou kunnen blijken dat de vrouw niet zuiver op de graat is. Het is ook niet gelukt om via het verhoren van familieleden, vrienden en collega's een connectie te vinden tussen de directrice van Asielvestiging 3 en iemand met het signalement van het onthoofde lijk: een bijna twee meter lange man met rood haar.

'Kan het op de een of andere manier iets met mensensmokkel te maken hebben?' vroeg Signe met een vieze smaak in haar mond tijdens de briefing van de vorige dag, terwijl ze vurig hoopte dat ze de onschuldige vrouw van de asielvestiging op een dag een verklaring kan geven en haar verontschuldigingen kan aanbieden.

Haar collega's staarden met een lege blik in hun ogen naar haar. 'Mensensmokkel? Hoe zie je dat voor je?' vroeg Merlin sceptisch.

'Tja, ik heb geen idee. Het is maar een gedachte,' mompelde Signe, waarna de theorie was verworpen. 'De mogelijkheid bestaat ook dat de acht cijfers geen telefoonnummer zijn, maar iets anders.'

'Wat dan?' bromde Merlin.

'Het kan strikt genomen van alles zijn, zoals een code van een bankkluis of een brandkast.'

'En als dat zo is, hoe moeten we daar dan verder mee komen?'

'Misschien kunnen we een persbericht uitsturen waarin we het publiek vragen om hulp bij het achterhalen wat de acht cijfers kunnen zijn,' stelde ze voor.

Merlin keek haar met opgetrokken wenkbrauwen aan. 'Daar moet ik over nadenken.'

De briefing van vanochtend voegde ook niets aan het onderzoek toe. De directrice van de asielvestiging was weer aan het werk en had te horen gekregen dat ze nergens van werd verdacht. Signe staat op en loopt haar kantoor uit om een kop koffie te halen. Onderweg krijgt ze een sms van Charlotte.

13.37. We moeten afspreken. Niet op Teglholmen.

Signe antwoordt meteen.

13.38. Oké. Mozarts Bodega in de Mozartsvej om 15.00.

13.39. Vraag. Heb je een oude telefoon?

13.39. Nee.

14.40. Koop een goedkope. En een prepaidkaart.

13.40. ??

13.41. Leg het straks uit.

Misschien weet Charlotte dat ze wordt afgeluisterd. Goed dat ze hier niet telefonisch over gepraat hebben.

De ober in Mozarts Bodega ziet er nog precies hetzelfde uit, met een zwarte gabardine broek, een wit overhemd, een dikke gouden ketting en haar dat met behulp van gel naar achteren is gekamd. Hij lijkt een man die niet alleen in het verkeerde decennium, maar ook in de verkeerde eeuw is geboren.

Signe kijkt om zich heen. Ze ziet maar één gast, die aan de bar zit en eruitziet alsof hij zo dronken is dat hij het nauwelijks zou merken als er een handgranaat in het café zou ontploffen.

De ober herkent haar. 'Dat is lang geleden,' zegt hij met een vriendelijke glimlach. Signe komt af en toe naar het ouderwetse café als ze een afspraak heeft met mensen die om de een of andere reden geen zin hebben om op een politieafdeling gezien te worden.

'Inderdaad.'

'Wil je het gebruikelijke?'

'Graag. Twee spa rood met –'

'IJs en citroen. Alles erop en eraan dus.'

'Precies. Als er iets gevierd moet worden, dan...'

'Inderdaad, dat klopt helemaal.'

Signe gaat bij een van de achterste tafeltjes zitten. Een paar minuten later komt Charlotte binnen. Ze heeft een sjaal rond haar hoofd en een grote zonnebril op. Ze gaat zitten, kijkt om zich heen en doet de bril af. 'Dat dit soort plekken nog steeds bestaan.'

'Ja, maar het zijn er niet veel meer.' Ze houdt haar hoofd schuin en bestudeert Charlotte. 'Waarom draag je een sjaal?'

Charlotte haalt diep adem. 'Ik word misschien geschaduwd. En als dat zo is, dan denk ik dat met mijn rode haar –'

Signe fronst haar voorhoofd. 'Waarom denk je dat je geschaduwd wordt?'

Charlotte kijkt naar de ober achter de bar. 'Sorry, mag ik hier roken?'

Hij is bezig met het poetsen van een bierglas en houdt het tegen het licht. 'U mag hier roken tot u naar buiten wordt gedragen.'

En dat is gedurende de jaren waarschijnlijk met veel gasten gebeurd, bedenkt Signe. Charlotte steekt een sigaret op. Signe ziet dat haar hand een beetje trilt.

Charlotte draait haar hoofd weg en blaast de rook bij Signe vandaan. 'Ik kreeg gisteren bezoek,' zegt ze.

'Van wie?'

'Een goede vriendin van mijn bron.'

Signe schuift haar stoel naar voren. 'De vriendin van de vermoorde man?'

'Ja. Een jonge vrouw. Ze heet Veronika.'

'Oké. Dat is fantastisch. Wat weet ze?'

Charlotte vertelt dat Veronika heeft gecontroleerd of het huis afgeluisterd werd. 'Ze is een hacker. En Alex – zo heet hij – heeft haar gevraagd om contact met mij op te nemen als er iets met hem gebeurde. Om me te helpen. Toen ze een paar dagen niets van hem had gehoord, nam ze aan dat er iets mis was.'

'Alex? Hoe heet hij nog meer? Weet je dat?'

'Ja. Alexander Hansen. Hij werkte bij de MI als... Ik geloof dat ze systeembeheerder zei. Veronika vertelde trouwens dat hij Svend Bech-Olesen heel goed kende. Als systeembeheerder had Alex blijkbaar toegang tot heel veel informatie.'

Signe knikt. Ze heeft er rekening mee gehouden dat de onthoofde man een insider was. Een Edward Snowden-type. Iemand van buitenaf zou niet ongemerkt in de systemen kunnen komen en er informatie uit kunnen halen zonder ontdekt te worden. De tijd waarin dat kon is voorbij. Dat zeggen de inlichtingendiensten in elk geval als daarnaar wordt gevraagd.

'Vertelde Veronika hoe ze volgens haar hebben ontdekt dat Alex informatie naar buiten wilde brengen?'

'Ja.' Charlotte kijkt naar de tafel. 'Ze denkt dat ze hem waarschijnlijk via mij op het spoor zijn gekomen.'

'Via jou? Hoe dan?'

'Omdat ze me misschien schaduwen en Alex hebben gezien toen we in Nordhavn hadden afgesproken. Als dat klopt...' Ze krimpt een beetje in elkaar. 'Ik was degene die erop stond om met hem af te spreken. Hij wilde eerst niet, maar ik hield vol. Omdat ik wilde weten wie hij was.' Charlottes ogen worden vochtig. 'Het is dus mijn schuld dat ze hem hebben ontdekt. Het is mijn schuld dat hij dood is.'

Signe pakt Charlottes hand en geeft er een kneepje in. 'Rustig maar.' Ze denkt een paar seconden na. 'Het is helemaal niet zeker dat je geschaduwd bent. Dat weet Veronika toch niet? Ze denkt het alleen. Ze kunnen ook op een andere manier ontdekt hebben dat Alex ergens mee bezig was. Hij kan zelf geschaduwd zijn of iets dergelijks. Je moet jezelf hier niet mee kwellen. Waarom zouden ze jou trouwens schaduwen?'

'Omdat ik met Martin getrouwd ben en journalist ben. Veronika denkt dat ze mij als een veiligheidsrisico beschouwen door alles wat Martin weet.'

Dat is eigenlijk heel logisch, denkt Signe. Misschien wordt ze zelf ook geschaduwd.

'Had je het gevoel dat iemand je volgde toen je hiernaartoe kwam?'

'Nee, maar ik heb ook geprobeerd om – hoe zal ik het zeggen? – voorzorgsmaatregelen te nemen. Ik ben naar de tuin van de achterburen geklommen en ben via hun huis naar buiten gegaan, zodat ik in een andere straat dan de onze uitkwam. Daarna ben ik bij mijn werk via de hoofdingang naar binnen gegaan en via de achteringang, die bijna niemand gebruikt, weer naar buiten gegaan. Vervolgens heb ik een taxi hiernaartoe genomen. En ik draag een sjaal.'

'Allemachtig. Je lijkt James Bond wel.' Signe glimlacht. 'Ze moeten heel goed zijn als het ze gelukt is om je te volgen. Ook omdat er grenzen zijn aan de hoeveelheid middelen die ze voor zo'n opdracht inzetten. En ik weet tenslotte uit ervaring hoeveel mensen er nodig zijn om iemand effectief te kunnen schaduwen. Maar luister, we bellen een taxi als je hier vertrekt. Is de chauffeur die je hiernaartoe gebracht heeft via de Sjælør Boulevard gereden?'

'Ik geloof het wel.'

'Goed. Zeg tegen de chauffeur die je terugbrengt dat hij je via de Mozartsvej naar huis rijdt. Dan blijf ik hier binnen en houd ik in de gaten of je gevolgd wordt als je in de taxi langsrijdt. En dat met die telefoons...'

'Het lijkt me slim als we onze eigen telefoons niet gebruiken om met elkaar te communiceren.'

'Yep, goed idee. Ik koop een goedkope telefoon met een prepaidkaart en dan communiceren we op die manier. Voornamelijk sms'jes. We bellen elkaar alleen als het absoluut noodzakelijk is.' Signe staat op. 'Kun je een taxi bellen?' vraagt ze aan de ober.

'Een taxi? Natuurlijk.'

Charlotte blijft zitten. 'Ik heb eerder vandaag Martin gesproken. Hij belde.'

'Wat wilde hij?'

'Me zien. Hij was naar Kopenhagen gereden en belde toen hij in Valby was.'

'Wat zei je tegen hem?'

'Ik raakte in paniek. Ik kon niet overzien wat er zou gebeuren als hij ontdekte dat Veronika bij me in huis is, dus zei ik dat hij niet kon komen. Dat ik geen tijd voor hem had.'

'Wat antwoordde hij daarop?'

'Ik denk dat hij er verdrietig over was. Ook omdat hij met me over Karoline wilde praten.'

'Wat is er met haar?'

'Wacht, dat weet je natuurlijk niet. Ze is zwanger.'

'O ja? Gefeliciteerd. Wat geweldig. Jullie worden dus opa en oma.'

'Ja, het is fantastisch. En heel vreemd dat het te midden van dit alles gebeurt waardoor we het niet fatsoenlijk kunnen vieren. Niet op dit moment in elk geval.'

'Dat kan ik helemaal begrijpen. Het moet heel vreemd zijn.'

Misschien moet ze toch met Juncker praten en hem vertellen waar Charlotte en zij mee bezig zijn. Misschien heeft hij dat zelf trouwens al bedacht.

Twee minuten later arriveert de taxi. Signe vraagt zich af of ze iets opbeurends tegen Charlotte zal zeggen, maar besluit het niet te doen. 'Het is waarschijnlijk verstandig als je tegen Veronika zegt dat ze voor alle zekerheid binnen en uit de buurt van de ramen moet blijven.'

'Dat heb ik al gedaan.'

Als de taxi met Charlotte erin is weggereden, kijkt Signe een halve minuut lang door het raam naar de straat, maar er passeren geen auto's.

De ober kijkt belangstellend naar haar. 'Problemen?'

'Geen problemen die ik niet aankan.'

'Dat geloof ik meteen.'

Signe gaat weer bij het tafeltje zitten en belt Victor. 'Waar ben je?' vraagt ze.

'In mijn kantoor in Søborg.'

'Wanneer ben je van plan weg te gaan?'

'Om zes uur. Waarom?'

'Ik wil met je praten. Is het goed als ik vanavond langskom?'

'Prima. Ik verheug me er nu al op.'

'Ik ook.'

40

Voor zover hij het zich herinnert is het pak wijn in de keuken bijna leeg, en hij wil niet zonder zitten. Niet nu. Niet na een dag als vandaag, die ergens binnen in hem een knoop heeft veroorzaakt, die alleen verdwijnt als hij wordt weggespoeld met de een of andere vorm van alcohol. Hij drukt zichzelf echter op het hart dat hij in het bijzijn van zijn dochter niet dronken mag worden. Maar licht verdoofd, zodat de pijn verdwijnt, dat kan wel.

Er is een aanbieding van zijn Zuid-Afrikaanse favoriet. Drie voor vierhonderd kronen, dat is honderd kronen minder dan anders. Het zou dom zijn om ze niet mee te nemen. Juncker zet de drie pakken wijn in zijn boodschappenmand en gooit er een halve kilo koffie en zes rollen toiletpapier bij. Want alleen wijn in zijn mand is... zielig, op de een of andere manier. Hij neemt ook twee potjes pesto en een zak fusilli mee, zodat niemand zal denken dat hij niet fatsoenlijk eet en zich alleen volgiet met wijn.

Als dit allemaal achter de rug is, stopt hij met drinken. Minstens een maand.

Er is alleen geen uitzicht op dat 'dit allemaal' – zijn ballingschap in Sandsted, de nachtmerries en de breuk met Charlotte – snel achter de rug is. Het is een illusie om te denken dat het binnen een afzienbare periode voorbij is.

'Karoline?' roept hij als hij de hal in loopt.

'In de werkkamer.'

Hij gaat naar de keuken, zet de twee draagtassen op de keukentafel, schenkt een glas wijn in en gaat naar Karoline toe. Ze zit op de divan en naast haar liggen de zwarte notitieboeken in zeven stapels.

'Tot hoever gaan ze terug?'

'Voor zover ik kan zien tot juli 1956.'

Hij gaat in de fauteuil zitten. Dat is twee jaar voordat hij werd geboren.

'Wist je niet dat opa dagboeken bijhield?'

'Nee. Daar had ik geen idee van.'

'Denk je dat oma het wist?'

Juncker haalt zijn schouders op. 'Dat weet ik niet. Ze heeft er in elk geval nooit iets over gezegd.'

Karoline kijkt naar de stapels. 'Hij moet er heel veel tijd aan besteed hebben.'

'Ja. Dat verklaart deels waarom hij zich hier zo vaak opsloot.'

Karoline pakt een van de notitieboeken en bladert erin. 'Eigenlijk zijn het geen echte dagboeken, hij schreef niet elke dag systematisch op wat hij had gedaan. Het zijn eerder beschouwingen, waarvan sommige echt ongelofelijk zijn. Daaruit blijkt dat hij een heel andere kant had dan die hij aan anderen liet zien. Hij schrijft over van alles. Over het weer. Over concerten waar hij naartoe geweest is. Over zijn gezin. En ook over zijn werk. Hij denkt erover na hoe het is om advocaat in een stadje zoals Sandsted te zijn. Over de kleingeestigheid en het provincialisme. Sommige stukken zijn eigenlijk heel leuk. Het is alsof ik zijn stem hoor als ik het lees.'

Bedankt voor de waarschuwing, denkt Juncker.

Lapzwans.

'Hij schrijft over zijn liefde voor oma. En voor jullie, zijn kinderen.'

'O ja?'

'Er zijn ook veel passages waarin hij nadenkt over zichzelf en de manier waarop hij zich tegenover anderen gedraagt. Dat het er, bijna tegen zijn wil, bijna altijd mee eindigt dat hij zich hoogdravend en arrogant gedraagt, terwijl hij zichzelf in werkelijkheid als een heel ander mens beschouwt. *Weer een avond waarop ik de sfeer verpest heb met mijn tirannieke gedrag*, schrijft hij ergens. Ergens anders noemt hij zichzelf een januskop. Wat is dat trouwens?'

'Janus is een god uit de Romeinse mythologie die wordt afgebeeld met twee gezichten die elk een eigen kant op kijken. De januskop symboliseert – hoe moet ik dat zeggen? – dat iemand tegengestelde eigenschappen kan hebben. Twee verschillende gezichten als het ware.

'Dat past heel goed bij hoe hij zichzelf zag, denk ik.' Ze kijkt naar haar vader. 'Heb je zin om ze ook te lezen?'

Nee, denkt hij. 'Eh... jawel, dat wil ik wel.'

'Maar daarvoor moet je jezelf eerst moed indrinken?'

Ja, denkt hij. 'Wat bedoel je?'

'Precies wat ik zeg.'

Hij kiest ervoor om de opmerking te negeren, zet het glas op het tafeltje naast de stoel en loopt naar de divan. 'Wat is de eerste stapel?'

Karoline wijst. Hij pakt het bovenste dagboek, gaat weer zitten, drinkt zijn glas leeg en leunt naar achteren. Waar is hij eigenlijk zenuwachtig voor? Het kan toch geen kwaad als het beeld dat hij van zijn vader heeft genuanceerder wordt? Wat is het probleem?

Langzaam begint hij te beseffen dat het probleem niet alleen is wie zijn vader was, maar ook wie hij zélf is. Het grootste deel van zijn identiteit – als zoon, als echtgenoot, als vader en beslist ook als collega – is opgebouwd rond het verhaal over de tirannieke vader en de onderdrukte zoon die zich heeft losgemaakt en tegen alle verwachtingen in een volwaardig mens is geworden. Min of meer. Als dat verhaal niet blijkt te kloppen…

Hij opent het zwarte notitieboek.

41

Charlotte overweegt om via Amanda's woning naar de achtertuin te gaan en weer over de schutting te klimmen, maar bedenkt zich. Veronika heeft de terrasdeur achter haar op slot gedaan toen ze een paar uur geleden vertrok en de deur kan alleen van binnenuit geopend worden. Misschien slaapt Veronika, en dan schrikt ze zich waarschijnlijk dood als er plotseling iemand op de deur staat te hameren. Bovendien: als ze haar en het huis echt in de gaten houden, dan komen ze er hoe dan ook achter waar ze is. En wat dan nog, denkt ze in een plotselinge aanval van koppigheid. Bovendien heeft Signe misschien gelijk: het is helemaal niet zeker dat ze haar schaduwen. Veronika kan het mis hebben.

Als ze de hoek van de Øster Farimagsgade om slaat, ziet ze dat de buren samen buiten eten. Hoewel het een dinsdag is, is het al druk aan de tafels en op de banken en is het geluidsniveau aanzienlijk. Dat vermindert het risico dat iemand iets zal proberen.

Ze doet de voordeur achter zich dicht. 'Veronika, ik ben het, Charlotte!' Ze zet haar tas en een draagtas op de eettafel en roept opnieuw. 'Veronika!'

Het is doodstil in het huis, afgezien van de geluiden van de straat. Ze gaat naar de hal, loopt de trap op en roept opnieuw. Een zenuwachtig gevoel verspreidt zich door haar maag. Er kan onmogelijk iemand binnen zijn geweest tijdens haar afwezigheid. De voordeur was tenslotte op slot. Ze inspecteert de badkamer en loopt de trap met twee treden tegelijk op. Nu is ze echt zenuwachtig. 'Veronika,' zegt ze als ze de deur opent van de logeerkamer, Karolines oude kamer waar Martin de laatste weken voordat hij naar Sandsted verhuisde heeft geslapen. De kamer is leeg, net als de kleinste van de twee voormalige kinderkamers, die vroeger van Kasper was. De deur naar de ouderslaapkamer staat open. 'Veronika,' fluistert ze bijna.

Het bed is onopgemaakt, het dekbed ligt half op de vloer. Ze doet een stap de kamer in en blijft staan. Tussen de muur en het bed ziet ze een onbeweeglijke voet. O nee, denkt ze, en ze verstart. Nee, nee, nee! Een paar seconden lang is ze niet in staat zich te verroeren, maar dan dwingt ze zichzelf naar voren te lopen. Als ze bij het bed is, hoort ze een zacht geluid en buigt zich naar voren.

Veronika ligt op het bed en kijkt naar haar met opengesperde ogen waarin een doodsbange blik ligt.

'Veronika, ik ben het, Charlotte,' zegt ze.

De jonge vrouw reageert niet.

'Is alles goed met je?'

Het is alsof er iets loskomt. Veronika doet haar ogen dicht en steekt haar hand uit. Charlotte pakt hem en trekt de tengere vrouw voorzichtig op haar voeten. 'Kom, laten we naar beneden gaan.'

Zonder iets te zeggen gaat Veronika aan de eettafel zitten.

Charlotte doet de gordijnen voor de twee ramen die op de straat uitkijken dicht en opent de deur naar het terras. 'Heb je honger?'

Veronika knikt. Charlotte pakt de draagtas van de eettafel en haalt er plastic doosjes met pesto en humus, brood en een salade uit. Dan pakt ze borden en bestek en gaat tegenover Veronika zitten. 'Wat is er gebeurd?' vraagt ze.

Veronika schept humus op haar bord. 'Ik denk dat ze hier geweest zijn,' zegt ze.

'Wie?'

'Ze.'

'Waarom denk je dat?'

Ze haalt haar schouders op. 'Vlak voor het huis stopte een auto.'

'Wat gebeurde er daarna?'

'Niets. Hij stond stil. Een paar minuten lang.'

'Waarom denk je dat zij het waren?'

Veronika staat op. 'Ik ga even iets halen boven.'

Een minuut later legt ze haar laptop en een apparaat met een handvat en een klein scherm alsmede een zwarte doos met een antenne op de tafel.

'Wat is dat?' vraagt Charlotte, naar de doos wijzend.

'Als er een *access point* in de buurt is –'

'Een wat?'

'Een access point. Het is een apparaat dat je verbindt met een draadloos netwerk. Als je de antenne op de doos op een access point richt, dan kun je – hoe moet ik dat zeggen? – het wachtwoord van het netwerk te pakken krijgen. Dat noem je het *cracken* van het wachtwoord van een netwerk.'

'En dat is?' vraagt ze, wijzend naar het apparaat met het handvat.

'Dat is een warmtezoeker.'

'Oké...' Charlotte voelt zich plotseling heel oud. 'En?'

'Ik was boven in de slaapkamer toen ik een auto hoorde stoppen. Het was een grijze bestelwagen. Zo'n busje waarin bouwvakkers rijden.'

'Denk je niet dat het een busje met bouwvakkers wás? Er is hier altijd wel iemand in de straat aan het verbouwen.'

Veronika haalt haar schouders op. 'Er stond geen firmanaam of logo op de zijkant, en toen ik de warmtezoeker op de bestelwagen richtte, kon ik zien dat er behalve de chauffeur drie mensen in de auto zaten. In het busje bevond zich ook een access point, en hoeveel bouwvakkersbusjes hebben dat? Het lukte me om het wachtwoord te cracken, maar ik kwam niet op het netwerk voordat de bestelbus wegreed.'

'En waar had je het voor kunnen gebruiken als het je was gelukt?'

'Dan had ik het netwerk kunnen hacken om te achterhalen wie het gebruikt en in hun telefoons en tablets en computers kunnen komen.'

Allemachtig. Met haar valt niet te spotten, denkt Charlotte.

'Maar toen kreeg ik een aanval,' zegt Veronika.

'Een aanval van wat?'

'Angst. Dat gebeurt soms als ik het gevoel heb dat ik onder druk sta.'

'Lag je daarom in mijn slaapkamer?'

Ze knikt.

'Kun je daar niets tegen krijgen?'

'Dat heb ik geprobeerd, maar ik wil geen leven leiden waarin ik medicijnen moet slikken om te functioneren. Ik mediteer elke ochtend. Dat helpt.'

'Maar je hebt nog steeds aanvallen?'

'Ja, maar nu kan ik ermee omgaan.'

Charlotte leunt naar achteren en kijkt een halve minuut zwijgend naar Veronika. 'Wie ben jij eigenlijk?' vraagt ze vervolgens.

'Wat bedoel je?'

'Waar kom je vandaan? Wat is je achtergrond?'

'Ik ben opgegroeid in een woongroep in de Nørrebrogade, niet ver van Runddelen. Mijn ouders hebben elkaar in de Anti-Fascistische Actie ontmoet. Mijn vader was een van degenen die gewond raakten tijdens de ongeregeldheden op 18 mei 1993, je weet wel, na het EU-referendum. Hij werd in zijn schouder geschoten. Mijn moeder kreeg vijf maanden gevangenisstraf omdat ze stenen naar de smerissen had gegooid. Ik werd anderhalf jaar later geboren. Mijn ouders hadden van tevoren al besloten dat ik Veronika zou heten. Dat betekent "het ware beeld".'

'Op de een of andere manier verbaast het me niet dat je die achtergrond hebt,' zegt Charlotte.

'Waarom?' Veronika kijkt haar met een koele blik aan. 'Vanwege mijn uiterlijk of zo? Wat bedoel je?'

Oeps, denkt Charlotte. 'Het was niet mijn bedoeling je te beledigen. Vertel verder.'

'Oké. Misschien ken je mijn vader? Hij werd namelijk journalist. Hij heet Steffen Matzen.'

'Ik ken de naam, maar ik ken hem niet persoonlijk. Hij heeft jarenlang voor DR gewerkt, toch?'

'Dat klopt. Het was lange tijd een obsessie voor hem om te ontdekken wat er op 18 mei is gebeurd en hoe het zover heeft kunnen komen dat de politie op onschuldige demonstranten schoot.'

Misschien omdat sommige gewelddadige jongeren de politie met stenen bekogelden, wat het een wonder maakt dat er niemand is omgekomen, denkt Charlotte. Maar ze zegt niets.

'Hij is in contact gekomen met een paar journalisten van DR en was onder andere betrokken bij de onthulling dat de politie de opdracht had gekregen om op de benen te schieten. Mijn vader was volkomen gedesillusioneerd toen de commissie die werd benoemd de politie vrijsprak. Maar zo gaat dat, hè? De macht spreekt zichzelf altijd vrij.'

'Dat komt voor,' beaamt Charlotte. 'Best vaak. Maar hoe ben je als computerexpert geëindigd? Dat ligt niet echt voor de hand als je naar je achtergrond kijkt.'

'Toen ik een jaar of tien, elf was opende er een computerbedrijfje in de kelder van het pand waar ons collectief was. De eigenaar had een herdershond en een bunzing. Elke middag gingen we met de dieren over begraafplaats Assistens wandelen. Daarna zat ik urenlang in de kelder. Eerst keek ik over Jens' schouder mee. Toen bleek dat ik vrij goed was in cijfers en systemen en programmeren, sloot hij een van zijn oude pc's voor me aan en vervolgens zat ik daarmee te rommelen. Jens leerde me alles wat hij over programmeren wist, en dat was niet weinig.'

'En nu heb je je eigen bedrijf?'

'Ja, en ik maak deel uit van groepen die voor vrijheid van meningsuiting en tegen afluisterpraktijken en het machtsmisbruik van bedrijven, regeringen en instanties strijden. Je kent Anonymous waarschijnlijk?'

'Jazeker,' zegt Charlotte. 'Ondanks alles.'

'Ik heb ook een IT-beheeropleiding aan de Copenhagen Business School gevolgd. Daar waren mijn ouders niet enthousiast over, maar daar hadden ze natuurlijk niets over te zeggen.'

'Waar ken je Alex van?'

'We kwamen elkaar tegen op een IT-congres. Dat is nu... drie jaar geleden, denk ik. Hij was ook IT-beheerder. We konden het erg goed met elkaar vinden, ook al waren we heel verschillend. Ik met mijn achtergrond terwijl hij uit een Fins gezin kwam met een vader die soldaat was en een moeder die voor de conservatieve partij in de gemeenteraad zat. Alex en ik vulden elkaar als het ware aan. Alles wat ik niet was, was hij wel, en omgekeerd.'

'Hebben jullie nooit een relatie gehad?'

'Nee. Ik, eh... val niet op mannen. En hoewel hij er nooit iets over gezegd heeft, heb ik het vermoeden dat Alex niet op vrouwen viel. Het eindigde ermee dat we samen een bedrijf begonnen om bedrijven en instanties te helpen zich tegen aanvallen van hackers te beschermen. Dat deden we door de klanten te hacken om ze op die manier te laten zien waar de zwakke plekken in hun systemen zitten. Daar is veel geld mee te verdienen. Toen Alex bij de MI solliciteerde en de baan kreeg, ging ik alleen verder met het bedrijf.'

'Wat ik niet begrijp is waarom de MI een hacker zoals Alex aanneemt. Daarmee nodig je de vijand zowat uit, toch?'

'Er zijn veel bedrijven, zowel privé als openbaar, die hebben ontdekt dat ze zich het best tegen indringers kunnen beschermen door een paar mensen zoals wij aan te nemen. De MI heeft meer voormalige hackers op de loonlijst staan.' Veronika zwijgt. Haar magere lichaam zakt in elkaar. Ze buigt haar hoofd en kijkt naar haar handen, die op de tafel liggen. Een traan valt op haar handrug. 'Ik kan er niet bij dat hij dood is,' zegt ze zacht.

Charlotte buigt zich over de tafel. Veronika heft haar hoofd en kijkt Charlotte aan met ogen die onnatuurlijk rood lijken in haar bleke, magere gezicht. Veronika kijkt weg, en als ze na een paar seconden weer naar Charlotte kijkt, is er iets veranderd aan de blik in haar ogen.

'Het zijn klootzakken,' zegt ze met ijskoude stem. 'We pakken ze.'

Charlotte knikt. Goed zo, denkt ze. *You go, girl.*

42

Signe loopt op een drafje naar de portiekdeur en drukt op de intercom voor het appartement op de tweede verdieping rechts. Het slot zoemt, ze opent de deur en rent de trappen op. De voordeur staat op een kier. Victor is aan het koken, want zo is hij. Signe weet van zichzelf dat als ze ooit alleen zou wonen, ze gegarandeerd wegzakt in een bodemloos moeras van kant-en-klaarvoedsel en afhaalmaaltijden. Dat geldt niet voor Victor. Hij staat erop om elke avond te koken als hij thuis is. Ook al is dat alleen voor zichzelf.

'Dag, Signe. Eet je mee?'

'Het ruikt heerlijk, maar nee, dank je. Ik moet zo naar huis.'

Ze loopt naar hem toe en kruipt tegen zijn rug aan. Hij draait zich glimlachend om, legt de pollepel neer, slaat zijn armen om haar heen en kust haar. Het voelt alsof ze een elektrische schok in haar onderlichaam krijgt, en ze moet zich beheersen om zijn kleren niet van zijn lijf te rukken en hem de slaapkamer in te trekken.

Maar dat gaat niet. Niet nu. Ze heeft bovendien te veel aan haar hoofd om ervan te genieten, dus ze maakt zich los. Weer glimlacht hij. Nog een punt op de langzamerhand lange lijst met Victors fantastische eigenschappen: er moet vrij veel gebeuren om hem te kwetsen.

Ze pakt zijn hand en trekt hem mee naar de bank. Hij gaat aan het ene eind zitten en zij aan het andere eind, buiten bereik. Hij leunt naar achteren en legt zijn linkerarm op de rugleuning van de bank. 'Je zei dat je iets met me wilt bespreken.'

'Ja.' Ze kijkt naar hem. 'Het gaat niet langer.' Als ze ziet dat hij zijn voorhoofd fronst en er plotseling oneindig verdrietig uitziet, beseft ze dat hij haar verkeerd begrijpt. 'Nee, nee, dat is het niet.' Ze glimlacht. 'Hoewel datgene waarmee wij bezig zijn ook niet door kan blijven gaan.'

'Maar wat is het dan? Wat gaat er niet langer?'

Haar hart bonkt. Als ze Victor vertelt wat ze gedaan heeft, komt de situatie in een nieuwe fase. Dan loopt ze het risico de controle over de dingen te verliezen.

Alsof ze die in dit hele verhaal ooit heeft gehad.

'Ik kan het niet langer verdragen om niets te doen met alles wat ik weet.'

Niet langer verdragen. Misschien een enigszins pathetische manier om het uit te drukken, maar toch ook niet. Na maanden twijfelen beseft ze hoe het aan haar vreet dat ze haar natuurlijke drang moet onderdrukken om haar mond open te doen als iemand probeert zijn verantwoordelijkheid te ontlopen.

'Eigenlijk moet ik "met alles wat wíj weten" zeggen, want ik ben niet alleen, of wel soms, Victor?'

Hij kijkt weg. 'Dat klopt. Maar is er iets nieuws gebeurd in het onderzoek?'

'Meerdere dingen. Charlotte Junckersen – je weet wel, Junckers vrouw, die journalist is – kreeg een week geleden contact met iemand die in het bezit was van informatie van de MI. Dat waren onder meer de twee mails waarover ik je voor de actie in januari heb verteld, waaruit blijkt dat de MI gewaarschuwd was voor de terreuraanslag. Degene die contact opnam met Charlotte wilde natuurlijk dat ze er in de krant over zou schrijven, en dat was ze ook van plan. Ze heeft hem twee keer ontmoet en had een derde afspraak met hem, maar hij kwam niet opdagen. Dat was donderdag.' Signe staat op. 'Is het goed als ik de balkondeur opendoe? Ik ga dood van de hitte.'

'Natuurlijk. Hoewel ik denk dat het buiten nog warmer is.'

Ze opent de deur en gaat weer op de bank zitten. Haar wangen branden. 'De dag erna, vrijdag dus, is het lijk van een onthoofde man in Kongelunden gevonden. Ik leid zoals je weet het onderzoek naar die moord. We hebben het lijk nog niet officieel geïdentificeerd, maar ik weet dat de dode man de persoon is die contact met Charlotte opgenomen heeft.'

Victor kijkt haar verbaasd aan. 'Hoe weet je dat?'

'Bij de autopsie vonden we een kleine plastic ampul in de maag. In de ampul zat een opgerold papiertje waarop Charlottes telefoonnummer stond.'

'Wát?' Victor staart haar met halfopen mond aan.

Signe knikt.

'Oké.' Hij zwijgt een paar seconden. 'Dus jullie weten dat er een connectie tussen de vermoorde man en Charlotte is?'

'Dat weet ík.'

'Wat bedoel je ermee dat jij het weet?' Victor ziet eruit alsof hij er helemaal niets van snapt.

Ze heeft een droge mond. 'Als bekend geworden was dat de vermoorde man en Charlotte elkaar hadden ontmoet, dan zou het heel snel duidelijk zijn dat er een verband tussen de onthoofde man en de aanslag is. En zowel jij als ik als alle anderen weten wat dat wil zeggen: de zaak wordt nog meer in de doofpot gestopt dan al het geval was en niemand wordt aansprakelijk gesteld.'

'Ja? En? Vertel wat je gedaan hebt.'

Ze haalt diep adem. 'Ik heb het briefje met Charlottes telefoonnummer verwisseld voor een briefje met een ander telefoonnummer.'

Victor spert zijn ogen open en schuift naar het puntje van de bank. 'Wát heb je gedaan?'

Ze knikt.

Hij staart verbijsterd voor zich uit. Na een tijdje kijkt hij weer naar Signe. 'Je hebt je team op een dwaalspoor gebracht?'

Ze knikt weer.

'Je hebt bewijsmateriaal vervalst?'

'Ja.'

Victor staat op en loopt het balkon op. Signe loopt achter hem aan, maar blijft in de deuropening staan. Hij staat met zijn rug naar haar toe en houdt de reling met twee handen vast, zo stevig dat zijn knokkels wit worden. Ze zegt niets. Na een paar minuten draait hij zich om, en ze doet een stap opzij. Hij gaat naar binnen en ploft op de bank neer zonder naar haar te kijken. 'Je bent verdomme niet goed bij je hoofd,' zegt hij.

De tranen springen in haar ogen, en ze bijt haar tanden op elkaar. Als hij haar nu in de steek laat...

'Wat ben je van plan?' vraagt hij.

'Verdergaan met het onderzoek. Uitzoeken wie er achter de moorden op Svend Bech-Olesen, de man uit Kongelunden en Simon Spangstrup zitten. Uitzoeken wat er in vredesnaam in de MI gebeurd is. Daar krijg ik geen toestemming voor als ze de connectie tussen de onthoofde man en Charlotte ontdekken.'

'Simon Spangstrup ook?'

'Ja, daar ben ik volkomen van overtuigd. Ik heb zowel Bech-Olesens weduwe als het hoofd van de intensive care in het Rigshospitalet gesproken. De weduwe zei het niet rechtstreeks, maar ik kon aan haar merken dat er rond de dood van haar man iets aan haar knaagde. En de chef de clinique van de intensive care vertelde hoe verbaasd ze waren dat Spangstrup op die manier stierf, omdat ze er heel zeker van waren dat ze zijn toestand onder controle hadden. Bovendien vertelde de verpleegkundige die hem had bewaakt dat ze een vrouw met grijs haar en een paar spionnentypes had gezien in de buurt van de kamer waar hij lag en dat zij degenen waren die hem wegreden toen hij overleden was. Ik kan me niet herinneren of jij het weet, maar vlak na nieuwjaar heeft een vrouw met grijs haar, die een paar gorilla's bij zich had, Juncker gedwongen om de laptop met de mails over de waarschuwing voor de terreuraanslag af te geven.'

Ze probeert Victors blik te vangen, maar hij ontwijkt haar.

'Zoals ik al zei, weet ik ook wie de onthoofde man is. Hij heet Alexander Hansen en werkte als systeembeheerder bij de MI. Hij was een rasechte klokkenluider.'

'Hoe weet je dat?'

'Charlotte kreeg bezoek van zijn vriendin. Ze is een hacker en wil ons helpen om dit tot op de bodem uit te zoeken.'

Victor schudt zijn hoofd. 'Je weet net zo goed als ik wat er op het spel staat.'

'Ja, dat weet ik.'

'Signe, dit is gevaarlijk.'

'Ik zal je iets vertellen, Victor. Ik heb mijn leven gewaagd om die twee terroristen in het bos bij Sandsted op te pakken. Een millimeter verder en de kogel had me gedood. Moet ik dan niet proberen om degenen te pakken die de aanslag en daarmee de dood van negentien volkomen onschuldige mensen hadden kunnen voorkomen als ze gewoon hun fucking werk hadden gedaan?'

Hij geeft geen antwoord.

'Wil je me helpen?' vraagt ze.

Hij sluit zijn ogen, wrijft met zijn hand over zijn voorhoofd en zwijgt. Veel te lang. Dan kijkt hij eindelijk naar haar. 'Je weet heel goed dat zelfs als je dit oplost, het niet zeker is of de rest van de wereld dat te horen krijgt. En je riskeert in elk geval je carrière. Want zelfs als het je lukt om erachter te komen wat er gebeurd is, dan zul je in de ogen van veel chefs altijd degene blijven die geen gehoor heeft gegeven aan een rechtstreeks bevel, waardoor je de reputatie van de politie op het spel gezet hebt.'

'Dat weet ik allemaal. Maar sta je aan mijn kant?' Ze doet haar best om niet smekend te klinken.

Hij buigt zijn hoofd naar achteren en staart naar het plafond. Een minuut lang zegt hij niets. Dan schudt hij langzaam zijn hoofd. 'Ik ben een idioot, maar ja. Ik weet niet of ik je kan helpen, maar ik zal mijn mond houden.'

Het liefst had ze zich op hem gestort, maar in plaats daarvan knikt ze slechts glimlachend naar hem.

'Weet Juncker hier iets over?' vraagt hij.

'Charlotte was een paar dagen geleden in Sandsted. Dat was vlak nadat Alexander Hansen voor het eerst contact met haar had opgenomen. Ze vroeg Juncker of hij wist dat er iets in de doofpot was gestopt. Hij ontkende dat hij iets wist.'

'Eindelijk iemand die verstandig is,' zegt Victor. 'Signe, kun je je herinneren wat ik in januari tegen je heb gezegd toen je ontdekte dat Svend Bech-Olesen misschien geliquideerd was?'

'Nee, niet echt.'

'Dan zeg ik het nog een keer. Kijk over je schouder.'

43

Het vierde dagboek van zijn vader ligt op zijn schoot. Het dagboek waarin de aantekeningen van mei 1958 staan. De maand waarin híj is geboren.

Juncker worstelt om voldoende moed te verzamelen om het te openen en naar de bewuste datum te bladeren. Hij legt het op het tafeltje naast de stoel en staat op. Hij is op weg naar het pak wijn, maar bedenkt zich, loopt naar het raam en kijkt naar de tuin, die roze kleurt door de zonsondergang. Hij weet zeker dat Karoline naar hem kijkt; hij kan haar blik in zijn rug bijna voelen. Ze zegt echter niets, waar hij haar dankbaar voor is. Juncker doet een paar minuten zijn uiterste best om zich te vermannen. Dan loopt hij terug, gaat zitten, pakt het dagboek en bladert naar 14 mei.

Het handschrift van zijn vader is sierlijk en karakteristiek, maar ook gemakkelijk te lezen. Mogens Junckersen schreef altijd met een vulpen, en alleen al naar de pagina's kijken zonder de woorden te lezen is een esthetisch genoegen. Zoals Japanse of Arabische kalligrafie, denkt Juncker, wiens eigen handschrift zo onregelmatig is dat hijzelf haast de enige is die het kan lezen.

Juncker is thuis geboren. Vroeg in de ochtend, had zijn moeder hem verteld. Het is onduidelijk wanneer zijn vader is gaan zitten om over de geboorte van zijn zoon te schrijven, maar waarschijnlijk was dat later die dag.

Ella en de baby slapen. Mijn geliefde vrouw, mijn geliefde zoon. De onverschrokken juffrouw Larsson, de vroedvrouw, is vertrokken nadat ze zich ervan heeft verzekerd dat alles in orde is en dat moeder en kind het goed maken, en nadat we samen een cigarillo hebben gerookt en een glas port hebben gedronken. Nu zit ik hier. Peter logeert bij zijn tante en oom, en het is vredig in huis. Wie moet ik bedanken voor het geluk dat me ten deel valt? Ik, die geen god heeft, tot wie moet ik me wenden met al mijn dankbaarheid? Anderen dan jij, mijn geliefde Ella, en jij, mijn nu al innig geliefde zoon en Peters langverwachte broertje. Moge ik de kracht hebben om de vader te zijn die mijn zoons verdienen. En de echtgenoot die mijn vrouw verdient. Ik wens je een heel lang en mooi leven, klein nieuw mensenkind. Welkom, zoon van me.

Juncker staart als gehypnotiseerd naar de woorden. Hij strijkt voorzichtig met zijn vingertoppen over de pagina. Op drie plekken lijkt het alsof er druppels water op het papier zijn gevallen; ze zijn een beetje opgezwollen en de inkt is samengevloeid in kleine stervormige vlekken. Juncker beseft wat het is. Zijn vader heeft gehuild. Uit blijdschap dat hij was geboren. Hij. Martin Junckersen.

Eerst kan hij het gevoel niet duiden, maar dan beseft hij dat het een slecht geweten is. Schuld. Alsof hij naar een plek is gegaan waar hij niet welkom is en een tekst heeft gelezen die niet voor zijn ogen bestemd is. Het duurt echter niet lang voordat iets anders zich opdringt, eerst zwak, maar al snel heviger. Boosheid. Hij wordt zo woedend dat hij bijna begint te huilen. Want als zijn vader meende wat hij die dag, negenenvijftig jaar geleden, heeft geschreven, en dat is zo, dat blijkt uit de woorden en de opgedroogde tranen, waarom is het dan zo geëindigd? Waarom kon zijn vader zijn liefde niet aan hem tonen?

Hij legt het notitieboek op het tafeltje naast de stoel.

'Wat heb je gelezen?' vraagt Karoline.

'Over mijn geboorte.'

'Wat schrijft hij?'

'Hij schrijft… Tja, wat schrijft hij?' De woorden willen niet komen. Hij probeert het, maar kan ze niet uitspreken. 'Kun je het zelf niet lezen?'

'Ja, dat kan ik doen. Maar kun je het me niet gewoon snel vertellen? Hij was blij, toch?'

Juncker kijkt haar smekend aan.

Ze glimlacht. 'Oké, oké. Ik lees het zelf wel. Geef maar?' Karoline zit met gekruiste benen op de divan.

Juncker staat op en geeft haar het dagboek. 'Hoe is het eigenlijk met je?'

'Bedoel je hiermee?' Ze streelt over haar buik. 'Ik ben misselijk als ik 's ochtends opsta, maar dat is over het algemeen na een uur voorbij. Afgezien daarvan gaat het goed.'

'Dat is mooi. Je moet het zeggen als er iets is wat ik voor je kan doen.'

'Wat bedoel je?'

'Tja, eh... als er iets is. Zal ik de lamp aandoen?'

Ze kijkt naar hem en glimlacht. 'Ja, graag, doe jij de lamp maar aan.'

Hij gaat zitten, verstrengelt zijn handen in zijn nek en kijkt naar zijn dochter terwijl ze leest. Hij heeft zichzelf er altijd van verzekerd dat hij een betere vader was dan zijn vader. In elk geval dan zijn vader voor hem was. En voor zijn zusje Lilian. Met Peter is het een ander verhaal.

Misschien zijn het allemaal leugens.

Karoline kijkt op. 'Het is mooi. Een beetje pathetisch, maar daaruit blijkt voor mijn gevoel juist zijn trots.'

Juncker knikt. 'Zo voelde ik me min of meer ook toen jij en Kasper geboren werden.'

Ze doet het dagboek dicht. 'Dat heb je nooit verteld. Heb je het ergens opgeschreven? Zoals je vader heeft gedaan? Vinden we een stapel zwarte notitieboeken als we jouw spullen ooit moeten opruimen?'

'Ha. Nee, dat gebeurt niet, dat kan ik je garanderen.' Hij wordt ernstig. 'Karoline, heb je ooit het gevoel gehad dat ik –'

Ze onderbreekt hem. 'Stop, papa. Ik kan het niet aan als je nu gaat zeuren of je liefhebbend en aanwezig genoeg bent geweest. Daar heb ik gewoon geen zin in.'

'Oké. Ik moest er vorige keer alleen aan denken, toen ik vertelde dat ik het gevoel had dat mijn vaders werk meer voor hem betekende dan –'

'Ja, en als je vraagt of ik soms het gevoel had dat zowel jij als mama veel te veel werkte en dat het vaak irritant was dat jullie niet bepaald aanwezig waren, dan is het antwoord ja. En dat vindt Kasper ongetwijfeld ook. Maar... zo zijn jullie nu eenmaal. Met alles wat erbij hoort. En ik ben niet van plan om dat mijn leven te laten bepalen. Dus als je van plan bent om de rest van de avond sentimenteel te gaan doen, dan ga ik naar bed. Het probleem is alleen...'

'Het probleem is alleen wat?'

'Dat ik verschrikkelijke honger heb en geen boodschappen heb gedaan. Kun je ergens in dit gehucht een fatsoenlijke pizza krijgen?'

'Er is een pizzeria bij het plein, maar ik weet niet of die goed is.'

'Zullen we de gok nemen? Bestel jij? Ik wil een pizza met aardappelen, uien en rozemarijn. Geen bacon, maar wel met chili en knoflook.'

'Ik weet niet of ze pizza's zonder vlees hebben.'

'Ik denk het niet. Maar misschien kun je vragen of ze er een kunnen maken.'

De rest van de avond eten ze pizza met hun handen terwijl ze in de dagboeken lezen. Grotendeels zwijgend, maar af en toe lezen ze elkaar iets hardop voor. Karoline drinkt water, Juncker rode wijn. Maar hij houdt zich in. Het is laat als ze naar bed gaan. Hij met het gevoel dat hij een dochter heeft die verstandiger is dan hijzelf en dat de spoken vannacht niet in zijn dromen zullen opduiken.

9 AUGUSTUS

44

Het is iets na acht uur als Signe de deur van haar kantoor opent. Voor het eerst sinds tijden is ze niet om vier uur wakker geworden, maar pas om zes uur, en ze voelt zich verbazingwekkend uitgerust.

Toen ze de vorige avond thuiskwam na haar bezoek aan Victor, had Niels avondeten voor haar bewaard. De kinderen waren niet thuis. Ze ging aan de kleine eettafel in de keuken zitten en probeerde haar slechte geweten te verdringen, terwijl hij het restant van een vegetarische pasta opwarmde. Ze probeerde zijn humeur te peilen en kwam tot de conclusie dat het ongeveer zoals gebruikelijk was, met andere woorden lichtelijk passief-agressief. Nadat hij een portie had opgeschept en het bord voor haar had neergezet, ging hij naast haar aan tafel zitten.

'Mmm, het is heerlijk,' zei ze met haar mond vol pasta.

Hij bromde iets wat op 'mooi' leek.

Na een minuut stilte keek hij naar haar, legde zijn onderarmen op de tafel met zijn ene hand boven op de andere en boog zich naar voren.

Wat nu, dacht ze.

'Signe, er is iets waar ik al een hele tijd over nadenk.'

'En dat is?'

'Wat is er tussen jou en die Troels Mikkelsen?'

Haar hart sloeg een slag over. Ze nam haastig een hap pasta om tijd te winnen en keek kauwend naar haar bord. 'Wat bedoel je?' mompelde ze.

'Ik denk dat... Vlak na nieuwjaar hebben we met hem afgesproken in een cocktailbar... omdat ik hem wilde bedanken omdat hij je leven had gered... Kun je je dat herinneren?'

Of ze het zich kon herinneren? Ze knikte.

'Daar kreeg ik het gevoel dat er iets tussen jullie was wat ik niet snapte. Je deed zo stijf en ongemakkelijk tegen hem. Sindsdien vraag ik me af of jullie iets met elkaar hebben.'

'Wat bedoel je?'

'Tja... of jullie een verhouding hebben.'

Ze voelde de opluchting door haar lichaam stromen. Een paar seconden had ze gedacht dat hij wist wat er was gebeurd. Dat het moment dat ze vreest en waar ze al bijna drie jaar op wacht – namelijk dat Niels ontdekt wat er die keer na het kerstdiner met haar is gebeurd – nu was gekomen. Gelukkig niet. Hij kon er niet verder naast zitten.

Ze glimlachte. 'Niels, jezus. Ik? Een verhouding met Troels Mikkelsen? Integendeel! De kwestie is dat ik hem niet bepaald mag, om het voorzichtig te zeggen. Ik kan hem eerlijk gezegd niet uitstaan. Hij is een heel goede onderzoeker, maar hij is ook zo zelfvoldaan en arrogant dat je er bijna van gaat overgeven. Ik heb afgelopen zomer met hem samengewerkt... Dat heb ik je verteld, toch?'

Niels knikte.

'Dus als je iets hebt gevoeld, dan is het dat ik het vreselijk vond om samen te werken met een collega die ik nauwelijks kan verdragen, ook al heeft hij mijn leven gered. Dus, Niels, ik heb geen verhouding met Troels Mikkelsen en heb dat ook nooit gehad,' zei ze, terwijl ze bedacht dat het volkomen juist was. Toch kon ze het ook niet laten om te denken dat iedere halve waarheid ook een halve leugen is.

'Ik ben blij om dat te horen.' Hij stak zijn hand naar haar uit. 'Maar er is ook iets anders... waar we nooit echt over praten. Ooit hadden we een heel goed seksleven, hè?'

Ze knikte, maar zei niets en voelde hoe de onrust zich opnieuw door haar lichaam verspreidde. Waar wilde hij naartoe?

'Dat hebben we niet meer, Signe. Wat is er verdomme met ons gebeurd?'

Nu komt het toch, dacht ze wanhopig. Het moment. En ze wist niet wat ze moest zeggen om hem tegen te houden.

'Ik heb geprobeerd terug te denken in een poging erachter te komen wanneer het begon te veranderen. En voor zover ik me dat herinner, is er rond nieuwjaar bijna tweeënhalf jaar geleden iets gebeurd. Klopt dat?'

Stop, Niels, dacht ze. Stop. Maar hij ging door.

'Het spijt me dat ik het er niet eerder met je over heb gehad. Dat is slap van me. Maar ik denk dat ik er niet over durfde te praten omdat ik bang was dat je zou zeggen dat je er geen zin meer in had. Ik was bang dat je niet meer van me hield.'

Haar eerste ingeving was om het te bagatelliseren. Om te zeggen dat hij het mis had. Dat zijn bezorgdheid volledig uit de lucht was gegrepen. Dat er niets was gebeurd. Maar dat zou min of meer hetzelfde zijn als bekennen dat er iets was gebeurd wat ze niet van plan was hem te vertellen. Omdat het zo ontzettend duidelijk was dat er wél iets was gebeurd en hun relatie inderdaad drastisch was veranderd.

'Ik heb ook nagedacht over wat er is veranderd, maar ik geloof niet dat het met een op zichzelf staand feit te maken heeft,' loog ze. 'Ik denk dat er meerdere dingen aan de hand zijn. We zijn al zoveel jaar bij elkaar. We zijn vast niet het eerste stel dat meemaakt dat de relatie langzamerhand een beetje afvlakt. Ik moet ook toegeven dat ik te veel werk. Ik moet proberen daar iets aan te doen. En...'

'Ja?'

'Ik denk ook dat ik misschien in de menopauze begin te komen.'

'De menopauze? Alsjeblieft, Signe, je bent nog maar tweeënveertig.'

'Bijna drieënveertig. Er zijn vrouwen bij wie het eerder begint dan bij anderen. Dat is niet zo ongewoon. Ik heb erover gelezen op internet. Misschien moet ik hormoonpillen gaan slikken.'

'Hm. Ik herinner me dat het bijna van de ene week op de andere veranderde. Alsof je iets had meegemaakt waar je... tja... verdriet van had.'

Ze was opgestaan, was naar hem toe gegaan, had haar handen rond zijn gezicht gelegd en in zijn ogen gekeken. 'Niels, ik heb geen verhouding. En er is niets met me gebeurd waardoor ik verdrietig of gedeprimeerd of zoiets ben. Ik moet me alleen vermannen en ervoor vechten. We moeten er allebei voor vechten.'

Een leugentje om bestwil kan heel onsmakelijk voelen als er strikt genomen niet echt sprake van bestwil is.

De rest van de avond verliep vredig en verdraagzaam. De kinderen kwamen thuis en gingen meteen met hun iPads naar hun kamers, Niels en zij keken naar een ontzettend saaie Noorse film en gingen daarna naar bed. Signe was blij dat Victor en zij geen seks hadden gehad, want dat zou haar leugens en verraad op de een of andere manier nog dubieuzer maken dan ze toch al waren.

Acht uur later gaat ze achter haar bureau zitten, zet haar computer aan en controleert haar mailbox. Ze leest een mail van de vertrouwenspersoon die zijn collega's er opnieuw aan herinnert om op tijd hulp te zoeken als ze symptomen hebben van stress, bijvoorbeeld als gevolg van een gewelddadige ervaring.

De ochtendbriefing, die over een halfuur begint, zal waarschijnlijk op die van gisteren lijken. Die was ongewoon kort geweest omdat er geen vorderingen in het onderzoek naar de man uit Kongelunden waren en niemand ideeën had wat ze nog konden doen. Ze is er tamelijk zeker van dat iemand nu zal voorstellen om het publiek te vragen te helpen bij de identificatie van de man, ook al houdt dat in dat ze dan over het ontbrekende hoofd zullen moeten vertellen en ze alleen een relatief korte lichamelijke beschrijving kunnen geven. Het is niet uitgesloten dat er gereageerd wordt op het bericht, want zoveel roodharige mannen van bijna twee meter lang zijn er niet in Denemarken. Als de man wordt geïdentificeerd als Alexander Hansen, een werknemer van de MI, dan moet ze vanaf dat punt verdergaan. Dat gebeurt waarschijnlijk op zijn vroegst over een paar dagen, dus heeft ze nog wat tijd. Intussen kan er veel veranderen.

Ze kan het onderzoek ook warm houden door een paar onderzoekers naar Amager te sturen voor een nieuwe ronde langs de huizen en boerderijen die in de buurt van Kongelunden liggen om te informeren of iemand afgelopen week in de nacht van donderdag op vrijdag iets verdachts heeft gezien. Daar hebben ze al veel tijd aan besteed, maar het zou niet vreemd zijn om het opnieuw te proberen, vooral nu ze geen andere ideeën hebben.

Ze leunt naar achteren en legt haar benen op het bureau. Ze heeft nog nooit eerder het gevoel gehad dat ze niet weet op wie ze jacht maakt. En of er op haar wordt gejaagd.

Weten ze dat ze contact met Charlotte heeft?

Als het klopt dat ze Junckers vrouw in de gaten houden, hebben ze waarschijnlijk ook ontdekt dat zij en Charlotte met elkaar afgesproken hebben, zowel bij haar thuis als in het café in Nørrebro. Aan de andere kant zouden ze dan al lang geprobeerd hebben haar dwars te zitten. Want als dit op zo'n hoog niveau wordt gespeeld als het lijkt, dan kunnen ze bijna iedereen dwarszitten. En dan zou ze vermoedelijk al naar het kantoor van de hoofdcommissaris geroepen zijn en antwoord hebben moeten geven op waarmee ze bezig is, waarna ze eerst geschorst en daarna waarschijnlijk uit het korps en in de gevangenis gesmeten zou zijn. Dat is niet gebeurd. Nog niet.

Maar waarom pakken ze Charlotte niet aan? Misschien maken ze zich zorgen hoeveel ze haar collega's van de krant heeft verteld. Want het is één ding om een enkele journalist de mond te snoeren, maar iets heel anders om dat bij een volledige redactie te doen.

Charlotte en zij hebben in elk geval een hoop te doen. En ze heeft er veel voor over om erachter te komen wie de vrouw met het grijze haar en haar gorilla's zijn. Een team vuilnismannen dat de rotzooi moet opruimen als het systeem het verpest? Figuren die onder leiding staan van iemand die blijkbaar vindt dat alles geoorloofd is als het om het verdedigen van 'de nationale veiligheid' gaat en die er duidelijk van overtuigd is dat het doel alle middelen heiligt? Zelfs doodseskaders naar Latijns-Amerikaans voorbeeld?

Ze schudt haar hoofd. Wat gebeurt er met dit land?

Het is een paar minuten voor halfnegen. Ze hoort Merlins snelle voetstappen in de gang, zwaait haar benen naar beneden en staat op.

45

‘We moeten meer te weten komen over Peter Johansens leven en achtergrond.’ Het zweet loopt in straaltjes van Juncker af. Hij trekt zijn jack uit, hangt het over de rugleuning van de stoel en opent de voormalige winkeldeur. Een warme windvlaag raakt zijn gezicht. Hij doet de deur weer dicht, loopt terug en gaat aan de vergadertafel zitten.

‘Daar ga ik mee aan de slag,’ zegt Nabiha. Hoewel ze onberispelijk gekleed is in een zwart colbert, een wit overhemd en een zwarte broek, lijkt ze helemaal geen last van de warmte te hebben. ‘Hoe is het met hem?’

Plotseling beseft Juncker iets, als was het een echo van de vorige avond. Hij heeft al drie, misschien zelfs vier maanden niet met zijn zoon gepraat en heeft in die periode nauwelijks aan hem gedacht. Hij zakt in elkaar op zijn stoel en staart door het winkelraam naar het verlaten plein. Vier maanden. Zijn zoon. Jezus, wat mankeert hem?

‘Hallo? Is er iemand thuis?’ Nabiha buigt zich glimlachend over de tafel.

‘Wat? O, sorry… Ik dacht ergens aan.’

‘Iets wat met de zaak te maken heeft?’

‘Nee. Iets… anders. Wat vroeg je?’

‘Hoe het met Peter Johansen is.’

‘Het ziekenhuis heeft gemeld dat het naar omstandigheden goed met hem gaat en dat hij ogenschijnlijk geen blijvend letsel opgelopen heeft. In elk geval niet fysiek. Kun je proberen samen te vatten wat we over hem weten?’

‘Hij is achtendertig, woont alleen en heeft geen relatie, voor zover ik heb kunnen ontdekken.’

‘Is hij homoseksueel?’

‘Als dat zo is, dan is hij in elk geval niet uit de kast gekomen, maar je kunt er ook voor kiezen om alleen te wonen en geen relatie met het andere geslacht te hebben zonder homoseksueel te zijn, toch?’

‘Klopt.’

‘Zijn ouders wonen ook in Sandsted. Ze zijn natuurlijk enorm van slag omdat we hun zoon in staat van beschuldiging hebben gesteld, wat er na

Peters zelfmoordpoging niet beter op is geworden. Hij heeft volgens zijn ouders niet veel vrienden, en de vrienden die hij heeft, zijn van de schietclub. Over het geheel genomen brengt hij bijna al zijn vrije tijd met schieten door, waar hij trouwens heel goed in is. Ik heb ook met de filiaalmanager van de bank in Køge gesproken, en die beschrijft hem als een goede en plichtsgetrouwe kracht die zo goed als nooit afwezig is. Hij noemt hem "een gewaardeerd werknemer".'

'Mooi. Graaf maar verder. Praat met zijn vrienden van de club en voormalige klasgenoten. Probeer of je een paar leraren van de basisschool en de middelbare school kunt opsporen.'

'Oké. Waar zoek ik naar?'

'Hij lijkt volkomen smetteloos, maar dat is niemand. Kijk of je smetten kunt vinden.'

'Wat ben jij van plan?'

'Ik ga met Vera Stephansen praten.'

Nabiha trekt één wenkbrauw op. 'Alweer?'

'Ja. We weten te weinig van het deel van Stephansens leven dat niets met het advocatenkantoor te maken heeft.' Hij staat op en haalt zijn telefoon uit zijn zak. 'Ik ga even naar buiten voor een beetje frisse lucht.' Hij gaat midden op het plein op een bank in de schaduw van vier grote gesnoeide lindebomen zitten. Eerst belt hij Vera en spreekt om drie uur met haar af. Daarna toetst hij het nummer in dat hij de afgelopen dagen meerdere keren bijna heeft gebeld. Er wordt na drie keer opgenomen.

'Juncker! Hoe is het met je?' Signe klinkt verrast, maar ook blij, denkt hij te kunnen horen.

'Tja… Ik werk aan een moordzaak.'

'Dat weet ik, maar ik had het niet over je werk. Ik wil weten hoe het met jou is.'

'Het, eh… gaat.'

'Ik hoor dat je opa wordt. Gefeliciteerd, Juncker.'

'Dank je.'

'Ben je gelukkig?'

'Gelukkig? Tja… Ik ben in elk geval blij. Maar hoe weet jij dat?'

'Dat heeft –'

'Heeft Charlotte dat verteld?'

'Eh... ja.'

'Je hebt haar dus gesproken.'

'Weet je, er is iets wat ik moet regelen. Kun je me over vijf minuten bellen?' Zonder op antwoord te wachten hangt ze op.

Juncker kijkt verbijsterd naar zijn telefoon. Na een minuut krijgt hij een sms.

Leen de telefoon van iemand anders en bel naar 27263753.

Wat gebeurt hier, denkt hij, en hij loopt het bureau in. Nabiha zit nog steeds aan de vergadertafel.

'Mag ik jouw telefoon gebruiken?'

'Is de jouwe stuk?'

'Nee,' antwoordt hij, zijn hand uitstekend.

Ze haalt haar schouders op en geeft hem haar telefoon.

Zodra hij weer buiten op de bank zit, belt hij het nummer vanaf Nabiha's telefoon.

Signe neemt meteen op.

'Wat is er in vredesnaam aan de hand?' vraagt hij.

'Het is een beetje ingewikkeld. Misschien worden onze telefoons afgeluisterd.'

'Waar heb je het over?'

'Ik weet het niet voor honderd procent zeker, maar ik heb er een vermoeden van.'

'Oké. Maar vertel, waarom heb je met Charlotte gepraat?'

'Verdorie, Juncker, jij hebt ook met je vrouw gepraat en je weet precies waarnaar ze aan het graven is.'

'Ja. Ik heb tegen haar gezegd dat er niets is om uit te zoeken en dat had jij ook moeten zeggen. Dit is niet iets waarin een journalist moet gaan peuren. Je weet net zo goed als ik hoe gevaarlijk dit is en wat er op het spel staat.'

'Ze heeft zoveel van haar bron gehoord dat jij en ik haar allebei niet meer kunnen tegenhouden. En bovendien wil ik mijn ogen niet langer sluiten.'

'Maar Charlotte heeft geen idee –'

'Ze is een volwassen vrouw, Juncker, en ja, ze weet hoe riskant het is.'

Nee, dat weet ze niet, denkt hij. En ook al was dat wel zo... Hij kent haar.

46

Voordat Signe het hek naar de kleine betegelde tuin voor het huis van Charlotte en Juncker opent, laat ze haar ogen door de smalle, verlaten straat gaan. Zoals gewoonlijk staan de auto's bumper aan bumper geparkeerd. Een van de voertuigen trekt haar aandacht zonder dat ze weet waarom. Misschien is het haar intuïtie. Het is een anonieme grijze Mercedes-bestelwagen met Deense kentekenplaten, die een meter of vijftig bij haar vandaan staat, vlak voor een verkeersdrempel. Het kan natuurlijk een bouwvakkersbusje zijn, al staat er geen firmanaam of logo op de zijkant. Ze loopt er langzaam naartoe. Als ze dichterbij is, ziet ze dat zowel de bestuurders- als de passagiersstoel leeg is. Achter de bestuurdersstoel bevindt zich een metalen rooster naar de laadruimte en aan de andere kant van het rooster ziet ze een zwart gordijn, dat over de hele breedte van de auto is dichtgetrokken.

Signe loopt om de bestelwagen heen en kijkt door het zijraam van de bestuurderskant in de cabine. Geen wegwerpbekers, colaflessen, klokhuizen, bananenschillen of lege verpakkingen. Als dit een bouwvakkersbusje is, is het splinternieuw of is de eigenaar zoiets ongewoons als een bouwvakker die zijn rommel opruimt. Ze bukt zich en bestudeert de banden. Die zijn tamelijk breed. Het kan heel goed dezelfde breedte zijn als de bandensporen op de bosweg in Kongelunden, constateert ze, terwijl ze voelt dat de adrenaline door haar lichaam begint te stromen. Ze loopt naar de achterkant van de auto, blijft voor het portier staan en kijkt om zich heen, maar ziet nog steeds niemand. Ze schuift haar rechterhand onder haar jack en pakt de kolf van het pistool in de schouderholster vast, maar haalt het wapen er niet uit. Ze spant de trekker met haar duim en legt haar wijsvinger tegen de beugel die de haan beschermt. Dan pakt ze de portierkruk met haar andere hand vast en duwt hem naar beneden. Hij is op slot.

Ze loopt naar het zijportier en pakt ook die kruk, klaar om haar pistool te trekken. Ook dit portier is, zoals ze al had verwacht, op slot. Ze kijkt weer om zich heen en duwt haar oor tegen de zijkant van de auto. Geen geluid. Ze laat de kolf van het pistool los en kijkt terwijl ze door de straat loopt of alle geparkeerde auto's leeg zijn. Als ze bijna bij de Øster Søgade is, keert ze om en loopt langs de grijze bestelwagen naar de woning terug.

Ze belt aan. Na tien seconden hoort ze een zwak gerommel achter de deur, maar hij gaat niet open. 'Ik ben het, Signe,' zegt ze zachtjes.

Charlotte laat haar binnen.

'Waar is Veronika?'

'Die slaapt.'

'We moeten haar hier weg zien te krijgen. Ik heb geen idee of jij en Veronika geschaduwd worden, of ik trouwens, maar het zou prettig zijn om haar naar een plek te brengen waar we er zeker van zijn dat niemand weet waar ze is.'

Charlotte knikt.

'Heb je haar gevraagd wat ze nodig heeft om te kunnen werken?' gaat Signe verder.

'Ja. Een goede, stabiele 4G-verbinding, dat is alles. Ze heeft alle apparatuur die ze nodig heeft en neemt voorzorgsmaatregelen, zegt ze. Ik heb geen idee hoe ze dat doet en wat voor mogelijkheden ze heeft. Ik snap niets van dat soort dingen.'

'Ik ook niet.'

'Maar waar kunnen we haar naartoe brengen? Ik weet niet echt iets. Jij wel?'

'Ja. Mijn zus en haar man hebben een volkstuin. Ze zijn met hun kinderen op vakantie in Griekenland en komen over vijf dagen pas terug, voor zover ik me kan herinneren.'

'En jij hebt de sleutel?'

'Ik weet waar die hangt.'

'Waar is dat huisje?'

'In Glostrup, vlak bij Ballerup. In dat gebied zijn meerdere volkstuinverenigingen.'

'Trekt ze daar geen aandacht? De huisjes in zo'n complex staan toch heel dicht bij elkaar?'

'Dat denk ik eigenlijk niet. Veel vrienden van mijn zus en haar man hebben het huisje geleend. Bovendien staat het een beetje op zichzelf aan het eind van een pad en heeft het maar aan één kant buren. Ze wordt daar met rust gelaten.'

‘Oké. Dat klinkt goed. Ik ga naar boven om haar wakker te maken.’

Tien minuten later verschijnt Veronika bleek en slaperig in de deuropening. Ze heeft een veel te groot T-shirt van Charlotte geleend.

Ze ziet er volkomen verloren uit, denkt Signe. Ze lijkt op iemand die ineens in het licht is gestapt nadat ze jarenlang ergens ondergronds heeft gezeten. Veronika gaat tegenover Signe zitten en kijkt naar haar met een blik waarvan ze niet kan bepalen of die minachtend of zenuwachtig is. Misschien een beetje van allebei. Signe steekt haar hand uit. De jonge vrouw aarzelt, maar geeft haar dan een verbazingwekkend stevige hand.

‘Hallo, Veronika, ik ben Signe,’ zegt ze.

Veronika knikt. ‘Ik weet het. Jij bent de smeris, toch?’

‘Yep.’

‘Hm.’

Signe schuift de stoel een stukje naar achteren en strekt haar benen. ‘Veronika, we hebben het erover gehad om je naar een andere plek te brengen waar je ongestoord kunt werken. We weten niet of iemand weet dat je hier bent, maar we willen het risico niet nemen dat er plotseling iemand opduikt. Vind je dat goed?’

Veronika kijkt naar Charlotte. ‘Als jullie dat het beste vinden, heb ik daar geen probleem mee.’

‘Mooi. Luister, toen ik hier kwam, ben ik door de straat gelopen om te controleren of iemand dit huis in de gaten houdt. Voor zover ik heb kunnen zien, is dat niet zo, maar een stukje verderop staat een bestelwagen –’

‘Wat voor kleur?’ vraagt Veronika met een angstige klank in haar stem.

‘Grijs.’

‘Dat is hem,’ zegt ze toonloos.

‘Wat bedoel je?’

‘Gisteren heeft er een paar minuten een grijze bestelwagen voor het huis gestaan toen Veronika alleen was,’ legt Charlotte uit. ‘Met de apparatuur die ze heeft, kon ze zien dat de auto een access point bevatte, een draadloos netwerk dus. Ik kan me niet herinneren hoe je het noemt wat je deed, Veronika...’

‘Ik was hun netwerk aan het cracken.’

‘Oké,’ zegt Signe. ‘Er zat niemand voor in de bestelwagen, en ik kon niet zien of er iemand achterin zat. De portieren waren op slot. Maar we moeten voorzichtig zijn. Charlotte, waar staat je auto?'

'Vlak voor het huis.'

'Goed. Ik sta om de hoek in de Øster Farimagsgade. We doen het als volgt: we gaan samen naar buiten. Charlotte, jij gaat in je auto zitten en start de motor, Veronika en ik gaan naar mijn auto. Als de bestelwagen – of een andere auto in de straat, trouwens – ons begint te volgen, dan rijd jij naar voren en blokkeer je de straat, oké? Als er iemand uitstapt en naar je toe komt, toeter je net zo lang tot iedereen in de straat naar buiten is gekomen om te zien wat er aan de hand is. Zijn jullie het daarmee eens?'

Veronika en Charlotte knikken.

'We hebben alle drie een telefoon met een prepaidkaart. Die gebruiken we om met elkaar te sms'en. Bellen doen we alleen als het niet anders kan, en we hebben absoluut geen contact via onze andere telefoons. Veronika, ga naar boven en haal je spullen. We kunnen maar beter zo snel mogelijk vertrekken.'

Vijf minuten later staan ze in de voortuin. Een struik belemmert het uitzicht op de bestelwagen. Signe kijkt er voorzichtig omheen, maar het scherpe zonlicht reflecteert in de voorruit van de bestelwagen, waardoor ze niet kan zien of er iemand achter het stuur zit. 'Oké. Zijn jullie er klaar voor? Dan gaan we.'

Ze loopt als eerste het trottoir op, met Veronika in haar kielzog. Ze loopt zo snel als ze kan zonder te rennen, maar toch komt Veronika naast haar lopen. Een automotor start. Ze kijkt achter zich, ziet dat de bestelwagen van de parkeerplek rijdt en begint te rennen. 'Nu, Veronika, rennen!'

Ze slaan de hoek om. Ongeveer twintig meter verderop staat haar auto.

'Het is de donkerblauwe!' roept ze, waarna ze schuin het fietspad over rent en bijna tegen een oudere man op een fiets aan botst.

'Kijk uit waar je loopt!' roept hij.

'Sorry!' roept ze terug. Ze klikt het slot met de sleutel die ze in haar hand heeft open en rukt het portier open. Veronika, die iets is achtergebleven, doet hetzelfde. Ze zet haar rugzak voorzichtig op de vloer en gaat zitten. Signe start de motor, kijkt snel in de zijspiegel en parkeert uit. Ze drukt het gaspedaal in, rijdt door oranje, passeert de kruising bij het Sølvtorvet en rijdt met een snelheid van tachtig kilometer per uur langs de Botanische Tuin en het oude gemeentelijke ziekenhuis.

Ze heeft het geluk dat ze in een groene golf zit en dankt de hogere machten dat het geen spitsuur is. Ze ziet geen grijze bestelwagen in de achteruitkijkspiegel. Bij de kruising met de Gyldenløvesgade staat het stoplicht op rood. Ze rijdt de rechterrijstrook op, stopt en trommelt ongeduldig met haar vingers op de bovenkant van het stuur terwijl ze voelt hoe de zweetplekken in haar oksels en op haar rug groter worden. Nog steeds geen grijze bestelwagen in de achteruitkijkspiegel.

Ineens verandert ze van gedachten. Ze wil toch niet naar rechts, want dan komt ze bij het grote kruispunt bij de Søerne, en als de bestelwagen achteruit is gereden naar de Øster Søgade omdat Charlotte de weg verspert, bestaat het risico dat hij naar links is afgeslagen en langs de Søerne rijdt, en dan komt hij ook bij de kruising met de Gyldenløvesgade uit. En hoewel ze misschien niet weten in wat voor auto ze rijdt, is er geen reden om het risico te nemen, dus ze zet haar linkerrichtingaanwijzer aan, draait het raampje naar beneden en steekt haar arm uit.

Het licht springt op groen en gelukkig is er een vriendelijke automobilist die haar ertussen laat. Signe steekt haar duim naar hem op en rijdt verder naar Vesterport, waar ze rechts afslaat naar de Gammel Kongevej.

In Vanløse rijdt ze door een stille straat met villa's en stopt langs het trottoir. Ze is er bijna zeker van dat ze niet worden gevolgd.

'Ik denk dat het gelukt is,' zegt ze.

Veronika heeft haar handen verstrengeld op haar schoot. 'Waar gaan we eigenlijk naartoe?'

'Jezus, we zijn helemaal vergeten je dat te vertellen. Mijn zus heeft een volkstuinhuisje dat hier niet ver vandaan ligt. Daar heb je rust.'

Ze blijven vijf minuten staan en in die tijd rijdt er niet één auto de straat in, dus nu is Signe er helemaal zeker van dat ze niet wordt gevolgd. Een halfuur later – nadat ze bij een supermarkt zijn gestopt om boodschappen te doen zodat Veronika het een paar dagen kan redden – rijdt Signe het parkeerterrein van de volkstuinvereniging op. Het huisje, dat daar vlakbij ligt, is oud maar goed onderhouden, want haar zwager is een uitgesproken klusser. Signe pakt de sleutel van een haak onder het afdak van het terras. Binnen is het bloedheet, dus laat Signe de voordeur openstaan en zet ze de dubbele deuren naar het terras wijd open zodat het kan luchten.

'Er zijn een tweepersoonsbed en twee kajuitbedden. Je moet zelf maar beslissen waar je wilt slapen. In de commode in een van de slaapkamers liggen handdoeken, en je mag de koffie en thee en wat er verder nog in de keuken staat gebruiken.'

Veronika loopt het terras op, dat uitkijkt op een groot groen grasveld en een klein meer.

'Ben ik hier veilig?' Ze kijkt naar Signe.

'Ja, dat ben je. Je telefoon staat uit, hè? Die van jezelf bedoel ik.'

'Natuurlijk. Al een paar dagen.'

'Als er iemand komt om te vragen wie je bent, en dat doen de buren misschien als ze zien dat er licht brandt maar de auto van mijn zus niet op het parkeerterrein staat, dan zeg je gewoon dat je een van hun vrienden bent en het huisje mag lenen omdat ze op vakantie zijn. Ze heten Lisa en Jakob.'

'Oké.'

'Verderop langs het pad is een kleine supermarkt, maar misschien is het slimmer als je hier blijft en een sms'je stuurt als je iets nodig hebt.'

'Dat zal ik doen.'

'Heb je met Charlotte besproken wat zij en ik moeten uitzoeken voordat jij serieus op zoek kan gaan?' vraagt Signe.

'Ja. Charlotte vertelde dat er verschillende afkortingen van namen voorkomen in de mails die Alex haar gegeven heeft. Als jullie kunnen ontdekken welke namen achter de afkortingen verborgen zitten, dan kan ik aan de slag.'

'We zijn er vrij zeker van dat HEC voor Henrik Christoffersen staat, het hoofd van de MI. En dat SBO een van hun werknemers is, die Svend Bech-Olesen heet. We proberen meer te ontdekken. Er is hier trouwens een draadloos netwerk. De code hangt aan het prikbord in de keuken.'

'Mooi. Hoewel ik vrij snel zelf kan ontdekken wat de code is.'

'Dat is ook zo. Daar dacht ik niet aan. En nu denk ik dat ik naar de stad terugrijd. Zodra we iets weten, hoor je dat van ons.'

'Oké.' Veronika staat in het midden van de woonkamer.

Plotseling vindt Signe dat ze er nog breekbaarder uitziet dan bij Charlotte thuis. 'Ben je bang om hier alleen te blijven?'

Veronika schudt haar hoofd.

'Gelukkig maar.'

'Zorg goed voor jezelf,' zegt Veronika.

Signe blijft in de deuropening staan en draait zich om. De jonge vrouw lijkt op een uitgehongerd vogeljong. Verdorie, als er iemand is die goed voor zichzelf moet zorgen, dan is zij dat, denkt ze, maar dat zou in de huidige situatie een volkomen ongepaste opmerking zijn. Ze glimlacht naar haar. 'Dat zal ik doen.'

Het is nu drukker op de weg, maar gelukkig rijdt ze in de juiste richting, de stad in. In de tegenovergestelde richting staat een file naar Ring 3. Op de Roskildevej zet ze haar telefoon aan. Ze heeft zes onbeantwoorde telefoontjes, waarvan er vier van Merlin zijn. En ze heeft een bericht op haar voicemail. 'Ik moet met je praten. In Teglholmen. Nu!'

47

Vera lijkt vaak afwezig, denkt Juncker. Op dezelfde manier als mensen die buiten lopen en tegelijkertijd naar muziek, een luisterboek of een podcast luisteren.

Maar dan kan ze plotseling en zonder waarschuwing vooraf heel alert worden – scherp, intens, verblindend – en zo intiem aanwezig zijn dat er onwillekeurig een warm gevoel door zijn onderlichaam stroomt.

Hij heeft overwogen of ze stiekem drinkt, maar ten eerste zijn er geen fysieke tekenen die in die richting wijzen. Ze slingert niet, praat niet onduidelijk, stinkt niet naar alcohol, een kater of pepermuntjes. Integendeel, ze ruikt naar zomerochtenden en bloemenweiden, ruikt hij als hij dicht bij haar is. Ten tweede was ze, als hij erover nadenkt, hetzelfde toen ze heel jong waren en een relatie hadden. Afwezig en dan plotseling heel dichtbij.

De laatste keer dat hij hier was, had Vera er moe uitgezien. Dat is nu niet zo. Ze glimlacht breed als ze de blauwe deur opent. 'Juncker. Fijn om je te zien.'

Hij staat op het punt om 'insgelijks' te zeggen, maar denkt dat het misschien te vrolijk klinkt, te joviaal, en hij heeft geen zin om meer olie op Skakkes belangenverstrengelingsvuur te gooien, ook al is zijn chef niet aanwezig. Dus volstaat hij met een formeel 'Goedemiddag, Vera'.

Ze loopt voor hem uit naar de woonkamer. Zoals gewoonlijk is ze blootvoets.

Juncker probeert zonder veel succes zichzelf te dwingen niet naar haar billen te kijken, die niet provocerend maar eerder discreet zelfbewust wiegen.

'Zullen we hier gaan zitten?'

'Laten we dat doen.'

Ze gaan, net als toen Juncker hier was om over de dood van haar man te vertellen, ieder aan een uiteinde van de zwarte leren bank zitten.

'Waar kan ik je mee helpen?' vraagt ze.

'Ik wil meer weten over het deel van Ragners leven dat niets met zijn werk te maken heeft. Om voor mezelf een beeld te kunnen vormen van wat voor een man hij was. En in dat verband wil ik ook iets meer over jullie leven samen horen. We hebben een jonge man, Peter Johansen, in staat van beschuldiging gesteld. Hij zit voor vier weken in voorlopige hechtenis. Maar omdat hij heeft geprobeerd om zelfmoord te plegen, is hij nu overgeplaatst naar een psychiatrische afdeling.'

Ze kijkt naar Juncker met een blik die hard en meedogenloos is. 'Dat is natuurlijk verschrikkelijk, maar aan de andere kant: als hij Ragner vermoord heeft, dan kan ik er geen traan om laten.'

'Dat is begrijpelijk. Ik wil natuurlijk graag proberen uit te zoeken of er een connectie tussen Peter Johansen en Ragner is waarvan ik niet op de hoogte ben. Misschien kun jij me helpen om iets te vinden.'

'Ik twijfel er eerlijk gezegd aan of ik dat kan.'

'We zien wel. Maar om met het leven van jou en Ragner te beginnen... Wanneer kregen jullie een relatie?'

'We zijn verloofd toen ik vierentwintig was, dat was in 1982, en vlak daarna zijn we getrouwd.'

'Wat deed je destijds?'

'Ik studeerde literatuurwetenschap, maar daar ben ik mee gestopt toen we trouwden.' Ze legt haar benen op de bank. 'En als ik eerlijk ben, heb ik sindsdien niet veel gedaan. Ja, ik deed het huishouden, zoals dat heet, maar met veel hulp van diverse au pairs en schoonmaaksters. En ik heb een tijdje een winkeltje in Sandsted gehad, aan de voetgangerspromenade, waar ik design en prullaria verkocht, tot Ragner er genoeg van kreeg om geld in die bodemloze put te storten.' Ze glimlacht. 'Mijn bestaan is zo'n cliché van dat van een verwende minnares dat je zou denken dat het allemaal verzonnen is.' Haar glimlach verbleekt. 'Maar als je nu denkt dat ik spijt van mijn leven met Ragner heb, dat klopt niet. Ik heb kunnen doen waar ik zin in had en dat heb ik gedaan. Ik heb niets om over te klagen.'

'Ken je Peter Johansen, de man die we gearresteerd hebben?'

'Nee. Ik weet wie hij is, want Sandsted is klein en er wordt geroddeld, maar ik ken hem niet en heb nooit met hem gepraat. Ik heb gehoord dat hij lid van de schietclub is en een heel goede schutter is.'

'Dat klopt. Hoe weet je dat?'

Vera denkt even na. 'Ja, waar heb ik dat ook alweer gehoord? Was dat van een van de caissières in Brugsen? Ik geloof het wel.'

'Weet je of Ragner hem kende? Persoonlijk?'

'Nee, dat weet ik niet. Maar waarom zou dat zo zijn?'

'We weten dat Peter Johansen heel boos op je man was omdat hij de zaak tegen Peter Johansens zwager in verband met de ernstige mishandeling van Peter Johansens zus nietig wist te laten verklaren. Die zus pleegde vervolgens zelfmoord.'

'Dat klopt. Ik kan me die zaak nog goed herinneren, maar was vergeten dat het om Peters zus ging. Dat was heel ongelukkig.'

'Ja, en Johansen maakte er geen geheim van dat hij Ragner haatte. Vooral omdat Ragner zich heel arrogant tegenover hem gedroeg.'

'Veel mensen vonden Ragner arrogant.'

'Maar je weet niet of er een andere relatie tussen Ragner en Johansen was behalve de afgewezen geweldszaak en de zelfmoord van de zus?'

'Nee. Wat zou dat voor relatie moeten zijn?'

Juncker haalt zijn schouders op. 'Geen idee. Vertel me iets meer over het leven van Ragner en jou. De vorige keer zei je dat jullie geen seks meer hadden. Brachten jullie nog wel veel tijd met elkaar door?'

'Nee, niet meer. Hij werkte veel, en ik ging vaak naar onze vakantiewoning of op reis.'

'Alleen?'

'Meestal samen met vriendinnen. Een paar keer alleen.'

'Je wist dat Ragner een verhouding met zijn secretaresse had. Hoe zit dat met jou? Heb jij een minnaar?'

'Je wilt graag weten of ik een verhouding met een jonge en opwindende man heb, zoals Peter Johansen? Of misschien zelfs met hem?'

'Heb je dat?'

'Nee, Juncker. Zoals ik al zei, heb ik die man nooit gesproken, en hoewel je best een verhouding kunt hebben die uitsluitend om seks draait, zou het toch moeilijk zijn om helemaal niet met elkaar te praten, hè?'

'Heb je ook geen verhoudingen met mannen van je eigen leeftijd gehad?'

Ze kijkt in zijn ogen en glimlacht. 'Nee, ik heb geen langdurige relatie met oudere mannen gehad. Ik heb al in geen eeuwen een relatie met iemand gehad. Trouwens, was die vraag impliciet een aanbod, Juncker?'

Hij schraapt zijn keel. 'En Ragner… Als hij niet op zijn werk was of bij zijn minnares…'

'Dan golfde hij. Hier of in het buitenland.'

'Als hij naar het buitenland reisde, was dat dan altijd voor zijn plezier, of kon het ook met zijn werk te maken hebben?'

'Meestal een combinatie, maar golfen was wel heel belangrijk voor hem. Hij nam zijn golftas bijna altijd mee als hij weg was voor zijn werk. Hij had veel contacten in het buitenland.'

'Kun je je herinneren wanneer hij voor het laatst op reis was?'

'Nee, maar dat kan ik opzoeken.'

Ze staat op, loopt naar de keuken en komt terug met haar telefoon. 'Dat was in mei... 16 tot 25 mei. Naar Málaga, voor zover ik me kan herinneren. Hij ging meestal naar de Costa del Sol. Daar zijn een paar van de beste golfbanen ter wereld.'

'Weet je of hij een reisbureau gebruikte of zijn reizen zelf boekte?'

'Dat deed hij zelf. Dat is tegenwoordig zo makkelijk.'

'Weet je ook welke zoekmachine hij daarvoor gebruikte?'

'Ik denk dat hij Momondo gebruikte. Maar jullie hebben zijn laptop, dus dat kunnen jullie zelf bekijken.'

'Ja, maar het is onze mensen nog niet gelukt om daarin te komen. Ze zijn daar normaal gesproken heel goed in, dus heeft hij blijkbaar een heel effectief wachtwoord. Momondo zeg je dus?'

'Ja.' Ze kijkt op haar horloge. 'Wat zeg je van een drankje, Juncker? Zullen we dat doen? Het is bijna vier uur, dus je werkdag zit er zowat op. En we zijn volwassen mensen, nietwaar?'

Hij denkt na over het aanbod. Dat is aanlokkelijk, want misschien vertelt ze hem meer als ze een beetje ontspant. Niet dat hij denkt dat ze veel verbergt, maar je kunt nooit weten. 'Tja, waarom niet? Dat klinkt goed.'

'Gin-tonic?'

'Graag.'

Ze staat op en loopt naar de keuken. Even later is ze terug met twee grote glazen in haar handen. Ze geeft Juncker er een en gaat op de bank naast hem zitten. 'Proost, Juncker. Op vroeger.'

Ze toosten en drinken. Hij voelt haar hand heel licht over de binnenkant van zijn dijbeen strelen. Zijn penis komt als een gedresseerde zeeleeuw direct overeind.

48

Signe rijdt het parkeerterrein van Domus Vista op. Ze zet de motor uit, leunt naar achteren op de stoel en probeert haar schouders te ontspannen. Merlin is woedend; dat kon ze horen aan zijn voicemailbericht. Er moet iets gebeurd zijn. Iemand heeft hem iets verteld. Heel even overweegt ze om zijn bevel te negeren en hem niet te bellen, maar dat kan ze niet maken.

Ze zucht en belt hem. Merlin neemt meteen op. 'Waar ben je verdomme mee bezig, Kristiansen?' snauwt hij nog voordat ze iets heeft kunnen zeggen.

'Wat bedoel je? Ik ben bezig met het oplossen van –'

'Kun je me uitleggen waarom ik gebeld ben door de chef de clinique van de intensive care van het Rigshospitalet, die niet begrijpt waarom het hoofd van een moordsectie van de Politie Kopenhagen plotseling opduikt en vragen aan hem en zijn personeel begint te stellen over wat er is gebeurd toen Simon Spangstrup in januari stierf? Heb je daar een goede verklaring voor, Kristiansen?'

'Tja, eh…'

'Het is jou en alle andere betrokkenen heel duidelijk gemaakt dat alles wat met de aanslag te maken heeft onder de PET valt. Het is onze zaak niet meer en dat is al zo sinds het begin van het jaar. Dus ik vraag je opnieuw waarom je contact hebt opgenomen met de intensive care met vragen die met de aanslag te maken hebben?'

Ze haalt diep adem. 'Omdat, Merlin, ik het te gek voor woorden vind dat we onze mond moeten houden omdat iemand in de top van het systeem het zo erg verkloot heeft dat er negentien mensen zijn omgekomen.'

'Weet je, Kristiansen, je mag daarvan vinden wat je wilt, maar je hebt een rechtstreeks bevel gekregen om hier met je tengels van af te blijven, en je hebt dat bevel verdomme te gehoorzamen.'

'Maar stel dat er een verband is?'

'Wat voor verband bedoel je?'

'Tussen de zaak waarnaar we op dit moment onderzoek doen en het in de doofpot stoppen van die andere zaak. Stel dat er op de een of andere manier een verband met het lijk in Kongelunden is?'

Het blijft even stil. 'Kristiansen, dat kun je alleen weten als je iets over het onthoofde lijk weet wat de anderen niet weten. Is dat zo?'

Shit. Waarom kan ze haar grote mond niet gewoon houden?

'Signe, je moet het me vertellen als je iets over de man uit Kongelunden weet.'

Ze denkt een paar seconden na. 'Het was maar een gedachte die bij me opkwam. Geloof me, ik weet niets wat de anderen niet ook weten.'

'Hm.'

Hij klinkt op zijn zachtst gezegd niet alsof hij haar uitvlucht gelooft. Verdomme, hij kent haar veel te goed.

'Als je informatie achterhoudt of het onderzoek op een andere manier hindert, dan word je niet alleen geschorst, maar word je ook bij de Onafhankelijke Politieklachtenautoriteit aangegeven en dan vlieg je eruit. Dat weet je, hè?'

'Ja, natuurlijk weet ik dat.'

'En voor wat de terreuraanslag betreft, kun je dit gesprek als een formele waarschuwing beschouwen die je ook schriftelijk krijgt. Je stopt dus onmiddellijk met waar je mee bezig bent. Begrijpen wij elkaar?'

Hij wacht haar antwoord niet af en verbreekt de verbinding.

Goed zo, dat heb je fantastisch gedaan, denkt ze hoofdschuddend bij zichzelf. Maar wat had ze anders moeten zeggen? Ze had de mogelijke connectie tussen Alex en de aanslag natuurlijk niet moeten noemen, maar het was goedbeschouwd te verwachten geweest dat de chef de clinique contact zou opnemen met Merlin. Dat voelde ze al toen ze afscheid van hem nam. En met datgene wat Charlotte en nu ook Veronika weten is er gewoon geen weg terug. Ze moet doorgaan tot het bittere eind. Ze schakelt in de eerste versnelling en rijdt de Roskildevej op.

49

Nabiha leest op haar laptop. Ze kijkt vrolijk naar Juncker op als hij binnenkomt. 'Je ziet er verhit uit. Was het lastig om met je ex te praten?' vraagt ze.

Hij doet alsof hij de vraag niet heeft gehoord. 'Alleen al een klein stukje lopen...'

'Zei ze iets interessants?'

'Niet echt. Ik vroeg naar Stephansens reizen. Hij ging blijkbaar vaak op reis, maar in eerste instantie om te golfen en voornamelijk naar de Costa del Sol. Hij boekte de reizen bij Momondo, dus als je contact met hen opneemt, dan kunnen we achterhalen wanneer hij waarnaartoe gereisd is.'

'Dat zal ik doen. Zal ik ook proberen uit te zoeken of Peter Johansen online reizen boekte en als dat zo is, of die samenvielen met Stephansens reizen? Het is een gok, maar je weet natuurlijk nooit.'

'Goed idee,' zegt Juncker. Iets waar hij zelf aan had moeten denken, denkt hij.

'Waar heb je het verder met haar over gehad?'

'De relatie van Stephansen en haar met Johansen. Die bestond volgens Vera niet. Ze wist wie hij was, maar heeft nooit met hem gepraat, zegt ze. En ze wist ook niets over een connectie tussen haar man en Johansen. Afgezien van de zaak tegen Johansens zwager.'

'Nee?' zegt Nabiha met opgetrokken wenkbrauwen. 'Dat is vreemd. Ik heb met een van Peter Johansens vrienden in de schietclub gepraat die op de basisschool een klas onder hem zat. Ik heb ook Johansens klassenleraar gesproken, en zij zeggen beiden dat hij bevriend was met Mads Stephansen. Dat die twee elkaars beste vrienden waren, in elk geval een paar jaar.'

'Interessant, en dat klinkt ook logisch. Natuurlijk kennen ze elkaar; ze zijn beiden achtendertig en zijn in dit stadje opgegroeid. Heel goede vrienden, zeg je?'

'Yep. Het is dus heel vreemd dat Mads' moeder volgens haar zeggen nooit met Peter Johansen heeft gepraat. Vind je ook niet?'

'Dat kun je wel zeggen. Ik moet nog maar eens met haar gaan praten.'

50

Charlotte had precies gedaan wat Signe tegen haar had gezegd. Toen de grijze bestelwagen uitparkeerde en naar haar toe begon te rijden, reed ze naar voren en versperde de weg. De bestelwagen stopte op een afstand van ongeveer twintig meter, bleef een paar seconden staan en begon toen achteruit te rijden. Met bonkend hart stapte Charlotte uit om een glimp van de bestuurder op te vangen, maar de bestelwagen was te ver weg om een gedetailleerde indruk te krijgen. Ze begon te rennen, waarna de bestuurder sneller ging rijden. Ze moest het uiteindelijk opgeven en keek de bestelwagen na tot die bij de Sortedamssøen de hoek omsloeg. Het was een beetje roekeloos geweest om te proberen vlakbij te komen, maar ze had in elk geval gezien dat er vermoedelijk een man achter het stuur zat. Ze had alleen geen idee waarvoor ze die observatie kon gebruiken.

Charlotte liep naar haar auto terug, reed hem achteruit de parkeerplek op en ging weer naar binnen. Ze twijfelde er niet meer aan dat ze nauwlettend in de gaten werd gehouden, maar dwong zichzelf om niet in paniek te raken. Ze ging naar boven en maakte het bed waarin Veronika had geslapen, opnieuw op. Ze verplaatste een paar stapels oude kranten en tijdschriften en constateerde dat het huis nodig schoongemaakt moest worden. Ze pakte de stofzuiger uit de kast, stopte de stekker in het stopcontact en zette hem aan, waarna ze bedacht dat ze ongelofelijk stom bezig was. Het was veel te riskant om hier te blijven. Als het Signe namelijk was gelukt ze af te schudden, dan leek het logisch dat ze hiernaartoe terug zouden komen.

Ze moest in de buurt van andere mensen zijn of naar de krant gaan. Het was al een paar dagen geleden dat ze daar was geweest, dus het was sowieso een goed idee om haar gezicht op de redactie te laten zien.

Ze pakte haar tas en haastte zich naar buiten. Onderweg stopte ze twee keer, duwde haar fiets het trottoir op en keek achter zich om te controleren of er andere fietsers waren die hetzelfde deden.

Op de redactie ontmoette ze Mikkel op de trap. Hij zag er vermoeid en neerslachtig uit en leek op geen enkele manier op iemand die een paar dagen geleden na een vakantie van drie weken weer was begonnen.

'Hallo, Charlotte. Lang niet gezien.'

'Ja. Ik heb een paar dagen van huis uit gewerkt. Heb ik dat niet verteld?'

'Nee, voor zover ik me herinner niet. Dat is geen probleem, maar volgende week moeten we echt naar een hogere versnelling schakelen. Dan is iedereen terug van vakantie en gaan we er weer vol tegenaan, goed?'

'Goed.'

'Ben je ergens mee bezig?'

'Nog steeds dat waarover ik je vertelde, over de vele plotselinge sterfgevallen op de intensivecareafdelingen. Ik heb met meerdere bronnen gesproken en het kan heel goed zijn dat er een goed verhaal in zit,' loog ze. 'Volgende week kan ik daar meer over vertellen.'

Charlotte is de enige aanwezige op de redactie van het onderzoeksteam. Ze opent een raam en ziet tot haar tevredenheid dat iemand de vieze vaat heeft weggehaald. Ze zet haar computer aan, typt eerst 'militaire inlichtingendienst' in het zoekveld van de browser, voegt er na een paar seconden 'organisatie' aan toe en drukt op enter. Ze klikt op het bovenste zoekresultaat, en er verschijnt een diagram op het scherm. Hm, het is niet bepaald geheim, denkt ze. Het diagram toont aan dat de inlichtingendienst in zes sectoren is verdeeld. De eerste heet 'Operaties en Contacten'. Ze herinnert zich dat ze gehoord heeft dat degenen bij de MI die de contacten met de bronnen of informanten onderhouden, contactpersonen worden genoemd. Svend Bech-Olesen was dus een contactpersoon. De sectoren zijn onderverdeeld in afdelingen, en een van de afdelingen heet 'Fysieke Contacten'. De contacten met de persoonlijke bronnen, die ook *human intelligence* worden genoemd, lopen via deze afdeling, leest ze. Heeft Bech-Olesen daar gewerkt? Als dat zo is, dan is het meest logische dat de persoon met wie hij op 22 december contact opnam in verband met de waarschuwing over een mogelijke terroristische aanslag, zijn chef was, de sectorleider dus. Ze probeert zijn naam een paar minuten lang te vinden, maar zonder resultaat. Wat nu?

Ze krijgt een idee, zoekt het algemene telefoonnummer van de MI op de website en belt met de vaste telefoon. 'Militaire Inlichtingendienst,' hoort ze een man zeggen.

'Hallo, ik ben Karin Jensen. Ik moet een mail naar de sectorleider van de afdeling "Operaties en Contacten" sturen, maar ik ben zijn naam vergeten. Kunt u me daarmee helpen?'

'Hij heet Kristian Stendtler, maar hij is momenteel met verlof. Tijdens zijn afwezigheid is Rasmus Pedersen de waarnemende sectorleider.'

'Rasmus Pedersen, zegt u? Kunt u me zijn mailadres geven?'

'Als u de mail naar het algemene adres stuurt, dan stuur ik hem door.'

'Dat doe ik. Hartelijk bedankt.'

Charlotte verbreekt de verbinding. Ze piekert er al dagenlang over hoe ze kan achterhalen met wie Bech-Olesen contact heeft opgenomen en nu heeft ze na maar een kwartier en een paar klikken op de computer een naam, en haar intuïtie vertelt haar dat het de juiste naam is.

Charlotte kijkt naar de naam die ze op het notitieblok voor zich heeft genoteerd en glimlacht. Hallo, sectorleider Kristian Stendtler, leuk om kennis te maken. Of zullen we je gewoon K noemen en erop gokken dat je met langdurig ziekteverlof bent?

Ze haalt haar telefoon uit haar tas en stuurt Signe een sms.

51

Als Signe het nog niet wist, dan is het na het gesprek met Merlin overduidelijk voor haar: de draad waaraan ze hangt, is ragfijn als een spinnenweb.

Haar respect voor Merlin is bijzonder groot. Haar chef heeft zich heel vaak aan haar geërgerd – wat wederzijds is – maar ze heeft er nooit aan getwijfeld dat hij om haar geeft, niet alleen beroepsmatig maar ook als mens. Het doet dus pijn dat hij nu zo boos is en zo teleurgesteld in haar is.

Zij is ook boos op hem. En op Juncker. En ook op zichzelf trouwens. Omdat ze allemaal hun staart tussen hun benen hebben gestopt en zo lang hun mond hebben gehouden.

Als ze thuiskomt, is het huis leeg. Niels werkt blijkbaar over en Lasse en Anne zijn waarschijnlijk bij vrienden of vriendinnen. Ze gaat meteen naar de woonkamer, smijt haar jack op de salontafel, doet de schouderholster met het pistool af, gaat op de bank liggen en sluit haar ogen. De adrenaline stroomt door haar lichaam. Ze weet van verhoren met verdachten die het gevoel hadden dat ze werden geschaduwd hoeveel spanning het veroorzaakt om niet te weten of de mensen die je ogenschijnlijk toevallig op straat passeert, of die in de auto achter je zitten, je in werkelijkheid schaduwen. Om voortdurend op je hoede te zijn en over je schouder te kijken.

Nu maakt ze dat zelf mee.

Ze valt in slaap en bevindt zich een rusteloos uur lang in het grensgebied tussen slapen en waken. Als ze wakker wordt, doornat van het zweet en met een kurkdroge mond, is dat met het onaangename gevoel dat Niels achter haar verhouding met Victor is gekomen. Ze heeft gedroomd, maar kan zich niet herinneren wat het was. Ze loopt naar de slaapkamer en trekt een ander T-shirt aan. Al ze weer in de woonkamer is, gaat ze op de bank zitten, pakt het pistool uit de holster en controleert of er dertien patronen, het maximale aantal, in het magazijn zitten en of er een patroon in de kamer zit. Vervolgens stopt ze het pistool in de holster terug. De telefoon met de prepaidkaart, die op de salontafel ligt, zoemt. Een sms van Charlotte. 16.34. K kan sectorleider Kristian Stendtler bij de MI zijn. Dat is zo goed als zeker. Hij is met verlof.

Signe antwoordt met Mooi! en staat op. Ze kan de sms natuurlijk doorsturen naar Veronika, maar hoewel het nog maar een paar uur geleden is dat ze haar in het volkstuinhuisje heeft geïnstalleerd, besluit ze ernaartoe te rijden. Ze is er niet helemaal gerust op nu de jonge vrouw helemaal alleen is en wil met eigen ogen zien dat alles goed met haar is. Ze staat op, doet de schouderholster om en trekt haar jack aan. Daarna zet ze haar diensttelefoon uit en stopt die samen met de telefoon met prepaidkaart in haar tas.

Haar auto staat voor het huis. Ze kijkt in beide richtingen, maar alles ziet er normaal uit. De enige auto op straat behalve die van haar is een zwarte Renault Mégane en ze kent de eigenaar daarvan.

Onderweg slaat ze twee keer af en neemt een andere weg dan de rechtstreekse. Beide keren rijdt ze villawijken in waar bijna geen verkeer is, waarna ze langzaam door de straten rijdt en bovendien vijf minuten stilstaat tot ze er heel zeker van is dat niemand haar volgt.

Ze parkeert een meter of honderd bij het huisje vandaan. In plaats van er rechtstreeks naartoe te lopen neemt ze het pad dat een paar huizenrijen verder ligt. Ze passeert een ander parkeerterrein waar vijf auto's staan. Geen grijze bestelwagen, alle vijf oudere kleine of middelgrote voertuigen. Ze slaat af naar rechts, steekt het grote groene grasveld over dat aan Lisa's huisje grenst en loopt langs de heg naar het witte tuinhek. Ze weet zeker dat er niets ongewoons te zien is in de omgeving rond het huis. Geen auto's die de aandacht trekken. Hoewel, vlak bij de plek waar ze haar auto heeft geparkeerd, staat een witte Bentley van een paar miljoen kronen. Die is van een lid van een motorbende dat hier een huisje heeft, heeft Lisa haar verteld. Telkens als ze de auto ziet, ergert ze zich eraan dat een lid van een criminele bende ongestoord in zo'n auto kan rondrijden.

Signe klopt op de deur en pakt de deurkruk vast. De deur is op slot. Ze klopt opnieuw. 'Veronika, ik ben het, Signe,' zegt ze. Even later gaat de deur open. Ze haalt opgelucht adem en loopt achter Veronika aan naar de woonkamer.

'Ik wilde alleen controleren hoe het met je is,' zegt Signe.

'Het gaat goed. Ik blijf binnen.'

Signe knikt. 'Dat is goed. Voor alle zekerheid...' zegt ze, waarna ze haastig verdergaat: 'Niet dat ik denk dat er iemand is die erop let dat je hier bent.'

'De buren wel. Een van hen klopte een paar uur geleden aan. Hij wilde weten wie er in het huisje was. Ik zei dat ik het huisje van je zus en zwager geleend heb. Lisa en Jakob heten ze toch?'

'Inderdaad. Dat zal Kurt geweest zijn. Gemillimeterd haar, een snor en een flinke buik?'

'Zo zag hij er inderdaad uit. Hij was vriendelijk en eigenlijk is het heel prettig dat ze een oogje in het zeil houden.'

'Ja, dat is hier heel normaal. Je hoeft nu in elk geval niet bang te zijn... Dat iemand je vindt, bedoel ik.'

'Dat ben ik ook niet.'

'Ik heb een naam voor je. Charlotte heeft ontdekt dat K een werknemer van de Militaire Inlichtingendienst kan zijn die Kristian Stendtler heet. Ik had je natuurlijk een sms met de naam kunnen sturen, maar –'

'Nee, dat had niet gekund.' Veronika glimlacht en kijkt haar verlegen aan. 'Ik heb mijn telefoon in het toilet laten vallen.'

'Jezus. Tja, dat is mij ook een paar keer gebeurd.'

'Mij is het nog nooit overkomen. Gelukkig stond hij niet aan, dus ik denk dat hij het overleeft.'

'De laatste keer dat het mij gebeurde, zei een van mijn collega's dat ik hem in een zak rijst moest stoppen om het vocht eruit te laten trekken. Ik weet niet of het gewerkt heeft, maar later deed hij het in elk geval weer.'

'Ik heb ook gehoord dat dat werkt, dus heb ik een blik rijst gepakt, de telefoon erin gestopt en hem toen in de zon gezet. Ik hoop dat ik hem snel weer kan gebruiken.'

'Dat merken we vanzelf. Anders moeten we morgen een nieuwe voor je kopen.'

'Kristian Stendtler zei je?'

'Ja. Wat ben je van plan te gaan doen?'

'Allereerst zijn telefoonnummer of -nummers en het adres waar hij woont opzoeken. En proberen in het systeem van de MI te komen om te zien wat voor een man hij is. Het kan bijvoorbeeld interessant zijn om zijn personeelsdossier te bekijken.'

Signe kijkt haar sceptisch aan. 'Kun je echt in het systeem van de MI komen en dat soort dingen vinden?'

'Daar ga ik wel van uit.'

‘Zonder dat iemand dat ontdekt?’

‘Natuurlijk. Als ze uiteindelijk ontdekken dat er iemand in hun systeem is geweest, kunnen ze dat natuurlijk sluiten. Maar het zal veel tijd kosten om te achterhalen wat er aan de hand is. In die tijd ben ik allang weer weg.’

‘Hm. Dat klinkt geruststellend. Ik bedoel… met het oog op de dataveiligheid van ons allemaal.’

‘Weet je, als ik jou was, zou ik daar niet te veel op vertrouwen.’

‘Nee, dat begin ik te begrijpen.’

‘Hebben jullie andere namen voor me?’

‘Nee. Alleen de twee die ik je gegeven heb: Svend Bech-Olesen en Henrik Christoffersen.’

‘Oké. Ik begin met zoeken naar eventuele communicatie tussen die drie. Mails en misschien ook telefoongesprekken als we geluk hebben.’

‘De interessantste is natuurlijk Henrik Christoffersen, het hoofd van de MI. Dus als je probeert te ontdekken met wie hij in de tijd na de aanslag heeft gecommuniceerd…’

‘Dat zal ik doen.’

‘Mooi. En nu ga ik weer.’ Signe ziet hetzelfde kwetsbare bij Veronika als toen ze de jonge vrouw eerder vandaag hier achterliet. ‘We zien elkaar morgen. Ik weet alleen nog niet wanneer. Heb je alles wat je nodig hebt?’

‘Ik red me wel.’

Op het parkeerterrein kijkt Signe weer in alle richtingen om zich heen en constateert dat alles er nog steeds heel normaal en vredig uitziet. Ze stuurt Charlotte een sms. We zijn begonnen. Ik kom naar je toe.

52

Juncker is bijna bij Stephansens functionalistische villa als Karoline belt. 'Wanneer ben je thuis?'

'Over een halfuur, denk ik. Waarom?'

'Omdat ik iets interessants in een van de notitieboeken gevonden heb.'

'Oké. Wat dan?'

'Dat vertel ik als je thuis bent. Zal ik iets te eten maken?'

Dat accepteert Juncker graag. Hij verheugt zich heimelijk over de verbetering van zijn kwaliteit van leven die Karolines aanwezigheid met zich meebrengt: elke dag een fatsoenlijke maaltijd en bovendien in aangenaam gezelschap. Tegelijkertijd vraagt hij zich af wanneer ze weer naar haar eigen leven vertrekt. Maar goed, misschien moet hij gewoon blij zijn dat zijn dochter het kan verdragen om zo lang met hem samen te zijn.

Hij rijdt het betegelde plein voor de witte villa op en belt voor de tweede keer vandaag aan. Vera ziet er verbaasd uit als ze opendoet en ziet wie het is. Dan glimlacht ze op een manier waarvan Juncker niet kan bepalen of die spottend of vriendelijk is.

'Dat is snel. Heb je ergens spijt van?' vraagt ze. In tegenstelling tot haar glimlach laat haar gepikeerde toon er geen twijfel over bestaan in welke gemoedstoestand ze is. Ze heeft hem zijn afwijzing van eerder vandaag niet vergeven.

'We hebben iets gehoord wat een beetje botst met datgene wat jij hebt verteld.'

'Oké. Wil je binnenkomen?' Zonder zijn antwoord af te wachten draait ze zich om en loopt de woonkamer in. Ze gaat weer op de bank zitten, maar deze keer neemt Juncker plaats op een van de stoelen die aan de andere kant van de salontafel staan.

'We hebben gepraat met een van Peter Johansens vrienden van de schietclub, die Johansen al kende toen ze klein waren, en met zijn voormalige leraar. Ze vertelden beiden dat Peter en Mads in hun jeugd vrienden waren.'

Vera kijkt uit het raam.

'Die twee zijn jarenlang elkaars beste vrienden geweest, zeggen ze. Wat niet zo goed overeenkomt met datgene wat je mij verteld hebt, namelijk dat je nooit met Peter Johansen gesproken hebt en nauwelijks weet wie hij is. Het klinkt eerlijk gezegd niet bijzonder waarschijnlijk dat je nooit met de beste vriend van je zoon kennisgemaakt zou hebben.'

Ze kijkt nog steeds naar de tuin. Juncker heeft het gevoel dat ze sinds zijn vertrek nog een paar gin-tonics heeft gedronken. Net als anders lijkt ze echter niet uitgesproken dronken.

'God ja, dat is waar ook,' zegt ze, en ze kijkt weer naar hem. 'Ik heb er helemaal niet over nagedacht dat Peter Johansen die Peter is. Mads' vriend van destijds dus. Maar nu je het zegt, kan ik me herinneren dat Mads en hij vaak bij elkaar waren, ook bij ons. Destijds woonden we hier niet, maar in de buurt van het stadion.' Ze trekt haar ene been onder zich. 'Dat is jaren geleden, maar ik herinner me dat ze stopten met zoveel met elkaar spelen toen ze een jaar of dertien, veertien waren. Daarom ben ik het waarschijnlijk vergeten en heb ik Mads' jeugdvriend niet met een volwassen man in verband gebracht.'

Juncker kijkt haar met een sceptische blik aan. 'Zijn er andere dingen over Peter Johansen die je bedenkt nu we – hoe moet ik dat zeggen? – je geheugen opgefrist hebben?'

'Nee, Juncker, die zijn er niet,' zegt ze op koele toon. 'En als je geen vragen meer hebt... Ik krijg zo een vriendin op bezoek.'

Zoals gewoonlijk weet hij niet wat hij aan haar heeft en of hij haar moet geloven. Maar waarom zou ze liegen over de vriendschap tussen Mads en Peter?

Zijn telefoon gaat op het moment dat hij de motor heeft gestart. 'Ja, Nabiha?'

'Ik heb Momondo te pakken gekregen. In eerste instantie wilden ze niet meewerken, maar het is me gelukt ze te laten controleren welke reizen Ragner Stephansen via hun zoekmachine geboekt heeft. Dat zijn, zoals we al verwachtten, veel reizen naar Málaga, maar ook naar Barcelona en diverse andere bestemmingen aan de Middellandse Zee, zoals Nice bijvoorbeeld. Hij is ook een paar keer naar New York en één keer naar Los Angeles geweest. En hij heeft meerdere reizen vanaf Málaga naar New Delhi gemaakt. Je kunt wel zeggen dat hij veel reisde.'

'Begrijp ik goed dat hij eerst naar Málaga en vandaar naar New Delhi gevlogen is?'

'Ja.'

'Geen reizen van Kopenhagen naar New Delhi?'

'Nee.'

'Interessant. We zien elkaar morgenochtend vroeg.'

Karoline zit in de werkkamer op haar vaste plek op de divan en leest in een van de notitieboeken. Ze kijkt op. 'Hoi, papa.'

'Ben je vandaag wel buiten geweest?' vraagt Juncker, trachtend om niet al te vaderachtig te klinken.

'Nee. Waarom?'

'Het is heerlijk weer... De zon schijnt...' zegt hij, waardoor hij absoluut heel vaderachtig klinkt.

'Ik bestudeer liever mijn rare familie dan dat ik verschroei in de bloedhete zon. Vind je dat een probleem?'

'Nee, nee, helemaal niet. En je verveelt je niet? Je bent hier al een paar dagen.'

'Probeer je me te vertellen dat ik moet gaan?'

'Nee, natuurlijk niet.' Juncker gaat volle kracht achteruit. 'Ik vind het heerlijk dat je er bent. Ik bedacht alleen dat... er niet veel gebeurt in Sandsted.'

'Dat bevalt me prima. Ik heb er behoefte aan om een tijdje alleen te zijn. En trouwens, ik ben altijd graag in het huis van opa en oma geweest. Ik heb hier zoveel goede herinneringen.'

Bofkont, denkt Juncker.

'Heb je honger?' vraagt Karoline.

'Wat staat er op het menu?'

'Ratatouille. Ik heb alleen nog geen rijst gekookt.'

'Dat klinkt... heerlijk. Maar we kunnen wat mij betreft later eten. Ik ga niet dood van de honger. Je zei dat je iets interessants gevonden hebt.'

Ze staat op en pakt een notitieboek dat op het bureau ligt.

'Van welke periode is dat?' vraagt Juncker.

Karoline opent het op de eerste pagina. 'De eerste datum in het boek is... even kijken... 15 april 1999.' Ze bladert naar een gele post-it. 'Er staat geen datum bij het stukje dat ik gevonden heb en het is heel kort. Zal ik het voorlezen?'

'Graag.'

'Oké. Opa schrijft: "Verschrikkelijk. Vandaag kreeg ik een schok te verwerken. Ragner is een afschuwelijke man. Veel erger dan ik me had voorgesteld. Maar ik kan niets doen zonder dat alles in elkaar stort. Vergeef me."

Juncker steekt zijn hand uit. 'Mag ik het zien?'

Karoline geeft hem het notitieboek. 'Heb je enig idee waar opa het over heeft?' vraagt ze.

'Nee...' mompelt hij.

53

Signe belt aan, doet een paar stappen naar achteren en kijkt langs de gevel omhoog. Een van de ramen op de tweede verdieping staat op een kier. 'Charlotte!' roept ze, en daarna nog een keer. Ze krijgt geen reactie, loopt naar het keukenraam en kijkt naar binnen. Ze ziet dat de deur naar de achtertuin eveneens op een kier staat. Er brandt geen licht, maar de zon is dan ook nog niet onder. Het is nog licht. Ze belt weer aan, gaat op de trap zitten, haalt de telefoon met prepaidkaart uit haar tas en stuurt een sms.

Waar ben je?

Daarna zet ze haar diensttelefoon aan. Ze heeft vijf gemiste oproepen van Merlin en een bericht op haar voicemail. Haar hart bonkt terwijl ze naar het bericht luistert.

'Ik moet met je praten. Nu. Dit is ernstig, Kristiansen. Je hebt blijkbaar niet begrepen wat ik tegen je heb gezegd, dus ik moet je schorsen. Kom direct naar het bureau en lever je politiepenning en wapen in.'

Shit. Ze zet de telefoon uit en controleert op de andere of Charlotte heeft geantwoord, hoewel ze heel goed weet dat dat niet zo is omdat ze niets heeft gehoord.

Waar is Charlotte, verdomme?

Misschien is ze bij de krant. Misschien zit ze kalm achter haar bureau te werken en heeft ze niet gehoord dat ze een sms heeft gekregen. Ze heeft haar rechtstreekse nummer niet, en als ze het centrale nummer van de krant wil googelen, beseft ze dat ze vanaf de goedkope mobiel met prepaidkaart geen internettoegang heeft. En als ze haar diensttelefoon gebruikt, kan ze misschien opgespoord worden. Die heeft ze daarnet trouwens aangezet om haar voicemail te beluisteren. Idioot, zegt ze tegen zichzelf. Misschien is het verstandig om meteen ergens anders naartoe te gaan. Ze loopt naar de auto terug.

Signe rijdt een kwartier doelloos rond. De stad gonst van het leven. De weerprofeten hebben over een week een weersverandering voorspeld; binnenkort gaat de late zomer over in het najaar, en het lijkt erop dat alle bewoners van Kopenhagen uit hun huizen en appartementen zijn gekomen om de laatste energie uit de avondzon te halen. Ze besluit om naar *Morgentidende* te rijden om te controleren of Charlotte daar is.

De receptie is verlaten. Ze vindt een exemplaar van de krant van vandaag, bladert naar de pagina met telefoonnummers, belt naar de redactie en krijgt een man aan de telefoon die meedeelt dat hij dienst heeft. Hij schakelt haar door naar Charlottes telefoon, die tien keer overgaat.

'Het lijkt er niet op dat Charlotte Junckersen op haar plek zit. Kan ik iets aan haar doorgeven?'

'Als je haar ziet, mag je tegen haar zeggen dat ze zo snel mogelijk contact met Signe moet opnemen.'

'Dat zal ik doen. Nog een fijne avond.'

Signe blijft zitten en staart door de grote ramen naar buiten. Nog een fijne avond. Waar heeft hij het in vredesnaam over? Dit begint zich te ontwikkelen tot de ergste avond sinds mensenheugenis. Ze voelt een enorme hoofdpijn opkomen, masseert haar voorhoofd en draait haar hoofd een paar keer van de ene naar de andere kant. Ze legt haar rechterhand op haar nekspieren, knijpt er met haar duim en wijsvinger in en kreunt van de pijn. Haar nek is gespannen als een veer en pijnlijk als een ontstoken wond.

Ze pakt haar telefoon en belt Victor.

'Met wat voor telefoon bel je?' vraagt hij.

'Gewoon een andere telefoon. Waar ben je?'

'Ik ben thuis.'

'Kan ik langskomen?'

'Natuurlijk.'

'Dan zien we elkaar over een kwartier.'

Op weg naar haar auto stopt ze een paar keer en doet ze alsof ze in etalages kijkt, terwijl ze tegelijkertijd opzij kijkt om te zien of er misschien anderen zijn die op hetzelfde idee zijn gekomen. Dat is niet zo. Als ze wordt geschaduwd, dan is het door iemand die niet beter, maar véél beter is dan zij, en Signe weet dat zij een van de besten is.

Ze gaat in haar auto zitten en wil wegrijden als ze ineens weet wat haar het afgelopen uur dwarszit. Ze leunt naar achteren en laat het stuur los. Wat is Merlin te weten gekomen? Heeft de weduwe van Svend Bech-Olesen net als de chef de clinique van de intensive care contact met haar chef opgenomen? Dat is natuurlijk een mogelijkheid, maar ze is bij Vibeke Bech-

Olesen langs geweest voordat ze met de chef de clinique heeft gesproken, dus zal Merlin dat waarschijnlijk niet als een verzwarende omstandigheid beschouwen omdat het gebeurd is voordat hij haar een waarschuwing heeft gegeven.

Wie weet waarmee ze bezig is en heeft tegelijkertijd contact met Merlin? Dat is niemand. Niemand behalve…

Het voelt als een stomp in haar maag. Ze krimpt ineen, krijgt bijna geen lucht meer en voelt het braaksel naar boven komen. Ze opent het portier, buigt zich naar buiten en geeft over.

Een jong stel blijft staan en kijkt verbaasd naar haar. 'Is alles in orde?' vraagt de man.

'Ja,' antwoordt Signe met schorre stem. Ze pakt een verfrommeld servet dat in de bekerhouder tussen de voorstoelen ligt en veegt haar mond af.

'Je bent toch niet –'

'Ik ben niet dronken, als jullie dat mochten denken. Ik werd ineens heel misselijk,' zegt ze, waarna ze het portier dichtdoet. Het stel loopt verder. In de zijspiegel ziet ze dat ze nog een keer blijven staan en achteromkijken, maar daarna lopen ze door en verdwijnen een hoek om.

Ze klemt haar handen stevig om het stuur en doet haar best om niet te gaan huilen. Plotseling heeft ze het gevoel dat Juncker op de stoel naast haar zit. Het beeld is zo levensecht dat ze onwillekeurig haar hand uitsteekt om zijn arm vast te pakken en zijn aanwezigheid te voelen. Hij draait zijn hoofd in haar richting, kijkt in haar ogen en knikt. Daarna is hij weer weg. Ze bijt haar tanden op elkaar, haalt een paar keer diep adem, schakelt en rijdt weg.

Het kost tien minuten om naar Sluseholmen te rijden. Als ze gewoontegetrouw een paar honderd meter bij Victors appartement vandaan heeft geparkeerd, kan ze zich niets van de rit herinneren. Ze heeft geen idee hoe ze hier is gekomen. Ze stapt uit en voelt zich een op afstand bestuurbare robot, terwijl haar hersenen geroutineerd de nabije omgeving scannen, op zoek naar een voertuig dat op een burgerauto van de politie kan lijken. Haar hersenen melden dat de kust veilig is. Ze doet haar auto op slot en begint te lopen. Als ze voor de portiekdeur staat, drukt ze op de bel van zijn appartement, hoort hem 'kom binnen' zeggen en het slot zoemen. Als in trance duwt ze de deur open en loopt langzaam de trappen op.

De voordeur staat op een kier. Ze duwt hem open en gaat naar binnen. 'Ik ben hier!' hoort ze hem roepen, waarna ze doorloopt naar de geopende balkondeur.

Hij zit op het balkon en leest een boek. Als hij haar in de deuropening ziet staan, legt hij het boek neer, zet zijn zonnebril af, knijpt zijn ogen halfdicht tegen de ondergaande zon en glimlacht naar haar. 'Hallo, schoonheid,' zegt hij.

Ze hoort aan zijn stem dat hij blij is om haar te zien. Hoewel... ze dacht dat ze dat hoorde. Ze blijft staan. 'Wat heb je gedaan?' vraagt ze, terwijl ze vecht om haar stem kalm en beheerst te houden.

'Gedaan? Wat bedoel je?' vraagt hij nog steeds glimlachend.

'Heb je tegen Merlin geluld?'

Ze ziet zijn glimlach verbleken, alsof een onzichtbare hand een net zo onzichtbare knop dichtdraait tot er geen glimlach meer over is. Hij staat op en ontwijkt haar ogen, terwijl hij haar in de deuropening passeert. Hij loopt naar de keuken, vult een glas met kraanwater, neemt een slok en zet het glas op de keukentafel. Dan kijkt hij in haar ogen, maar hij zwijgt nog steeds.

'Heb je het bevel gekregen om mijn minnaar te worden? Hebben ze gezegd dat je me moet neuken zodat je me in de gaten kunt houden? Is dat het?'

'Signe, jezus...' Victor doet een stap naar haar toe, maar ze houdt hem met een handgebaar tegen.

'Smerige klootzak,' zegt ze. Ze verliest de beheersing over haar stem en haar ogen, die ineens vol tranen staan.

'Signe, het is voor je eigen bestwil. Je bent bezig met iets wat levensgevaarlijk is. Iemand moet ervoor –'

'Hou je kop,' zegt ze, zich richting de voordeur begevend.

'Signe, stop. Ik kan het niet goedvinden... Ik moet je tegenhouden.'

Ze blijft staan, draait zich langzaam om, schuift haar rechterhand onder het halfopen jack en pakt haar pistool. Ze kijkt om zich heen en ziet Victors telefoon op de eettafel liggen. Ze pakt hem, loopt naar de keukentafel en laat hem in het voor driekwart gevulde glas water vallen.

'Signe, wat doe je verdomme?'

'Als ik jou was, zou ik niet proberen me tegen te houden.' Signe draait zich in de deuropening om. De loop van het pistool, dat ze met een gestrekte arm vasthoudt, wijst naar de vloer. Ze kijkt hem een paar seconden aan. 'Tot ziens, Victor.'

Ze stopt haar pistool in de holster en rent de trappen af en de straat op naar haar auto. Hoewel hij op dit moment niet kan vragen om versterking en haar kan laten opsporen, heeft ze niet veel tijd. Ze wil het gaspedaal dolgraag tot de bodem intrappen en wegscheuren, maar het ergste wat ze nu kan doen, is aandacht trekken, dus ze dwingt zichzelf om dezelfde snelheid aan te houden als de rest van het verkeer. Op Kalvebod Brygge stopt ze op het parkeerterrein voor het grote hotel, dat net zo lelijk en deprimerend is als de rest van de gebouwen hier. Het is een van de minst aantrekkelijke plekken in Kopenhagen.

Charlotte heeft nog steeds niet geantwoord. Ze probeert haar ongerustheid te verdringen, maar dat lukt niet.

Als er iets met haar is gebeurd…

Ze weet niet wat ze moet doen. Ze kan natuurlijk niet naar Teglholmen gaan of daar in de buurt komen. Als haar collega's haar te pakken krijgen, worden haar politiepenning en wapen ingenomen, en dan is het allemaal voorbij. Ze kan ook niet naar huis gaan, want dat is een van de plekken waar ze haar beslist opwachten. Ze pakt haar telefoon en belt Niels.

'Signe! Waar ben je? Waarom bel je niet met je eigen telefoon?'

Dezelfde vragen die Victor stelde. Ze krijgt een bittere smaak in haar mond. 'Niels, ik leg het je allemaal uit zodra dit achter de rug is.'

'Zodra wat achter de rug is?'

'Dat kan ik je op dit moment niet vertellen. Het is verschrikkelijk ingewikkeld.'

'Signe, we moeten met elkaar praten. Op deze manier kan het niet doorgaan.'

'Ik weet het, Niels, ik weet het. En je krijgt natuurlijk een verklaring.'

'Merlin belde een paar uur geleden om te vragen of ik weet waar je bent.'

'Wat heb je tegen hem gezegd?'

'Wat zou ik anders moeten zeggen dan de waarheid? Dat ik daar geen idee van heb. Signe, je hebt toch geen conflict met Merlin, of wel soms?'

'Niels, ik kan niet… Luister, ik kom vannacht niet thuis. Er zijn een paar dingen die geregeld moeten worden. Zeg tegen de kinderen dat ze zich geen zorgen hoeven te maken –'

'En wat moet ik tegen mezelf zeggen?'

'Niels, vertrouw me. Dit is achter de rug voor...' Voor wat, denkt ze. Ze kan met geen mogelijkheid bedenken hoe ze de zin moet afmaken. 'Als Merlin of iemand anders belt om te vragen of je contact met me hebt gehad, zeg dan dat dat niet zo is, oké?'

'Je vraagt me om tegen je chef te liegen?'

Ze bedenkt ineens dat ze heel goed toestemming kunnen hebben gekregen om Niels' telefoon af te luisteren. 'Niels, ik heb haast. Doe wat ik je vraag, alsjeblieft. Ik bel je morgen.'

Er is maar één plek waar ze nu naartoe kan gaan. Voordat ze het parkeerterrein af rijdt, kijkt ze in beide richtingen, maar ze ziet geen surveillancewagens. Het kost twintig minuten om naar het volkstuinencomplex te rijden. Ze stuurt Veronika een sms dat ze naar haar toe komt en hoopt dat haar telefoon het weer doet nadat die in het toilet is gevallen, zodat ze niet in paniek raakt als er 's avonds plotseling iemand op de deur klopt.

Veronika is volkomen kalm als ze de deur opendoet.

'Je mobiel werkt dus weer?' vraagt Signe.

'Yes. Het heeft duidelijk geholpen om hem in rijst te begraven.'

Ze gaan de woonkamer in. Signe heeft het gevoel alsof ze mentaal op heel dun ijs staat, dat elk moment kan barsten.

'Vertel,' zegt ze. 'Heb je geluk gehad?'

'Geluk?' Veronika snuift. 'Het heeft niets met geluk te maken.'

'Nee, oké, zo was het niet bedoeld... maar heb je –'

'Ja, ik heb het een en ander gevonden. Onder meer Stendtlers personeelsdossier, waarover we het hadden.'

'Ik snap absoluut niet hoe je dat voor elkaar gekregen hebt.'

Veronika glimlacht. 'Dat was eigenlijk niet moeilijk. Vooral niet als de tegenstander fouten maakt.'

'Wie? De MI?'

'Ja. De laatste keer dat ik Alex sprak, voordat hij...' Ze zwijgt heel even. 'Toen hij me vertelde dat ik contact op moest nemen met Charlotte als er iets met hem gebeurde, heeft hij me ook zijn wachtwoorden van de systemen van de MI gegeven. We dachten allebei dat ik die niet zou kunnen gebruiken, omdat we verwachtten dat de MI al zijn accounts zou sluiten zodra ze het vermoeden hadden dat er iets mis was. Dat hebben ze ook geprobeerd, maar ze hebben toch een klein kattenluikje opengelaten, waardoor ik naar binnen kon glippen. Ze hebben iets aan zijn *remote access* opengelaten. Een piepklein gaatje, maar groot genoeg voor mij.'

'Remote access?'

'Ja, die hij gebruikte om in te loggen op de systemen als hij niet in het gebouw was. De idioten,' zegt ze minachtend.

'Oké. Dus je hebt Stendtlers map gevonden?'

'Yes.'

'Heb je erin gekeken?'

'Yes.'

'En heb je iets interessants gezien?'

Veronika leunt naar achteren. 'Ik ben geen expert op het gebied van inlichtingendiensten, maar ik weet het een en ander over veiligheid, en voor zover ik kan zien, is Kristian Stendtler een tikkende tijdbom.'

10 AUGUSTUS

54

Juncker gaat aan de vergadertafel zitten. De woorden van zijn vader in het zwarte notitieboek spelen door zijn hoofd.

Ragner is een afschuwelijke man, veel erger dan ik me had voorgesteld.

Als je bedenkt hoeveel onaangenaams je over Stephansen kunt zeggen, dan moet zijn vader – die je bepaald niet van overgevoeligheid kon beschuldigen – echt geschokt zijn geweest. Juncker heeft het gevoel dat hij een puzzel moet oplossen waarvan een paar stukjes op een gedessineerd en kleurrijk vloerkleed zijn gevallen. Hij voelt zich rusteloos en kijkt naar Nabiha, die met over elkaar geslagen armen bij een van de oude boekenkasten staat. 'Zullen we samenvatten wat we weten?' stelt hij voor.

'Ja. Laten we dat doen.' Nabiha trekt een stoel naar achteren.

'Eerst Peter Johansen,' zegt Juncker. 'Hij heeft een sterk motief voor de moord op Ragner en een alibi dat niemand kan bevestigen. Hij is een goede schutter die eenvoudig aan een wapen kan komen en heeft een heel slechte verklaring voor wat er is gebeurd met het pistool dat verdwenen is en dat hetzelfde kaliber heeft als het wapen waarmee de moord gepleegd is.'

'En zijn zelfmoordpoging? In welke richting wijst die? Schuldig of onschuldig?'

'Die hoeft niet in een bepaalde richting te wijzen. Hoewel het natuurlijk een goed argument kan zijn dat hij het wel heeft gedaan omdat hij weet dat hij tot een heel lange gevangenisstraf veroordeeld wordt en hij dat niet kan verdragen. Daarnaast speelt het sociale gezichtsverlies natuurlijk mee.'

'Maar waarom zou hij niet afwachten hoe het met de rechtszaak gaat? Het is niet helemaal uitgesloten dat hij vrijgesproken wordt, of wel soms? Zo sterk is onze zaak tegen hem volgens mij niet. Hij kan er ook van uitgaan dat hij een tamelijk milde straf krijgt.'

'Als hij schuldig bevonden wordt aan moord, dan gaat hij heel wat jaartjes naar de gevangenis, wat er ook gebeurt,' zegt Juncker.

'Ja, maar hij had toch net zo goed kunnen afwachten wat de straf zou worden en zelfmoord kunnen plegen als die te zwaar was? Dat is mijn mening in elk geval.'

'Dat is ook wat ik zeg. De zelfmoordpoging wijst met het oog op de schuldvraag niet in een bepaalde richting.'

'Oké. Bovendien weten we dat Johansen en Mads Stephansen in hun jeugd bevriend waren en dat die vriendschap voorbijging toen ze in de puberteit kwamen,' zegt Nabiha.

'Ja. En we weten dat veel mensen Ragner Stephansen een arrogante klootzak vonden, wat heel goed overeenkomt met mijn mening over hem. Vera en hij leefden ieder hun eigen leven, hoewel ze onder hetzelfde dak woonden. Hij heeft behalve de zorg voor zijn advocatenkantoor veel gegolft en is daarvoor vaak naar Spanje gereisd. En vanuit Spanje is hij meerdere keren naar India gevlogen.'

'Wordt er in India gegolft?' vraagt ze.

'Tegenwoordig wordt er vrijwel overal ter wereld gegolft en in een land als India, waar tamelijk veel schatrijke mensen wonen, zijn er ongetwijfeld een paar waanzinnig luxueuze banen en clubs. Het kan dus heel goed zijn dat hij naar New Delhi geweest is om te golfen, maar...'

'Maar wat?'

'Dat verklaart niet waarom hij niet rechtstreeks van Denemarken naar India gevlogen is. Waarom deed hij dat via Málaga?'

'Had hij cliënten die iets met India te maken hebben?'

'Voor zover ik weet niet.'

'Wat doe je verder in India?'

'Er zijn flink wat mensen die er op vakantie gaan. En veel mensen doen zaken in dat land. Daarnaast zijn er mensen die naar India gaan om te mediteren en aan yoga te doen en wie weet wat nog meer. Er zijn zelfs succesvolle en keiharde zakenmensen die de een of andere goeroe in India hebben die ze bezoeken.' En er zijn mensen, denkt Juncker, om precies te zijn mannen, die om een heel andere reden naar India gaan.

'Heb je met Anders Jensen gepraat?' vraagt Nabiha.

'Ja, vanochtend. Het is geen probleem dat we niet bij de ochtendbriefing waren. Hij zegt dat we verder moeten graven in het Johansen-spoor.' Juncker staat op en loopt naar de deur.

'Wat ga je doen?'

Hij draait zich om in de deuropening. 'Er is iets wat ik moet uitzoeken. Ik ben snel terug.'

Nabiha staart naar hem. 'Heeft het iets met Vera Stephansen te maken?'

Juncker loopt naar buiten. 'Tot straks.'

'Is het niet slimmer als ik meega?'

'Tot straks.'

Dit keer nodigt ze hem niet uit om binnen te komen.

'Wat wil je?' vraagt ze, terwijl ze in de deuropening blijft staan.

'Er is iets naar voren gekomen,' zegt hij.

'Wat dan?'

'Mag ik binnenkomen?' Een paar seconden lang is hij er zeker van dat ze de deur zal dichtsmijten, maar dan draait ze zich zonder een woord te zeggen om, loopt naar binnen en gaat op een barkruk zitten aan de eetbar die de keuken en de kamer scheidt.

Juncker loopt achter haar aan, maar blijft staan en legt het zwarte notitieboek op de eetbar.

'Wat is dat?' vraagt ze.

'Mijn vader hield gedurende het grootste deel van zijn volwassen leven dagboeken bij. Mijn dochter Karoline, die momenteel bij me op bezoek is, vond ze een paar dagen geleden in zijn werkkamer. Het zijn er een heleboel, meer dan honderd. Allemaal zoals deze.'

'En?'

'Mijn vader heeft over van alles en nog wat geschreven. Over zijn familie, de dingen die hij meemaakte, beschouwingen over het leven... Van alles.'

Vera kijkt of ze zich intens verveelt.

'Dit boek...' Juncker pakt het notitieboek op. '...gaat over een deel van 1999. Er staat vrijwel niets over Ragner in de boeken. Maar we zijn een korte aantekening uit april van dat jaar tegengekomen.' Juncker opent de pagina met het gele briefje en leest voor: 'Verschrikkelijk. Vandaag kreeg ik een schok te verwerken. Ragner is een afschuwelijke man. Veel erger dan ik me had voorgesteld. Maar ik kan niets doen zonder dat alles in elkaar stort. Vergeef me.'

Hij slaat het boek dicht en kijkt naar Vera, die haar kruk een kwartslag gedraaid heeft en nu met haar zijkant naar hem toe zit. Ze zwijgt alsof ze niet heeft gehoord wat hij zegt.

'Vera, wat heeft mijn vader ontdekt over Ragner, waardoor hij duidelijk walgde en je man afschuwelijker dan hij zich had voorgesteld noemde?'

Ze schudt haar hoofd. 'Geen idee. Ik zou niet weten wat je vader bedoelt,' zegt ze zacht.

'We hebben ook iets anders ontdekt, namelijk dat je man meerdere keren van Málaga naar New Delhi gevlogen is. Wist je dat?'

Ze zwijgt.

'Hij is nooit rechtstreeks van Kopenhagen naar India gereisd. Alle keren is hij eerst van Denemarken naar Málaga gevlogen en daarvandaan verder naar New Delhi gereisd. Heb je een verklaring voor dat reispatroon?'

Ze schudt haar hoofd weer.

'Je zou de indruk kunnen krijgen dat de mensen dachten dat hij in Spanje was, terwijl hij in werkelijkheid naar India doorreisde, denk je ook niet?'

Vera haalt haar schouders op.

'Als je zijn deels geheime reizen naar New Delhi combineert met het feit dat mijn vader in 1999 iets over hem ontdekte waarvan hij walgde, dan is er een mogelijkheid die zich serieus opdringt, vind ik. Namelijk dat je man pedofiel was. Was Ragner dat, Vera?'

Ze kijkt naar hem met een blik waarin iets ligt wat hij niet kan plaatsen. Minachting misschien, of verdriet, of woede.

'Hij zou niet de eerste Deense pedofiel zijn die India uitkiest om zijn verlangens te bevredigen,' gaat Juncker verder.

Vera heeft haar stoel en gezicht weer weggedraaid en staart nu met haar handen op haar schoot voor zich uit.

'Luister goed. Ik ben er heel zeker van dat het zo in elkaar zit. En ik ben er net zo zeker van dat jij over de neigingen van je man wist. Dus ik vind dat je me moet vertellen wat je weet.'

'Ik weet niet waarover je het hebt. En ik vind dat je moet gaan. Nu.'

Juncker blijft staan. 'Het is moeilijk om nu al te zeggen of ik zwaarwegende bewijzen kan vinden dat je wist waar je man mee bezig was. Ik weet dus ook niet of het voldoende is om je tot een zware straf te laten veroordelen, maar ik kan je beloven dat ik iets zal vinden om je te belasten. Ik kan je ook beloven dat als je nu niet meewerkt, ik je meeneem naar het politiebureau en ik er persoonlijk voor zorg dat je – ongeacht wat het Openbaar Ministerie te zijner tijd ontdekt – te schande wordt gemaakt, niet alleen in de plaatselijke, maar ook in de landelijke media. Dus als ik jou was, zou ik vertellen wat je weet en erop gokken dat ik het voldoende vind om je met rust te laten.'

'Dat doe je niet. Niet tegenover mij.'

Hij kijkt haar recht in de ogen.

'Als je dat doet, ben je harteloos. Net zo harteloos als –'

'Zoals Ragner? Of zoals jezelf?'

Ze staart naar hem, en hij ziet dat ze hem haat. Het laat hem volkomen koud. Ze staat op, loopt om de eetbar heen naar de keuken, opent een kast en haalt er een glas uit. Ze pakt de fles gin die op het aanrecht staat, schenkt het glas halfvol, drinkt het in één teug leeg, loopt terug en gaat op de barkruk zitten. Een minuut lang blijft ze ineengedoken met hangende schouders zitten. Daarna recht ze haar rug en strijkt een haarlok van haar voorhoofd. 'Hij maakte een fout,' zegt ze. 'Een onbenullige blunder die hem ontmaskerde. Hij zat bij een pedofielennetwerk, en op een dag zette hij zonder dat te merken je vaders mailadres in een mail naar het netwerk met foto's als bijlage. Op dat moment wist ik daar niets van, dus het was een enorme schok voor me toen je vader zowel Ragner als mij met die foto's confronteerde.'

'Wat deed je?'

'Tja, wat deed ik? Ons seksleven was natuurlijk van de ene op de andere dag voorbij. We namen allebei onze eigen slaapkamer. Hij beloofde om te stoppen met... tja, met... met jongens.'

'Maar je vergaf hem niet?'

'Nee. Mentaal wel, maar fysiek niet.'

'Maar hoe kon je het verdragen om –'

'Mijn verantwoordelijkheid voor Mads en Louise woog het zwaarst. Ze mochten niet met een scheiding te maken krijgen. Ik hield ook rekening met mezelf. Ragner zorgde ervoor dat we een aangenaam leven leidden en het ons aan niets ontbrak. Bovendien kon hij ook heel charmant zijn als hij daar zin in had.'

Ja, denkt Juncker, als je in staat bent om te negeren dat hij kleine jongens misbruikte als hij dáár zin in had. 'Je zegt dat hij beloofde te stoppen. Deed hij dat destijds, in 1999?'

'Ja, daar ben ik heel zeker van. In elk geval een tijdlang. En in elk geval in Denemarken. Ik zei tegen hem dat als hij zijn lusten zo nodig moest botvieren, hij dat in geen geval in ons land mocht doen, maar ver hiervandaan.'

Er komt een enorm gevoel van onbehagen bij Juncker op. 'Hij koos er dus voor om naar India te gaan om daar kinderen te misbruiken. En dat stoorde je niet? Omdat het ver hiervandaan was?'

'Weet je, Juncker, er is zoveel ellende die we accepteren als het maar ver genoeg hiervandaan gebeurt.' Ze buigt zich naar hem toe. 'Je overhemd kan bijvoorbeeld in India of Bangladesh genaaid zijn door kinderen die voor een armzalig salaris onder slaafachtige omstandigheden zwoegen, terwijl de eigenaars van de fabriek miljoenen verdienen. Stoort dat jóú?' Ze leunt naar achteren en wacht zijn antwoord niet af. 'Als je medelijden met die kinderen daar hebt, is dat blijkbaar niet groot genoeg om het overhemd niet te kopen.'

Juncker doet zijn uiterste best om zijn woede te onderdrukken. 'Dat is iets heel anders,' zegt hij zacht. 'Die twee dingen kun je niet met elkaar vergelijken.'

'Niet? Goed, dan houden we het daarop.'

Ze zwijgen even. Vera kijkt hem met over elkaar geslagen armen aan.

'Die verhouding met zijn secretaresse...' zegt Juncker.

'Ja, en de andere verhoudingen die hij gedurende de jaren heeft gehad... Aan de ene kant denk ik dat het een soort dekmantel was. Daarom deed hij ook geen moeite ze geheim te houden. Aan de andere kant had hij er geen problemen mee om seks met vrouwen te hebben. Dat had hij tenslotte ook met mij, voor...' Ze zwijgt een paar seconden. 'Ik denk dat de seks met jongens een soort – hoe moet ik het zeggen? – een exotisch tintje aan zijn leven gaf.'

Juncker bijt zijn tanden op elkaar en balt zijn vuisten. 'Een paar dagen geleden, toen mijn collega en ik met je praatten, noemde je hem "een goede man" en "je beste vriend", als ik het me goed herinner. Je loog tegen ons, hè?'

Ze spreidt haar armen. 'Nee, ik vind niet dat je dat kunt zeggen, want dat was hij op een bepaalde manier ook. In elk geval gedurende bepaalde perioden. Juncker, ik hoef een ervaren man zoals jij toch niet te vertellen dat het leven zelden zwart-wit is en dat mensen dat ook niet zijn? Verreweg het grootste gedeelte van de tijd zijn we grijze wezens. Smerig. Dubbelzinnig. We hebben allemaal zowel het goede als het kwade in ons.'

Hij kijkt naar haar en houdt zijn handen voor zich alsof hij wil voorkomen dat iets angstaanjagends te dichtbij komt. 'Bedankt, dat is genoeg.' Hij moet weg. Nu. 'Ik kom er zelf wel uit,' zegt hij.

Afgezien van het vage ruisen van de airconditioner en het krakende geluid van zijn schoenzolen op de lichte tegelvloer is het huis zo stil als een mausoleum.

55

Haar hoofd bonkt alsof een bijzonder enthousiaste grond- en betonwerker bezig is om een paal vanaf haar kruin door de zachte massa van haar hersenen te heien. Ze opent haar ogen en weet niet waar ze is. Ze ligt op haar rug en staart verward naar een serie smalle planken waarvan ze geen idee heeft wat het moet voorstellen. Langzaam begint het haar te dagen dat ze in het onderste bed ligt en naar de lattenbodem van het bovenste bed staart, en ineens weet ze het weer. Ze bevindt zich in de kinderslaapkamer in het volkstuinhuisje van haar zus. En ze heeft een kater. De consequentie van het feit dat Veronika en zij de vorige avond een hele fles wijn en een veel te groot deel van een fles calvados hebben gedronken.

Verdomme.

Signe gaat moeizaam zitten, zwaait haar benen op de vloer en stoot haar hoofd tegen de zijkant van het bovenbed. Kreunt van de pijn en vloekt over haar onhandigheid, terwijl ze wankelend overeind komt. Ze wordt duizelig en zoekt met twee handen steun tegen de muur om niet te vallen. Zo staat ze een kleine minuut te wachten tot de duizeligheid langzaam verdwijnt en ze zich kan omdraaien. Haar rok ligt op de vloer. Ze bukt zich voorzichtig, pakt hem op en trekt hem aan. Daarna loopt ze naar de woonkamer.

Veronika zit met haar laptop aan de eettafel.

'Mogge,' bromt Signe hees.

'Goedemorgen.'

Ondanks haar tengere postuur lijkt Veronika niet noemenswaardig veel last van een kater te hebben, constateert Signe jaloers. 'Hoe laat is het eigenlijk?'

Veronika kijkt op het scherm. 'Vijf voor negen.'

'Allemachtig,' mompelt Signe, die zich niet kan herinneren wanneer ze voor het laatst zo lang heeft geslapen. 'Waar ben je mee bezig?'

Veronika schuift de laptop opzij. 'Ik heb ontdekt dat Kristian Stendtler in Helsinge woont. Ik heb het nummer van zijn mobiel ook. Of liever gezegd de nummers, want hij heeft zowel een privételefoon als een werktelefoon. Ik kan in zijn personeelsdossier zien dat hij heel veel slechte eigenschappen heeft, waaronder bezoekjes aan prostituees, en dat hij voornamelijk in twee bordelen komt. Het ene bevindt zich buiten Hillerød, het andere in de buurt van Frederiksværk.'

'Wat ga je nu doen?'

'Proberen of ik Stendtler in een poging tot oplichterij kan laten trappen.'

'Hoe ga je dat doen?'

'Ik wil hem *spoofen* met een sms met een link die hij moet openen, en als hij dat heeft gedaan, ben ik in zijn telefoon en kan ik zien waar hij vorig jaar op 22 en 23 december geweest is.'

'Is hij stom genoeg om daarin te trappen?'

'Hij zal denken dat de sms afkomstig is van een nummer dat hij herkent. Ja dus.'

'Wat wil je naar hem schrijven?'

'Ik heb ontdekt dat de MI in september een personeelsfeest organiseert en dat de werknemers zich daarvoor moeten aanmelden. Ik stuur hem een sms die van de voorzitter van het feestcomité lijkt te komen met een link die hij moet openen om zich aan te melden.'

'En dat doorziet hij niet?'

'Dat is natuurlijk mogelijk, maar dan moet hij heel goed zijn, want aan de sms die ik hem stuur, zal hij niet kunnen zien dat die vals is. Wat ga jij nu doen?'

Signe denkt na. 'Allereerst wil ik proberen uit te zoeken waar Charlotte is. Ik probeer haar huis, en als ze daar niet is, ga ik weer naar de krant.'

'Heb je haar een sms gestuurd?'

'Vanochtend nog niet. Gisteravond heb ik er een gestuurd voordat ik naar bed ging. Die heeft ze nog steeds niet beantwoord. Er kan natuurlijk iets mis zijn met haar telefoon. Ze kan hem bijvoorbeeld in het toilet hebben laten vallen. Dat kunnen we niet uitsluiten, zoals je weet.'

'Dat is helemaal waar.' Veronika glimlacht. 'Is het slim dat je rondrijdt in je eigen auto als je collega's naar je op zoek zijn?'

'Nee, waarschijnlijk niet.'

'Maar wat dan? Kun je de auto van iemand anders lenen?'

'Misschien. Ik weet dat Kurt, de man die langs geweest is om te controleren wie je bent, een oude Ford Fiesta heeft. Die wil ik proberen te lenen,' zegt ze, en ze staat op. 'Is er nog iets wat je nodig hebt?'

'Nee. Ik heb alles. Wanneer kom je terug?'

'Vanmiddag of vanavond, denk ik. Er zijn tenslotte niet veel andere plekken waar ik naartoe kan.'

Signe kent Kurt en zijn vrouw van een paar feesten voor de bewoners van hun pad en barbecue-avonden in de tuin van haar zus en zwager, maar verder gaat hun contact niet. Toch is hij heel behulpzaam.

'Natuurlijk mag je die oude rammelbak lenen. Als je er tenminste in durft te rijden. Wij gebruiken hem hier toch nooit. We doen alles op de fiets,' zegt Kurt.

En dat is inderdaad zo, heeft Signe van Lisa gehoord. Hij stelt geen vragen en helpt gewoon. Signe houdt van dat soort mensen, een uitstervend ras.

De eerste kilometer hobbelt de oude Ford – die waarschijnlijk niet zonder veel kosten door de volgende keuring komt – over de weg, maar als de motor eenmaal warm is, gaat het redelijk goed.

Ze heeft opnieuw een sms naar Charlotte gestuurd en heeft nog steeds geen antwoord gekregen. Als ze vanaf de Øster Søgade Charlottes straat in rijdt, weet ze al dat ze er niet is. Dat voelt ze. Er wordt inderdaad niet opengedaan als ze aanbelt. Door het raam ziet ze dat de deur naar de achtertuin nog steeds op een kier staat. Ze bedenkt iets, loopt naar de straat achter die van Charlotte, blijft voor het huis staan dat tegenover dat van Charlotte en Juncker moet liggen, en belt aan. Een jonge vrouw met een baby op haar arm doet open.

'Hallo, ik ben Signe Kristiansen van de Politie Kopenhagen.' Ze haalt haar politiepenning uit de binnenzak van haar jack en laat die aan de vrouw zien. 'Kan het kloppen dat jij de achterbuurvrouw van Charlotte Junckersen bent?'

De vrouw kijkt haar verbaasd aan. 'Eh… ja. Onze achtertuinen grenzen aan elkaar.'

'Luister, ik moet Charlotte te pakken zien te krijgen met betrekking tot een onderzoek waaraan ik werk. Zij helpt me met bepaalde informatie. Ze is blijkbaar niet thuis. Ze doet in elk geval niet open, en ze is ook niet op haar werk. Ik kan door het raam zien dat de deur naar haar achtertuin op een kier staat, en nu wil ik je vragen of ik over jullie schutting naar haar tuin mag klimmen. Alleen omdat ik er zeker van wil zijn dat er niets met haar gebeurd is.'

Het gezicht van de vrouw straalt uit dat ze nu volledig beseft dat de wereld knettergek is geworden. 'Ja, dat mag wel. Nog maar een paar dagen geleden is Charlotte via de schutting naar onze tuin geklommen.'

'Dat weet ik,' antwoordt Signe. 'Maar is het goed dat ik ook...' Ze maakt haar zin niet af.

De vrouw haalt haar schouders op. 'Tja, waarom niet?' Ze draait zich om en loopt naar binnen.

Signe volgt haar via de keuken naar de kleine tuin. 'Mag ik jullie tuinstoel gebruiken?'

'Natuurlijk.'

Signe gaat op de stoel staan en kijkt over de schutting. Aan de andere kant staat de stoel die Charlotte als opstapje heeft gebruikt en die Signe kan gebruiken als landingsbaan, zodat ze enigszins gemakkelijk en veilig naar de andere kant kan komen.

'Ik vertrek via Charlottes voordeur, dus ik bedank je nu alvast voor je hulp,' zegt ze tegen de buurvrouw.

'Graag gedaan.'

Op het aanrecht naast de gootsteen staan een wijnglas en een koffiekopje, maar er is niets ongewoons te zien. Ze gaat naar de hal en loopt de trap op.

Ze weet dat er op de eerste verdieping een badkamer is omdat ze die heeft gebruikt, en er is een kamer waar ze nooit is geweest. Beide ruimtes zijn leeg. De trap kraakt als ze naar de tweede verdieping loopt. Ze hoort het zachte geroezemoes van de stad, maar verder is het volkomen stil. Op de tweede verdieping zijn drie kamers, waar ze ook nog nooit is geweest. Ze opent de deuren van de twee kleinste kamers en uiteindelijk die van de grote slaapkamer. Het tweepersoonsbed is niet opgemaakt. Ze voelt zich een inbreker. Het is vreemd om in Junckers voormalige slaapkamer te staan en naar het bed te kijken waarin zijn vrouw en hij seks hebben gehad en hebben geslapen.

Waar ís Charlotte in vredesnaam, denkt ze met een bijzonder onaangenaam gevoel in haar hele lichaam. Ze gaat naar de keuken, pakt haar tas, die op de eettafel staat, en gaat via de voordeur naar buiten. Als ze bij de

Øster Farimagsgade is, waar de auto staat, kijkt ze om zich heen. Geen grijze bestelwagen. Geen surveillancewagens. Ze loopt zo snel als ze zonder te rennen kan naar de auto en gaat achter het stuur zitten.

De versleten stoel van de oude Ford is zeldzaam oncomfortabel. De stoffering en de veren zijn samengeklit tot een ongelijke oppervlakte met zo ongeveer hetzelfde comfort als spaanplaat. Toch voelt Signe zich goed en vooral veilig in de auto. In elk geval aanzienlijk veiliger dan wanneer ze buiten rondloopt. Ze haalt een paar keer heel diep adem en overweegt om naar de krant te rijden, maar besluit dat het verspilde tijd is.

Daar is Charlotte namelijk niet. Ze is verdwenen.

56

De tengere receptioniste met het eigenaardige gezicht loopt met Juncker mee naar Mads Stephansens kantoor. Hij zit achter zijn bureau, dat bezaaid is met opengeslagen boeken, documenten en een A4-schrijfblok, maar hij staat op als Juncker binnenkomt.

'Nou, maken jullie vorderingen?' vraagt hij als ze zijn gaan zitten, waarna hij verdergaat zonder het antwoord af te wachten: 'Ja, ik weet dat Peter in voorlopige hechtenis zit.'

Juncker knikt. 'Je weet waarschijnlijk ook dat hij heeft geprobeerd zelfmoord te plegen.'

'Ja, dat heb ik gehoord. Het is verschrikkelijk. Hoe?'

'Hij heeft geprobeerd zich op te hangen in het huis van bewaring. Gelukkig is hij ontdekt door een gevangenisbewaker, die toevallig langs zijn cel kwam en geluiden hoorde.'

'Hoe is het met hem?'

'Hij is opgenomen op de psychiatrische afdeling. Het laatste wat ik heb gehoord, is dat het beter met hem gaat. Ik ben nog niet in de gelegenheid geweest om hem te verhoren na zijn zelfmoordpoging, maar misschien krijg ik daar een van de komende de dagen de kans voor.'

'Dus hij heeft geen blijvend letsel opgelopen?'

'Daar lijkt het niet op. Niet fysiek in elk geval.'

'Pff, ik ben blij om dat te horen.'

'Ja, dat kan ik begrijpen.' Juncker zwijgt even. 'Hij was immers een vriend van je, toch?' vraagt hij vervolgens.

Mads Stephansen staart met gebogen hoofd naar zijn handen, die verstrengeld op het bureau liggen, maar kijkt nu op. 'Een vriend?'

'Ja. Jullie zijn toch vrienden?'

'We wáren vrienden, toen we klein waren.'

'Zijn jullie dat niet meer?'

'Nee, dat kan ik niet zeggen.'

'Hoe wil je jullie relatie dan omschrijven?'

'We zien elkaar af en toe, maken een praatje als we elkaar op straat tegenkomen, drinken af en toe samen een biertje, maar vriendschap… Zo zou ik onze relatie niet willen noemen.'

'Oké. Was er een bepaalde reden waarom de vriendschap bekoelde? Is er iets concreets gebeurd? Kregen jullie ergens ruzie over?'

'Nee, voor zover ik me kan herinneren niet. Het verdween min of meer. We zijn waarschijnlijk gewoon uit elkaar gegroeid.'

'Kun je je herinneren wanneer dat gebeurde?'

'Toen we een jaar of twaalf, dertien waren, voor zover ik me herinner.'

'Dus rond de tijd dat jullie in de puberteit kwamen?'

'Ja, zo ongeveer.'

Juncker vangt zijn blik en houdt die vast. 'Mads, weet je dat je vader een pedofiel was?' vraagt hij.

De vraag blijft in de lucht hangen. Juncker ziet Mads' adamsappel op- en neergaan. Hij opent zijn mond, maar er komt geen geluid over zijn lippen. Als dit een toneelstukje is, dan doet hij het heel goed, denkt Juncker.

'Is dat een slechte grap?' vraagt Mads.

Juncker schudt zijn hoofd. 'Het is helaas geen grap.'

'Wie beweert dat mijn vader een pedofiel was?'

'Je moeder.'

'Mijn móéder?'

'Ja. Ze zegt dat ze het vanaf 1999 weet.'

'Ik kan gewoon niet geloven dat dat waar is. Dat ze dat wist zonder… Mijn vader een pedofiel? Dat is belachelijk.'

'We weten dat je vader in het geheim een aantal reizen naar New Delhi in India heeft gemaakt. We weten nog niet wat hij daar heeft gedaan, maar het is helaas een bekend feit dat India een van de landen is waar pedofielen zich relatief ongestoord kunnen… uitleven.'

Mads staat op en gaat met zijn rug naar hem toe bij het raam staan.

'Ik kan heel goed begrijpen dat je geschokt bent,' zegt Juncker. 'Maar ik wil graag teruggaan naar Peter en het feit dat jullie vriendschap ophield. Kan het zijn dat je vader zich op enig moment aan Peter heeft vergrepen? Kun je je dat voorstellen na wat ik je zojuist verteld heb? En dat het, als dat zo is, de reden geweest kan zijn dat Peter zich terugtrok uit jullie gezin en dus afstand nam van jou'

Mads draait zich om en gaat op de vensterbank zitten. 'Hoe moet ik daar iets op zeggen als ik me absoluut niet kan voorstellen dat –'

'Want als dat zo is,' onderbreekt Juncker hem, 'als je vader Peter heeft misbruikt toen hij twaalf of dertien was, dan heeft hij daarmee een nog sterker motief om je vader te vermoorden dan hij al had, toch?'

'Luister, ik weet niet wat ik daar op dit moment over moet zeggen. Heb je nog meer vragen? Ik wil graag even alleen zijn.'

Juncker staat op. 'Dat is volkomen begrijpelijk. Ik weet zeker dat ik je opnieuw lastig moet vallen, maar voor nu zal ik je met rust laten.'

Op weg naar buiten draait hij zich om en vangt een glimp op van Mads Stephansen, die met over elkaar geslagen armen naar het leven aan de andere kant van het raam kijkt.

Juncker is bijna bij het plein en het voormalige plaatselijke politiebureau als hij besluit een omweg te maken en afslaat naar een zijstraat van de voetgangerspromenade. Na een paar honderd meter is hij bij het Kildepark.

Er is nog steeds iets wat hem dwarszit in verband met zijn eigen onderzoek van de plaats delict. Op de een of andere manier kan hij de gedachte niet van zich afzetten dat hij iets belangrijks over het hoofd heeft gezien. Om die reden heeft hij de technisch rechercheur die Ragner Stephansens lijk heeft gefotografeerd gevraagd om hem een selectie van de foto's te sturen.

Mensen liggen verspreid op het gras op plaids te zonnen. In de schaduw van een van de grote kastanjebomen zijn een paar immigrantenfamilies bezig met de voorbereiding van wat een groot verjaardagsbarbecuefeest lijkt. Rondom de barbecues en de campingtafels zijn kleine Deense vlaggetjes in het gras gestoken. Niet alle integratie gaat slecht, constateert hij, en hij gaat op het bankje zitten dat het dichtst bij de plek staat waar het lijk tien dagen geleden lag. Hij probeert nog een keer om de plaatsing en de toestand van het lijk vorige week maandag in zijn hoofd te construeren.

Het onnatuurlijk gebogen kniegewricht, wat het belangrijkste argument was dat het lijk niet was verplaatst, maar dat Ragner Stephansen was vermoord en was gevallen op de plek waar hij was gevonden. Want waarom zou iemand de moeite nemen om het been op die manier neer te leggen? De plaatsing van de armen en de handen, de ene rustend op de maag, de andere op het grind in een hoek van circa dertig graden van het lichaam af.

De twee schotwonden, een in de rechterslaap, de andere in het voorhoofd, zo precies boven de neus dat je heel goed op de gedachte kon komen dat het schot was afgevuurd door een professional of in elk geval door een goede schutter.

Juncker haalt zijn telefoon uit zijn zak en opent de mail met de bijgevoegde foto's van de plaats delict. Hij klikt op een foto waarbij de fotograaf bij de voeten van het lijk stond en loopt naar de plek op het pad waar Ragner Stephansen lag. Hij houdt de telefoon met de foto naar voren en probeert zich voor te stellen dat het lichaam voor hem ligt. Hij doet zijn ogen dicht, en nu staat de man voor hem, springlevend, zongebruind, met zijn halflange, staalgrijze en naar achteren gekamde haar, in een beige broek, een zwart poloshirt en bootschoenen. Hij is ontspannen en glimlacht omdat hij degene die tegenover hem staat kent en niets van hem te vrezen heeft. Of is hij bang? Weet hij wat hem te wachten staat? Juncker heft zijn rechterarm; hij heeft een denkbeeldige kaliber .22 Browning in zijn hand. Is Stephansen nu bang? Of alleen verbaasd? Sceptisch? De dader richt en schiet. Een droge knal die alleen vlakbij te horen is. Het schot raakt het midden van zijn voorhoofd. Zijn hoofd slaat naar achteren op het moment dat het projectiel de binnenkant van de schedel van het achterhoofd raakt. Zijn benen kunnen hem niet meer dragen. Hij valt op zijn rug en staart met wijdopen ogen naar de hemel. Hij heeft stuiptrekkingen, en hevige ook. De dader kijkt een paar seconden naar het lichaam op het grind en de heftige bewegingen. Hij doet twee stappen naar voren, buigt zich naar voren om met het tweede schot definitief een eind aan Stephansens leven te maken, strekt zijn arm en...

Ho. Wacht.

Juncker komt overeind. Verdomme...

Hij kijkt om zich heen. Op het gras, een paar meter bij hem vandaan, staat een kleine jongen naar hem te staren. Hij is een jaar of zeven, acht, draagt een korte blauwe broek, heeft zwart haar en een bloot bovenlichaam.

'Wat doe je?' vraagt hij.

'Spelen,' antwoordt Juncker.

'Wat speel je?'

'Politieagent.'

De jongen knikt nadenkend, alsof hij probeert om datgene wat hij net heeft gezien – een volwassen man die met gesloten ogen op een grindpad in een openbaar park staat en een wonderlijke pantomime uitvoert – in overeenstemming te brengen met zijn beeld van de manier waarop Deense agenten zich normaal gesproken gedragen. Juncker knipoogt naar hem. De jongen glimlacht en rent terug naar zijn familie onder de kastanjeboom.

Juncker gaat weer op de bank zitten. Het lijk lag op zijn rug. Het schot in de slaap zat aan de rechterkant en is met heel grote waarschijnlijkheid het tweede schot. Dus als het bewegingspatroon van de dader is geweest zoals Juncker daarnet heeft gereconstrueerd, en dat is bijna honderd procent zeker, dan onderscheidt de dader zich op één bepaald punt van de massa.

Hij staat op. Hoe heeft hij dat over het hoofd kunnen zien?

'Je bent bezig je grip te verliezen,' mompelt hij.

Nabiha heeft volkorenbroodjes gekocht, die in een bruine papieren zak op de ronde vergadertafel liggen. 'Heb je honger?' vraagt ze.

Hij heeft niet veel trek, maar herinnert zichzelf eraan dat hij ook moet lunchen. 'Ik wil wel een half broodje.'

Ze staat op, loopt naar de achterkamer en komt terug met een snijplank, een broodmes, een botermesje en boter. Ze gaat zitten, pakt het broodmes in haar linkerhand en begint een broodje door te snijden.

Juncker ziet het zonder dat hij het bewust registreert. Het is namelijk geen nieuwe kennis. Hij weet sinds hij haar maanden geleden voor het eerst ontmoette al dat Nabiha linkshandig is. Hij ziet het en ziet het toch ook weer niet, tot hem plotseling iets te binnen schiet.

Een paar dagen geleden heeft hij gezien hoe iemand anders brood met het mes in de linkerhand sneed. En een kwartier geleden stond hij in het park en trok hij de conclusie die hij lang geleden al had moeten trekken, namelijk dat de moordenaar van Ragner Stephansen hoogstwaarschijnlijk linkshandig is. En Peter Johansen is dat niet. Hij heeft gezien dat Johansen zijn handtekening onder het verslag van het verhoor zette voordat hij naar het huis van bewaring was gebracht, en hij zou het gemerkt hebben als Johansen met zijn linkerhand had geschreven.

'Wat is er, Juncker? Heb je een marsmannetje gezien?' Nabiha glimlacht en geeft hem de boter en het mes aan.

'Wat? Nee... Nee, ik heb iets ontdekt.'

'Heeft het met de zaak te maken?'

'Ja. Ik weet wie –'

Nabiha's telefoon gaat over. Ze kijkt op het scherm en fronst haar voorhoofd. 'Met Nabiha Khalid… Signe? Natuurlijk weet ik wie je bent… Ja, hij zit tegenover me. Je krijgt hem.'

Nabiha geeft haar telefoon over de tafel aan en Juncker pakt hem verbaasd aan. Hij hoort Signes ademhaling, die snel is, alsof ze buiten adem is.

'Signe, is er iets gebeurd?' Het staat hem niet aan. 'Signe?'

'Charlotte is verdwenen,' zegt ze.

Juncker hoort de woorden, maar kan er geen zinvol verband van maken. 'Verdwenen? Wat bedoel je met verdwenen?'

'Ik weet niet waar ze is. Ze is weg. We hebben afgesproken om voortdurend contact met elkaar te houden en nu heb ik al een etmaal niets van haar gehoord.'

'Heb je gekeken of –'

'Natuurlijk ben ik bij jullie thuis geweest, maar daar is ze niet. Ze is ook niet op haar werk en beantwoordt mijn sms'jes niet.'

Juncker voelt een enorme woede opkomen. In eerste instantie richting Charlotte, maar daarna ook jegens Signe. Verdomme, wat heeft hij de hele tijd gezegd? Dat ze ver bij deze rotzaak uit de buurt moeten blijven. De woede slaat echter al snel om in angst. Zijn mond is droog. Concentreer je, denkt hij, en hij haalt een paar keer diep adem om de controle over zijn lichaam, dat gespannen is als een veer, terug te krijgen.

'Juncker…' Er is iets in Signes stem wat hij nog nooit heeft gehoord. Een smekende klank. Ze klinkt helemaal niet als zichzelf. 'Juncker, ik weet gewoon niet…'

Als ze Charlotte hebben vermoord… Nee. Stop. Dat is natuurlijk niet gebeurd. Hij doet zijn ogen dicht. 'Waar ben je nu?'

'Ik sta tegenover de hoofdingang van *Morgentidende*.'

'Weet Merlin iets?'

'Niet meer dan dat ik zijn bevel niet heb opgevolgd. Hij heeft me geschorst.'

'Je hebt je politiepenning dus niet? En je wapen?'

'Jawel. Hij zei dat ik naar de afdeling moest komen, maar ik ben uit de buurt van Teglholmen gebleven.'

'Oké.' Hij denkt een paar seconden na. 'Rijd je in je eigen auto?'

'Nee, ik heb er een geleend.'

'Staat je telefoon aan? Je diensttelefoon dus?'

'Nee.'

'Goed. Luister, rijd naar een plek waar het risico om een surveillancewagen tegen te komen klein is. De een of andere plek in Refshaleøen bijvoorbeeld. Daar is een geasfalteerd terrein dat bij de B&W-hallen hoort, de plek waar het festival Copenhell gehouden wordt. Rijd daarnaartoe en blijf in de auto zitten. Ik kom zo snel als ik kan. In wat voor auto rijd je?'

'Een oude, rode Fiesta.'

'Ik vind je wel. Ik moet alleen iets regelen, maar dat is zo gebeurd. Over op zijn laatst anderhalf uur ben ik er.'

'Oké. En, Juncker?'

'Ja?'

'Als er iets met Charlotte is gebeurd –'

'Dat is niet zo.' Zijn stem heeft een harde klank. 'Tot straks.'

Hij geeft de telefoon aan Nabiha terug. Ze kijkt hem vragend aan.

'Nabiha, ik moet naar Kopenhagen.'

'Ja, dat begrijp ik. Wat is er aan de hand?'

Hij schudt zijn hoofd. 'Het is beter als je dat niet weet. Ik vertel je erover als alles achter de rug is. Binnenkort.'

'Maar het onderzoek dan? Je zei dat je weet wie de dader is. Dat je iets hebt ontdekt.'

'Ja. Het is Mads Stephansen.'

'De zóón? Ben je daar zeker van?' Nabiha kijkt hem sceptisch aan.

Hij knikt. 'Toen we een paar dagen geleden bij hem en zijn vrouw waren, sneed hij brood voor ons. Weet je dat nog? Dat deed hij met het mes in zijn linkerhand. Ik heb er niet eerder over nagedacht, maar daarnet ontdekte ik dat de moordenaar hoogstwaarschijnlijk linkshandig is. En dat is Peter Johansen niet.'

'Hoe weet je dat de dader linkshandig is?'

'Het schot in de slaap zit rechts. Dat zou niet zo zijn als de dader rechtshandig is.'

'Maar moeten we Mads Stephansen dan niet ophalen?'

Natuurlijk moeten ze dat meteen doen. Ze moeten hem verhoren en misschien een aanklacht tegen hem indienen. Want hoewel Juncker heel zeker van zijn zaak is, is het nog lang niet achter de rug. Ten eerste heeft Mads een alibi, en als zijn vrouw vasthoudt aan haar verklaring, is dat tamelijk waterdicht. Ten tweede is het hun niet gelukt om vast te stellen dat Mads een motief heeft om zijn vader te vermoorden. Het is dus beslist niet vanzelfsprekend dat de officier van justitie Junckers linkerhandtheorie voldoende acht voor een aanklacht. Ze hebben met andere woorden een bekentenis nodig, en zoals de situatie er nu voor staat, is er maar één persoon die daarvoor kan zorgen. Niet Nabiha, niet Anders Jensen, maar niemand anders dan hijzelf.

En hij heeft er de gelegenheid niet voor. Niet op dit moment.

'Nee, we wachten tot ik terug ben. Mads loopt niet weg,' zegt Juncker, hopend dat hij gelijk heeft. 'Maar, Nabiha, houd hem wel in de gaten.'

'Wat moet ik doen als hij ervandoor probeert te gaan? Ik heb geen auto om hem te volgen.'

'Hij heeft geen reden om te geloven dat we hem verdenken en we hebben hem gevraagd om in het stadje te blijven en ons te vertellen waar hij naartoe gaat als hij iets moet doen.'

'Ja, maar als hij toch –'

'Dat doet hij niet.' Juncker heeft pijn in zijn maag, want Nabiha heeft gelijk. Het is een rotsituatie, en als er iets misgaat, is zij in eerste instantie degene die de schuld krijgt.

'Wat moet ik zeggen als Anders Jensen naar je vraagt? Of Skakke?'

'Zeg dat ik even naar Kopenhagen ben om iets belangrijks te regelen en dat ik snel terug ben.'

'Is dat zo?' vraagt ze.

Juncker geeft geen antwoord, maar staat op. 'Mijn pistool ligt in Næstved. Mag ik dat van jou lenen?'

Ze kijkt hem een paar seconden zwijgend aan. Dan schuift ze haar hand onder haar jack, pakt de holster, die met een clip aan haar riem is vastgemaakt, en legt hem op de tafel.

'Is het magazijn gevuld?'

'Ja.'

Hij klikt hem aan zijn riem en blijft nog even met zijn armen langs zijn lichaam staan. Dan loopt hij rond de tafel, legt zijn linkerhand op haar schouder en geeft er een kneepje in.

Nabiha kijkt verbaasd naar hem op.

57

De zwarte Volvo rijdt langzaam over het parkeerterrein. Op een afstand van vijftig meter knippert hij twee keer met zijn koplampen. Ze steekt haar arm uit het zijraam en zwaait. Juncker rijdt tot naast de Fiesta. Signe stapt uit en gaat op de passagiersstoel zitten.

Ze heeft hem begin januari voor het laatst gezien. Terwijl ze op hem wachtte, heeft ze erover nagedacht hoe het zou zijn om elkaar na zo'n lange tijd weer te zien. Ze kan zich herinneren dat het al een beetje ongemakkelijk voelde toen ze elkaar tijdens de jacht op de twee terroristen terugzagen, en toen hadden ze elkaar maar anderhalve maand niet gezien. Nu zijn er acht maanden verstreken, en ze weet dat hij boos op haar is. Daarvoor hoeft hij niets te zeggen, want ze heeft het aan de telefoon gehoord. En nu kan ze het bijna fysiek voelen.

Ze zitten even zwijgend naast elkaar door de voorruit te staren. Vanuit haar ooghoeken kijkt ze heimelijk naar hem. Hij ziet er ouder uit dan de laatste keer, of misschien eerder meer versleten. Vreemd, denkt ze, ze had gedacht dat Juncker het type was dat er geen moeite mee zou hebben om alleen te wonen. Dat hij het naar zijn zin zou hebben in zijn eigen gezelschap. Daar lijkt het echter niet op. Hoewel dat natuurlijk ook iets met de omstandigheden te maken heeft. Niet alleen dat zijn vrouw bij hem weg is, maar ook dat hij in het huis verblijft waar zijn vader zoveel jaren heeft gewoond en waar de geest van Junckersen uit de muren, de vloeren, de plafonds en de meubels wasemt. Bovendien is het allesbehalve prettig voor Juncker om onder Skakke te werken, die hij, zoals ze weet, als een clown beschouwt.

Maar jezus, wat is ze blij om hem te zien.

'Wacht even,' zegt hij, en hij opent het portier. 'Ik moet...' Hij verdwijnt achter een roestige container, duikt na een paar minuten op en stapt weer in de auto.

'Dat duurde lang,' zegt ze. 'Moet je –'

'Vertel wat er is gebeurd,' onderbreekt hij haar. Hij draait zijn hoofd opzij en kijkt haar aan. 'Alles.'

Juncker stelt tussendoor een paar vragen, maar verder praat Signe ruim twintig minuten onafgebroken. Over de manier waarop Charlotte contact met haar heeft opgenomen. Over haar afschuw omdat ze haar mond moet houden over datgene wat ze weet. Over klokkenluider Alex. Over haar gesprekken met Svend Bech-Olesens weduwe en de chef de clinique en de verpleegkundige van de intensive care van het Rigshospitalet. Over haar gevoel geschaduwd te worden. Over de plotseling opgedoken Veronika. En ten slotte over Merlins woede omdat ze hiermee bezig is.

Ze vertelt echter niet over haar verhouding met Victor en zijn verraad.

'En nu is Charlotte dus verdwenen. Een etmaal?' vraagt Juncker.

Ze knikt. 'Ja, in elk geval. En zoals ik aan de telefoon al tegen je zei, is ze niet thuis.'

'Ben je in het huis geweest?'

'Ja. En ze is ook niet op haar werk. Kan ze op bezoek zijn bij vrienden of familie?' vraagt ze.

Juncker schudt zijn hoofd. 'Dat is volkomen ondenkbaar. Als Charlotte bezig is met een zaak als deze, dan is ze volledig...' Hij zoek even naar het juiste woord. '...toegewijd. Dan is er geen haar op haar hoofd die erover denkt om weg te gaan. Of zelfs een moment vrij te nemen.'

'Die indruk kreeg ik ook niet van haar. Maar wat is er in vredesnaam gebeurd? Wie zijn die figuren in de grijze bestelwagen? Wie zijn het, Juncker? Werknemers van de MI vermoorden toch geen mensen, ook niet als ze iets hebben gedaan wat het systeem niet aanstaat?'

'Dat zou heel verrassend zijn.'

Ze staart ongelovig naar hem. 'Verrassend? Dat zou volslagen krankzinnig en onwaarschijnlijk zijn. Juncker, degenen die destijds naar je toe gekomen zijn om Bent Larsens computer in beslag te nemen...'

'Dat waren een vrouw en twee mannen.'

'Ja. Zij had grijs haar en ging heel verzorgd gekleed, een keurige vrouw noemde je haar als ik het me goed herinner.'

'Dat klopt. En de twee mannen waren net commando's uit het leger... de Navy Seals... het vreemdelingenlegioen... dat soort types.'

'Dat is precies zoals de verpleegkundige van de intensive care de vrouw en de twee mannen beschreef die wegreden met het lijk van Simon Spangstrup.'

'Oké, maar dat helpt ons nu niet. Zelfs als we aannemen dat zij degenen zijn die Charlotte ontvoerd hebben...' Juncker stopt midden in de zin en krijgt een afwezige blik in zijn ogen. '...dan kunnen we daar niets mee als we niet weten waar ze zijn. Of waar Charlotte is.'

'Wat doen we dan?'

'Het enige wat we kunnen doen is naar het volkstuinhuisje van je zus en zwager gaan en die vrouw – Veronika is het toch? – vragen wat ze heeft ontdekt. Vanaf dat punt moeten we vervolgens verdergaan.'

'Oké. Laten we gaan.'

Ruim een halfuur later slaan ze af naar het pad in het volkstuinencomplex dat naar Lisa's huisje leidt. De verkeersdrempels liggen zo dicht bij elkaar en zijn zo hoog dat niemand eraan kan twijfelen dat de vereniging de snelheidsbeperking van twintig kilometer per uur bijzonder serieus neemt.

'Stop, Juncker!' roept Signe plotseling.

Hij remt. 'Wat?'

'Dáár. In de verte. Een grijze bestelwagen. Shit. Die lijkt precies op het busje dat in jullie straat stond en dat probeerde me te volgen toen ik samen met Veronika wegreed.'

Juncker rijdt naar de kant. Signes hart bonkt. Als dat ze zijn, hoe hebben ze dan ontdekt waar Veronika zich bevindt? Is ze de keren dat ze hier is geweest tóch door iemand gevolgd? Nee! Ze is er volkomen zeker van dat ze niet is geschaduwd; dat zou ze ontdekt hebben met alle voorzorgsmaatregelen die ze onderweg heeft genomen. Tenzij ze echt met heel veel mensen aan de opdracht werken, maar dan zouden ze minstens vier tot vijf auto's moeten hebben.

Misschien hebben ze Veronika's telefoon opgespoord. Nee, dat is onmogelijk. Een telefoon met een prepaidkaart kan niet zo snel worden gevonden.

Er is iets mis. Iets waar ze haar vinger niet op kan leggen. 'Wat doen we?' vraagt ze met een volkomen machteloos gevoel. 'We kunnen tenslotte niet zomaar naar binnen stormen als we niet weten met hoeveel ze zijn en wat voor wapens ze hebben. We moeten ervan uitgaan dat Veronika nog in het huisje is en ik weet niet of ze... Fuck, we kunnen niets anders doen dan wachten tot ze naar buiten komen. Of weet jij iets?'

Juncker zwijgt, krabt op zijn hoofd en stapt uit. Signe volgt zijn voorbeeld. Hij loopt naar de achterkant van de auto, opent de klep en haalt een aluminium kist uit de kofferbak. Hij opent hem, zoekt er even in en haalt er een klein, rond, zwart voorwerp uit. Het is een gps-tracker.

'Kunnen we zo dicht bij de bestelwagen komen dat we deze kunnen plaatsen?' vraagt hij.

Signe kijkt om zich heen. Langs het pad, aan de overkant van de volkstuintjes, staan een paar lage witte gebouwen met een werkplaats en garages, en daarachter is een grasveld dat bij het huisje van haar zus aan een klein bosgebied met struiken en hoge bomen grenst. Voor zover ze hiervandaan kan zien, staat de bestelwagen met de voorkant tegen de struiken aan.

'Geef hier,' zegt ze.

Ze loopt het gras op naar de achterkant van de witte gebouwen. Als ze bij de hoge bomen is, moet ze over een diepe greppel springen. Ze glijdt weg, maar krijgt een tak te pakken en voorkomt zo dat ze valt. Ze trekt zich in veiligheid, krijgt vaste grond onder haar voeten en wringt zich tussen het struikgewas, dat veel dichter is dan ze had gedacht. Takken zwiepen tegen haar hoofd en laten brandende krassen op haar gezicht achter. Ze vloekt.

Ze staat meerdere keren op het punt te vallen als de takken met doornen van de bramen- en frambozenstruiken aan haar blote benen blijven haken, maar ze worstelt verder. Aan de rand van de struiken blijft ze staan, met heel haar hart hopend dat de bestelwagen leeg is. Hiervandaan is het niet meer dan twaalf tot vijftien meter naar de tuin van haar zus, die is omheind met een hoge heg. Ze is zo dicht bij de auto dat ze hem kan aanraken als ze haar arm uitsteekt. Ze gaat op haar hurken zitten en strijkt met haar wijsvinger over haar wang. Er zit bloed op haar vinger. Ze kijkt in beide richtingen om zich ervan te verzekeren dat niemand haar ziet, haalt de gps-tracker uit haar zak en gaat op haar handen en knieën zitten om het laatste stukje naar de voorkant van de bestelwagen te kruipen.

Ineens hoort ze het tuinhek opengaan.

Ze verstijft en schuift haar hand onder haar jack om haar pistool te pakken. Er klinken voetstappen op het geasfalteerde pad. De bestelwagen wordt geopend met een afstandsbediening, en er klinkt een harde klik. De voetstappen gaan verder naar de zijkant. Ze duikt helemaal in elkaar, maakt zich zo klein mogelijk en haalt het pistool voorzichtig uit de holster.

Als deze persoon naar het voorportier loopt, dan ziet hij haar. Ze legt haar wijsvinger op de trekker.

De voetstappen stoppen. Ze hoort dat de kruk van het zijportier naar beneden wordt geduwd, waarna het portier openschuift. Er wordt vijf tot tien seconden gezocht naar iets in de auto, waarna het portier dichtschuift. Ze hoort voetstappen, en het tuinhek gaat dicht. Daarna is het stil.

Afgezien van haar hartslag, die in haar oren bonkt.

Ze haalt diep adem, stopt het pistool in de holster terug, legt haar hoofd bijna op de grond en kijkt onder de bestelwagen. Ze heeft moeite om iets te zien in het halfdonker; haar ogen passen zich maar langzaam aan na het felle zonlicht. Ze steekt haar hand uit om naar een vlakke plek te zoeken, pakt de tracker en bevestigt hem razendsnel aan de bestelwagen. Dan kijkt ze weer in beide richtingen, komt half overeind en loopt voorovergebogen door de struiken en over het gras naar Junckers auto terug.

Hij is in de auto gaan zitten.

'Dat is geregeld. Wat nu?' zegt ze als ze naast hem zit. Als dit een situatie zoals alle andere zou zijn, hadden ze een heleboel collega's en het arrestatieteam opgeroepen, maar dit is geen normale situatie.

'We moeten wachten tot ze naar buiten komen,' zegt Juncker. 'Wat ze daarbinnen ook doen, ze blijven er waarschijnlijk niet eeuwig. Als ze wegrijden, kunnen we ze volgen. Het is ook onze beste kans om te ontdekken waar...' Hij stopt midden in de zin, pakt het stuur stevig vast en staart strak voor zich uit. Ze weet wat hij wil zeggen. Als ze geluk hebben, leidt de tracker ze naar de plek waar Charlotte zich bevindt. Signe doet haar ogen dicht. Leven. O god, laat haar in leven zijn. En laat Veronika in leven zijn.

'Maar we kunnen hier niet blijven wachten. Ze rijden straks langs ons en weten vermoedelijk hoe we eruitzien. Nog afgezien van het feit dat het vreemd is als twee mensen op een plek als deze in een auto voor zich uit zitten te staren,' zegt Signe.

'Wat stel je voor?'

'Dat we achter de witte gebouwen wachten. Daar kunnen we het horen als ze uit het huisje komen.'

'Laten we dat doen.'

Ze stappen uit en lopen haastig over het gras naar de hoek van het gebouw dat het dichtstbij ligt. Hiervandaan is het ongeveer vijftig meter naar Lisa's huisje.

Na bijna vijf minuten horen ze een deur opengaan en een paar seconden erna weer dichtgaan. Signe kijkt voorzichtig om de hoek van het gebouw. Een paar takken van de hoge bomen versperren het uitzicht deels, maar toch ziet ze drie mannen en een vrouw met grijs haar in een zwart kostuum naar de bestelwagen lopen. Signe kijkt naar Juncker. Hij knikt bevestigend: ze is het. Ze heeft een rugzak in haar hand die Signe herkent. Hij is van Veronika.

Ze gaan in de bestelwagen zitten en rijden weg. Signe en Juncker wachten nog een paar minuten voordat ze naar het huisje lopen. Hij loopt voorop, trekt Nabiha's pistool en spant de haan. Signe doet hetzelfde met haar pistool. Hij kijkt haar vragend aan. Ze knikt en loopt als eerste naar de voordeur. Die is dicht, maar is opengebroken. In de deurpost zijn duidelijke inkepingen te zien. Het lijkt relatief gemakkelijk gegaan te zijn omdat het een oude en vermolmde deur is. Signe duwt de deurkruk met haar linkerhand naar beneden, pakt het pistool met twee handen vast en duwt de deur met haar voet open. Ze stapt de hal in, blijft staan en luistert. Het is volkomen stil. Ze loopt naar de woonkamer en blijft in de deuropening opnieuw staan.

Veronika zit op een van de eettafelstoelen in het midden van de kamer. Haar armen zijn met zilvergrijze ducttape achter de rugleuning vastgebonden en haar bovenlichaam is aan de stoel vastgeplakt. Haar hoofd is voorovergevallen en haar blonde dreadlocks hangen als een dicht gordijn voor haar gezicht. De voorkant van haar witte T-shirt en haar rok zijn doordrenkt met bloed, dat er heel vers uitziet. Het begint op de vloer te druppelen.

Signe verstijft. Ze heeft het gevoel dat ze zich in een droom bevindt. Een surrealistische nachtmerrie waarin alles verwrongen en grotesk misvormd is, een wereld die pijn doet en ondraaglijk is. Ze probeert zich te concentreren, maar het is alsof haar gezichtsveld langzaam verdwijnt. Ze begrijpt niet wat er gebeurt, tot ze beseft dat het niet onverklaarbaar is, maar dat haar ogen vol tranen staan die over haar wangen beginnen te stromen.

Ze slaat haar linkerhand voor haar ogen en snikt. Ze voelt Junckers hand op haar schouder, waarna hij langs haar schuift en naar Veronika toe gaat.

Hij schuift het haar opzij en legt een vinger tegen de zijkant van haar hals. Hij verplaatst de vinger, vangt Signes blik en schudt zijn hoofd.

'Hebben ze haar doodgeschoten?' brengt ze snikkend uit, terwijl ze de tranen met de achterkant van haar hand uit haar ogen veegt.

'Ja.'

'Waar?'

Juncker kijkt naar het lijk van de jonge vrouw. 'In haar nek.' Hij loopt om de stoel heen, gaat op zijn hurken zitten en schuift de dreadlocks opzij. 'De uitgangswond zit in de keel. Haar gezicht is intact. Ze was waarschijnlijk meteen dood. Het spijt me, Signe.'

Signe knikt en denkt dat deze wereld door en door ziek is als je er dankbaar voor moet zijn dat een jonge vrouw die vermoord is gelukkig niet in haar gezicht is geschoten. 'Waarom?' Ze kijkt naar Juncker.

Hij geeft geen antwoord.

'Waarom konden ze haar laptop en waarnaar ze verder ook op zoek waren niet gewoon meenemen?'

'Signe, dat weet ik niet. Ik weet niet hoe ze denken. Misschien wilden ze iedereen duidelijk maken dat wat Alex en Veronika hebben gedaan, met de hardst denkbare straf beantwoord wordt.'

'Ze zijn geen fuck beter dan terroristen.' Ze stopt haar pistool in de holster. 'Het zíjn gewoon fucking terroristen.' Signe kijkt om zich heen, maar ziet Veronika's laptop en externe harde schijf niet.

Juncker leest haar gedachten. 'Ze hebben haar apparatuur natuurlijk meegenomen, dat was waar ze op uit waren.'

'Ja, die zat natuurlijk in de rugzak die de vrouw met het grijze haar bij zich had.' Signe staat nog steeds in de deuropening. Het huisje is een plaats delict, dus het zou ontzettend stom zijn om er meer rond te lopen dan strikt noodzakelijk. 'Maar het zou me verbazen...'

'Wat?' Juncker kijkt haar aan.

'Ik kende Veronika niet zo goed, maar het zou me echt verbazen als ze niet ergens een kopie heeft verstopt van wat ze heeft gevonden. Een extra kopie dus, buiten de externe harde schijf. Ze was slim.'

Signe kijkt om zich heen. Het lijkt er niet op dat ze naar meer hebben gezocht dan wat ze hebben meegenomen. Hoewel dat moeilijk te zien is, want het huisje is – zoals altijd – tamelijk rommelig. Of rommelig... Haar zus is een verzamelaar, en op alle horizontale vlakken staan figuurtjes, doosjes, vazen, schalen en allerlei andere spullen.

'Juncker, heb jij overalls, schoenhoezen en mondbescherming in de auto?'

'Ja.'

'Zal ik die halen? Dan kunnen we het huisje doorzoeken en zien of we iets kunnen vinden. We hebben tenslotte een tracker op hun auto geplaatst. Ik kan de gedachte niet verdragen dat ze hier iets voor ons heeft verstopt en wij het niet vinden. Dat maakt haar dood nog zinlozer.'

Juncker haalt de autosleutel uit zijn jaszak en gooit die naar haar toe.

Een halfuur later hebben ze bijna alles in het huisje doorzocht – kasten, laden, kussens, sierkussens, doosjes, onder vloerkleden, achter de boeken in de kast, boven op de hanenbalken onder het plafond – zonder iets te vinden. Signe gaat op de bank zitten. Verdomme. Ze kijkt naar Veronika's lijk. Vooruit, liefje, waar heb je de kopie verstopt? Ze denkt aan de uren die ze in het gezelschap van de jonge vrouw heeft doorgebracht. Aan alles waarover ze hebben gepraat. Wat ze hebben gedaan. Of er iets bijzonders is gebeurd. Er was goedbeschouwd niets geweest. Ze praatten samen. Dronken samen. Het enige wat een beetje ongewoon was, denkt Signe, was...

Ze staat op, loopt naar de keuken en zoekt op de planken naar een rond, zwart blik. Ze pakt het, draait het deksel eraf, giet de inhoud op het aanrecht en vist een USB-stick uit de berg rijst.

Natuurlijk. Dank je wel, Veronika. Ze loopt de kamer in. Juncker kijkt naar haar, en ze laat hem de stick zien. 'Laten we gaan.'

Ze zijn halverwege Junckers auto als Signe plotseling blijft staan.

'Wat is er?' vraagt Juncker.

'Ik bedenk net iets. Loop jij maar door.'

Signe loopt op een holletje naar het parkeerterrein tegenover het huisje, waar haar auto staat. Ze gaat naar de achterkant, zakt op haar knieën en kijkt onder de auto. Ze komt overeind, loopt naar de rechterkant, gaat weer op haar knieën zitten en kijkt opnieuw. 'Shit,' mompelt ze, terwijl ze een gps-tracker tevoorschijn haalt die sprekend lijkt op het apparaatje dat ze zelf onder de bestelwagen heeft geplaatst. Ze komt overeind en staart even naar het kleine, zwarte voorwerp, waarna ze het zo ver mogelijk het bos in gooit.

'Wat heb je gedaan?' vraagt Juncker als ze terug is.

Ze vecht tegen haar tranen. 'Het is mijn schuld.'

'Wat is jouw schuld?'

'Dat ze Veronika hebben gevonden.' Ze vertelt over de tracker.

'Daar kun je niets aan doen,' zegt Juncker.

Ze weet dat hij liegt. Dat hij haar probeert te troosten, want hij weet net zo goed als zij dat ze haar auto de afgelopen dagen had moeten controleren op dit soort apparatuur voordat ze erin ging zitten.

Signe moet de gedachte aan haar stommiteit echter verdringen. De verschrikkelijke consequentie ervan kan ze pas onder ogen zien als dit allemaal achter de rug is. 'Moeten we Merlin bellen om hem over Veronika te vertellen?'

'Nee, laten we nog even wachten,' zegt Juncker. 'Een of twee uur maakt geen verschil wat het veiligstellen van de sporen betreft. In elk geval niet in deze zaak. Bovendien weten we door wie ze vermoord is. We weten alleen niet wie het zijn.'

Hij pakt zijn telefoon en opent de trackerapp. 'Maar we weten wel wáár ze zijn... Op dit moment rijden ze over de Vejlands Allé, dus ze zijn nog niet ver. Ze moeten opgehouden zijn door de spits.'

Signe kijkt op het klokje op het dashboard. 'Het spitsuur is nog niet voorbij, dus wij krijgen daar ook mee te maken. Wat doen we trouwens met de USB-stick? We moeten bekijken wat Veronika voor ons heeft gevonden.'

'Inderdaad. We moeten toegang tot een computer hebben.'

'Dat kan niet bij mij thuis. Heb jij de sleutels van je huis nog?'

Juncker knikt.

'Staat er een computer?'

Charlotte heeft thuis een computer, maar daar weet ik het wachtwoord niet van. Maar mijn oude pc staat waarschijnlijk nog steeds in de logeerkamer. Charlotte heeft in elk geval niet gezegd dat ze hem weggegooid heeft, en dat zou ze me verteld hebben.'

'Zullen we nu naar je huis rijden?'

'Nee. We moeten die vier, of hoeveel het er ook zijn, eerst onschadelijk maken. En we moeten Charlotte vinden. De informatie op de USB-stick loopt niet weg.'

58

Signes voorspelling klopt helemaal. Het spitsuur is nog lang niet voorbij en ze rijden het grootste gedeelte van de tijd op Ring 3 en de Amager Motorvejen in de file. Het kost hun bijna drie kwartier om bij Bella Center te komen.

'Waar zijn ze nu?' vraagt Juncker.

Zijn telefoon ligt op Signes schoot. Ze kijkt naar beneden. 'Het lijkt erop dat ze stilstaan in een zijweg van de Kongelundsvej. Die heet... de Frieslandsvej.' Ze kijkt op. 'Dat is heel dicht bij de plek waar het lijk van Alex gevonden is.'

Juncker overweegt of hij Nabiha zal bellen om te informeren hoe het gaat en of ze contact met Anders Jensen of Skakke heeft gehad. Hij besluit het niet te doen. De enige echte reden om te bellen is namelijk het enigszins sussen van zijn slechte geweten omdat hij haar in de steek heeft gelaten. Als ze problemen heeft, kan hij toch niets doen om haar te helpen. Dat kan morgen pas.

Twintig minuten later rijden ze door de Frieslandsvej, die niet veel breder dan drie meter is en aan beide kanten greppels heeft. De huizen langs de weg liggen ver uit elkaar en zijn gescheiden door akkers en kleine bosgebieden. Juncker rijdt zo langzaam als hij verantwoord vindt zonder dat het opvalt. Er is niemand te zien. Het gebied doet eerder denken aan de omgeving van Sandsted dan aan Groot-Kopenhagen. Het is moeilijk voor te stellen dat het hiervandaan maar iets meer dan tien kilometer naar de Rådhuspladsen is. En een paar kilometer meer naar het vliegveld.

'Hoe dichtbij zijn we?' vraagt hij.

'Heel dichtbij. Ik gok dat het zo meteen aan de linkerkant is.'

Het adres bestaat uit een groepje gebouwen. Vlak bij de weg ligt een gebouw dat op het witgepleisterde woonhuis van een oud boerenbedrijf lijkt. Daarachter, aan de zijkanten van een binnenplaats, zien ze een oude stal en een eveneens witgepleisterd kippenhok. Helemaal achteraan staat een gebouw met een rond dak van verroeste metalen platen, dat op een oude vliegtuighangar lijkt.

De oprit en de binnenplaats zijn voorzien van grind. Het grasveld ervoor lijkt wekenlang niet gemaaid te zijn. Ze kijken naar de binnenplaats, maar zien alleen een witte personenauto. Als ze voorbij de oprit zijn, concentreert Juncker zich weer op de weg.

'Stop!' roept Signe plotseling. 'Daar staat hij!'

Juncker staat op het punt om te remmen, maar bedenkt zich en rijdt met dezelfde snelheid verder.

'Ik zag een glimp van de achterkant. De bestelwagen staat achter het kleinste van de witte gebouwen,' zegt Signe.

Na bijna honderd meter rijdt Juncker een zijweg in en stopt. Ze stappen uit.

'Laten we zo dichtbij mogelijk proberen te komen,' zegt Juncker. 'We kunnen de eerste vijftig meter over de weg, daarna gaan we tussen de bomen lopen. Volgens mij is er een boomgaard.'

'Dat klopt.'

Ze komen zo dichtbij dat ze de voorste gebouwen kunnen zien. Juncker springt over de greppel en verdwijnt tussen de appelbomen. Signe volgt hem. Ze trekken hun pistolen.

'Het lijkt erop dat de bomen tot vlak voor het grasveld groeien. Laten we in eerste instantie proberen om tot de voorste bomen te komen,' fluistert Juncker, terwijl hij bedenkt dat hij geen idee heeft wat hij moet antwoorden als ze nu zou vragen wat ze daarna moeten doen.

Ze beginnen naar het huis te lopen, langzaam, met een onderlinge afstand van vijf meter. Tussen de appelboomgaard en het grasveld is een strook van een meter of tien met hoge beuken en esdoorns. Signe en Juncker gaan beiden achter een boom in dekking. Hij kijkt voorzichtig om de stam heen. Er zijn geen tekenen van leven in het huis. Alle ramen zijn dicht.

Hij ziet twee deuren: de voordeur en een deur die waarschijnlijk van de bijkeuken is. Bovendien heeft hij, toen ze langs de gebouwen reden, gezien dat er een terrasdeur aan de andere kant van het huis is. Het is dus mogelijk om alle deuren van het huis te bewaken. Tot zover verloopt alles goed. Het probleem is alleen dat het bijna zelfmoord zou zijn om een poging te doen het huis met maar twee man te bestormen als er minstens vier vermoedelijk zwaarbewapende mensen binnen zijn.

Contact opnemen met Merlin en hem vragen om versterking lijkt vooralsnog de enige mogelijkheid om een einde aan deze krankzinnige situatie te maken. Alleen beseft hij heel goed dat de geheime diensten de kwestie dan opnieuw zullen verlammen, wat betekent dat Signe, Charlotte en hij de buitenwereld niet zullen kunnen vertellen wat er echt is gebeurd en hoe door en door verrot de hele situatie is. Dus zijn er andere opties?

Hij probeert na te denken. Als Charlotte daarbinnen is, zullen ze haar beslist als schild gebruiken. En gezien hun modus operandi zullen ze niet aarzelen om haar te vermoorden als ze in een hoek worden gedrongen. En als ze zich níét in het huis bevindt, dan kunnen ze niet als vanzelfsprekend aannemen dat ze vertellen waar ze wel is.

Hij doet zijn ogen dicht en leunt met zijn voorhoofd tegen de beukenstam, die glad en koel is. Ineens hoort hij het geluid van een deurkruk die naar beneden wordt geduwd en een deur die krakend opengaat. Daarna klinkt een vrouwenstem.

Juncker kijkt naar Signe. Hun ogen ontmoeten elkaar. Ze knikt. Hij houdt het pistool met gestrekte armen schuin van zijn lichaam af.

De vrouw met het grijze haar komt de binnenplaats op. Ze loopt op haar hooggehakte schoenen over het grind en trekt een donkerblauwe rolkoffer achter zich aan. Dat is lastig op de ongelijke ondergrond. Ze trekt met een geïrriteerd gebaar aan het handvat en worstelt ermee om hem rechtop te houden. Een man verschijnt op de stoep. Juncker ziet dat het een van de drie mannen is die uit het volkstuinhuisje kwamen en in de grijze bestelwagen stapten. De man sluit de deur en doet hem op slot. Hij is niet bijzonder lang, maar gedrongen en gespierd. Hij loopt achter de vrouw aan, die op weg is naar de witte personenauto.

Juncker haalt diep adem. Dan doet hij een stap opzij, en in een fractie van een seconde bedenkt hij dat het misschien slimmer was geweest als hij het pistool in één hand had vastgehouden, want dan had hij gedeeltelijk achter de beukenstam verborgen kunnen blijven. Maar het is al te laat om er iets aan te veranderen, en bovendien is hij niet zo'n goede schutter dat hij van deze afstand iets met één hand kan raken.

'Politie! Staan blijven!' brult hij.

De man en de vrouw verstarren. Juncker houdt hun handen in de gaten. 'Armen omhoog! Nú!' Zijn stem slaat over; hij is het niet gewend om te schreeuwen. Het is oneindig lang geleden dat hij naar iets of iemand heeft geschreeuwd. Waarschijnlijk was dat toen hij in een sneeuwstorm op een weg buiten Sandsted naar Simon Spangstrup schreeuwde. Zijn keel jeukt, en hij hoest.

De vrouw laat de koffer los, die met een knerpend geluid op het grind valt. Daarna doet ze langzaam haar armen omhoog. Haar nagels zijn bloedrood gelakt. De man staat erbij alsof hij midden in een stap is bevroren, met zijn armen schuin bij zijn lichaam vandaan.

Vervolgens gebeurt alles zo snel dat Juncker het niet eens ziet. Of liever gezegd, zijn ogen registreren de gebeurtenis, maar zijn hersenen hebben niet voldoende tijd om de zintuiglijke waarneming te verwerken tot een gedachte, laat staan een handeling. De man springt omhoog en draait tegelijkertijd rond zijn eigen lengteas, en terwijl hij zich nog in de lucht bevindt en op weg naar beneden is, verschijnt er een pistool in zijn rechterhand. Maar voordat hij het wapen op hen kan richten, wordt de linkerkant van zijn borstkas geraakt door een negenmillimeterkogel. Die raakt zijn ribben, vliegt in een schuine baan door de longen, verbrijzelt het onderste deel van het schouderblad, boort zich door de huid en zet zijn tocht voort over het weiland.

Juncker vuurt als tweede, maar hij weet niet zeker of hij raak schiet. Het lichaam van de man valt zwaar op de grond, en de zijkant van zijn hoofd slaat op de kleine stenen. Het pistool vliegt uit zijn handen en blijft een halve meter bij de rechterhand van de man vandaan liggen.

Signe begint over het grasveld te rennen.

'Bedankt,' zegt hij, terwijl hij achter haar aan rent.

'Graag gedaan,' antwoordt ze, waarna ze naar de vrouw met het grijze haar roept: 'Op je buik!' De vrouw aarzelt. 'Nú, verdomme, of ik schiet!'

De vrouw gaat voorzichtig op haar knieën zitten. Het doet pijn; dat is te zien aan haar starre, abrupte bewegingen als de steentjes in haar knieën snijden. Ze zet haar handen neer en laat haar bovenlichaam op de grond zakken.

'Armen opzij!' commandeert Signe.

De vrouw gehoorzaamt.

Juncker raapt het pistool van de man op en stopt het in zijn jaszak. Hij bukt zich om de gewonde man, die bij bewustzijn is maar niets zegt, te fouilleren. Als hij klaar is met de achterkant, pakt hij zijn armen vast, trekt hem op zijn rug en herhaalt de procedure aan de voorkant. De gewonde man kreunt één keer van de pijn, maar meer niet. Juncker trekt het capuchonsweatshirt en het lichtgrijze T-shirt van de man omhoog. De wond bloedt, maar het bloed gutst niet naar buiten. Hij duwt de man op zijn zij en onderzoekt de uitgangswond. Dat is ongeveer hetzelfde verhaal, constateert hij. Vervolgens gaat hij naar de vrouw toe.

Ze heft haar hoofd zoveel mogelijk. 'Martin Junckersen, we ontmoeten elkaar dus opnieuw,' zegt ze met een glimlach. 'Onder enigszins andere omstandigheden dan de vorige keer, moet ik zeggen.'

Juncker staart naar de vrouw, maar zegt niets. Hij gaat op zijn hurken bij haar gezicht zitten. 'Zijn er meer personen in het huis?'

'Nee,' antwoordt ze. 'Als dat zo was geweest, dan kan ik je verzekeren dat jullie nu dood zouden zijn.'

'Zal ik het controleren?' vraagt Signe.

Het is op zijn zachtst gezegd niet ideaal om dat alleen te doen, maar het is de enige mogelijkheid.

Hij knikt. 'Doe maar.'

'Is mijn vrouw hier?' vraagt hij aan de vrouw.

'Je vrouw? Nee, die is hier niet.'

Ze praat foutloos Deens met een licht accent dat hij niet kan thuisbrengen. 'Waar is ze dan?'

'Tja, waar zou ze zijn?'

Hij richt het pistool op haar. Haar glimlach wordt nog breder. 'Ach, Martin, is dat niet een beetje primitief? Denk je echt dat dit de juiste manier is?'

'Vertel waar ze is of ik schiet je dood.'

'Dat zou eerlijk gezegd het stomste zijn wat je kunt doen. Want dan kom je er natuurlijk nooit achter waar je vrouw is. In elk geval niet voordat het veel te laat is.'

Juncker kijkt naar de gewonde man. Ze volgt zijn blik. 'Je krijgt geen woord uit hem, zelfs niet als je hem in kleine stukjes snijdt. Bovendien weet hij niet waar ze is.' Ze glimlacht niet langer. 'Er is maar één manier waarop je erachter kunt komen.'

'En die is?'

'Om te beginnen laat je me opstaan. Deze steentjes zijn heel onaangenaam om op te liggen.'

'Ben je gewapend?'

'Nee, ik ben onderweg naar de luchthaven. Bij de veiligheidscontrole reageren ze nogal gespannen op passagiers die proberen om wapens mee aan boord te nemen.'

'Oké, sta maar op.'

Signe komt het huis uit.

'Signe, kun jij haar...'

Signe loopt naar de vrouw toe en fouilleert haar. Als ze klaar is, knikt ze naar Juncker. 'Je zei dat je onderweg naar de luchthaven bent. Je bedoelt waarschijnlijk dat je op weg wás.'

'Nee, ik geloof dat ik me heel nauwkeurig uitgedrukt heb.'

De vrouw kijkt met een geïrriteerde blik naar haar zwarte colbert en broek, die vol witte grindvlekken zitten. Ze probeert de vlekken met één hand weg te vegen. 'Luister goed. De enige optie voor jou – en ik bedoel écht de enige – is om me nu te laten gaan. Dan beloof ik dat ik je, als ik in het vliegtuig zit en op weg ben naar de startbaan, een sms stuur met het adres waar je je vrouw kunt vinden.'

Juncker snuift. 'Waarom zou ik je in vredesnaam vertrouwen? Een vuile seriemoordenaar –'

'Nou, nou, Martin, pas maar op dat het niet op de loop gaat met je,' zegt ze met een glimlach. 'Het is misschien moeilijk te begrijpen, maar wij zitten in dit spel in feite in hetzelfde team. In elk geval is het zo dat je nooit te weten komt waar je vrouw zich bevindt als je me niet laat gaan. Al laat je de hele verzamelde Deense politiemacht naar haar zoeken, dan nog zullen jullie haar pas vinden als het te laat is. Ze heeft nu bijna twee etmalen geen water gedronken. In deze hitte houdt ze het maximaal nog vier tot vijf dagen vol, wat een ruime schatting is. En die tijd is absoluut niet voldoende om haar te vinden.' Ze glimlacht weer. 'De keuze is aan jou.'

Langzaam begint Juncker te beseffen dat de vrouw gelijk heeft en dat hij voor een keuze staat waarmee hij nog nooit is geconfronteerd. Hij laat een misdadiger, een koelbloedige moordenares, gaan, óf hij raakt iemand kwijt van wie hij heel veel houdt. Binnen een paar seconden beseft hij dat hij op een kruispunt staat en dat de keuze die hij nu maakt, welke het ook is, hem voor het leven zal tekenen. Maar hij beseft ook dat de keuze heel eenvoudig is. Hij kijkt naar Signe, die een paar meter verder staat en haar pistool op de gewonde man op het grind richt. Uit haar gezichtsuitdrukking kan hij niet opmaken wat ze denkt. Dat is trouwens niet belangrijk. Hij heeft haar goedkeuring niet nodig. Het is zijn en alleen zíjn keuze.

'Oké,' zegt hij, terwijl hij in de ogen van de vrouw kijkt en een stap in haar richting doet. Ze houdt zijn blik vast. Hij zou haar intens moeten haten, maar het enige wat hij voelt is kou. Hij is nu zo dichtbij dat hij haar parfum kan ruiken. Hij ziet het fijne netwerk aan rimpels rond haar mond en haar grote ogen, waarin een levendige, intelligente blik ligt. Ze zijn grijs, bijna dezelfde kleur als haar haar. Ze is een bijzonder aantrekkelijke vrouw, denkt hij. Het is een vreemd en angstaanjagend idee dat het kwaad zo prachtig verpakt kan zijn.

'Als je liegt,' zegt hij zacht, 'dan zweer ik dat ik erachter kom wie je bent en dan vind ik je, waar je je ook verstopt. Dan vermoord ik je. En je familie, als je die hebt.'

De vrouw knikt langzaam. 'Dat begrijp ik,' zegt ze. 'Als ik je een sms moet sturen, heb ik je nummer nodig.'

Hij geeft het haar, en zij toetst het in op haar telefoon.

'Ga nu,' zegt hij. 'Donder op.'

'Vaarwel, Martin Junckersen. Je hoort van me.' Ze draait zich om en loopt naar de witte auto.

Juncker stopt bij een bushalte in de Kongelundsvej en belt Merlin.

'Juncker?' Merlin klinkt verrast. 'Wat is er?'

'Luister goed. In een woning aan de Frieslandsvej op Amager ligt een man in de hal. Hij heeft handboeien om en zijn benen zijn bij elkaar gebonden. Hij is in de linkerkant van zijn borstkas geschoten, maar ik denk dat er geen onmiddellijk levensgevaar is. Aan de andere kant moet het ook niet te lang duren voordat hij wordt verzorgd. Zorg dus voor een ambulance en een team politieagenten. Om te beginnen kunnen ze hem arresteren en in staat van beschuldiging stellen voor de moord op de onthoofde man in Kongelunden. Die heet trouwens Alexander Hansen en is een voormalige werknemer van de MI.'

Het blijft een paar seconden doodstil aan de andere kant van de lijn. 'Ik begrijp niet helemaal –' zegt Merlin.

'Ik heb op dit moment geen tijd om het uit te leggen, maar ik zal –'

'Wie heeft op de man geschoten?'

'Signe. Hij richtte een pistool op ons. We hebben allebei geschoten. Zij raakte hem. Ik heb zijn wapen.'

'Waar is Signe?'

'Ze zit naast me. Er is trouwens nog iets. Je moet contact opnemen met het politiebureau in Albertslund om te vertellen dat er in een volkstuinhuisje op het adres... Signe, wat is het adres?'

'Rosmarinvænget 7.'

'In het huisje aan de Rosmarinvænget 7 bevindt zich het lijk van een jonge vrouw die Veronika heet... We weten haar achternaam niet, of wel soms?'

Signe schudt haar hoofd.

'Jullie kunnen de gewonde man ook in staat van beschuldiging stellen voor die moord. Ze is geliquideerd met een nekschot.'

'Waar zijn jullie in godsnaam mee bezig?'

'Iets wat we lang geleden al hadden moeten doen. Wat het nummer is van het huis aan de Frieslandsvej weet ik eerlijk gezegd niet, maar ze moeten door de Kongelundsvej rijden en dan rechts afslaan naar de Frieslandsvej. Het is het laatste huis aan de linkerkant voordat de weg doodloopt.'

'Juncker, jullie moeten meteen naar Teglholmen komen zodat we dit kunnen uitzoeken.'

'We komen, maar er zijn een paar dingen die we eerst moeten doen.'

'Juncker, verdomme, je kunt niet zomaar –'

Juncker verbreekt de verbinding en stopt zijn telefoon in zijn jaszak. 'Merlin is boos,' zegt hij.

'Weet ik. Denk je dat we eruit vliegen?'

Hij leunt doodmoe met zijn hoofd tegen het zijraam, terwijl de angst dat hij Charlotte misschien nooit meer levend terugziet door hem heen raast. 'Het is waarschijnlijk moeilijk om twee moordonderzoekers te ontslaan omdat ze hun werk doen. Dat zou heel slecht overkomen in de media. Maar misschien bedenken ze iets anders. Ze hebben ongetwijfeld een paar fantastische posities achter de hand; hoofd van de afdeling gevonden voorwerpen of zoiets.'

'Dat geloof ik meteen.' Signe kijkt naar hem. 'Vertrouw je de vrouw met het grijze haar? Dat ze vertelt waar Charlotte is?'

‘Ik had geen keuze, of wel soms? Wat zou jij hebben gedaan?’

Signe denkt na. ‘Ik zou natuurlijk hetzelfde hebben gedaan.’

‘Wat vind je ervan dat ik haar heb laten gaan?’

‘Hetzelfde antwoord. Hoe zou ik Anne en Lasse ooit nog in de ogen kunnen kijken als ik Niels’ leven zou opofferen om een misdadiger te pakken?’

‘Ongeacht wat diegene gedaan heeft?’

Signe denkt opnieuw een paar seconden na. ‘Ja,’ zegt ze vervolgens.

Juncker kijkt in de achteruitkijkspiegel. Een bus nadert de halte en knippert met zijn koplampen. ‘Laten we uitzoeken wat er op de USB-stick staat,’ zegt hij, en hij start de motor.

59

Hij is sinds december niet meer in het huis geweest. Het voelt zowel vertrouwd als intiem, maar ook vreemd veraf, alsof hij zich in de coulissen bevindt van een toneelstuk waarin hij ooit een hoofdrol heeft gespeeld. Het ruikt, zoals altijd, naar thuis, maar er ontbreekt ook iets en het duurt even voordat hij beseft wat dat is.

Hij is degene die ontbreekt. Hij hoort hier niet langer thuis.

De oude pc staat nog steeds in de logeerkamer op de tweede verdieping. Hij gaat zitten en zet hem aan, maar kan zich het wachtwoord niet direct herinneren. Normaal gesproken wisselt hij tussen drie verschillende, en het blijkt de tweede die hij probeert te zijn. Daarna stopt hij de USB-stick in de computer, terwijl Signe een krukje pakt en naast hem gaat zitten.

Er staan vijf mappen op de stick met de namen HEC, KRS, LOCATION MOBIEL, PERSONEELSDOSSIER KRS en SBO.

Ze beginnen bij de eerste. Juncker klikt op de map HEC. Daarin zitten een stuk of vijfentwintig mails van het hoofd van de MI, Henrik Christoffersen, die 22, 23 en 24 december zijn gedateerd. Dat is ook zo in de mappen met de initialen van Svend Bech-Olesen en Kristian Stendtler. In de map PERSONEELSDOSSIER KRS vinden ze meer dan vijftig brieven en memo's.

LOCATION MOBIEL bevat vier schermafbeeldingen.

'Hij is er inderdaad in getuind,' zegt Signe.

'Waarin?'

'Veronika wilde proberen Kristian Stendtler zover te krijgen dat hij op een link zou klikken die ze hem wilde sturen. Dat heeft hij blijkbaar gedaan, waarmee hij haar toegang tot zijn telefoon heeft gegeven, zodat ze kon zien op welk moment hij waar is geweest. Ze probeerde me uit te leggen hoe dat precies in zijn werk gaat, maar ik kan het me niet herinneren.'

Juncker snuift. 'Bizar dat er nog steeds mensen zijn die in die oplichterspraktijken trappen. En dan ook nog een werknemer van de MI.'

'Tja... Veronika vertelde me dat je voor de manier waarop zij het deed bijzonder alert moet zijn om te doorzien dat het bericht nep is.'

Ze zijn een halfuur bezig met het lezen van de documenten die interne mailuitwisselingen van de MI bevatten, maar ook correspondentie met onder meer de secretarissen-generaal van het ministerie van Defensie en het ministerie van Justitie. Het totale beeld is kristalhelder: Kristian Stendtler vormt vanwege zijn wilde levensstijl al jarenlang een groot veiligheidsrisico. Vooral na zijn scheiding van vijf jaar geleden zijn alcohol- en cocainegebruik én zijn bezoekjes aan prostituees dramatisch toegenomen. Hij komt vooral vaak in een bordeel in de buurt van Hillerød.

De plek is beroemd – of misschien moet je eerder zeggen berucht – omdat er heel jonge vrouwen van vooral Thaise en Filipijnse afkomst worden aangeboden, lezen Signe en Juncker in een van de vele memo's die duidelijk maken dat Kristian Stendtler een enorm veiligheidsrisico vormde.

'Jezus,' mompelt Juncker. 'Hoe heeft hij zijn baan verdomme kunnen houden? Ze hadden hem lang geleden al moeten ontslaan.'

De schermafbeeldingen van Stendtlers telefoon tonen aan dat hij op 22 december vanaf 22.00 uur tot 23 december rond het middaguur in zijn favoriete bordeel is geweest. Uit een mail van een MI-chef aan Henrik Christoffersen blijkt dat Stendtler zo onder invloed van coke en alcohol was dat hij in slaap was gevallen nadat hij het bericht van Svend Bech-Olesen over de terreuraanslag die op 23 december rond het middaguur zou plaatsvinden, had gekregen.

'Bingo, dat is hem,' zegt Signe opgewonden als ze de mail heeft gelezen. 'Het bewijsmateriaal. Dat is de reden waarom wij en de PET niet geïnformeerd zijn. Dat is waarnaar we van Svend Bech-Olesen moesten zoeken.'

Juncker knikt. 'Ja. Degene die de politie had moeten waarschuwen, sliep gewoon. Bovendien had hij die verantwoordelijkheid nooit mogen hebben.'

Ze lezen verder, maar vinden niets wat kan verklaren waarom Stendtler niet al lang geleden ontslagen is.

'Daar moet Henrik Christoffersen antwoord op geven,' zegt Signe.

'Ja, laten we verder zoeken,' zegt Juncker.

De beslissing om de zaak in de doofpot te stoppen motiveert Christoffersen in een mail aan de secretaris-generaal van het ministerie van Defensie: Wat gebeurd is, is gebeurd, en dat is bijzonder ongelukkig. Maar het enige wat gebeurt als de 'waarheid' bekend wordt, is dat het vertrouwen van de bevolking in ons, degenen die het terrorisme bestrijden, kleiner wordt. Wat uitsluitend gunstig is voor degenen die ons kwaad willen doen. Dat moet absoluut voorkomen worden.

Ze zitten zwijgend naast elkaar.

'Ongelooflijk dat het Veronika is gelukt om dit allemaal boven tafel te krijgen,' zegt Juncker.

'Inderdaad. De MI communiceert toch op veilige netwerken in een situatie zoals deze?'

'Volgens mij wel. Voor zover ik me kan herinneren, hebben ze vier verschillende veiligheidsniveaus: officieel gebruik, vertrouwelijk, geheim en zeer geheim. Ik gok erop dat het meeste hiervan als vertrouwelijk, en een deel misschien zelfs als geheim geclassificeerd is. Dus hoe het haar gelukt is om daarin door te dringen...' Hij schudt zijn hoofd. 'Ze was écht heel intelligent.'

Signe staat op en begint rusteloos heen en weer te lopen in de kleine kamer. 'Denk je dat ze wist dat het haar haar leven kon kosten?'

'Ik heb geen idee,' antwoordt Juncker. 'Ik heb haar tenslotte nooit ontmoet. Maar ik neem aan dat ze heel goed wist hoe gevaarlijk het was. Ik bedoel... Haar vriend is vermoord omdat hij probeerde de cover-up van de MI bekend te maken, en dat heeft haar niet tegengehouden.'

Signe gaat op het bed zitten.

Juncker opent de bovenste lade van een kleine ladekast onder het bureau, zoekt even, pakt een USB-stick en kopieert de mappen van Veronika op de nieuwe stick. 'Laten we naar de keuken gaan,' zegt hij vervolgens.

Ze gaan aan de eettafel zitten. Juncker stopt de ene USB-stick in zijn zak en legt de andere op de tafel.

'Wat is de volgende stap?' vraagt Signe.

Juncker geeft geen antwoord, maar pakt zijn telefoon en kijkt op het scherm om zich ervan te verzekeren dat het klopt wat hij al weet, omdat zijn telefoon niet heeft gepiept of getrild. Hij heeft inderdaad nog geen sms van de vrouw gekregen. Hij probeert niet aan Charlotte te denken, pakt de USB-stick van de tafel, staat op en loopt naar het fornuis. Hij bukt, haalt het filter van de afzuigkap, legt de stick op het filter en bevestigt het weer.

'Is wat we nu weten niet meer dan genoeg om Henrik Christoffersen te beschuldigen?' Signe staat eveneens op.

'Het is in elk geval bijzonder belastend voor hem, om het voorzichtig uit te drukken. Het probleem is alleen, voor zover ik dat kan beoordelen, dat het materiaal niet op een legale manier verkregen is. Ik kan me voorstellen dat de officier van justitie zal oordelen dat het daarom niet gebruikt kan worden. In eerste instantie niet in elk geval. Nog afgezien van het feit dat jij en ik allebei heel goed weten wat er gebeurt als we nu in Teglholmen komen opdagen en het materiaal laten zien, nietwaar?'

Ze knikt. 'Maar waarom gaan we niet gewoon via de voordeur?'

'Wat bedoel je?'

'Waarom arresteren we Henrik Christoffersen niet en nemen we hem mee naar Teglholmen? Dat zal vast zoveel opzien baren dat ze niet kunnen doen alsof er niets aan de hand is en ze het niet opnieuw in de doofpot kunnen stoppen.'

Juncker denkt na. Ja, waarom eigenlijk niet? 'Op welke verdenking baseren we de arrestatie?' vraagt hij.

'We kunnen beginnen met medeplichtigheid aan moord.'

'Tja... Het is mogelijk dat we iets in het materiaal vinden wat in die richting wijst, maar we hebben tot nu toe niets gezien wat bewijst dat Christoffersen een connectie met de vrouw met het grijze haar en haar gorilla's heeft.'

'Maar wat dan?'

Juncker pakt zijn telefoon en googelt 'ambtsmisbruik' en 'Wetboek van Strafrecht'.

'Luister,' zegt hij, en hij begint voor te lezen. 'Wetboek van Strafrecht artikel 157: Indien een persoon, belast met een openbare dienst of wetshandhaving, zich schuldig maakt aan ernstig of vaker voorkomend verzuim of nonchalance bij de uitvoering van die openbare dienst of wetshandhaving of voor wat betreft de naleving van de plichten die de openbare dienst of wetshandhaving met zich meebrengt, wordt hij of zij bestraft met een boete of een gevangenisstraf tot vier maanden. Wordt de overtreding gepleegd door een persoon in een leidende positie, dan kan de gevangenisstraf verhoogd worden tot een jaar.'

'Een jaar?' Signe snuift. 'Dat is niet genoeg voor die klootzak. Dan staat hij na zeven, acht maanden weer op straat.'

'In eerste instantie hoeven we hem alleen te arresteren. Als we dat nu in alle openheid doen, zal het onmogelijk zijn om het in de doofpot te stoppen. Nog afgezien van het feit dat het helemaal onmogelijk wordt om dat te doen als Charlotte erover begint te schrijven...' Hij draait zich om, blijft een paar seconden met zijn rug naar Signe toe staan en loopt vervolgens naar de deur. 'Zullen we aan de slag gaan?'

'Absoluut. Zou hij in Kastellet zijn?'

Juncker kijkt op zijn telefoon hoe laat het is. 'Laten we daarvan uitgaan.'

'Henrik Christoffersen? Die is in Søndre Magasin, het gebouw dat hier tegenover ligt.' De bewaker van de Militaire Inlichtingendienst in Kastellet wijst uit het raam. 'Naar rechts en dan aan het eind van het gebouw naar links. De witte deur, schuin tegenover de kerk. Als jullie buiten wachten, komt zijn secretaresse naar beneden.'

Signe en Juncker lopen zwijgend langs de roodgeschilderde gebouwen naar het grote plein voor de mooie gele kerk. Ze slaan de hoek om en blijven voor de witte deur staan. DEUR SLUITEN, staat er op een bordje op de verder volkomen anonieme deur. Op een hoogte van drie tot vier meter hangt een bewakingscamera aan de gevel.

'Is het hier?' zegt Signe.

'Ik denk het wel.'

Meteen daarna gaat de deur open. Een vrouw van in de vijftig met kort haar, gekleed in een mouwloze, gebloemde zomerjurk, komt naar buiten. 'Wat kan ik voor jullie doen?' vraagt ze met een stem die overloopt van effectiviteit.

Signe en Juncker halen beiden hun politiepenning tevoorschijn.

'Inspecteur Martin Junckersen en rechercheur Signe Kristiansen van de Politie Kopenhagen. We willen met Henrik Christoffersen praten.'

'Waarover, als ik vragen mag? Henrik zit in een vergadering.'

'Dat kunnen we u niet vertellen, maar het is belangrijk. Ik wil u dus vragen om hem op te halen,' zegt Juncker.

De vrouw kijkt met een koele, afgemeten blik naar Juncker en vervolgens naar Signe. 'Wacht hier,' zegt ze, en ze doet de deur dicht.

'Jezus, wat een draak,' mompelt Signe.

Vijf minuten later gaat de deur weer open. Juncker heeft Henrik Christoffersen alleen op televisie gezien en hem nog nooit persoonlijk ontmoet. Het hoofd van de MI blijkt veel kleiner te zijn dan hij had gedacht.

Dat is zijn ego duidelijk niet. Het komt beslist door de zelfverzekerde, bijna arrogante uitstraling van de man dat je hem veel langer inschat, ook als je hem alleen vanaf de borstkas naar boven ziet. Hij is slank, zijn witte overhemd staat open bij de boord en de mouwen zijn opgerold. Zijn haar is gemillimeterd, en hij draagt een bril zonder montuur. De secretaresse komt ook naar buiten en gaat in de deuropening staan. Juncker stelt zichzelf en Signe opnieuw voor.

'Wat willen jullie? Ik zit in een belangrijke vergadering en heb geen tijd om –'

'Henrik Christoffersen, het is...' Juncker kijkt naar de klok op de kleine, elegante toren van de kerk en werpt vervolgens een blik op zijn telefoon. '...17.25 uur en je bent aangehouden omdat je verdacht wordt van ambtsmisbruik. Je hebt het recht om te zwijgen. Als je geen gebruikmaakt van dit recht, kan alles wat je zegt tegen je worden gebruikt in een rechtszaak. Je hebt recht op een advocaat. Indien je je geen advocaat kunt permitteren, zal je er een worden toegewezen.'

Als het hoofd van de MI verrast is, verbergt hij dat goed. Hij kijkt naar Juncker met een blik in zijn ogen waarin geen enkele emotie te lezen is. Heel even twijfelt Juncker er zelfs aan of de man heeft gehoord wat hij zei.

Dan zet Henrik Christoffersen zijn bril af, houdt hem tegen de donkerblauwe middaghemel, haalt een zakdoek uit zijn zak, ademt op de glazen en begint ze met langzame, methodische bewegingen grondig te poetsen. Alsof zijn bril hem voor de gek heeft gehouden, alsof de vette glazen de echte wereld hebben verwrongen tot een merkwaardige fantasie, waarin relatief laaggeplaatste agenten op een heel gewone donderdagmiddag binnen komen vallen om hem aan te houden. Hem. Het hoofd van de Militaire Inlichtingendienst.

Hij zet zijn bril op en kijkt weer naar Juncker. Misschien is zijn opgepoetste bril de reden waarom hij de dingen weer in het juiste verband ziet en zich realiseert dat de wereld er weer normaal uitziet. Hij glimlacht breed. 'Dit is een grap, toch?'

Juncker kan geen geschiktere beschrijving voor de blik in Christoffersens ogen bedenken dan 'schalks'.

'Dit is een... Hoe noemen mijn kinderen het ook alweer? Een prank, of wat?'

Juncker kijkt met een uitdrukkingsloze blik naar hem. 'Nee, het is geen prank. Ik moet je vragen om met ons mee te gaan.'

De glimlacht van het MI-hoofd verdwijnt. 'Vertel, waar gaat dit eigenlijk over?'

'Dat krijg je later te horen. Nu ga je met ons mee.'

'En als ik dat niet doe?'

'Dan moeten we de noodzakelijke middelen inzetten om je mee te krijgen,' zegt Juncker.

Henrik Christoffersens gezicht is weer uitdrukkingsloos.

'Mijn jas en mijn telefoon... en mijn tas liggen in mijn kantoor. Die moet ik meenemen.'

'Natuurlijk. Die kan je secretaresse voor je halen. Jij blijft hier,' zegt Juncker.

De man kijkt hem met samengeknepen ogen aan. Dan knikt hij naar zijn secretaresse, die naar binnen gaat en de deur achter zich dichtdoet. Na een minuut verschijnen er twee soldaten om de hoek van het Søndre Magasingebouw. De ene draagt een donkerblauw officiersuniform van de marine, de andere het groene werkuniform met camouflagedessin van het leger. Over zijn rechterschouder hangt een automatisch geweer. Als ze de drie personen naderen, trekt hij het geweer met een snelle beweging van zijn schouder en pakt het vast.

De soldaten blijven op een afstand van een paar meter staan. De man met het geweer richt het wapen vlak voor Signe en Juncker op de grond. Vanuit zijn ooghoeken ziet Juncker dat Signe haar hand met een langzame beweging onder haar jack schuift en hem daar houdt.

'Problemen, chef?' vraagt de marineofficier. 'Kunnen we iets voor u doen?'

Henrik Christoffersen kijkt eerst naar Juncker en vervolgens naar Signe. 'Niets wat ik niet zelf kan afhandelen, Carstensen. Gaan jullie maar terug.'

Ze blijven alle vijf een paar seconden onbeweeglijk staan, als wassen beelden in een museum. Vervolgens knikt de marineofficier. 'Zoals u wilt, chef,' zegt hij, waarna hij zich omdraait en terug begint te lopen. De soldaat volgt hem, en even later verdwijnen de twee mannen de hoek om.

De witte deur gaat open en de secretaresse komt naar buiten. Ze geeft Christoffersen zijn tas en jas aan. 'Uw telefoon zit in de tas. Kan ik iets doen?'

'Bel de secretaris-generaal.'

'Dat doe ik. Nog iets anders?'

'In eerste instantie niet. Bedankt, Ulla. Ga maar weer naar boven.' Hij draait zich naar Juncker om. 'Kunnen we dit snel afhandelen?'

'Laten we dat doen. Zullen we gaan?'

'Krijg ik geen handboeien om?' vraagt hij chagrijnig.

'Niet als je vrijwillig meegaat.'

Henrik Christoffersen begint te lopen, maar blijft na een paar stappen staan. 'Ik vind het rechtvaardig om jullie de kans te geven hier spijt van te hebben. Als jullie nu verdwijnen, vergeten we dat dit ooit is gebeurd.'

'We hebben nergens spijt van,' zegt Juncker.

'En is het jullie duidelijk dat jullie bezig zijn de grootste vergissing van jullie leven te maken?'

Juncker pakt de bovenarm van de man vast. 'Dat moeten we nog maar zien,' zegt hij.

Signe en Juncker lopen de afdeling Zware Criminaliteit op, brengen Henrik Christoffersen naar een verhoorkamer, roepen een collega om de wacht te houden en zijn op weg naar Signes kantoor als de deur van Merlins kantoor opengegooid wordt. Hij doet twee stappen de gang in, ziet hen en blijft abrupt staan. 'Kristiansen! Juncker! In mijn kantoor! Nu!'

Juncker doet de deur achter hen dicht. Merlin is achter zijn bureau gaan zitten. Signe en Juncker trekken beiden een stoel naar het bureau.

Merlin slaat zijn armen over elkaar en bekijkt hen met een ijskoude blik. 'Is het te veel gevraagd om te vertellen waar jullie verdomme mee bezig zijn?' vraagt hij op gedempte toon.

Juncker kijkt een paar seconden naar zijn voormalige chef. 'Tja, het is eigenlijk –'

'Is het waar...' onderbreekt Merlin hem, 'dat het hoofd van de MI in een van onze verhoorkamers zit? En dat jullie hem daarnaartoe hebben gebracht?'

'Dat klopt inderdaad. We hebben hem aangehouden.'

'Waarom?'

'Omdat hij verdacht wordt van ernstig machtsmisbruik.'

'En die verdenking kunnen jullie natuurlijk onderbouwen?'

Juncker haalt de USB-stick uit zijn jaszak en legt hem voor Merlin op het bureau. 'Lees wat daarop staat. Je kunt beginnen met de map die HEC heet.'

'Nu?'

'Dat is misschien een goed idee.'

'Maar ongeacht wat er op de stick staat... We hebben verdomme van het allerhoogste niveau de opdracht gekregen om deze zaak niet aan te raken. Signe, ik heb jou meerdere keren het bevel gegeven om ervan af te blijven. Maar jij hebt...' Merlin kijkt haar woedend aan. 'Je hebt tegen me gelogen.'

'Wat had je gewild dat ik zou doen?'

'Wat dacht je van dat wat ik tegen je heb gezegd?'

'Dat kon ik niet. Lees het, Merlin.'

Hij zucht, stopt de USB-stick in zijn computer en begint te lezen. Na tien minuten kijkt hij naar Signe en Juncker. 'Waar hebben jullie dit vandaan?'

'We hebben het van...' Signe kijkt naar Juncker, die knikt. 'Veronika, heet ze. De vermoorde vrouw in het volkstuinhuisje over wie Juncker je aan de telefoon vertelde.'

'Veronika hoe? O ja, dat weten jullie niet, toch?'

'Dat klopt.'

'Het is een gok, maar ik neem aan dat ze deze informatie niet op een legale manier heeft verkregen, of wel soms?'

'Ze is een hacker.'

'Je meent het.' Merlin schudt berustend zijn hoofd. 'Dan weten jullie allebei ook dat we dit waarschijnlijk niet kunnen gebruiken.'

'Dat klopt, maar we kunnen het wel gebruiken als achtergrondmateriaal om Henrik Christoffersen een heleboel vragen te stellen,' zegt Signe.

Merlin leunt naar achteren. 'Misschien. Zijn er anderen dan jullie die dit hebben gezien?'

'Nee,' zegt Juncker. Hij bedenkt dat het – in elk geval voorlopig – volkomen in overeenstemming met de waarheid is.

'Er zijn dus geen andere kopieën van het materiaal dan deze?'

Daar heb ik niets over gezegd, denkt Juncker. Hij verandert van onderwerp. 'Hoe zit het met de gewonde man in de Frieslandsvej?'

'Hij ligt vermoedelijk op de operatietafel in het Rigshospitalet. In het traumacentrum. Het laatste wat ik gehoord heb, is dat hij het overleeft.'

'Dat moeten we afwachten,' mompelt Signe.

'Hebben we ontdekt wie hij is?' vraagt Juncker.

'Hij heeft een Belgisch paspoort bij zich waarin de naam Jan Claassen staat. Wat weten jullie over hem?'

'Dat hij een van de vier personen is die we uit het volkstuinhuisje zagen komen waar Veronika is vermoord. Het is dus een goed idee om zijn DNA af te nemen. Ik gok erop dat hij ook betrokken is bij de moord op de man in Kongelunden.'

'En er is vrij veel DNA-materiaal op het lijk gevonden,' voegt Signe eraan toe.

'Wie zijn het, verdomme?'

'Dat weten we niet,' antwoordt Juncker. 'Maar een van de personen die we uit het huis zagen komen, is de vrouw die in januari naar Sandsted gekomen is en van me eiste dat ik Bent Larsens laptop aan haar overhandigde. Ik weet niet... We kunnen aan het hoofd van de MI vragen of hij weet wie eerst een MI-werknemer en tevens klokkenluider en vervolgens een hacker heeft vermoord, die beiden iets wilden onthullen wat Henrik Christoffersen heel graag geheim wilde houden. Ik heb geen idee wie ze zijn.' Hij spreidt zijn armen. 'De vuilnismannen van de Deep State. Of misschien eerder het aftuigteam.'

'Dit is onbegrijpelijk.' Merlin schudt zijn hoofd. 'Het klinkt als iets uit de een of andere dictatuur. Iran of Rusland. Maar hier, in Denemarken...'

Junckers telefoon zoemt. Hij haalt hem uit zijn zak en opent de sms die hij heeft gekregen. Er staan twee woorden en een getal in.

Industrivej 88, Hedehusene.

Hij leunt naar achteren en sluit zijn ogen. De opluchting verdwijnt echter langzaam, want zelfs als blijkt dat Charlotte zich op dat adres bevindt, is het niet zeker dat ze nog leeft.

'Wat is er, Juncker?' Merlin kijkt hem met een gefronst voorhoofd aan.

'Charlotte is twee dagen geleden ontvoerd. Ik heb net een tip gekregen waar ze zich bevindt.'

'Charlotte? Door wie?' Merlin ziet eruit alsof hij de grens van de hoeveelheid schokkende informatie die hij kan verwerken heeft bereikt.

'Door dezelfde mensen.'

'Is zij hier ook bij betrokken?'

'Ja,' zegt Signe. 'Charlotte is degene die de tip van de klokkenluider –'

'Je hebt dus met haar samengewerkt? Met een journalist?' vraagt Merlin ongelovig.

'Ja. Dat was niet omdat ik het leuk vond, maar ik had zoals je weet geen andere opties.'

Merlin negeert haar antwoord. 'Juncker, wat doen we met betrekking tot Charlotte?'

'Ik denk dat we het arrestatieteam moeten inschakelen. Als jij dat regelt, dan steun ik je in Søberg.'

'Oké, maar dan heb ik het adres nodig waar Charlotte zich bevindt.'

'Zal ik meegaan?' stelt Signe voor.

'Jij blijft hier,' zegt Merlin. 'Juncker, van wie heb je de tip waar je vrouw zich bevindt eigenlijk gekregen?'

Juncker staat op. 'Het is beter als je dat niet weet. Niet op dit moment in elk geval.'

60

Henrik Christoffersen blijft zitten als Signe en Merlin de verhoorkamer binnenkomen, terwijl de man die naast het hoofd van de MI zit opstaat en hun een hand geeft. Een heel stevige handdruk, merkt Signe.

'Laurits Holt,' stelt hij zichzelf voor. 'Ik ben Henriks advocaat.'

Zijn donkerblauwe kostuum is duidelijk duur en op maat gemaakt. Signe zoekt vergeefs naar een paar haartjes die niet zitten zoals ze moeten in het kortgeknipte kapsel van de man.

'Ik ben hoofdinspecteur Erik Merlin, en dit is rechercheur Signe Kristiansen. Henrik Christoffersen, ik zal voor de goede orde herhalen wat je al gehoord hebt, namelijk dat je het recht hebt om te zwijgen. Als je geen gebruikmaakt van dit recht –'

'Sorry,' onderbreekt de advocaat hem. 'Ik wil graag weten waarom mijn cliënt zich hier bevindt. Ik heb begrepen dat hij verdacht wordt van ambtsmisbruik. Op welke manier heeft Henrik Christoffersen precies misbruik van zijn positie gemaakt?'

Merlin kijkt naar Signe en leunt naar achteren op zijn stoel. Ze kijkt eerst naar haar papieren en vervolgens naar de advocaat. 'Op 22 december vorig jaar richtte een van de contactpersonen van de MI zich tot zijn chef, de sectorleider, nadat een bron hem had verteld dat er de volgende dag rond het middaguur een terroristische aanslag in Kopenhagen zou plaatsvinden. De sectorleider had de Politie Kopenhagen en de PET natuurlijk moeten informeren, zodat de politie had kunnen zorgen voor een intensievere paraatheid en voorzorgsmaatregelen had kunnen nemen om de aanslag te verijdelen, waarbij zoals bekend negentien mensen omgekomen zijn. Dat gebeurde echter niet. We hebben redenen om aan te nemen dat de verklaring daarvoor is dat de bewuste sectorleider, toen hij de mededeling kreeg, zich in een bordeel in de buurt van Hillerød bevond, waar hij zoveel verdovende middelen en alcohol had gebruikt dat hij in een diepe slaap viel en pas de volgende dag wakker werd, toen het te laat was om voor de aanslag te waarschuwen.'

De advocaat schraapt zijn keel en kijkt naar Merlin. 'Wat heeft dat met mijn cliënt te maken?'

'Daar komen we nu op,' antwoordt Signe.

De advocaat kijkt haar met een verbaasde blik aan omdat zij nog steeds degene is die het woord voert.

'We hebben ook redenen om aan te nemen dat de betrokken sectorleider al jarenlang verslavingsproblemen heeft van een dusdanige omvang dat hij een veiligheidsrisico voor de MI vormt. En dat de enige reden waarom hij niet al jaren geleden ontslagen is, het feit is dat het hoofd van de MI hem om onbekende redenen de hand boven het hoofd houdt. En jij, Henrik Christoffersen...' Signe verstrengelt haar handen boven op het stapeltje papieren dat voor haar op tafel ligt en kijkt in de ogen van de grote baas. '... bent het hoofd van de MI.'

Hij kijkt naar een punt op de muur dat zich ongeveer een meter boven Signes hoofd bevindt. Dan haalt hij zijn zakdoek tevoorschijn, zet zijn bril af en begint die opnieuw op te poetsen.

Poets maar raak, denkt ze, en ze buigt zich naar voren. 'Henrik Christoffersen, waarom is de sectorleider lang geleden niet ontslagen?'

De advocaat maakt een afwerend gebaar met zijn hand. 'Daar geeft mijn cliënt geen commentaar op. En verder wil ik graag weten of deze beschuldigingen – of misschien kan ik beter insinuaties zeggen – onderbouwd kunnen worden en of mijn cliënt in staat van beschuldiging is gesteld.'

'Op dit moment is je cliënt nog niet in staat van beschuldiging gesteld, maar wordt hij verhoord met de rechten die daarbij horen,' zegt Merlin. 'We wilden hem op de hoogte stellen van onze vermoedens en hem in de gelegenheid stellen om antwoord op onze vragen te geven.'

'Van die gelegenheid wil hij geen gebruikmaken, dus we vertrekken nu.' Laurits Holt maakt aanstalten om overeind te komen.

Signe schraapt haar keel. 'Ik heb nog één vraag.'

De advocaat blijft een paar seconden als bevroren half overeind staan en gaat vervolgens weer zitten.

'Het lijk van de onthoofde man dat een paar dagen geleden in Kongelunden gevonden is, is geïdentificeerd als Alexander Hansen. Hij werkte als systeembeheerder bij de MI, Christoffersen. Heb je er enig idee van waarom Alexander Hansen is vermoord? Kan het iets te maken hebben met het werk dat hij voor jullie heeft gedaan? Is er iemand die er belang bij kan hebben om hem te laten zwijgen?'

Merlin kijkt naar Signe. Henrik Christoffersen kijkt weer naar het punt boven haar hoofd, terwijl de advocaat zijn hoofd schudt. 'Daarop heeft mijn cliënt ook geen commentaar. Is dat alles?'

Signe loopt met de twee mannen mee naar de uitgang. Als ze afscheid van hen heeft genomen – geen van beiden geeft haar een hand – gaat ze naar Merlins kantoor. De deur staat open. Hij leest de prints van Veronika's materiaal, en ze gaat zitten.

'Waarom stellen we hem niet in staat van beschuldiging?' vraagt ze.

'Omdat we op dit moment... Hoe noemde die advocaat het ook alweer? Onze beschuldigingen niet willen onderbouwen. Datgene wat Veronika en Alexander hebben gedaan, is in principe illegaal. Daarom is het uiterst twijfelachtig of we het materiaal kunnen gebruiken. En dat een agent... jij dus... geholpen heeft bij het op illegale wijze verkrijgen van het belastende materiaal, kunnen we voorlopig ook beter niet aan anderen vertellen – áls het al ooit bekend moet worden. Laten we nu bekijken wat er de komende dagen gaat gebeuren. Als de media hier belangstelling voor beginnen te krijgen... Stel dat Charlotte dingen heeft ontdekt en daarover in *Morgentidende* begint te schrijven, dan weten we niet...'

Als ze nog leeft, denkt Signe. 'Heb je iets van iemand hoger in het systeem gehoord?'

'Wat denk je zelf? De secretaris-generaal van het ministerie van Defensie. De hoofdcommissaris. En de speciale adviseurs van zowel de minister van Defensie als de minister van Justitie. In die volgorde.

'Wat heb je tegen ze gezegd?'

'Dat we dit volledig volgens het boekje doen. Dat we een tip gekregen hebben die we natrekken. Daarom wil ik ook dat je me alles vertelt wat je weet en wat je zelf hebt gedaan.'

'Alles?'

'Ja, Signe. Alles.'

'Ik dacht dat Victor je alles al had verteld,' zegt ze, terwijl ze probeert niet sarcastisch te klinken.

Merlin schudt zijn hoofd. 'Hij heeft niet zoveel gezegd, alleen dat je hierin aan het wroeten was.'

Het kost haar ruim een halfuur om hem het grootste deel, maar niet alles, te vertellen. Tijdens haar verklaring beseft ze dat Victor niet tegen Merlin heeft gezegd dat ze met het bewijsmateriaal van het onderzoek naar de moord op Alexander Hansen heeft geknoeid. Ze weet niet waarom, maar misschien is Victor toch niet zo'n enorme klootzak als ze dacht. Ze vertelt het zelf ook niet aan Merlin. Dat zou, bedenkt ze, heel moeilijk te verteren zijn nu haar en Junckers handelswijze van de afgelopen dagen ook al zo'n uitermate bittere pil voor hem is om te verwerken.

Bovendien heeft haar gerommel met het bewijs geen invloed op de oplossing van de zaak. Het vervalsen van het papiertje was alleen bedoeld om te voorkomen dat Charlotte bij de kwestie betrokken zou raken. De rest ziet ze later wel.

'Ben ik nog steeds geschorst?' vraagt ze.

'Ja, ik kan je schorsing niet opheffen voordat ik precies weet wat er is gebeurd en je bent verhoord. En wat voor goede redenen je ook had om te doen wat je hebt gedaan, je hebt geweigerd om gehoor te geven aan meerdere rechtstreekse bevelen.'

'Maar is het dan geen probleem dat ik tijdens mijn schorsing samen met jou heb deelgenomen aan een verhoor?'

'Dat is het inderdaad, maar dat is mijn probleem.'

61

Om het hek hangt een dikke ijzeren ketting en een hangslot. De aanvoerder van het arrestatieteam, die zich aan Juncker heeft voorgesteld als Hans Peter, vraagt een van zijn mannen om een betonschaar te halen en het slot open te knippen.

De gebouwen aan de Industrivej 88 zijn net als de meeste andere in het gebied oud. Aan een groot geasfalteerd plein staan een laag kantoorgebouw van gele bakstenen en een grote grijze betonnen hal zonder ramen. THORMOD AUGUSTESENS MACHINEFABRIEK staat er op het bord dat aan de grijze betonnen muur hangt. Aan het hekwerk van staaldraad, dat rond het terrein staat, hangen meerdere tekoopbordjes, en naast de deur van het kantoorgebouw staat een paal met een soortgelijk bord in een plantenbak, die groen is van de algen.

Hans Peter onderzoekt het kantoorgebouw met een apparaat dat Juncker nog nooit heeft gezien.

'Het lijkt er niet op dat er iemand binnen is. In elk geval niet iemand die…' Hij maakt de zin niet af, maar het is Juncker pijnlijk duidelijk wat hij bedoelt: iemand die leeft.

'Is er een reden om te denken dat er bommen in het gebouw liggen? Dat we over een draadontsteker of zo kunnen struikelen?'

'Nee,' zegt Juncker. 'Ik denk niet dat we daar bang voor hoeven te zijn.'

'En we zoeken maar naar één persoon? Een vrouw?'

'Ja.'

'Oké. Laten we aan de slag gaan.'

Een van de mannen pakt de deurkruk vast. Die is niet op slot en het team gaat naar binnen, met de leider als laatste man. Een paar seconden later roept hij Juncker. De eerste ruimte is een tochtportaal, dat een paar meter breed en twee keer zo lang is. Aan beide uiteinden bevindt zich een deur. De tien agenten, die groene uniformen, kogelvrije vesten en helmen met nightvision-kijkers dragen en zijn bewapend met Sig Sauer-machinepistolen, verdelen zich. Juncker loopt achter het gedeelte aan dat naar links gaat, een grote open ruimte in. In het midden staan vier oude bureaus en een paar zwarte metalen archiefkasten. In de lange muur tegenover de ramen bevindt zich een deur die naar de fabriekshal leidt. Een agent opent hem en steekt zijn hoofd naar binnen. 'Clear!' roept hij een paar seconden later, en hij gaat naar binnen, waarna de anderen hem volgen. Buiten begint het daglicht te verdwijnen. Het enige licht in de grote ruimte is het beetje dat door de vieze ramen in het dak naar binnen valt. Het duurt even voordat Junckers ogen aan het schemerlicht gewend zijn. Voor een van de twee buitendeuren van het gebouw staat een vorkheftruck en daarnaast staan een paar oude draaibanken.

Juncker gaat terug en loopt via het tochtportaal naar het andere deel van het kantoorgebouw, dat bestaat uit een lange gang, een kleine keuken en zes kantoren. 'Clear!' klinkt het zodra de agenten hebben geconstateerd dat een kantoor verlaten is.

'Hierheen!' roept een van de agenten uit het laatste kantoor. Junckers hart slaat een slag over. Hij loopt er op een holletje naartoe en blijft in de deuropening staan. Links in de ruimte verdwijnt een wenteltrap onder de vloer.

'Er is blijkbaar ook een kelder,' zegt een van de agenten, en hij doet de lamp op zijn helm aan. 'Ik roep als de kust veilig is.'

De trap kraakt als eerst de ene en vervolgens de tweede agent in de duisternis verdwijnen. Juncker hoort hun voetstappen in de kelder, maar dan wordt het geluid zwakker en even later is het helemaal verdwenen. Hij haalt diep adem om zijn ongerustheid onder controle te houden.

Er klinkt een harde klap, alsof een deur wordt ingetrapt.

'Kom naar beneden! Snel!' klinkt het vervolgens uit de duisternis.

Juncker pakt de leuning vast en rent de trap zo snel als hij kan zonder te vallen af. Eenmaal beneden ziet hij geen hand voor ogen en moet hij wachten tot een van de andere agenten de trap af komt. 'Laat mij vooropgaan.' Juncker herkent de stem van Hans Peter. Het licht van het lampje op het wapen van de leider valt op een open deur. Ze lopen de kelderruimte in, die eveneens leeg is. Het ruikt er muf, en het valt Juncker op hoe koel het er is vergeleken met de kantoren boven, waar de zon de halve dag door de ramen naar binnen heeft geschenen.

'Daar!' roept iemand uit de kamer achter de ingetrapte deur. Juncker blijft in de deuropening staan. In het licht van de lampen op de helmen ziet hij de contouren van iemand die onbeweeglijk op de vloer ligt. Veel te onbeweeglijk. Zijn hart bonkt.

Een van de agenten gaat op zijn knieën zitten. Juncker doet een stap naar voren. Dan ziet hij dat Charlotte met half dichtgeknepen ogen naar het scherpe, witte licht kijkt en hoort hij de agent de twee woorden zeggen die hij al wil horen vanaf het moment dat Signe hem vertelde dat zijn vrouw was verdwenen.

'Ze leeft.'

Junckers benen begeven het. Hij grijpt in de duisternis naar iets om zich aan vast te klampen, maar er is niets, waardoor hij op de grond dreigt te vallen. Op het laatste moment hervindt hij zijn evenwicht, en hij loopt naar Charlotte toe.

Haar benen en handen zijn aan elkaar getapet. Ze heeft ook tape over haar mond, maar degene die dat heeft gedaan, is zo barmhartig geweest om er gaatjes in te prikken zodat ze niet alleen door haar neus hoeft te ademen. De agent haalt een mes tevoorschijn en snijdt de tape rond haar armen en benen los. Dan trekt hij het stuk tape voorzichtig van haar mond.

'Jezus,' zegt Charlotte met hese stem.

Juncker bukt zich en streelt haar voorhoofd.

'Ik stink naar pis,' zegt ze.

'Ja, dat klopt, maar dat is helemaal niet erg.' Hij glimlacht naar haar.

'Schijn dat licht niet recht in mijn gezicht,' snauwt ze.

Juncker bedenkt dat Charlotte in elk geval helemaal als zichzelf klinkt. 'Hoe voel je je?' vraagt hij.

'Ik heb me weleens beter gevoeld, maar er is niets mis met me. Ik heb alleen verschrikkelijke honger en dorst. Hebben jullie water?'

De agent die op zijn knieën naast haar zit, steekt zijn hand in zijn rugzak en haalt er een dunne slang uit. 'Hier,' zegt hij, het slangetje in haar richting stekend. Ze drinkt een halve minuut lang gulzig.

'Zullen we proberen of je kunt staan?' vraagt Hans Peter.

Juncker pakt Charlotte onder haar armen vast en trekt haar omhoog. Ze wankelt een beetje, maar hij heeft haar stevig vast. De eerste paar passen zijn aarzelend, maar daarna verhoogt ze haar tempo.

'Je kunt me nu wel loslaten,' zegt ze tegen Juncker. Gewillig doet hij wat ze zegt. Ze wankelt, en Juncker pakt haar weer vast, waarna ze langzaam naar de smalle wenteltrap lopen.

'Kun je zelf naar boven komen?' vraagt hij.

'Ik denk het wel.' Ze pakt de leuning vast en begint de treden op te lopen. Het gaat langzaam, maar ze komt op eigen kracht boven.

'Je moet onderzocht worden door onze arts,' zegt Hans Peter.

'Waarom? Er is niets met me aan de hand.'

Ze wil weglopen, maar hij pakt haar arm vast. 'Gewoon voor alle zekerheid. We hebben je kleding ook nodig, zodat we eventueel DNA-materiaal veilig kunnen stellen.'

Charlotte staart naar de agenten. Even lijkt het alsof ze wil protesteren, maar dan bedenkt ze zich. 'Oké.'

De arts neemt haar mee naar een van de kantoren. Na vijf minuten komt hij naar buiten. 'Fysiek is er niets mis met haar. Of ze psychische schade opgelopen heeft, kan ik op dit moment niet bepalen. Maar het zou vreemd zijn als ze niet...' De arts kijkt naar Juncker. 'Ze is jouw vrouw toch?'

Juncker knikt.

'Mentaal gezien lijkt ze redelijk sterk,' zegt de arts.

'Dat is ze ook,' antwoordt Juncker. En een meester in het verbergen van hoe het echt met haar gaat, denkt hij erachteraan. Dat kan ze nog beter dan hij, en dat zegt een heleboel. 'Wat doet ze nu?'

'Ze verwisselt haar kleding voor een overall.'

Even later komt Charlotte in een witte overall het kantoor uit.

Juncker en zij lopen naar het plein voor het kantoorgebouw.

'Wat is er eigenlijk gebeurd? Ik bedoel met de moordzaak en de MI?'

'Signe en ik hebben Henrik Christoffersen een paar uur geleden aangehouden. Hij wordt nu vermoedelijk verhoord door Merlin en Signe, als ze daar nog niet klaar mee zijn,' zegt hij.

'Allemachtig.'

Hans Peter komt naar hen toe. 'We moeten je een tactisch verhoor afnemen,' zegt hij.

'Een wat?'

'We moeten weten wat er is gebeurd. Met hoeveel ze waren. Hoe ze eruitzagen. Dat soort dingen.'

'Ik heb niets gezien. Helemaal niets. En ik heb geen tijd om hier met jullie te kletsen.'

'Je kunt met mij meerijden naar Teglholmen en onderweg vertellen wat er is gebeurd,' stelt Juncker voor.

'Nee. Ik ga niet naar Teglholmen. Nu niet in elk geval. Dat moeten we morgen regelen.'

'Wat wil je nu dan doen?'

'Ja, wat denk je? Naar de krant natuurlijk. Je mag me eerst naar huis brengen, zodat ik kan douchen en schone kleren kan aantrekken. Maar als Henrik Christoffersen is aangehouden, dan kan het verhaal elk moment exploderen. En ík wil de eerste zijn.' Ze werpt een blik naar Juncker. 'Het is míjn verhaal.'

'Ja,' beaamt hij, en hij legt een hand op haar schouder. 'Het is jóúw verhaal.'

'Oké,' zegt Hans Peter. 'Maar dan is het jouw verantwoordelijkheid dat ze op de juiste manier verhoord en gedebrieft wordt, Juncker.'

In de auto vertelt Juncker meer over de gebeurtenissen van de afgelopen dagen.

'Hoe is het met Veronika?' vraagt Charlotte.

Hij aarzelt een paar seconden. 'Veronika leeft niet meer. Ze hebben haar in het volkstuinhuisje doodgeschoten. Signe en ik hebben haar gevonden.'

In eerste instantie zegt ze niets. Vanuit zijn ooghoeken ziet hij dat ze in haar ogen wrijft. 'Arme meid,' zegt ze vervolgens met een snik. 'Arme, arme meid.'

Juncker pakt het servet dat opgevouwen in de bekerhouder tussen de voorstoelen ligt en geeft dat aan haar.

'Verdomde klootzakken. Als ze niet –'

'We hebben een van hen te pakken. Hij krijgt zijn straf.'

'En de anderen?'

'Die zijn waarschijnlijk in geen velden of wegen meer te bekennen. We moeten maar zien hoever we komen met hen opsporen.' Hij kijkt naar haar. 'Wat is er eigenlijk gebeurd?'

'Wat bedoel je?'

'Hoe ben je ontvoerd?'

'Ik was vanaf mijn werk op weg naar huis... Wat is het vandaag voor dag?'

'Donderdag.'

'Dan was dat woensdagavond. Mijn band was lek toen ik naar huis ging. Ik liet mijn fiets bij een fietsenmaker in de buurt achter en liep vervolgens naar huis.' Ze zwijgt even met een gefronst voorhoofd. 'Misschien was het geen toeval... Die lekke band bedoel ik. Misschien heeft iemand hem leeg laten lopen. Maar goed, ik liep in elk geval naar huis. In een van de smalle straten van het centrum, tussen de Købmagergade en de Gothersgade, ik kan me niet herinneren hoe die heet, passeerde een bestelwagen – een witte en geen grijze, want dan was hij me opgevallen – die even later naast het trottoir stopte. Ik schonk er geen aandacht aan, maar op het moment dat ik hem passeerde, ging het zijportier open. En voordat ik het wist, werd ik door twee mannen in de bestelwagen getild en ging het portier dicht. Ik kreeg een doek met het een of ander erop tegen mijn mond en neus... en daarna was ik weg.'

'Ether?'

'Misschien. Ik ken die lucht niet, want ik heb nog nooit geprobeerd bewusteloos te raken.' Ze huivert. 'Het was alsof ik in de een of andere spionagefilm meespeelde.'

'Kun je de mannen beschrijven die je in de auto tilden?'

'Nee, ik weet alleen heel zeker dat het mannen waren. Ze waren ontzettend sterk. Ik probeerde me natuurlijk te verzetten, maar dat had geen enkele zin.'

'Zaten er anderen in de bestelwagen?'

'Dat denk ik wel, maar ik weet het niet zeker. Het was volkomen donker.'

'Wat gebeurde er daarna?'

'Ik werd wakker in de kelder waar jullie me vonden. En daar heb ik dus...'

'...een hele dag gelegen,' maakt Juncker de zin voor haar af. 'Dus er was niemand die probeerde om je –'

'Om me iets aan te doen? Nee, helemaal niet. Hoe hebben jullie me trouwens gevonden?'

'Een van de overvallers, een vrouw, heeft me in ruil voor een vrije aftocht verteld waar je was.'

Ze knikt langzaam. 'Ik was hun verzekeringspolis, dus.' Charlotte kijkt nadenkend naar Juncker. 'Je liet dus een misdadiger gaan om mij –'

'Je hebt toch honger?' onderbreekt Juncker haar.

Hij stopt bij een pizzeria in de Enghavevej en koopt twee pizzapunten, die ze op weg naar de H.C. Ørstedsvej naar binnen werkt. Wonder boven wonder is er een vrije parkeerplek recht voor het huis.

Juncker wacht in de keuken, terwijl Charlotte een douche neemt en andere kleding aantrekt. Hij loopt naar de afzuigkap, haalt het filter eraf, pakt de USB-stick en legt die op de tafel. Vijf minuten later komt Charlotte met een handdoek rond haar haren gewikkeld naar beneden.

Hij wijst naar de USB-stick.

'Wat is dat?' vraagt ze.

'Een bom onder Henrik Christoffersen.'

'Die ik kan laten ontploffen? In de krant?'

'Dat is jouw beslissing. Ik weet hier niets van.'

Ze kijkt hem heel even verbaasd aan. Dan glimlacht ze en stopt de USB-stick in haar tas.

62

Het was verschrikkelijk, maar Signe hield vol dat zij degene was die het moest doen. Ongeacht de schorsing wilde ze Veronika's ouders vertellen dat hun enige kind was vermoord. Dat mochten ze niet van de een of andere toevallige collega horen die niets over de omstandigheden wist.

Eerst geloofden ze haar niet, maar toen het besef dat het waar was langzaam tot hen doordrong, stortte de moeder in.

'Waarom?' vroeg Veronika's vader nadat hij een minuut met zijn rug naar haar toe uit het raam had gestaard. De tranen liepen over zijn wangen, terwijl hij naast zijn vrouw op de bank ging zitten en zijn arm om haar heen sloeg.

Signe vertelde zoveel als het onderzoek haar toestond: dat hun dochter betrokken was geweest bij het ontmaskeren van een smerig zaakje bij een openbare instelling en dat iemand haar tegen elke prijs wilde tegenhouden.

De vader wilde weten welke openbare instelling dat was. Signe zei dat ze hem dat op dit moment niet kon vertellen, maar ze beloofde hen op de hoogte te brengen zodra ze er meer over kon zeggen. 'Ik weet dat het geen troost is en dat mijn woorden op dit moment geen waarde voor jullie hebben, maar toch wil ik dat jullie weten dat jullie dochter een van de dapperste mensen was die ik ooit ben tegengekomen,' zei Signe.

Ze vroeg de vader of ze iemand moest laten komen. Hij gaf haar het telefoonnummer van een van hun beste vrienden en van zijn zus. Ze belde hen en ging pas weg toen ze er waren. Toen ze vanaf het appartement op de derde verdieping de trappen af liep, moest ze vechten om niet te gaan huilen. Het was altijd een vreselijke taak om de naaste familieleden te moeten vertellen dat hun geliefde was overleden, maar deze keer raakte het haar extra hard.

Nu rijdt ze met een zwaar, verdrietig gevoel over de Hillerød Motorvejen. Ze is onderweg naar een plek waarvan niemand haar heeft gevraagd om ernaartoe te gaan, maar waar iemand woont die ze moet ontmoeten, die ze in de ogen moet kijken. Ze heeft het adres op Google Maps ingetoetst en een halfuur later slaat ze af naar een stille straat in een villawijk aan de rand van Helsinge in Noord-Seeland.

Ze stopt voor een verwaarloosde heg. Door de heg ziet ze licht branden achter een van de ramen. Ze stapt uit en loopt over een oneffen betegeld pad door een tuin die op een wildernis lijkt. Ze drukt op de bel, maar die lijkt niet te werken. Dan klopt ze drie keer hard op de voordeur. In de woning klinken sloffende voetstappen.

De man die opendoet, draagt een vieze joggingbroek en een net zo smerig grijs T-shirt. Hij is niet geschoren en zijn halflange haar is vet.

'Kristian Stendtler?' vraagt ze.

Hij staart haar aan. 'Wie ben je?'

'Ik ben Signe Kristiansen, rechercheur bij de Politie Kopenhagen.'

Stendtler knijpt zijn ogen tot spleetjes. In een poging te focussen, neemt Signe aan.

'En wat wil je?'

Ze kan hem ruiken, een zoetige, misselijkmakende combinatie van zweet, urine en slechte adem. 'Ik wil graag met je praten. Mag ik binnenkomen?'

'Waarover wil je met me praten?'

'Ik wil je niet verhoren. Het is volkomen – hoe zal ik het zeggen? – informeel dat ik hier ben. Ik wil over een paar dingen met je praten.'

Dat is niet waar. Het interesseert Signe geen reet wat Kristian Stendtler ter verdediging aanvoert. Ze wil alleen graag met eigen ogen zien hoe de man ermee kan leven om de schuld voor de dood van negentien mensen op zijn schouders te dragen. Hoe hij ermee kan leven dat hij high van de drugs en straalbezopen in een bordeel was in plaats van het werk te doen waarvoor hij werd betaald, zodat zes kinderen nooit verliefd zullen worden, een gezin zullen stichten, zelf kinderen zullen krijgen, oud zullen worden en een natuurlijke dood zullen sterven.

Terwijl ze tegenover de man staat, begint ze langzaam te beseffen dat je zoiets niet overleeft en dat je zelf ook sterft. Je rot langzaam weg, tot er alleen nog een stinkende, lege huls over is.

'Wie heeft je gestuurd?' vraagt Stendtler.

'Niemand.'

In een weerzinwekkende parodie op een glimlach ontbloot de man twee rijen gele tanden die wekenlang geen tandenborstel gezien lijken te hebben. 'Weet je, ik denk dat ik er verdomd weinig zin in heb om met je te praten.'

Signe haalt haar schouders op. 'Dat is jouw beslissing. In elk geval voorlopig.'

Hij legt zijn hand op de deurkruk en maakt aanstalten om de deur dicht te doen.

Signe voorkomt dat met haar voet. 'Ik heb maar één vraag. Wat is je relatie met Henrik Christoffersen? Zijn jullie goed bevriend?'

Er ontvlamt iets in de waterige, rode ogen. Vijandigheid. Haat. 'Dat gaat je niets aan.'

'Weet je iets over hem? Hij houdt je met al je onsmakelijke uitspattingen al zo lang de hand boven het hoofd. Wat is er tussen jullie?'

'Donder op, stom wijf!' roept hij, en hij smijt de deur dicht.

Ze blijft een paar seconden naar de gesloten deur staren en loopt vervolgens naar de auto terug. Een paar minuten geleden was ze woedend. Ook verdrietig, maar vooral woedend. Nu is ze alleen nog verdrietig. Ze is er lange tijd heel zeker van geweest dat deze zaak om iets groots moest gaan wat iemand in het machtsapparaat geheim wilde houden. Dat er belangrijke dingen op het spel stonden – de nationale veiligheid en zo. Maar nu beseft ze dat het niets anders is dan waarmee ze daarnet oog in oog heeft gestaan: een armzalig wrak dat zijn werk niet heeft gedaan. En een meedogenloze macht die dit wrak heeft beschermd ten koste van degenen voor wie ze moet zorgen.

Zo oneindig veel verdriet en lijden, voor zo oneindig weinig.

Plotseling mist Signe haar gezin intens.

63

Charlotte is opgelucht als ze ziet dat Janus Holm verantwoordelijk is voor de krant van de volgende dag. Hij is geroutineerd en kalm, heeft het al ontelbare keren gedaan en neemt altijd de juiste beslissingen. Ze gaat naar de plek in de redactiezaal waar hij op zijn scherm zit te lezen.

Hij kijkt op. 'Charlotte, schoonheid. Wat doe je hier zo laat nog?'

Ze trekt een bureaustoel naast de zijne. 'Ik heb een goed verhaal.'

Hij glimlacht. 'Dat is een beetje laat als je het morgen in de krant wilt hebben, dame. Ik heb net de tweede editie van de vrijdagkrant weggestuurd. Is het verhaal geschreven?'

Ze schudt haar hoofd.

'Oké, maar je zegt dat het een goed verhaal is. Hoe goed?'

'Goed,' zegt ze. 'Zoals in heel, heel goed.'

Hij schuift zijn stoel een stukje naar achteren, legt zijn benen op het bureau en begint op een potlood te kauwen. 'Vertel,' zegt hij.

Als Charlottes woordenstroom na een kwartier verstomt, bestudeert de nieuwsredacteur het inmiddels deels kapot gekauwde potlood. 'Het hoofd van de MI heet toch Henrik Christoffersen?'

'Ja.'

'Ik heb hem een paar keer gesproken toen ik zelf nog schreef. Onaangename klootzak. Wat heb je over hem? Is het smerig?'

'Ik weet dat hij, waarschijnlijk in samenwerking met anderen, ervoor heeft gezorgd dat niet bekend werd dat de terroristische aanslag voorkomen had kunnen. Dat heeft hij gedaan door de zaak in de doofpot te stoppen en mensen bij de politie en de PET te muilkorven.'

Janus legt het restant van het potlood op het bureau. 'En het bewijs?'

'Ik heb kopieën van mails tussen Christoffersen en een serie hooggeplaatste werknemers over deze kwestie. Ik heb ook kopieën van memo's en het personeelsdossier van een hooggeplaatste werknemer waaruit blijkt dat hij al jarenlang een veiligheidsrisico vormt vanwege zijn verslaving aan alcohol, drugs en prostituees, zonder dat de leiding van de MI ingegrepen heeft.'

'Hoe heb je dit materiaal in vredesnaam in handen gekregen, Charlotte?'

'In eerste instantie van een klokkenluider van de Militaire Inlichtingendienst. En in tweede instantie van een hacker. Die overigens allebei vermoord zijn.'

'Wat?' Janus gaat zo snel rechtop zitten dat hij bijna van zijn stoel valt. 'Vermoord?'

'Yes. Het onthoofde lijk dat een paar dagen geleden in Kongelunden gevonden is, is de klokkenluider. De hacker is vandaag doodgeschoten aangetroffen in een volkstuinhuisje bij Vestegnen. Ik geloof niet dat de politie dat al bekendgemaakt heeft.'

'Door wie zijn ze vermoord? Toch niet door de MI?'

Charlotte haalt haar schouders op. 'Ik weet het niet.'

Hij leunt naar achteren en kijkt haar zwijgend aan. 'Hebben we het verhaal exclusief?' vraagt hij.

'Ja, er zijn geen andere media die het verhaal hebben, maar Henrik Christoffersen is vanmiddag door de Politie Kopenhagen verhoord en het is zo zeker als maar zijn kan dat ze iets proberen met *damage control*, zodat we niet op het verhaal kunnen blijven zitten. Het moet zo snel mogelijk op internet geplaatst worden.'

'Oké.' Hij pakt de bureaurand vast, trekt de stoel naar het bureau, pakt de hoorn van de vaste telefoon en toetst een nummer in. 'Thesander, met Janus Holm,' zegt hij. 'Je bent hopelijk nog niet naar bed... Mooi. Luister goed. Charlotte is net binnengekomen. Ze heeft een verhaal dat volkomen krankzinnig is en dat... Nee, het kan niet tot morgen wachten... Het is gebaseerd op geheime informatie... Wat zeg je? Ja, voor zover ik het nu kan beoordelen, is er sprake van iets wat het hoofd van de MI zijn positie kan kosten. Minstens... Ja, er is ook een hacker bij betrokken. En een klokkenluider van de MI, dus het zou me niet verbazen als hier binnenkort iemand met een gerechtelijk bevel op de stoep staat... Goed, tot ziens.'

Twintig minuten later komt hoofdredacteur Magnus Thesander de redactiezaal in. Hij loopt meteen naar Charlotte, die aan de grote ronde vergadertafel het materiaal op de USB-stick die ze van Juncker heeft gekregen zit te lezen. Hij vraagt haar om mee te gaan naar zijn kantoor.

'Vertel,' zegt hij zodra de deur dicht is en ze zitten.

De hoofdredacteur krijgt een enigszins langere versie dan Janus Holm.

Charlotte vertelt echter niet over haar eigen ontvoering. Ze weet dat als Thesander dat nu hoort, hij erop staat dat ze grondig onderzocht wordt, zowel fysiek als psychisch. Hij zal ook beweren dat ze onmogelijk in staat is om meteen aan het werk te gaan nadat ze bijna een etmaal vastgebonden in een donkere kelder heeft gelegen, niet wetend of ze het er levend af zou brengen. Een van Thesanders kwaliteiten is namelijk dat hij een enorme en oprechte bezorgdheid voor het welzijn van zijn werknemers voelt. Charlotte overleeft het echter niet als ze nu naar huis wordt gestuurd.

'Is dat het materiaal van de hacker en de klokkenluider?' vraagt hij terwijl hij naar de stapel papieren wijst die Charlotte heeft meegenomen en op de tafel voor zich heeft neergelegd.

Nadat hij vijf minuten in het materiaal heeft gebladerd, leunt hij naar achteren op de stoel. 'Allemachtig, wat een klootzakken,' mompelt hij. Hij kijkt naar Charlotte. 'Ben je zeker van de echtheid hiervan?'

'Voor honderd procent. Ik ben er ook heel zeker van dat er in totaal vier mensen vanwege deze kwestie vermoord zijn. Twee van hen waren werknemers van de MI. Zou dat gebeurd zijn als het fake is?'

'Waarschijnlijk niet.'

'Thesander, je twijfelt toch niet om het verhaal te plaatsen?'

Hij denkt na. Ondraaglijk lang, vindt Caroline.

'Ik ben er heel onzeker over of we puur juridisch gezien het recht hebben om het materiaal te gebruiken,' zegt hij, 'Of liever gezegd, ik ben er vrij zeker van dat we dat niet mogen. Maar... dat is voor mij niet genoeg om het niet te doen.'

Charlotte glimlacht. 'Dat vind ik ook. Moet je de advocaat van de krant niet eerst bellen?'

'Nee, ik zie geen reden om hier advocaten naar te laten kijken. We plaatsen het verhaal. Het bestuur mag me eruit smijten als ze ontevreden zijn.'

'Goed.' Ze staat op. 'Ik ga aan de slag. Het is misschien een slim idee als Janus en jij een plan opstellen voor de manier waarop we het verhaal brengen. We kunnen net zo goed morgenochtend beginnen met op internet publiceren, toch?'

'Jazeker. Ha, onze concurrenten krijgen het vanaf morgenochtend lekker druk. Trouwens, Charlotte, ik heb Mikkel bij wijze van versterking opgeroepen.'

'Waarom dat?' Ze probeert haar stem neutraal te houden, maar dat lukt niet.

'Rustig, Charlotte. Hij neemt je verhaal niet over, maar je hebt iemand nodig die alle klusjes voor je kan opknappen. Er moet onder meer naar een paar ministers gebeld worden, met inbegrip van de premier, om commentaar te vragen, en als ze hun telefoon niet opnemen, moeten we ze thuis opzoeken, ook al is het midden in de nacht. En daar heb jij geen tijd voor, of wel soms?'

Hij heeft gelijk. Ze kan het niet allemaal alleen doen. Maar gaat er daarmee iets van haar...

Het is alsof hij haar gedachten kan lezen. 'Charlotte, ontspan. Ongeacht met wie je hieraan werkt, het is jouw verhaal. Van jou en niemand anders.'

Ze vindt een plek in de buurt van Janus Holm en gaat aan de slag. Ze begint, zoals ze vaak doet, met de kop. Haar jarenlange ervaring heeft haar geleerd dat als het moeilijk is om die te bedenken, het vrijwel altijd betekent dat het verhaal niet scherp genoeg is.

Deze kop schrijft zichzelf bijna. ONTHULLING: MILITAIRE INLICHTINGENDIENST WAS GEWAARSCHUWD OVER DE TERRORISTISCHE AANSLAG, MAAR GREEP NIET IN.

Ze bestudeert de kop een tijdje. Die is lang en kan absoluut aantrekkelijker, maar dat laat ze vol vertrouwen over aan het ochtendteam. Ze weet dat het verhaal hoe dan ook voldoende klikken op internet zal opleveren.

Mikkel verschijnt. Hij begroet haar kort, gaat naast haar staan en leest mee op het scherm. 'Zo, daar ben je de afgelopen tijd dus mee bezig geweest.'

'Ja.'

'Hm.'

Vooral niets positiefs zeggen, denkt Charlotte.

'Goed verhaal,' zegt hij uiteindelijk.

'Dank je.' Meent hij dat? Is hij beledigd? Ze kijkt hem aan. Hij ziet er een beetje beledigd uit, maar aan de andere kant is dat de laatste tijd bijna altijd zo.

'Ik zal je vertellen waarom ik hier niets over kon zeggen, maar eerst moet ik het eerste artikel schrijven, dus we hebben het druk.'

'Ja, dat besef ik. Thesander heeft me er iets over verteld, maar heb je tijd om me iets gedetailleerder op de hoogte te stellen zodat ik enigszins gekwalificeerde vragen aan de bronnen kan stellen?'

'Natuurlijk.'

Tien minuten later is zijn enigszins afstandelijke houding veranderd in bijna uitgelaten enthousiasme. 'Jezus, Charlotte, wat een waanzinnig verhaal.' Zijn wangen zijn rood. 'Waar zal ik mee beginnen? Uitspraken van de ministers krijgen? En van het hoofd van de MI?'

'Het zou fantastisch zijn als je dat wilt doen.'

'Natuurlijk.'

Het is niet de meest benijdenswaardige taak om commentaar met betrekking tot zo'n ellendige zaak uit ministers te krijgen, en al helemaal niet als het bijna middernacht is. Maar ze moet toegeven dat hij zijn gereserveerde houding helemaal heeft laten varen en met een enorm enthousiasme aan de slag gaat.

'Niet dat ik denk dat ik veel uit ze krijg...'

'Nee, het is heel waarschijnlijk dat het enige wat ze zeggen "geen commentaar" is. Dat is op dit moment ook voldoende. Ze moeten ervan weten, en dan gaan we morgen verder. Tegen die tijd zullen ze kleur moeten bekennen.'

Ze heeft vier uur de tijd om de twee artikelen te schrijven die in de eerste golf worden geplaatst. Het tweede artikel krijgt de kop: KOPSTUK MI HOUDT COCAÏNE VERSLAAFDE WERKNEMER DIE WAARSCHUWING OVER TERREURDAAD NEGEERDE DE HAND BOVEN HET HOOFD.

Misschien iets te veel in de richting van de tabloidkranten, maar ook dat moet het ochtendteam aanpassen als het dat nodig vindt.

'Is er dekking om te schrijven dat hij verslaafd is aan cocaïne?' vraagt Mikkel.

Charlotte knikt. 'Dat blijkt zowel uit zijn personeelsdossier als uit meerdere mails van Henrik Christoffersen.'

Om halfvijf heeft ze frisse lucht nodig, en ze vraagt Mikkel en Janus, die beiden zijn gebleven, of ze koffie van de 7-Eleven op de hoek willen. Ze is tot haar eigen verbazing vrij fit, alles in aanmerking genomen. Voor één keer heeft het gedurende de nacht niet geregend, en het is de mooiste ochtend die ze in lange tijd heeft meegemaakt. Aan de andere kant is het ook lang geleden dat ze op dit tijdstip van de nacht wakker was. Ze steekt het kleine plein in het centrum van Kopenhagen, waar *Morgentidende* al is gevestigd sinds de krant honderd jaar geleden is opgericht, schuin over en gaat op een van de banken onder de grote kastanjeboom zitten.

Ze kan zich niet herinneren dat ze ooit een waanzinnigere periode dan de afgelopen tien dagen heeft meegemaakt. Ze verlangt ernaar om haar dochter te omhelzen, haar op haar ogen te kussen en over haar haar te strelen. Tegelijkertijd moet ze eraan denken hoe doodsbang Veronika en Alexander moeten zijn geweest toen ze beseften dat ze zouden sterven. En aan hoe bang ze zelf was toen ze in de kelder lag, hoewel ze iets anders tegen de arts in Hedehusene heeft gezegd. De gevoelens vloeien in elkaar over, en de tranen beginnen over haar wangen te stromen. Ze geeft zich eraan over, laat haar emoties de vrije loop, bukt zich en huilt met haar gezicht in haar handen.

Een dronken man van middelbare leeftijd blijft bij de bank staan en kijkt met een overdreven gefronst voorhoofd op haar neer. 'Nou, nou, vrouwtje, ben je verdrietig? Zal papa je troosten?' zegt hij, terwijl het speeksel als een kleine fontein uit zijn mond sproeit en hij vergeefs probeert om meer dan een paar seconden lang bewegingloos op dezelfde plek te blijven staan.

Charlotte veegt haar tranen weg en glimlacht naar hem. 'Bedankt voor het aanbod. Eerlijk gezegd ben ik niet alleen verdrietig, maar ook heel blij.'

Er verschijnt een brede glimlach op het gezicht van de dronken man. 'Zo is het maar net. Er is niets zo slecht dat er niet ook een goede kant aan zit. Ik wens je een gezegende ochtend. Op naar nieuwe overwinningen.' Hij tilt een denkbeeldige hoed op en strompelt verder.

'Jij ook een fijne ochtend,' fluistert ze. Ze volgt de slingerende man met haar ogen tot hij om een hoek verdwijnt. Dan staat ze op en loopt naar de koffiebar.

Ze heeft geen idee hoe het mogelijk is, want het zou helemaal niet zo moeten zijn na alles wat ze de afgelopen paar dagen heeft meegemaakt, maar plotseling voelt ze zich licht als een veertje.

11 AUGUSTUS

64

Juncker heeft tot laat op de avond in Merlins kantoor gezeten om met zijn voormalige chef te bespreken hoe ze verder kunnen komen met het onderzoek naar de moorden op Veronika en Alex. Juncker heeft Merlin verteld dat hij de vrouw met het grijze haar heeft laten gaan in ruil voor de informatie waar hij Charlotte kon vinden.

Merlin staarde een hele tijd naar hem zonder iets te zeggen. 'Je hebt de dus degene laten gaan die we als een van de hoofdverdachten beschouwen in een onderzoek naar in elk geval twee, maar misschien vier moorden als Simon Spangstrup en Svend Bech-Olesen inderdaad vermoord zijn, wat niet uitgesloten kan worden.'

Juncker haalde zijn schouders op. 'Wat had ik anders moeten doen? Het was de enige kans om Charlotte levend te vinden. Je denkt toch niet echt dat we haar ooit hadden gevonden in een kelderruimte in een oud industriegebouw in Hedehusene dat eruitzag alsof er al maandenlang niemand was geweest?'

Merlin schudde zijn hoofd. 'Nee. Die kans was minimaal.'

'Dus kun je begrijpen dat ik haar heb laten gaan, toch?'

'Ja, dat begrijp ik heel goed.'

Daarna vroeg Juncker naar de man die Signe en hij onschadelijk hadden gemaakt op Amager, en Merlin vertelde dat hij geopereerd was en dat de operatie volgens de artsen van het Rigshospitalet naar tevredenheid was verlopen. Hij was echter nog niet uit de narcose ontwaakt.

'Hebben onze mensen iets uit hem gekregen voordat hij naar het ziekenhuis is vervoerd?'

'Geen woord. Zelfs geen gekreun van pijn toen het ambulancepersoneel hem op de brancard tilde.'

'God weet wie hij en de anderen zijn. Heb jij daar een idee over?'

Merlin stond op en deed de deur dicht. 'Ik heb van mijn collega's een gerucht gehoord dat de ronde doet sinds... tja, waarschijnlijk sinds 11 september. Er schijnt een groep te bestaan die door het machtsapparaat kan worden geactiveerd als er taken verricht moeten worden die zo smerig zijn dat de PET en de MI dat zelf niet willen doen. Ik heb dat al die tijd beschouwd als onzinnige geruchten van mensen die te veel films en series gezien hebben, maar nu twijfel ik...'

'We hebben in elk geval een verdachte. Heb je overwogen om in de buidel te tasten voor een snelle DNA-analyse van het materiaal dat op Alexanders lijk en in het volkstuinhuisje is gevonden?'

'Ja, dat heb ik inderdaad gedaan. Ik kan me goed voorstellen dat we in dit onderzoek onder een bepaalde druk staan om snel met resultaat te komen,' zei Merlin.

'Hij heeft toch een Belgisch paspoort?'

'Ja. Hij heet blijkbaar Jan Claassen.'

'Hm. Ik durf er iets onder te verwedden dat de man niet bestaat,' zei Juncker.

'Wat bedoel je?'

'Dat als jullie in België of elders in de wereld naar zijn identiteit gaan zoeken, het op niets uitloopt. Hij bestaat niet. Datzelfde geldt voor onze vriendin met het grijze haar en haar andere gorilla's.' Juncker was even in gedachten verzonken geweest. 'Ik kan me van jaren geleden, toen ik nog bij de surveillancedienst werkte, herinneren dat een paar agenten een dakloze man op het spoorwegterrein achter Himmelekspressen aantroffen. Je weet wel, die daklozenopvang in de Vasbygade. Het bleek dat hij geen burgerservicenummer had. Hij was ergens in West-Jutland geboren en was opgegroeid in een kindertehuis. Toen hij volwassen was, verdween hij uit alle systemen. Hij had nooit een vast woonadres gehad en was nergens geregistreerd. De man bestond gewoon niet in de ogen van het officiële Denemarken.' Hij keek naar Merlin. 'Het is me duidelijk dat dit een andere situatie is. Ik wil er alleen mee zeggen dat een mens heel goed kan verdwijnen. Of niet kan bestaan.'

Merlin knikte. 'Heb jij een idee waarom het hoofd van de MI, Christoffersen, Kristian Stendtler de hand boven het hoofd gehouden heeft? Waarom is hij lang geleden al niet op straat gezet?'

'Tja, daar heb ik natuurlijk ook over nagedacht. Ik heb een voormalige collega gebeld die een paar jaar bij de MI gewerkt heeft, daardoor goede connecties heeft en weet wat er speelt. Hij vertelde dat Christoffersen en Stendtler jeugdvrienden zijn en samen op jacht gaan en al dat old boys network-gedoe. Volgens mijn ex-collega verbaasden ze zich er intern bij de MI ook over hoeveel levens Stendtler had met alle rotzooi waarbij hij betrokken geweest is. Hij werd *the comeback kid* genoemd.'

'Het gaat dus om ouderwetse vriendjespolitiek?'

'Daar lijkt het wel op.'

'Het was nog te begrijpen geweest als Christoffersen zijn jeugdvriend op de een of andere onschuldige kantoorplek had laten zitten waar hij geen schade kon aanrichten, maar een leidende functie waarbij er heel veel op het spel kan staan als je je werk niet doet...' Merlin schudde zijn hoofd. 'Ik heb de neiging te denken dat het een leugen is.'

'Ja, maar dat is dus niet zo.'

'Kan er meer zijn? Ik bedoel... Kan Stendtler iets over Christoffersen weten waarmee hij hem kon chanteren?'

Juncker haalde zijn schouders op. 'Misschien wel. We kunnen het niet uitsluiten. Misschien komt dat nu uit.'

De twee mannen zwegen even.

'Of niet,' voegde Juncker eraan toe.

Iets na middernacht nam hij afscheid van Merlin en reed naar Sandsted. Vijf kwartier later was hij thuis. Karoline sliep al. Hij ging naar bed met het voorgevoel dat hij niet zou kunnen slapen door alle gebeurtenissen van de afgelopen dagen.

Wanneer het alarm van zijn telefoon hem om zeven uur wekt, constateert hij dat hij het mis heeft gehad. Hij kan zich niets herinneren van nadat zijn hoofd het kussen raakte. Hij kleedt zich aan en geniet ervan dat hij voor één keer geen last heeft van misselijkheid en een zeurende hoofdpijn en zich, gezien de omstandigheden, eigenlijk verbazingwekkend fit voelt. Hij doet de deur voorzichtig dicht om zijn dochter niet wakker te maken en stuurt Nabiha een sms: 8.00 uur wijkpolitiebureau.

Het ruikt muf in de oude winkelruimte, dus hij laat de voordeur openstaan. Hij zet koffie in de achterkamer, en als die klaar is, schenkt hij een beker in, die hij meeneemt naar de vergadertafel. Hij heeft vier onbeantwoorde telefoontjes van Skakke en vier van Anders Jensen, allemaal van gisteren. Hij belt Jensen.

'Juncker! Waar zit je verdomme?'

'In Sandsted.'

'Waar ben je… Ik weet dat je in Kopenhagen was, dat heeft Nabiha verteld, maar wat heb je daar gedaan? En waarom heb je niet teruggebeld? Je kunt een onderzoek waarmee je bezig bent toch niet zomaar in de steek laten?'

Juncker zucht. 'Dat had ik ook niet gedaan als het niet noodzakelijk was geweest, en ik zal je een andere keer vertellen waarom dat was, maar zullen we ons nu op het onderzoek concentreren?'

Jensen zwijgt een paar seconden. 'Ja,' zegt hij vervolgens. 'Hoe staat het ervoor?'

'Ragner Stephansen was een pedofiel.'

'Wat?'

'Ja. Dat bevestigt zijn vrouw.'

'Wat een smerige hufter.'

Dat is precies de juiste omschrijving, denkt Juncker. 'Ik ben er vrij zeker van dat Peter Johansen, die in zijn jeugd goed bevriend was met Mads Stephansen en bij hem thuiskwam, misbruikt is door Ragner Stephansen.'

'Oké. Dat geeft Johansen dus nog een motief om de man te vermoorden. Niet alleen heeft Stephansen hem in verband met de rechtszaak van zijn zus bespot, maar hij heeft hem, als dat tenminste waar is, in zijn jeugd ook nog misbruikt. Jezus, wat een smeerlap.'

'Inderdaad,' beaamt Juncker. 'Maar er zit een addertje onder het gras. Ik ben er bijna zeker van dat de moordenaar van Stephansen linkshandig is.'

'Waarom denk je dat?'

Juncker vertelt over zijn theorie met betrekking tot het schot in Stephansens rechterslaap. 'En Peter Johansen is niet linkshandig,' zegt hij.

'Oké… Tasten we in het duister? Moeten we van voren af aan beginnen?' Jensen klinkt teleurgesteld.

'Mads Stephansen is linkshandig.'

'De zoon? Weet je dat zeker?'

'Volkomen zeker.'

'Maar… Wat kan zijn motief zijn om zijn vader te vermoorden?'

'Het is een gok, maar stel dat –'

'Stel wat…' Jensen stopt midden in de zin. 'Ja, natuurlijk.'

'Ik wil hem naar het bureau halen voor een verhoor en ik neem Nabiha mee,' zegt Juncker.

'Dat lijkt me zinvol, want met alle respect voor je theorie twijfel ik eraan of een rechter van mening zal zijn dat het voldoende is voor een voorlopige hechtenis… Dat hij linkshandig is dus. Er zijn flink wat mensen die dat zijn. We hebben een bekentenis nodig, Juncker.'

Vijf minuten later komt Nabiha binnen. 'Is alles goed gegaan in Kopenhagen? Heb je kunnen doen wat je moest doen?'

Juncker knikt.

'Wil je me erover vertellen?'

Hij glimlacht. 'Graag, maar nu niet. Het is een heel lang verhaal, en we moeten Mads Stephansen ophalen voor een verhoor.'

'Hier?'

'Nee, we nemen hem mee naar Næstved.'

Mads Stephansen lijkt niet bijzonder verrast als hij de voordeur opendoet. En dat is hij ook niet als Juncker hem vraagt om mee naar het bureau te gaan.

De rit verloopt in stilzwijgen. Mads zit op de achterbank en staart uit het zijraam. Juncker vindt dat hij er moe uitziet. Als ze er zijn, gaat Nabiha direct op zoek naar een lege verhoorkamer. Mads gaat aan de ene kant van de tafel zitten, Juncker en Nabiha aan de andere kant. Ze zet de opnamefunctie van haar telefoon aan. 'Het is vrijdag 11 augustus. Het tijdstip is 9.07 uur. Verhoor van Mads Stephansen. Aanwezig zijn hoofdagent Nabiha Khalid en…'

'Inspecteur Martin Junckersen. Mads, je bent niet aangehouden of in staat van beschuldiging gesteld, maar wordt toch verhoord met de rechten van een beschuldigde. Dat betekent dat je het recht hebt om te zwijgen. Je hebt ook recht op een advocaat, als je dat wilt.'

'Heb ik die nodig?'

'Dat moet je zelf bepalen. Je kunt het verhoor op elk moment onderbreken om je advocaat te bellen.'

Mads knikt, maar zegt niets.

'Hoe was het om te horen dat je vader pedofiel was?' vraagt Juncker.

'Dat is een merkwaardige vraag. Hoe denk je zelf dat dat is?'

'Klopt het dat je niet wist dat je vader die… neiging had?'

Mads kijkt naar de tafel en knikt.

'Met het oog op de geluidsopname vraag ik je om –'

'Ja, dat heb je goed begrepen,' antwoordt Mads zachtjes.

‘Oké.’ Juncker bladert even in zijn notitieboekje. ‘Vertel eens, hoe vind je het dat Peter Johansen in voorlopige hechtenis zit omdat hij verdacht wordt van de moord op je vader?’

‘Dat vind ik heel erg.’

‘Omdat hij je vriend is… of liever gezegd was?’

‘Ja.’

‘Denk je dat hij de schuldige is?’

Mads kijkt Juncker in de ogen. ‘Nee, dat denk ik niet.’

‘Er zijn een aantal dingen die in zijn richting wijzen. Hij kan niet uitleggen waar een van zijn pistolen, dat hetzelfde kaliber als het moordwapen heeft, gebleven is. Er is niemand die zijn alibi voor het tijdstip van de moord kan bevestigen. En hij heeft een sterk motief omdat je vader de rechtszaak tegen de gewelddadige man van zijn zus geseponeerd heeft gekregen, wat naar alle waarschijnlijkheid bijgedragen heeft aan de zelfmoord van zijn zus. En als bovendien blijkt dat je vader hem heeft misbruikt toen hij… toen jullie jongens waren…’

‘Je weet niet of mijn vader dat heeft gedaan.’

‘Dat klopt, maar weet jij zeker dat je vader Peter niet misbruikt heeft?’

Het is tien tot vijftien seconden doodstil in de kamer. Daarna schudt Mads zijn hoofd.

‘Mads, je moet het hardop zeggen.’

‘Nee, dat weet ik niet zeker.’

‘Maar zelfs als het klopt dat Peter is misbruikt, dan denk je alsnog niet dat hij je vader heeft vermoord. Heb ik dat goed begrepen?’

‘Ja, dat heb je goed begrepen.’

‘Waarom denk je dat hij het niet gedaan heeft? Hij heeft een heel sterk motief om wraak te nemen.’

‘Peter is niet in staat om iemand te vermoorden. Ik ken niemand die vreedzamer is dan hij. Het is volkomen absurd om te denken dat hij in staat zou zijn om op iemand te schieten.’

‘Toch is er zoveel dat naar hem wijst dat ik er vrij zeker van ben dat hij veroordeeld wordt voor de moord als het tot een rechtszaak komt. En dat gaat gebeuren zoals de zaken er op dit moment voor staan.’

Mads zwijgt.

‘Waarom denk je dat hij geprobeerd heeft om zelfmoord te plegen?’

'Dat weet ik niet.'

'Kan het zijn omdat hij iets weet wat hij niet hardop kan zeggen? Iets waarmee hij niet meer kan leven?'

'Kunnen we een korte pauze houden?' vraagt Nabiha.

Juncker kijkt haar verbaasd aan. 'Eh... ja... dat kunnen we doen. Vijf minuten.' Hij staat op. 'Wil je hier blijven zitten, Mads? Of wil je een beetje frisse lucht hebben? We hebben een gesloten binnenplaats.'

'Ik blijf zitten, maar ik wil graag een glas water.'

'Oké.'

Nabiha en Juncker gaan naar hun kantoor.

'Waarom zeg je verdomme niet dat de dader linkshandig is en dat hij dat ook is?' vraagt Nabiha.

'Dat zou eerlijk gezegd niet zo slim zijn.'

'Waarom niet?'

'Omdat ik dan net zo goed zou kunnen zeggen dat Peter Johansen de dader niet kan zijn. En op dit moment is het van groot belang dat Mads gelooft dat wij denken dat Peter het heeft gedaan. De mogelijkheid bestaat namelijk dat Mads het echt heel erg vindt dat Peter het risico loopt om veroordeeld te worden voor iets wat hij niet gedaan heeft, en dat is vooralsnog onze beste kans op een bekentenis. Daarbij is Mads slim genoeg – hij is tenslotte zelf advocaat – om te weten dat alleen zijn linkshandigheid waarschijnlijk niet genoeg is om hem in voorlopige hechtenis te krijgen. Er zijn tenslotte meer linkshandigen. Jij, bijvoorbeeld. En hoewel het niet erg sterk is, heeft Mads een alibi. Bovendien heeft hij voor zover wij dat weten geen motief om zijn vader te vermoorden.'

Ze gaan naar de verhoorkamer terug, en Nabiha zet de opnamefunctie van haar telefoon weer aan. 'Het verhoor van Mads Stephansen gaat verder. Aanwezig zijn nog steeds Martin Junckersen en Nabiha Khalid.'

'Mads, je zei eerder dat –'

Mads steekt zijn hand op.

'Ja? Wat wil je zeggen?' vraagt Juncker.

'Peter heeft mijn vader niet vermoord. Dat heb ik gedaan.'

Het is doodstil in de kamer.

'Oké...' zegt Juncker na een tijdje. 'Je bekent de moord op je vader dus?'

'Ja, dat doe ik.'

'Kun je ons vertellen waarom je je vader hebt vermoord?'

'Dan moet je dat ding uitzetten.' Hij wijst naar de telefoon.

Juncker knikt naar Nabiha, die de opnamefunctie uitzet. Mads verbergt zijn gezicht in zijn handen. Nabiha buigt zich over de tafel en geeft een kneepje in zijn arm. 'Neem alle tijd die je nodig hebt,' zegt ze.

Hij knikt en haalt diep adem. 'Het begon toen Peter en ik ongeveer elf waren. Mijn vader nam ons in het weekend regelmatig mee, meestal naar de vakantiewoning in Tisvildeleje, maar ook een paar keer naar het bos, waar we in een tent sliepen. We visten en schoten met pijlen en bogen die we zelf hadden gemaakt. Peter en ik vonden mijn vader allebei helemaal geweldig. Af en toe mochten we een biertje delen, en als mijn vader een sigaret rookte, mochten wij ook een paar trekjes. Het was verschrikkelijk smerig, maar daar ging het niet om. Hij gaf ons het gevoel dat we mannen waren, en dat vonden we heerlijk. We zwommen naakt. Op de een of andere manier voelde het volkomen natuurlijk dat we ons na het zwemmen niet aankleedden en met alleen een handdoek rond ons middel over van alles en nog wat praatten. Alsof we volwassen en elkaars gelijken waren. Op een avond, toen we in de woonkamer van het vakantiehuis bij de brandende open haard zaten, kwam het gesprek op meisjes en vroeg mijn vader heel terloops, alsof mannen over dat soort dingen praten, of onze piemels weleens stijf werden. Wij waren een beetje... tja, beschaamd en in verlegenheid gebracht, maar hij zei dat we dat niet moesten zijn omdat het volkomen natuurlijk was. En toen vroeg hij of we ons weleens aftrokken. Ik kan me niet herinneren wat we antwoordden, maar hij zei in elk geval dat hij ons kon leren hoe je dat deed. En toen...'

Mads doet zijn ogen een paar seconden dicht. Vervolgens pakt hij het glas water, maar brengt het niet naar zijn mond.

'Ik geloof niet dat ik dit kan. Nu niet in elk geval.'

'Dat geeft helemaal niets,' zegt Juncker. 'Je mag zelf beslissen hoe gedetailleerd je ons erover wilt vertellen. Maar kun je bevestigen dat je vader zowel jou als Peter seksueel misbruikte?'

Mads knikt. 'Ja.'

'Kun je ook vertellen hoelang dat heeft geduurd?'

'Niet precies, maar in mijn herinnering was het lang. Een jaar, misschien langer.'

'Heeft het einde van de vriendschap tussen Peter en jou daarmee te maken? Want dat gebeurde, toch?'

'Ja. Of... Ik weet niet of onze vriendschap echt ophield, maar toen de tochtjes met mijn vader van fantastisch veranderden in iets waarvoor we ons schaamden en waar we eigenlijk niets van begrepen, was het alsof er een schaduw over onze vriendschap geworpen werd. Ik denk dat we in elkaars aanwezigheid herinnerd werden aan iets wat heel onaangenaam was.'

'Heb je dit nooit aan iemand verteld?'

'Nee, en voor zover ik weet, deed Peter dat ook niet. Mijn vader had tegen ons gezegd dat we er nooit met anderen over mochten praten. Als we dat wel deden, moest hij ons straffen. Dus werd het een kwaadaardig geheim dat Peter en mij met elkaar verbond en dat niemand behalve wij en mijn vader kende. Ook mijn moeder niet.'

'Maar waarom heb je je vader vermoord? Waarom heb je hem niet gewoon aangegeven bij de politie?' vraagt Nabiha.

Mads lacht kort en droog. 'Kun je je voorstellen dat ik in een rechtszaal zou staan en mijn vader van zoiets zou beschuldigen? Iets waar geen greintje bewijs voor is? Mijn vader? De grote advocaat Ragner Stephansen? Of dat Peter dat zou doen? Dat zou niet gebeuren. Nooit.'

'Maar als jullie hem aangegeven hadden, dan was de kwestie onderzocht en dan zou de politie zijn reizen naar India en misschien ook andere relaties gevonden hebben die de aanklacht ondersteunden.'

Mads schudt zijn hoofd. 'Ik weet dat dat nooit gebeurd zou zijn.' Hij probeert het glas water weer op te pakken. Dat gaat nu beter, en hij drinkt het leeg.

'Maar waarom nu? Waarom moest je vader sterven? Was er iets gebeurd?' vraagt Juncker.

Mads zwijgt een halve minuut. 'Drie weken geleden, dat was op een zaterdagmiddag, waren Line, Aksel en ik op bezoek bij mijn ouders. We zouden 's avonds barbecueën. Mijn vader en Aksel waren bij het zwembad. Wij waren in de keuken bezig met het voorbereiden van het eten. Ik mixte gin-tonics en liep het terras op om mijn vader er een te geven. Hij zat op de zwembadrand naar Aksel te kijken, die in het water spetterde, en ik kon de bult in mijn vaders zwembroek duidelijk zien. Hij merkte dat ik het zag, maar in plaats van zich te schamen glimlachte hij naar me... met een blik van verstandhouding alsof we een geheim hadden, iets wat voor "mannen onder elkaar" was.'

Hij haalt diep adem.

'Ik weet niet... Misschien had ik niet volledig verdrongen wat hij destijds met Peter en mij deed, maar toch was het op een plek ver weg in mijn bewustzijn weggestopt. Ik heb er meerdere keren aan getwijfeld of het echt was gebeurd of dat het alleen een nare droom was. Ik denk dat ik wilde dat het een droom was, dus ik was dat min of meer gaan geloven. Maar op dat moment, toen ik naar hem keek terwijl hij bij het zwembad zat, werd het me in één keer volledig duidelijk dat het geen droom was, maar dat het echt gebeurd was. En erger nog... dat het Aksel ook kon overkomen als ik niets deed.'

'Kon je er niet gewoon voor zorgen dat je zoon nooit met hem alleen was?'

'Hoe zou ik dat moeten doen? Moesten we uit het stadje verhuizen?'

'Dus je besloot hem te vermoorden?'

'Ja.' Mads Stephansen kijkt naar Juncker. 'Vind jij dat hij het verdiende om te leven?'

Juncker geeft geen antwoord. 'Was het alleen jouw beslissing? Heb je er niet met Peter over gesproken?'

'Nee. Ik bereidde het voor en voerde het uit. Alleen.'

'En het pistool?'

'Dat is het enige waarbij Peter betrokken was. Hij gaf me het wapen.'

'Vroeg hij niet waarvoor je het wilde gebruiken?'

'Nee.'

'En je hebt het hem niet verteld?'

'Nee.'

'Denk je dat hij wist wat je van plan was toen hij je het pistool gaf?'

'Dat moet je hem vragen.'

'Waar is het wapen nu?'

'Een paar kilometer buiten Sandsted begraven in een bos. Ik kan de plek aanwijzen. Als ik die tenminste kan vinden.'

'Hoe wist je dat je vader zo laat in het park zou zijn?' vraagt Juncker.

'Ik had met hem afgesproken. Ik heb hem zondag een paar keer gebeld over een zaak waaraan ik werkte en vroeg hem of we elkaar konden ontmoeten om erover te praten. Ik zei dat ik frisse lucht nodig had.'

'Oké.' Juncker staat op. 'Mads Stephansen, je bent aangehouden en wordt in staat van beschuldiging gesteld voor de moord op je vader, Ragner Stephansen. Je hebt het recht om te zwijgen en je hebt recht op een advocaat. Nu schrijven we je verklaring en je bekentenis op. We schrijven in eerste instantie niets over het motief om je vader te doden, dat kunnen we op een later tijdstip doen. Dan onderteken jij de verklaring, natuurlijk alleen als je die goedkeurt, en daarna word je naar het huis van bewaring hier in Næstved gebracht. Vervolgens word je binnen vierentwintig uur voor een rechter geleid.'

Mads kijkt naar Juncker. 'Je wist dat ik het was, hè?'

Juncker haalt zijn schouders op. 'Ik had een vermoeden toen ik gisterochtend met je praatte. Later op de dag was ik er zeker van dat jij het was.'

'Hoe dan?'

'Ik reconstrueerde het verloop van zondagavond in het park nog een keer in mijn hoofd en besefte ineens dat de moordenaar linkshandig is. Dat is Peter niet, maar jij wel.'

'Elementair, mijn lieve Watson.' Mads Stephansen glimlacht vreugdeloos.

'Inderdaad. Zo elementair dat ik het lang geleden al had moeten beseffen.'

Juncker laat een collega de wacht houden voor de verhoorkamer, terwijl ze Mads Stephansens bekentenis en verklaring opschrijven.

'Voegen we er helemaal geen details over het misbruik van zijn vader aan toe?' vraagt Nabiha.

'Nee, zoals ik al tegen Mads zei, wachten we daarmee. Het is ook zijn beslissing hoe gedetailleerd het wordt. Als hij getekend heeft, zorg jij er dan voor dat hij naar het huis van bewaring wordt gebracht?'

'Doe ik. Wat ga jij doen?'

'Ik moet met iemand praten.'

'Dat begrijp ik.' Ze zwijgt een paar seconden. 'Denk je dat hij een lange gevangenisstraf krijgt?'

'Dat is moeilijk te zeggen, maar er is geen twijfel aan dat hij een aanzienlijke vermindering krijgt vanwege het seksuele misbruik waaraan hij en Peter Johansen blootgesteld zijn. Ik gok erop dat hij acht jaar krijgt, en dan wordt hij na zes jaar vrijgelaten. Iets in die richting.'

'Dat is een lange tijd van zijn leven. Zijn zoon is bijna volwassen als hij vrijkomt. En dat omdat hij zo'n klootzak heeft vermoord.'

'Ja,' zegt Juncker. 'Maar moord is moord. En je mag nu eenmaal geen andere mensen vermoorden. Ook niet als het smeerlappen zijn.'

Als Vera opendoet en ziet dat hij het is, zegt ze geen woord, maar draait zich om en loopt naar de woonkamer. Ze pakt een vol glas witte wijn van de eetbar, die de keuken en de kamer scheidt, en gaat op de zwarte leren bank zitten waar ze de afgelopen dagen al een paar keer hebben gezeten. Ze kijkt naar hem met die ondoorgrondelijke, sfinxachtige uitdrukking in haar ogen die hij nooit heeft kunnen interpreteren. Destijds niet, toen ze jong waren en verkering hadden, en nu niet.

Hij heeft geen zin om het voorzichtig te vertellen. 'Mads heeft bekend dat hij zijn vader heeft vermoord. Ragner heeft Peter Johansen en hem gedurende een langere periode systematisch misbruikt toen de jongens een jaar of elf, twaalf waren.'

Vera's gezicht is volkomen onbeweeglijk. Hij ziet geen tekenen dat ze heeft gehoord wat hij zegt. Misschien heeft ze het niet begrepen.

Hij heeft het mes erin gestoken en nu draait hij het rond. 'Wat zei je de laatste keer dat ik hier was ook alweer over Ragner? Dat hij charmant kon zijn als hij daar zin in had. Was dat niet de uitdrukking die je gebruikte? Bij wijze van verklaring waarom je hem nooit hebt aangegeven bij de politie en zijn misbruik van heel jonge jongens hebt tegengehouden? Is dat nog steeds een karakterschets van Ragner waaraan je wilt vasthouden, of...'

Hij weet dat het niet professioneel is om haar te bespotten, maar kan het niet laten. Hij ziet dat ze vecht om haar zelfbeheersing te bewaren.

'Het is niet waar wat je zegt, Juncker. Je liegt.'

De blik in haar ogen is nog steeds zoals die altijd is: superieur, afstandelijk, ironisch. Maar net als een dijk die het begeeft onder de druk van een stormvloed, verandert dat in een paar seconden. Plotseling straalt de angst van haar af. Ze staat op met een heftige beweging waardoor de salontafel wegschuift en het glas witte wijn op het tafelblad valt en breekt. Ze slaat er geen acht op en doet een stap naar hem toe. Heel even is Juncker ervan overtuigd dat ze hem zal aanvallen. Ze lijkt op een roofdier dat in een hoek gedrongen is.

'Het is niet waar wat je zegt! Je mag me dit niet aandoen!' schreeuwt ze met hese stem.

Hij heeft haar nog nooit horen schreeuwen. 'Ja, Vera, het is wel degelijk waar. Mads heeft zijn bekentenis ondertekend en zit in het huis van bewaring in Næstved. Morgenochtend wordt hij voorgeleid en krijgt hij vermoedelijk een voorarrest van vier weken.'

Ze gaat weer zitten en staart voor zich uit.

Juncker staat op.

'Kan ik met hem praten?'

'Op dit moment niet.'

'Je zegt dat Ragner Mads misbruikt heeft. En Peter ook. Hoe –'

Juncker schudt zijn hoofd. 'Het is aan je zoon wat hij daarover wil vertellen, dus dat moet je aan hem vragen. Ik kan me voorstellen dat hij ook een paar vragen aan jou heeft. Vaarwel, Vera.'

'Juncker?' zegt ze als hij bijna bij de deur is.

Hij draait zich om.

'Wil je niet weten waarom je vader Ragner nooit heeft aangegeven bij de politie?'

Ze loopt naar hem toe en gaat zo dicht bij hem staan dat hij haar geur kan ruiken. Zomerochtenden en bloemenweiden.

'Wat weet je daarover?' vraagt hij.

'Vrij veel. Zullen we weer gaan zitten?'

'Ik blijf liever staan.'

Ze staat met licht gespreide benen tegenover hem en slaat haar armen over elkaar. 'Ik heb je verteld dat Ragner per ongeluk een paar foto's naar je vader stuurde en dat hij Ragner en mij daar vervolgens mee confronteerde. Je vader wilde naar de politie gaan omdat hij het walgelijk vond wat Ragner deed, maar het bleek dat Ragner een troef achter de hand had die Mogens niet verwacht had. Je kunt je waarschijnlijk nog wel herinneren wat er gebeurde toen je oudere broer doodgereden werd door die dronken automobilist, een loodgieter, toch? Of liever gezegd, wat er de periode na de dood van je broer gebeurde.'

Juncker knikt. 'Ik heb gehoord dat mijn vader al zijn connecties en macht in het stadje gebruikte om het bedrijf en het leven van de loodgieter te verwoesten, wat hij zo effectief deed dat de man zichzelf uiteindelijk ophing. Nadat hij failliet was gegaan en zijn vrouw van hem gescheiden was.'

'Dat is inderdaad het verhaal dat verteld werd, maar dat is niet helemaal wat er in werkelijkheid gebeurde. Het klopt dat het slecht ging met de loodgieter, maar hij heeft geen zelfmoord gepleegd.'

'Wat bedoel je? Wat is er dan gebeurd?'

'Hij is vermoord.'

'Wat zeg je nu? Door wie?'

'Door Ragners vader, mijn schoonvader dus. Ik weet niet of je je hem kunt herinneren. Hij heette Torsten Stephansen en was metselaar in het stadje. Hij was een uitstekende vakman, maar kon niet zo goed met geld omgaan, dus hij had altijd schulden. Toen je vader er op een bepaald moment genoeg van kreeg om te wachten tot de loodgieter zelfmoord pleegde, besloot hij hem een handje te helpen. Mogens was natuurlijk niet van plan om het vuile werk zelf op te knappen en iemand te vermoorden, dus daarom richtte hij zich tot mijn schoonvader, die bekendstond als een schooier. Je vader bood hem een grote som geld aan, ik geloof dat het honderdduizend kronen was en dat was veel in de jaren zeventig, om de loodgieter op zo'n manier te vermoorden dat het zelfmoord zou lijken. Dat deed hij blijkbaar zo overtuigend dat de politie nooit achterdochtig is geweest. Of misschien was de politie ook afhankelijk van je vader, wie weet?'

Dit klopt niet, denkt Juncker. 'Hoe weet je dit?'

'Mijn schoonvader was niet dom; hij zorgde voor een soort verzekering. Hij kende je vader tenslotte. Dus hij plaatste een verborgen microfoon en nam het gesprek op waarin je vader en hij de afspraak maakten. Toen mijn schoonvader een paar jaar later op zijn sterfbed lag, hij had longkanker, gaf hij Ragner het cassettebandje met de geheime geluidsopname. Dus toen je vader Ragner met de politie dreigde, tja, toen speelde Ragner het bandje voor hem af en daarna had je vader er geen enkele behoefte meer aan om naar de politie te gaan.'

Dat is wat het betekende, denkt Juncker. Dat zijn vader Ragner niet kon tegenhouden zonder dat alles in elkaar stortte.

'Dus, Juncker, hoe zeg je dat ook alweer? Het komt in de beste families voor. Je vader moordde misschien niet zelf, maar hij regelde een huurmoordenaar. Is dat niet net zo strafbaar als een moord? Dat moet jij tenslotte weten, meneer de inspecteur.'

Ze heeft haar kalmte terug en is zichzelf weer. Hij kan het niet verdragen om nog één minuut langer in dit huis te zijn.

'Juncker,' zegt ze als hij bij de blauwe voordeur is, maar dit keer draait hij zich niet om.

65

Ze was na middernacht pas naar bed gegaan. Toch was ze om vijf minuten over vier wakker geworden. Op het moment dat ze haar ogen opendeed, twijfelde ze eraan waar ze was, tot ze besefte dat ze thuis was en dat ze, als ze haar arm uitstak, Niels kon aanraken, die zoals altijd diep sliep en licht snurkte.

Ze lag op haar rug in het halfdonker te staren. De zon kwam over anderhalf uur pas op. Het was aan komen sluipen, ook al had ze gevochten om het te verdringen. Ze wist dat ze het nooit kwijt zou raken, maar het tot de dag dat ze stierf met zich mee zou dragen.

Allerlei andere dingen van deze angstaanjagende zaak zouden mettertijd gewist worden, net als de herinneringen aan veel andere ernstige zaken waaraan ze gedurende de jaren had gewerkt, maar dat gold niet voor het beeld van Veronika die op een stoel in het midden van de woonkamer in Lisa's volkstuinhuisje zat.

Ze wist heel goed waarom dat was. Alex was ook op een gewelddadige manier om het leven gebracht. Hij had eveneens de hoogste prijs betaald om aan dezelfde kant als zij te vechten. Ze had echter niets kunnen doen om te voorkomen dat ze hem vermoordden. Ze had geen aandeel in die moord, maar dat had ze wel in Veronika's dood.

Het komt zelden voor dat ze spijt heeft van iets wat ze heeft gedaan of nagelaten, maar nu heeft ze spijt tot in het diepst van haar ziel omdat ze haar auto niet heeft onderzocht op elektronische afluisterapparatuur voordat ze Veronika naar het volkstuinhuisje bracht. Dat was onprofessioneel. Onvergeeflijk. Als ze dat had gedaan – als ze had gehandeld als de goede agent die ze denkt te zijn – dan zou de jonge vrouw nu waarschijnlijk nog leven en zou een stel ouders van middelbare leeftijd niet kapot zijn van verdriet. Zo eenvoudig was het.

Ze stond op en ging naar de keuken, pakte de snijplank en het vlijmscherpe Santoku-mes en wilde met het inleidende ritueel beginnen door met haar wijsvinger met precies voldoende druk over de rand te glijden zodat het mes net niet in haar huid sneed. Stop met dat kinderachtige gedoe, vermaande ze zichzelf. Er zijn voldoende echte gevaren. Je hoeft geen kunstmatige gevaren te bedenken om te voelen dat je leeft. Laat het achter je.

Ze opende het keukenkastje met noten en gedroogde vruchten en een flinke formatie motten vloog rond haar hoofd. Ze vloekte hardop omdat de zakken niet fatsoenlijk waren dichtgemaakt, zoals ze de anderen al minstens duizend keer had ingeprent.

Met driftige bewegingen veroorzaakte ze een bloedbad onder de insecten, waarna ze het mes weer pakte, alleen om te beseffen dat ze de energie niet had om muesli te maken.

Ze zette koffie en ging met een beker aan de eettafel zitten. Ze dacht aan Victor en verbaasde zich erover hoe snel haar woede was verdwenen. Niet dat ze hem had vergeven, want ze was er niet zeker van of ze dat ooit zou kunnen – het verraden van een vriend stond hoog, misschien zelfs bovenaan haar lijst met dingen die je niet deed – maar ze voelde ook een bepaalde opluchting dat ze geen energie hoefde te besteden aan nadenken over hoe ze hun verhouding moest beëindigen. Dat probleem was voor haar opgelost.

De vorige avond had ze Merlin gevraagd hoelang hij dacht dat ze geschorst zou blijven, en hij had geantwoord dat ze op zijn minst op een paar weken moest rekenen. En dat het waarschijnlijk, al was het maar voor het oog, het slimste zou zijn als ze haar bureau zou leegruimen.

Signe besloot dat ze dat misschien beter kon doen voordat haar collega's binnen begonnen te komen. Als er iets was waar ze op dit moment geen zin in had, dan was het antwoord geven op allerlei mogelijke en onmogelijke vragen over wat er was gebeurd, wat haar rol daarin was geweest en waarom ze was geschorst.

Dus ze had zich aangekleed en een briefje voor Niels geschreven dat ze thuis zou zijn als hij vanmiddag van zijn werk kwam, maar toen ze naar de deur liep, kwam hij de keuken in. Ze had hem niet uit bed horen komen. 'Is het al zo laat?' vroeg ze.

Niels was punctueel als een Zwitsers uurwerk en stond altijd om halfzeven op.

'Ik werd vroeg wakker,' zei hij, waarna hij koffie inschonk en aan de tafel ging zitten. 'De krant?'

'Die heb ik nog niet gehaald.'

'Dat kan ik zelf doen.'

Ze ging tegenover hem zitten. 'Zullen we vanavond uit eten gaan? Jij en ik en de kinderen?'

Ze kon de echo van haar eigen stem van elf dagen geleden horen. Dezelfde plek. Hetzelfde voorstel. En min of meer dezelfde reactie van Niels. 'Dat kunnen we inderdaad doen, maar –'

'Ik weet het. Je hoeft niets te zeggen, Niels. Dit keer is er geen "maar".'

Hij trok een wenkbrauw op. Ze kende niemand die met zo weinig mimiek zoveel scepsis en ongenoegen kon uitdrukken.

'Ik ga niet werken,' zei ze. 'Vandaag niet en vanavond niet. Ook niet als er een openlijke bendeoorlog in heel Nørrebro uitbreekt of als een massamoordenaar zich in Strøget uitleeft.'

'Waarom niet?'

'Ik ben geschorst.'

'Wat? Waarom?'

Ze had erover nagedacht hoeveel ze moest vertellen en koos voor zoveel mogelijk eerlijkheid. 'Ik heb een opdracht genegeerd.'

'Waarom dat?'

'Ik kon het niet.'

'Word je ontslagen?'

'Dat zou kunnen, maar ik denk het niet. Merlin staat achter me.' In elk geval voorlopig, dacht ze.

'Oké, laten we vanavond dan inderdaad uit eten gaan. Wat denk je van die Thai in de Jyllingevej? Dat vinden de kinderen fantastisch.'

'Yep. Reserveer jij een tafeltje?' Ze was opgestaan en had hem een kus op zijn mond gegeven. Hij had niet geprobeerd zijn gezicht weg te draaien.

Er zijn, zoals ze al hoopte, nog geen collega's. De eerste arriveert waarschijnlijk over een uur, dus ze heeft voldoende tijd.

Ze heeft een blauwe IKEA-tas voor haar persoonlijke bezittingen, wat er niet veel zijn, en een zwarte vuilniszak voor de spullen die ze weg wil gooien. Dat is vrij veel en is voornamelijk papier omdat ze de weinig duurzame gewoonte heeft om alles wat ze moet lezen te printen. Alle stapels op haar bureau en op de boekenkasten tegen de muur achter het bureau belanden in de zwarte zak. Ze stopt een deodorant, een doosje met visitekaartjes, maandverband en drie halfvolle zakken muntdrop in de blauwe tas, evenals twee ingelijste schoolfoto's van Anne en Lasse.

Dan opent ze de onderste lade.

Ze pakt het geldkistje met de gebruikte plastic bekers en de zakjes met Troels Mikkelsens roos en haar, zet het op de onderlegger, leunt naar achteren tegen de stoelleuning en legt haar benen op het bureau.

De afgelopen paar dagen heeft ze niet één keer aan hem gedacht. Ze probeert te ontdekken wat ze voelt, maar op dit moment is dat geen haat. Is het verdwenen, vraagt ze zich enigszins verbaasd af. Van de ene week op de andere? Of heeft ze het alleen tijdelijk weggestopt omdat ze belangrijker dingen te doen had dan hem haten?

Ze verstrengelt haar handen in haar nek en leunt met haar hoofd tegen de rugleuning.

De blauwe tas? De zwarte zak?

Na vijf minuten staat ze op. Ze twijfelt niet meer. Helemaal niet. Ze pakt het groene geldkistje en stopt het in de IKEA-tas.

66

Karoline zit in de werkkamer op haar gebruikelijke plek op de divan, met drie kussens in haar rug en omringd door stapeltjes notitieboeken.

Ze kijkt op en glimlacht.

Juncker blijft in de deuropening staan. Hij heeft zin om naast haar te gaan zitten en zijn armen om haar heen te slaan, maar doet het niet omdat het gevaar dreigt dat hij dan begint te janken. Dat zou ongelofelijk gênant zijn, en Karoline zou niet weten hoe ze daarop moet reageren. Dus loopt hij naar de leunstoel en gaat daarop zitten. 'Ben je klaar?'

Ze heeft hem gevraagd om haar naar Kopenhagen te brengen. Charlotte wil haar dochter graag zien en Karoline wil haar moeder graag zien.

'Ja, ik heb alles ingepakt.'

Hij kijkt naar haar. 'Voel je je goed?'

'Ik voel me prima. Ik geef 's ochtends een paar keer over, maar als dat achter de rug is, voel ik me veel beter.'

'Heb je alle notitieboeken gelezen?'

'Ja. Wat wil je ermee doen?'

Juncker haalt zijn schouders op. 'Daar heb ik nog niet over nagedacht.'

'Gooi je ze weg?'

'Tja...'

'Dat mag je niet doen. Dan wil ik ze hebben.'

'Oké, ik zal ze niet weggooien. En ik zal erover nadenken of ik ze zelf wil houden.'

'Mooi.' Karoline maakt aanstalten om op te staan.

'Ik vroeg me opeens iets af,' zegt hij.

'Wat?'

'Wat mijn vader eigenlijk schreef toen mijn oudere broer overleed.'

Ze leunt tegen de kussens. 'Niets.'

'Wat bedoel je?'

'Hij schreef niets. Peter is toch in november 1970 aangereden?'

'Dat klopt.'

'Op 16 november stopte hij met schrijven, en het duurde twee jaar voordat hij weer begon. Hij was blijkbaar zo kapot van verdriet dat hij het niet kon. Kun je je herinneren hoe dat was? Hoe hij in die periode was?'

'Hij verdween op de een of andere manier toen Peter stierf. Voor mij in elk geval. In mijn herinnering heeft hij jarenlang bijna niet tegen me gepraat, maar misschien klopt die herinnering niet. Ik weet langzamerhand niet meer...' Juncker strijkt met een hand over zijn voorhoofd. 'Hij is dus weer begonnen met schrijven?'

'Ja, en toen hij dat deed, was het in een nieuw notitieboek, ook al waren er nog vijftig lege bladzijden in het boek waarmee hij bezig was. Alsof hij tegenover zichzelf wilde benadrukken dat er een nieuwe periode in zijn leven begon.'

Want toen had hij geregeld dat de loodgieter was vermoord en was de dood van zijn zoon gewroken. Juncker vraagt zich af of hij zijn dochter zal vertellen dat haar opa, van wie ze altijd heeft gehouden en met wie ze een goede relatie had, min of meer een moordenaar was. Maar waarom eigenlijk niet? Zijn er niet voldoende geheimen in deze familie?

'Ik weet waarom hij weer begon te schrijven,' zegt Juncker.

'Waarom dan?'

Nadat Juncker het hele verhaal heeft verteld – ook dat Ragner Stephansen een pedofiel was en dat zijn zoon hem heeft vermoord – zitten vader en dochter een tijdlang zwijgend bij elkaar. Karoline schuift naar de rand van de divan. 'Het is een vreemd idee,' zegt ze. 'Dat wij een... tja, geen echte moordenaar, maar toch bijna... in de familie hebben.'

Juncker staat op. 'Ja, dat is inderdaad vreemd.'

'Denk je daardoor anders over opa?'

Hij denkt na. 'Nee, ik denk het niet. Ik heb hem altijd een tiran gevonden. En dat de tiran medeplichtig blijkt te zijn aan een moord... Op de een of andere manier verbaast me dat niet.'

'Ook niet nu we zijn notitieboeken gelezen hebben en je hebt gemerkt dat hij een andere, zachtere kant heeft?'

'Ik weet het niet, maar het maakt alles in elk geval raadselachtiger.'

'Dat kun je wel zeggen.' Karoline staat ook op. 'Er kunnen veel redenen zijn om iemand te vermoorden, hè, papa?'

Hij kijkt naar haar, en ze vangt zijn blik. Hij kijkt weg en loopt naar de deur. 'Dat klopt. Zullen we gaan?'

Tijdens de rit naar Kopenhagen zwijgen ze allebei. Ze hebben geluk en vinden een parkeerplek in de straat.

Hij draagt de tas van zijn dochter. Karoline loopt snel, en hij blijft een beetje achter. Ze loopt op een holletje door de kleine voortuin en wil de deur opendoen, maar die is op slot. Ze belt ongeduldig aan. Juncker staat bij het hek als Charlotte opendoet en moeder en dochter omhelzen elkaar. Charlotte legt haar handen rond Karolines hoofd. 'Lieverd,' zegt ze zacht, en ze geeft haar dochter een kus op het voorhoofd. Dan doet ze een stap opzij en maakt ruimte zodat Karoline naar binnen kan gaan, waarna ze haar arm naar Juncker uitsteekt.

Hij aarzelt even, maar loopt dan naar haar toe en geeft haar Karolines tas. Ze staan een paar seconden tegenover elkaar, en hun ogen ontmoeten elkaar. Juncker beweegt onrustig, niet wetend hoe hij zich moet gedragen.

'De redactie heeft net gebeld,' zegt ze. 'Henrik Christoffersen heeft ontslag genomen, en er gaan geruchten dat de secretaris-generaal van het ministerie van Defensie vanmiddag nog hetzelfde doet. Ik moet straks dus naar mijn werk.'

Juncker balt zijn vuisten. Nu valt het doek voor ze. Eindelijk. 'Goed gedaan, Charlotte. Gefeliciteerd.'

'Dank je.'

'Hoewel het moeilijk kan worden om degenen aan de top aan de moorden te linken.'

'Dat klopt, maar dat is jullie taak, toch?' zegt ze.

Hij knikt glimlachend. Ze draait zich om en gaat naar binnen, waardoor hij niet kan zien of ze ook glimlacht.

Als versteend blijft Juncker even staan. Dan loopt hij het trottoir op en doet het hek dicht. Hij begint in de richting van de auto te lopen, maar blijft opnieuw staan en kijkt schuin achter zich. Ze heeft de deur niet dichtgedaan.

In de keuken hoort hij Charlotte en Karoline lachen.

WOORD VAN DANK

Dank aan Hans Petter Hougen, Jens Møller Jensen, Kim Kliver, Niels Overmark, Christian Dinesen, Jan Bonde, Kristina Olsson, Jesper Friis en Sanne Bræstrup Kirstein omdat we uit jullie specialistische kennis mochten putten als we om advies vroegen.

Dank aan Jesper Stein, Lotte Thorsen, Jon Faber, Tina Ellekjær en Finn Nielsen voor het zorgvuldige lezen en de voorstellen voor verbeteringen.

Dank aan iedereen bij Politikens Forlag die er dag in, dag uit voor knokken om onze boeken voor het voetlicht te brengen. We zijn in de beste en de veiligste handen van de uitgeverswereld.

Een bijzonder bedankje aan onze geweldige redacteur, Anders Wilhelm Knudsen, voor zijn enorme enthousiasme en vindingrijkheid en het vaardige redigeren.